TITUS
VERLAG

für Angela

...ein Buch über Freundschaft, über das Leben mit Werten und Respekt, das Ablegen von Vorurteilen, die Akzeptanz von Andersartigkeit und den Weg vom Jugendlichen zum Erwachsenen.

Alles Gute zum Geburtstag!

1.3.2013

Das Buch

Yuro und Solus wachsen hoch oben in den Grafilla-Bergen in einem Kloster heran. Mit Beginn der Pubertät finden in Yuro gewaltige Umbrüche statt. Seine Wahrnehmung verändert sich, und immer wieder geistert das Wort ›Schicksal‹ durch seine Gedanken. Er fühlt, dass irgendetwas ihn ruft und er den Konvent verlassen muss. Sein treuer Freund Solus begleitet ihn. Gemeinsam kommen sie sowohl ihrer Vergangenheit, an die sie kaum eine Erinnerung haben, als auch dem Auftrag auf die Spur, der auf ihren Schultern liegt.

Die Autorin

Susanne Esch, geboren 1967 in Höchst, ist alleinerziehende Mutter von vier Kindern. Sie war zwei Jahre lang Vorsitzende des Gesamtelternbeirats der Tageseinrichtungen für Kinder der Stadt Frankfurt. Das Schreiben war eine der wichtigsten Kraftquellen bei der Überwindung einer Krebserkrankung. Im Fantasy-Genre fühlt sie sich am wohlsten.
Bereits 2012 erschien im Titus Verlag ihr Roman ›Solifera‹.

Weitere Informationen im Internet unter **www.titus-verlag.de**
oder auf der Webseite des Autors **www.susanne-esch.de**

Der Savant von Innis

von

Susanne Esch

TITUS
VERLAG

Copyright by
Titus Verlag, Wiesbaden, 2013

Lektorat und Buchsatz:
Sascha Ehlert

Gedruckt in Deutschland

1. Auflage 2013

Bibliografische Information der Deutschen Bibliothek
Die Deutsche Bibliothek verzeichnet diese Publikation in der
Deutschen Nationalbibliografie; detaillierte bibliografische Daten
sind im Internet über http://dnb.ddb.de abrufbar.

ISBN 978-3-942277-29-7

YURO Vorsichtig kroch Yuro aus der kleinen Schlafnische, die er einst mit viel Mühe in den roten Felsen gehauen hatte, die seitdem sein einziger Rückzugsort war. Stille war um ihn herum, denn war tiefste Nacht. Außer ihm selbst gab es in diesen Mauern wohl keinen, der den Mut aufgebracht hätte, die Gesetze der Bruderschaft zu missachten und die Schlafstelle zu verlassen.

Es war weder das erste noch das zweite Mal, dass Yuro gegen die hiesigen Regeln verstieß. Er tat dies nicht, weil er die Mönche ärgern oder die herrschende Disziplin untergraben wollte, sondern weil er nicht anders konnte. Lange Zeit hatte er versucht, sich an die Gebote des Klosters zu halten, dies aber war ihm zunehmend unmöglich geworden, besonders nachts.

Immer häufiger war er aus dem Schlaf geschreckt, die Bilder seiner Träume beständig vor Augen. Immer seltener war es ihm gelungen, durch Meditation die nötige Ruhe zurückzuerlangen, um wieder einschlafen zu können. So war er, es musste Jahre her sein, eines Nachts zitternd aus seiner Nische gekrochen, den langen Gang entlanggeschlichen und durch das schwere, hölzerne Tor geschlüpft, das auf den weitläufigen Hof hinaus führte. Moruk, Ilar und Pun, die drei Monde, die den Planeten Innis umkreisten, hatten in ihrer ganzen Pracht am Firmament gestanden. Ihr weiches Licht hatte ihn gestreichelt, ihre Beständigkeit ihn beruhigt – und irgendetwas hatte ihn berührt. Seitdem zog es ihn immer wieder in die Dunkelheit.

Yuro hatte versucht, mit Meister Uruma über seine Empfindungen zu reden. Dieser hatte ihm zwar aufmerksam zugehört, aber kein Verständnis für die daraus resultierenden Verstöße aufzuwenden vermocht und seine innere Zerrissenheit schließlich mit seinem schlechten Gewissen begründet. Stundenlange Meditationsübungen waren die Sanktion gewesen, der er sich daraufhin unterwerfen musste. So hatte Yuro Abstand davon genommen, den Brüdern, wie er es eigentlich gewohnt war, von seinem Gemütszustand zu berichten.

Es war schwer für ihn geworden, sich wie immer innerhalb der Gemeinschaft zu bewegen. Von Tag zu Tag fühlte er die Veränderungen und seine Andersartigkeit deutlicher. Alles, was während seiner Kindheit so einfach und selbstverständlich erschien, begann, ihm mehr und mehr Kraft abzuverlangen. Er konnte die Dogmen des Klosterlebens nicht mehr hinnehmen, ohne sie zu hinterfragen. Viele Rituale verloren ihren Sinn, spendeten weder Geborgenheit noch Trost oder Ruhe, sondern brachten etwas in ihm zum Schwingen, das er erst nach und nach als Rebellion und Wut einzuordnen im Stande war. Alles in ihm begann, sich gegen die klaren Linien und das vorgezeichnete Leben innerhalb dieser Mauern zu wehren. Je mehr er sich bemühte, den inneren Trotz in den Griff zu bekommen und ihn zu unterdrücken, desto brachialer suchte dieser sich einen Weg nach außen, verleitete ihn zu Handlungen, die allem, was er bisher erlernt hatte, zuwider liefen. Einzig harte körperliche Arbeit vermochte ihm, Ablenkung zu verschaffen. Deren meist gleichförmige, monotone, sich beständig wiederholende Abfolge brachte gelegentlich auch seinem Geist ein wenig von der Ruhe zurück, die er mehr und mehr entfliehen fühlte.

Ob seinen Mitbrüdern dies alles tatsächlich entging? Manchmal glaubte Yuro, die Augen des alten Katal sorgenvoll auf sich gerichtet zu spüren, und Solus, seinem Freund aus Kindertagen, schien sein Wandel ebenfalls nicht zu entgehen.

Als Yuro diesmal das große Tor behutsam aufschob – es war nie verschlossen, gleich so, als sei es unmöglich, die Grundsätze des Konvents zu brechen – fühlte er einen Gegendruck. Eine Helligkeit, die er noch nicht erwartet hatte, blendete ihn geradezu. Früher als gewöhnlich war der Winter hereingebrochen und hatte den Hof mit einer dicken Schneeschicht überzogen. Nicht, dass die Kälte Yuro irgendetwas ausgemacht hätte.

Er war durch eine harte Schule der Selbstdisziplinierung gegangen, hatte gelernt, seinen Körper seinem Willen zu unterwerfen, Kälte und Hitze zu trotzen, Durst und Hunger über lange Zeit hinweg zu unterdrücken und Dinge wahrzunehmen, die anderen verschlossen blieben.

So trat er, nur mit einem dünnen Schlafgewand bekleidet, hinaus in die weiße Herrlichkeit. Wie zarte Federn fiel der Schnee aus den tiefhängenden Wolken. Er begrenzte sein Sichtfeld auf wenige Meter und umhüllte ihn wie ein Kokon. Bereits nach kurzer Zeit waren auch Yuros Haare mit einer feinen Schicht bedeckt. Sein Atem schwebte wie dichter Nebel vor ihm her, seine Wimpern und Augenbrauen überzogen sich mit glitzerndem Raureif.

Er spürte es nicht. Er lauschte der wunderbaren Melodie, die er jedes Mal vernahm, wenn die Flocken sanft zur Erde schwebten und die Kälte alle anderen Geräusche wie unter einer Decke begrub. Die Reinheit der Luft erweiterte seine Sinne auf unglaubliche Weise. Er liebte diese Winternächte. Sie schienen ihm etwas zu sagen, dessen Sinn sich ihm bisher nicht erschloss, das ihn jedoch mit Gefühlen durchdrang, die er tief in seinem Herzen erfassen, aber nicht benennen konnte.

Dies alles ging ihm durch den Kopf, während er langsam durch den verschneiten Hof schritt. Er kannte dessen Abmessungen so genau, dass er selbst mit geschlossenen Augen weder dessen Umfriedung berühren noch gegen die gemauerten Wände des Brunnenschachtes stoßen würde. Seine Füße hinterließen nur schwache Abdrücke, die der stetig fallende Schnee schnell wieder verwischte. Die sanften Klänge der sphärischen Musik hüllten ihn ein, umschmeichelten ihn – und doch verstand er noch immer nicht, was sie ihm mitteilen wollten.

Der satte Ton der Morgenglocke riss ihn aus dem Schlaf. Kein Lichtschimmer drang in seine Nische, der Sonnenaufgang lag noch in weiter Ferne. Für die Mönche jedoch begann jeder Tag mit der vierten Stunde. Um den Körper geschmeidig und den Geist wach zu halten, versammelten sie sich stets zur gleichen Zeit in der Großen Halle, wo sie gemeinsam durch ritualisierte Bewegungen, Atemübungen und Gesänge ihre inneren Energien weckten und den Morgen begrüßten. Diesem Brauch hatte sich Yuro noch nie entzogen, und auch heute kleidete er sich an und folgte dem Ruf der Glocke. Wortlos reihte er sich in die Prozession der schweigend dahin schreitenden Brüder ein, stellte sich an seinen Platz, senkte ausatmend den Kopf, hob ihn einatmend wie alle anderen an und formte den tiefen, wohlklingenden Ton, der die Lichtsteine in den Wänden zum Leuchten brachte.

Es gab viele Töne, die irgendetwas bewirkten. Einige entfachten Feuer, manche brachten die Flammen zum Erlöschen, weitere öffneten verborgene Türen oder beruhigten den Wind, wenn er gar zu heftig durch die langen Gänge pfiff. Yuro kannte sie alle. Er war ein eifriger Schüler gewesen, und das nicht, um seine Lehrer für sich einzunehmen oder sich über die anderen zu stellen, sondern weil er nur damit den Schmerz verdrängen konnte, den die abrupte Trennung von seinen Eltern in ihm ausgelöst hatte.

An einem regnerischen Tag – er wusste nicht mehr genau vor wie vielen Jahren – waren sie in die kleine Hütte eingedrungen, die er zusammen mit ihnen bewohnt hatte, hatten ihn gepackt und mitgenommen. Wer sie gewesen waren, das wusste er bis heute nicht, aber weder seine Mutter noch sein Vater hatten versucht, sich gegen sie zur Wehr zu setzen. Sie hatten lediglich mit Verzweiflung in den Augen zugesehen, wie sie ihren einzigen Sohn entführt hatten. Er hatte geschrien, gefleht, um sich geschlagen – erfolglos. Die Graugewandeten hatten ihm ein mit einer stechend riechenden Substanz getränktes Tuch aufs Gesicht gepresst. Anschließend erinnerte er sich für eine unbestimmbare Zeit an gar nichts mehr. Als er wieder zu sich kam, war ihm die ihn umgebende Landschaft vollkommen fremd gewesen. Die sanften Wellen der grünen Wiesen, die weiten Felder und rauschenden Wälder waren zerklüfteten Felswänden, steilen Abhängen und rauen Steinpfaden gewichen.

Er lag über dem Rücken eines Kajolas, dessen leicht schwankender, aber sicherer Gang ihn ein wenig durchrüttelte. Die Graugewandeten unterhielten sich so ungeniert, als sei seine Anwesenheit eine Selbstverständlichkeit, aber von keiner großen Bedeutung. Sie gingen anscheinend davon aus, dass er ihre Sprache sowieso nicht verstand und diskutierten lautstark darüber, für welchen Preis sie ihn auf dem großen Markt von Rey an die Agenten der Forschungsabteilung verkaufen konnten, die für eine solche Rarität wohl tief in die Taschen zu greifen gewillt wären.

Yuro war aus diesen Worten nicht schlau geworden. Nur, dass er augenscheinlich etwas Besonderes darstellte, erschloss sich sogar seinem kindlichen Auffassungsvermögen. Lange waren sie unterwegs. Er versuchte, mit den Leuten in den langen, grauen Tuniken zu reden, aber ihm gegenüber schwiegen sie beharrlich, und so waren all seine Fragen unbeantwortet geblieben.

Er hatte weder hungern noch dürsten müssen. Sie hatten ihn mit Kleidung versorgt, ihn sogar den größten Teil der Strecke reiten lassen, aber ansonsten war er eher wie ein Gepäckstück denn wie ein Mensch behandelt worden. Schon damals hatte Yuro instinktiv die Gefahr gespürt, die die Airin für ihn darstellten, und so jung er gewesen war, hatte er doch die erste sich bietende Gelegenheit zur Flucht genutzt.

Als sie den Wenala-Canyon hinter sich gelassen hatten – damals wusste er natürlich nicht, wo sie sich befanden – und sich allmählich in die ersten Ausläufer der einsamen Grafilla-Berge vorarbeiteten, hatte er sich behutsam aus der Umarmung seines Leibwächters gewunden. Seine Entführer bemerkten es nicht, denn sie gaben sich nach einem anstrengenden Tag dem Schlaf der Erschöpfung hin. Er hatte sich eine der Vorratstaschen, die sie immer auf ihren Rücken trugen, gegriffen, leise ein paar Kleidungsstücke hineingestopft und das Zelt verlassen, in dem alle gemeinsam nächtigten. Der Wachtposten an dessen Eingang hatte ihn zwar mit großen Augen angesehen, jedoch keine Anstalten gemacht, ihn aufzuhalten.

Zügig aber lautlos war er aus dem Lager verschwunden, ohne sich ein einziges Mal umzusehen um herauszufinden, ob ihm jemand folgte. Tagelang war er durch die Berge geirrt, hatte steile Pfade erklommen, auf schwingenden Brücken tiefe Schluchten überquert, aus klaren Bächen getrunken, sich von Beeren, Wurzeln und Insekten ernährt. Über welchen Zeitraum sich diese Odyssee erstreckte wusste Yuro nicht, aber seine kindlichen Kräfte waren schneller aufgebraucht, als er dachte. Die Verzweiflung, die ihn bisher vorangetrieben hatte, konnte der Ermattung nicht mehr entgegenwirken. Ausgelaugt und jenseits aller Hoffnung auf Überleben war er zusammengebrochen und in einem Raum erwacht, den er nach seiner Genesung nie wieder betreten hatte. So war er zu dieser Klostergemeinschaft gekommen und hatte sie bis heute nicht wieder verlassen.

Anfangs war sein Geist von einer gnädigen Amnesie umnachtet gewesen. Je länger er sich jedoch in der Gesellschaft der Mönche befand, desto mehr Erinnerungen kehrten zurück. Er versuchte, ihnen zu erklären, wer er war, woher er kam, was ihm widerfahren war. Aber Zelut, der Prior, hatte ihm unmissverständlich erklärt, dass das Schicksal ihn hierher geleitet habe, er die Vergangenheit vergessen müsse und fortan sein Leben den hiesigen Gegebenheiten unterzuordnen habe. Yuros Protest und sein Aufbegehren waren an ihm und den Mönchen abgeprallt. Ihre beständige Gleichmütigkeit hatte seine Aufsässigkeit erlahmen, und schließlich verstummen lassen. Er hatte sich angepasst, sich den Regeln des Konvents gebeugt – wenn zunächst auch nur äußerlich – und gelernt, was immer die Brüder von ihm verlangt hatten.

Ganz allmählich löste sich auch seine innere Abwehrhaltung, und eine ruhige Zufriedenheit hielt Einzug in seine Seele. Er fand in Solus einen treuen Freund, die Bruderschaft wurde seine Familie. Im Großen und Ganzen war er hier glücklich, bis mit der Pubertät die Veränderungen begannen und er sich der abermals in ihm auflodernden Rebellion nicht mehr widersetzen konnte. So hatte er begonnen, ein geheimes Doppelleben zu führen. Tagsüber verhielt er sich, soweit es ihm möglich war, weiterhin wie ein integriertes Mitglied der Bruderschaft. Des Nachts jedoch wanderte er umher und bemühte sich zu ergründen, was die Stimmen, die anscheinend nur er vernahm, ihm zu sagen versuchten.

Routiniert absolvierte Yuro die morgendlichen Übungen, deren Ablauf sich in all den Jahren ebenso wenig verändert hatte wie das daran anschließende Frühstück, welches seit dem Tag seiner Ankunft aus einer Schale heißen Haferbreies mit Nüssen und Honig bestand. Seine Bewegungen gingen fließend ineinander über, sein Atem war tief, ruhig und gleichmäßig. Nach und nach verblassten die Eindrücke der vergangenen Nacht. Die Sorgen um die Entdeckung seiner Fußspuren rückten in den Hintergrund. Er gab sich ganz der Harmonie, dem Zusammenwirken von Körper, Geist und Stimme hin.

Den Abschluss dieses Trainings bildete der Klangregenbogen, und erst, seit er zur Gemeinschaft gestoßen war, erstrahlte auch das Ultraviolett, für dessen Erzeugung der Bruderschaft bis dahin der absolute Ton gefehlt hatte.

Nach einer kurzen, aber gründlichen Körperreinigung trafen abermals alle zusammen, um im Speiseraum die Morgenmahlzeit zu sich zu nehmen. Vin, der Küchenleiter, hatte mit seinen Helfern Jul, Bran, Ann und Kimon den Brei zubereitet, die Schalen bereitgestellt und den obligatorischen Kräutersud angesetzt. Heiß zum Frühstück schmeckte er Yuro am besten. So füllte er sich seinen Tonkrug und trug ihn zusammen mit seiner Schale zum Tisch.

Die Mahlzeiten waren das Vergnüglichste, was das Klosterleben zu bieten hatte, denn einzig hierbei war ein reger und uneingeschränkter Austausch erlaubt. Auch gab es keine feste Sitzordnung, sodass die freie Platzwahl das Kontakthalten untereinander durchaus begünstigte. Er und Solus waren bereits in ein tiefschürfendes Gespräch über die Inhalte des Großen Buches der Weisheit vertieft, das sie derzeit studierten, als sich Örim, der Lebensmittelverwalter, zu ihnen gesellte und ihre Unterhaltung nach einer Weile mit einem wenig dezenten Hüsteln unterbrach.

»Unser Milchvorrat geht zur Neige. Das Los hat euch beide dazu ausersehen, nach den Karu Ausschau zu halten und ein paar Liter dieses unabdingbaren Grundnahrungsmittels in unser trautes Heim zu bringen.«

Die Karu waren wilde, freilebende, gämsenähnliche Gebirgstiere, deren Milch reich an Vitaminen und überaus nahrhaft war. Die Mönche hatten die Karu nicht domestiziert, jedoch hatte die Herde, während der harten Wintermonate geduldig und gewissenhaft gefüttert, ihre Scheu ihnen gegenüber abgebaut. Behutsame Annäherung hatte schließlich dazu geführt, dass die Karu-Weibchen sich, wenn die Milch nicht mehr für den eigenen Nachwuchs benötigt wurde, gelegentlich von den Brüdern melken ließen. Im Gegenzug trugen diese Sorge dafür, dass die vereinzelt herumstreunenden Lemori die Herde nicht über Gebühr dezimierten. Dieses Verhältnis wurde von beiden Seiten seit Generationen gepflegt, und nicht einmal der alte Gedoram hätte zu sagen vermocht, ob es je anders gewesen war.

Mit resigniertem Gesichtsausdruck wandte Solus seinen Blick dem Älteren zu. Er wusste nur zu genau, dass Örim keineswegs in die Lostrommel gegriffen hatte, sondern seine Wahl allein dem bisherigen Erfolg der beiden geschuldet war. Sowohl er als auch Yuro schienen einen außergewöhnlich guten Draht zu den Tieren zu haben. Niemals hatten sie sich vor ihnen verborgen, und nicht ein einziges Mal waren die Jungen unverrichteter Dinge in die Klostermauern zurückgekehrt, weil ihnen die zur Milchabnahme nötigen Berührungen verweigert wurden.

Die beiden wussten, dass ihnen damit eine wichtige Aufgabe übertragen wurde, und so wenig man sich im Allgemeinen um diesen Dienst riss, so notwendig war er, besonders im Winter. Seufzend bekundete auch Yuro seine Zustimmung. Nachdem die Schalen geleert, die Krüge ausgetrunken und die Utensilien zum Spülstein getragen waren, schlüpften die beiden in ihre Fellstiefel, banden die Mäntel um und verließen, vier leere Milchschläuche auf ihren Rücken tragend, das Klostergelände, um sich auf die Suche nach den Karu zu begeben.

SOLUS Der Wind Pfiff um die scharfkantigen Felsen, die den Eingang zum Klosterhof flankierten. Der schmale Pfad, der am Rande des Abhanges entlang steil nach unten führte, war unter den Schneeverwehungen kaum noch zu erkennen. Der Abstieg war alles andere als ein harmloser Spaziergang. Die beiden Jungen mussten all ihr Können und ihre Konzentration einsetzen, um von den orkanartigen Windböen nicht gegen die Felswände gedrückt oder in den Abgrund geschleudert zu werden. Obwohl es nur etwa 200 Meter bis zur Alm waren und der Höhenunterschied weniger als 50 Meter betrug, hätten es der Zeit nach, die sie für den Abstieg benötigten, auch viele Kilometer sein können. Als sie endlich den weniger tückischen Boden der Bergweide unter ihren Füßen spürten, waren sie erleichtert.

Die feinkörnigen Schneekristalle fegten wie Sandkörner über ihre Wangen, stachen wie tausend hauchdünne Nadeln in ihre Gesichtshaut. Der Blick reichte auch hier nicht weit, und so mussten sie sich, in der Hoffnung, die Karu aufzuspüren, auf ihre Ortskenntnis und ihren Orientierungssinn verlassen.

Solus ließ Yuro vorangehen. Obwohl er sich gerne mit dem Freund unterhalten hätte, schwieg er, da er wusste, dass der Wind ihm die Worte bereits vom Mund gerissen hätte, noch ehe sie geformt waren. Seit einiger Zeit schon fiel ihm auf, dass die Aura der Gelassenheit, die Yuro gewöhnlich umgab, seit er als 6-Jähriger seinen Widerstand gegen die Direktive des Priors aufgegeben hatte, Risse zeigte und gelegentlich in sich zusammenbrach. Obwohl Yuro bemüht war, seinen inneren Aufruhr vor der Gemeinschaft zu verbergen, stand Solus seinem Freund nahe genug, um die Unruhe hinter seiner Maske zu erkennen. Er bemerkte sowohl das nervöse Flattern seiner Augenlider als auch die oftmals zusammengepressten Kiefer, die von unbewusster innerer Anspannung zeugten. Und Yuro wusste, dass diese kleinen Signale seinem Freund nicht entgangen waren. Wenngleich er ihm weder aus dem Weg ging noch einem Gespräch auswich, so zog er sich doch auf eine ganz eigentümliche Weise vor ihm zurück.

Körperlich hatte Yuro sich ebenfalls stark verändert. In den letzten sechs Monaten war er unglaublich in die Höhe geschossen. War er bisher stets eine gute Kopflänge kleiner als Solus gewesen, so überragte er ihn nun um einige Zentimeter. Seine Gliedmaßen waren schmal und drahtig, sein Körper voller harter, austrainierter Muskeln, und er wirkte gespannt wie eine abschussbereite Bogensehne. Der Olivton seiner Haut war dunkler geworden, ebenso das Grün seiner Augen, das nun an glitzernde Smaragde erinnerte. Die langen, kastanienbraunen Haare trug er meist zu einem Zopf zusammengebunden, und wenn auch der Bartwuchs, mit dem Solus sich seit zwei Jahren mehr schlecht als recht herumschlug, bei Yuro vollkommen fehlte, so waren seine Züge doch markant männlich ...

Solus stolperte. Er war so sehr in seine Gedanken vertieft gewesen, dass er Yuros Stehenbleiben nicht bemerkt hatte und hart gegen ihn prallte. Yuro legte die behandschuhte Hand an die Lippen, senkte die Lider und lauschte. Wie konnte er beim Tosen des Windes auch nur irgendeinen anderen Laut wahrnehmen? Solus übte sich in Geduld, alles andere war sowieso vollkommen zwecklos. Minuten verstrichen, dann berührte ihn sein Freund sanft an der Schulter und bedeutete ihm weiterzugehen. Schweigend lief er im dichten Schneetreiben hinter Yuro her, der offensichtlich genau wusste, wohin er sich wenden musste. Die Landschaft veränderte sich stetig, und immer wieder mussten sie Felsblöcken ausweichen. Als sie eine Biegung umschritten, nahm das Heulen des Sturmes merklich ab. Sogar Solus erkannte im diffusen Dämmerlicht eine Öffnung in der Felswand, an der sie seit einiger Zeit entlanggingen. Sie hatten den Aufenthaltsort der Karu gefunden!

Hier schien die Herde Zuflucht vor den Unbilden des so plötzlich über sie hereinbrechenden Unwetters gefunden zu haben. Yuro verlangsamte seine Schritte und verharrte schließlich. Seine Augen schlossen sich. Ein Ausdruck höchster Konzentration legte sich auf seine Züge. Es schien, als schicke er seine Gedanken voraus, um die Tiere auf ihr Erscheinen vorzubereiten. Wenige Augenblicke später setzte er sich wieder in Bewegung.

In der sie abrupt verschluckenden Dunkelheit der hinter der Felsspalte liegenden Höhle klapperte es leise. Etwas scharrte über den Boden. Eine warme Nase stupste Solus in die Seite. Das war Iri, eines der Karu-Weibchen, dem er einst aus dem Gefühl einer beginnenden Vertrautheit heraus einen Namen gegeben hatte. Sie hatte ihn nicht vergessen.

Yuro war bereits tiefer in die Kaverne eingedrungen, hatte auf seine unnachahmliche Art die anwesenden Tiere begrüßt, sich seiner Handschuhe entledigt und vor einem der Weibchen Platz genommen. Einen seiner Milchschläuche hielt er zwischen den Knien. Sanft umschlossen seine Finger die Zitzen der Euter, und mit geübten Griffen begann er, die Milch auszustreichen. Solus folgte seinem Beispiel. So saßen sie eine ganze Weile inmitten der Herde, bis alle Schläuche gefüllt waren.

»Wir kommen wieder«, versicherte Solus, »und dann bringen wir Futter mit.«

»Habt Dank für eure Gaben«, sprach auch Yuro ein paar Worte, bevor er sich mit einem liebevollen Klaps von den Karu verabschiedete, seine Behälter auf den Rücken lud und dem Ausgang zustrebte. Solus folgte ihm wortlos. Zweifelsohne wollte Yuro sich nicht mit ihm unterhalten.

Der Sturm hatte ein wenig nachgelassen und der Schneefall gänzlich aufgehört. Obwohl die Landschaft um sie herum im dämmrigen Grau nach wie vor konturlos und öde erschien, fiel nun auch Solus die Orientierung leichter, und er fühlte sich weniger abhängig von Yuros untrüglichem Gespür. Wieder schweiften seine Gedanken ab.

Erstmals war ihm soeben die Feingliedrigkeit der Hände seines Freundes aufgefallen. Sie stand in solchem Widerspruch zu der ihnen innewohnenden Kraft, dass es ihn fast erschreckte. Yuro konnte zufassen wie ein Schraubstock. Einmal hatte er ihm mit seiner Reaktionsschnelligkeit und eben dieser Kraft das Leben gerettet, als er auf dem schmalen Pfad zum Kloster hinauf ausgeglitten war und in den Abgrund zu stürzen drohte. Nie hatte er je ein Wort darüber verloren. Früher hatte er mehr geredet, aber mit zunehmendem Alter war er stiller, fast schweigsam geworden – es sei denn, ein Thema fesselte ihn. Auch wenn in einer Diskussion seine Meinung in vollkommenem Gegensatz zu der der anderen stand, verteidigte er sie leidenschaftlich.

Yuros Ausdrucksweise war gewählt, wohlüberlegt, meist knapp und präzise. Zwar konnte er durchaus spontan, witzig, gelegentlich sogar derb sein, jedoch hielt er diese Seite seines Wesens meist verborgen. Seit etwa einem halben Jahr schien er außerdem noch wesentlich mehr geheim zu halten.

»Ich werde mich dir anvertrauen«, vernahm Solus mit einem Mal Yuros leise Stimme, »aber erst, wenn ich mehr herausgefunden habe. Zu vieles ist auch für mich noch zu wenig greifbar, und ich möchte dich nicht unnötigerweise in Gefahr bringen.«

Woher hatte sein Freund gewusst, was ihn beschäftigte?

»Du denkst zu laut, Solus!«, erklang abermals Yuros Stimme, aber was immer er mit dieser Äußerung meinte, weitere Erklärungen erhielt Solus nicht, denn sie hatten bereits die Pforte des Klosters erreicht, und Yuro zog sich in sein Schweigen zurück.

DIE VERBORGENE TÜR

Nachdem sie die Milchschläuche bei Vin abgeliefert und auch Örim von der erfolgreichen Ausführung ihres Auftrags unterrichtet hatten, trennten sich die Wege der beiden, denn Yuro war zum Holzhacken, Solus zum Wäschewaschen eingeteilt. Vor der Studierzeit würden sie einander nicht mehr zu sehen bekommen.

Drei Stunden verbrachte Yuro vor dem großen Schuppen, der als Holzlager diente. Er zerschlug mit der schweren Axt die Äste und Zweige der Hilack- und Brodonbüsche, die in dieser Höhe zwar wie Unkraut wucherten, aber leider keine für Menschen als Nahrung verwertbaren Früchte hervorbrachten. Er stapelte sie ordentlich an den Wänden der Hütte und sammelte auch die Splitter akribisch auf, da sie das Anfachen sehr erleichterten. Bis vor einem Jahrhundert hatten die Brüder auch das Brennholz noch aus den weiter unten liegenden Wäldern mühsam hier herauf geschleppt. Erst der bitterkalte und überlang anhaltende Winter von damals, der die Mönche genötigt hatte, alles, was halbwegs brennbar war, zu verfeuern, hatte die enorme Brenndauer und Heizkraft dieser Gewächse offenbart. Seitdem wurden schon in den wärmeren Monaten die nahegelegenen Hecken immer wieder beschnitten, und ein Vorrat an ganzen Ästen angelegt, denn kleinhacken ließen sich diese nur im ausgetrockneten Zustand, und Kälte begünstigte die Verarbeitung zudem.

Erst als erneut starker Schneefall einsetzte, beendete er seine Arbeit, die trotz der eisigen Temperaturen Ströme von glänzendem Schweiß über sein Gesicht getrieben hatte. Er entkleidete seinen Oberkörper, rieb sich mit großen Mengen der feinen, weißen Eiskristalle ab, band seine Arbeitstunika wieder um und betrat die Eingangshalle, um sich dort seiner Fellstiefel zu entledigen. Der rote Steinboden war warm, und alle, die diesen Konvent bewohnten, gingen grundsätzlich barfuß.

Yuro erklomm die breite Treppe, die in das erste Obergeschoss hinauf führte. Dort waren die Unterrichtsräume sowie die riesige Bibliothek des Stiftes untergebracht. Leise knarrte die alte, auf Hochglanz polierte Holztür, die seit undenklichen Zeiten den einzigen Zugang zu diesem mit unzähligen Folianten und Schriftrollen bestückten Ort bildete.

Geräuschlos betrat er den ehrfurchtgebietenden Raum, dessen Dimensionen einschüchternd, dessen Stille beängstigend und dessen Düsternis furchteinflößend waren. Zwar gab es auch hier Fenster, aber nur in den frühen Morgenstunden fielen die Sonnenstrahlen durch deren bunte Mosaikscheiben und verliehen dem Saal so etwas wie eine strahlende Schönheit. An wolkenverhangenen Tagen jedoch oder während der Wintermonate vermochten nicht einmal die überall brennenden Kerzen die bedrückende Atmosphäre dieses Ortes ein wenig aufzuhellen.

Als kleiner Junge hatte Yuro die Bibliothek gehasst. Ihre Ausmaße hatten ihn geängstigt, die hochaufragenden, dicht gefüllten Regale ihn sich ungeheuer klein und schutzlos fühlen lassen, die Menge der Schriftstücke ihn nahezu erschlagen. Es hatte fast ein ganzes Jahr gedauert, bis er sie ohne eine Gänsehaut zu bekommen betreten konnte.

Mittlerweile jedoch war dieser Büchersaal ihm annähernd so vertraut wie seine Bettnische und bildete einen ebensolchen Rückzugsort. Welche Schätze und Raritäten hier untergebracht waren, hatte sich Yuro erst vor Kurzem erschlossen, als er eines Nachts tiefer in die Regalschluchten vorgedrungen war als jemals zuvor.

Seitdem hielt er sich nicht mehr ausschließlich zu Studienzwecken hier auf, und er las weit mehr als nur das, was ihm aufgetragen war. Er suchte etwas, wovon er selbst nicht genau wusste, was es war.

Solus erwartete ihn bereits. Seine Haare waren noch feucht, seine Hände rot und rissig von der Seifenlauge. Er sah im Gegensatz zu Yuro unübersehbar erschöpft aus. Müde deutete er auf den freien Stuhl neben sich.

»Elende Plackerei«, raunte er, als sein Freund sich niedergelassen hatte.

Yuro legte warnend den Zeigefinger auf seine geschlossenen Lippen. In der Bibliothek herrschte absolutes Sprechverbot. Stumm widmeten sie sich daraufhin erneut den Texten des Buches der Weisheit, wohlwissend, dass sie über das Gelesene erst beim Abendessen sprechen konnten.

Während Solus sich Zeile für Zeile durch den Inhalt kämpfte, schweiften Yuros Gedanken schon nach der ersten gelesenen Seite ab.

Weisheit – ein Begriff, dem er nicht allzu viel abgewinnen konnte. Nicht jeder, der ein großes Repertoire an Wissen aus den unterschiedlichsten Bereichen der Wissenschaften in sich vereinte, war in seinen Augen auch weise. Und nicht jeder, dem dieses Wissen versagt blieb, war dumm. Weisheit bedeutete für ihn, in den Situationen, vor die das Leben einen stellte, umsichtig und besonnen zu agieren, verschiedene Möglichkeiten abzuwägen und dann den bestmöglichen Weg einzuschlagen. Es bedeutete ebenfalls, einen Irrtum zu korrigieren, wenn man ihn erkannt hatte. Weisheit setzte voraus, dass man aus seinen sowie den Fehlern anderer zu lernen vermochte, dass man nicht alle Behauptungen oder Aussagen unwidersprochen hinnahm, dass man geheucheltes Lob erkennen und berechtigte Kritik anzunehmen lernte. Weisheit war nichts, was jemand besaß oder nicht besaß. Sie war ein permanenter Lernprozess, den man mithilfe von Beispielen unterstützen konnte. Aber theoretisches Wissen war etwas vollkommen anderes als dessen Anwendung im Alltag. Das Buch zeigte Verhaltensweisen in hunderten von Sachlagen auf, verwies auf mannigfaltige Überlegungen, auf begründete Entscheidungen. Letztendlich jedoch oblag es jedem Einzelnen aufgrund seiner eigenen Erfahrungen und seines eigenen Wissens sein Leben zu gestalten. Und jemand, der stur versuchte, die niedergeschriebenen Anweisungen anzuwenden, auch wenn sie in konkreten Situationen absolut untauglich waren, konnte das Buch der Weisheit auswendig kennen, ohne auch nur ein wenig wirkliche Weisheit erlangt zu haben.

Solus rüttelte ihn sachte. Längst hatte er den Folianten zugeklappt, wovon Yuro jedoch nicht das Geringste mitbekommen hatte. Mit einer Kopfbewegung deutete Solus in Richtung Ausgang. Yuro nickte. Beide erhoben sich, stellten die Stühle ordentlich an das Lesepult und wandten sich der großen Tür zu, um den Raum zu verlassen.

Der volle Ton der Glocke schwang noch immer nachhallend durch das ganze Gebäude. Die Bewohner des Konvents strömten, wie bereits am Morgen, bedächtig der Großen Halle zu, um sich nach vollbrachtem Tagwerk der Abendmeditation hinzugeben. Diese diente ausschließlich der Entspannung und ermöglichte es allen, den Geist zu reinigen, die Strapazen abzuschütteln, zur Ruhe zu kommen. Yuro hatte außerdem festgestellt, dass das Abendessen weitaus besser schmeckte, wenn die Zwänge des Tages die Seele bereits freigegeben hatten, die Gedanken sich nicht mehr mit den Unabänderlichkeiten der vergangenen Stunden beschäftigten und der Zorn, der so manches Mal den Magen verkrampfte, zumindest ein wenig herunter gekühlt worden war.

Ein sinnliches Lächeln schlich sich auf seine strengen Züge und Solus, der in eben jenem Augenblick zu ihm hinübersah, erschrak, denn er vermeinte einen flüchtigen Moment lang, in das Gesicht einer jungen Frau zu blicken. Der Eindruck brannte sich in seine Gedanken, und auch die einstündige Meditation vermochte es nicht, diesen aus seinem Gedächtnis zu löschen. Er vermied es jedoch, diese Wahrnehmung seinem Freund zu unterbreiten.

Yuro war, wie oft, auch an diesem Abend schweigsam, und Solus kannte ihn gut genug, um ihm kein Gespräch aufzuzwingen. Er unterhielt sich stattdessen mit Manal und Tonnjak, die sich den Tisch mit ihnen teilten.

Nach dem Abendessen verlas Zelut die Vorhaben für den nächsten Tag und verwies auf die entsprechenden Aushänge an der Übersichtstafel neben seinem Gemach. Desweiteren verkündete der Prior die vom Markt von Yolaku mitgebrachten Neuigkeiten der Brüder, die dort Wolle, Kräuter, Essenzen, Salben und Farbstoffe verkauft hatten.

Die Abendmahlzeit war an jedem Tag die letzte Begebenheit, die dem strengen Zeitplan der Klostergemeinschaft zugeordnet war. Die Stunden danach standen allen bis zum Schlafaufruf zur freien Verfügung. In den warmen Monaten stoben viele noch einmal hinaus in die Umgebung. Nun jedoch bildeten sich häufig kleinere und größere Gruppen, die einer gemeinsamen Beschäftigung nachgingen. Solus schloss sich den Drechslern an, denn er liebte das Bearbeiten von Holz. Yuro zog sich schon früh in seine Schlafnische zurück.

Wieder gingen seine Gedanken auf Wanderschaft. »Schicksal« war eines der Worte, das die immer wieder auf ihn einflüsternden Stimmen beständig wiederholten. Natürlich barg es nicht annähernd eine Information, die ihn in irgendeiner Weise vorangebracht hätte, aber da es sich ihm als Erstes offenbarte, maß er ihm eine besondere Bedeutung bei. Eine unbestimmte Ahnung drängte ihn, abermals die Bibliothek aufzusuchen.

Wie ein Schatten unter Schatten schlich er durch die nun nur noch von vereinzelten Wachsfackeln sporadisch erhellten Korridore. Da die Schlafräume der älteren Äbte ebenso wie die Schlafnischen der jüngeren im vierten und letzten Obergeschoss des teilweise in den Berg gehauenen, teilweise aus dem Bruchstein gemauerten Klostergebäudes lagen, musste Yuro eine ansehnliche Strecke zurücklegen, ehe er erneut vor der schweren alten Holztür ankam. Die Pforte war verschlossen, aber wie alle Durchgänge des Klosters ließ sie sich öffnen, wenn man nur den richtigen Ton zustande brachte.

Yuro hatte lange geübt, sich die Nuancen der verschiedenen Tore eingeprägt, sich viele der Töne selbst erschlossen, indem er geduldig viele Stunden lang seiner Stimme alle ihr möglichen Laute entlockt hatte. Diese Macht der Stimme, das war ihm dabei klar geworden, besaß längst nicht jeder seiner Mitbrüder, und doch war diese etwas, von dem er ahnte, dass sie noch wichtig für ihn werden würde.

Deutlich hörbar glitt der Riegel aus seiner Verankerung. Yuro drückte behutsam die Klinke nach unten, schob sich durch den schmalen Spalt und verschloss den Durchgang wieder gewissenhaft. Auch ohne Licht fand er sich mit schier traumwandlerischer Sicherheit zurecht. Wie schon so oft schritt er an den Regalreihen entlang, strichen seine Finger über die Rücken der Fibeln.

Eine Schriftrolle, die zusammen mit vielen anderen hinter dem filigranen Holzgitter einer Schublade aufgeschichtet lag, dünkte ihm heller zu sein als der Rest, denn seltsamerweise konnte er deren Umrisse klar und deutlich erkennen. Vorsichtig zog er die Lade auf und das Schriftstück zwischen den anderen hervor. Auf einem der Lesepulte entrollte er es.

Zunächst schien es sich in nichts von den vielen zu unterscheiden, die Yuro bereits untersucht hatte. Als sein Blick jedoch länger darauf verharrte, schob sich eine fluoreszierende Zeichnung über die unzähligen Schriftzeichen. Mit angehaltenem Atem beugte er sich tiefer. Die Darstellung kam ihm gleichermaßen bekannt wie fremd vor. Je länger er darauf starrte, desto heller wurden die leuchtenden Linien, schob sich die Zeichnung wie ein dreidimensionales Gebilde aus dem Papyrus heraus. Fast wäre seinen Lippen ein Aufschrei des Erstaunens entschlüpft, denn mit einem Mal erkannte er, was er hier vor sich hatte: Eine Abbildung eben jenes Lesesaales, in dem er sich gerade befand. Die Darstellung zeigte jedoch einen annähernd doppelt so großen Raum.

Eingehend betrachtete er nun das Bild, das lautlos vor seinen Augen flimmerte. Wenn ihn nicht alles täuschte, führte die zweite Hälfte der Bibliothek tiefer in den Berg hinein als alle anderen Räume. Wo aber befand sich die verborgene Tür, der Durchlass, der diese Abteilung von der öffentlichen trennte?

Warum hatte er nie von dieser Erweiterung gehört? Welche Geheimschriften sollten geschützt werden, und vor wem? Was wusste Jomai, der Bibliothekar, darüber? Fragen über Fragen, die etwas in ihm zum Klingen brachten.

Ein Bild seiner Kindheit, an die er so gut wie keine Erinnerung mehr hatte, blitzte für eine Sekunde hinter seiner Stirn auf. Ein weißer Feuerball, der seine Netzhaut versengte und die Gestalten um ihn herum zu schwarzen Schatten degradierte. Nichts, dass sich in irgendeinen Zusammenhang mit der Bibliothek dieses Klosters bringen ließ – bisher.

Benommen schüttelte Yuro den Kopf. Was ging hier vor? Was ging mit ihm vor? Seit seiner Ankunft im Hayuma-Konvent verlief sein Leben in geregelten Bahnen. Nun aber geriet alles irgendwie aus den Fugen, stellte sich sein ganzes bisheriges Dasein mehr und mehr infrage. Mühsam drängte er die sich auftürmende Gedankenflut zurück. Er musste versuchen, Ordnung in diese zu bringen, wenn er nicht von ihr überrollt – und unter ihr begraben werden wollte.

Zu allererst musste er die geheime Tür finden, den Zugang zur Verborgenen Abteilung der Bibliothek. Dann …! Ein letztes Mal betrachtete er konzentriert die dreidimensionale Abbildung, bevor er den Papyrus wieder zusammenrollte, in das Schubfach zurücklegte, dieses zuschob und sich nachdenklich auf den Weg machte.

Zwar konnte man in den mannigfaltigen Unterabteilungen, deren Regale quer zu den andern verliefen, leicht die Orientierung verlieren, Yuro jedoch glaubte sicher zu wissen, wohin er sich wenden und wo er suchen musste. Kurze Zeit später ging er an einer spärlich bestückten Regalzeile entlang, hinter der immer wieder die rote Wand es Berges hindurch schimmerte.

Klafften hier schon immer solch große Lücken im Bestand, oder waren die einstmals dort beheimateten Folianten mit voller Absicht entfernt worden?

Die Abteilung war mit »*Geschichte*« überschrieben. Das Wort prangte deutlich von dem Regalbrett, das sich genau auf Yuros Augenhöhe befand. Hier, das fühlte er, war er richtig. Nur, wonach genau sollte er suchen? Nachdenklich starrte er auf die Buchstaben, als diese plötzlich vor seinen Augen zu flimmern begannen. Das erste ›C‹, das erste ›H‹ und das ›E‹ am Wortende verblassten, dann verschwammen die Schriftzeichen wie in einer durch einen Steinwurf erschütterten Wasseroberfläche. Als die Wellen ausgelaufen waren, erblickte Yuro sein eigenes Gesicht, wie wenn er in einen Spiegel sähe. Anschließend drehte sich die Regalwand lautlos zur Seite, und er konnte die dahinter liegenden Räumlichkeiten betreten. Der Durchgang schloss sich hinter ihm ebenso geräuschlos, wie er aufgeglitten war.

Yuro war alleine in der hier herrschenden, stockdunklen Finsternis. Er sang, und das ultraviolette Licht überzog alles mit seinem unwirklichen Schein. Ja, hier befanden sich ebenfalls Regale voller Schriftstücke, aber auch Sitzgelegenheiten, Schlafstätten, ein Wasserreservoir, mehrere Feuerstellen sowie einige Vertiefungen in den Wänden, deren Bestimmung ihm unerschlossen blieb. Eine ganze Weile stand er einfach nur da und nahm dieses Bild in sich auf.

Plötzlich spürte er einen Ruck durch seinen Körper gehen. Wie durch eine sich rasend schnell drehende Spirale zog es ihn aus diesem Raum hinaus, und er fand sich an einem vollkommen anderen Ort wieder, heftig gerüttelt von Solus, der mit einem Ausdruck in den hellen Augen, den Yuro nicht einzuordnen vermochte, auf ihn niedersah.

DIE ANDERE GESCHICHTE Yuro spürte den Blick des Freundes mehr, als dass er ihn sah, denn zunächst nahm er seine Umgebung nur schemenhaft wahr. Gerade erst schien er aus großer Höhe gefallen und sanft, aber dennoch abrupt in den vertrauten Decken seiner Schlafstelle aufgeschlagen zu sein. Noch immer vermeinte er, herumgewirbelt zu werden. Erst allmählich klang der Schwindel ab, und er sah wieder klar.

Solus' Züge spiegelten Verwirrung und verhaltene Wut wieder. Jedoch, den Gepflogenheiten des Klosterlebens folgend, entschlüpfte seinen Lippen nicht ein einziger Laut. Stumm deutete er auf Yuros Gewänder. Mit fliegenden Fingern zog dieser sich an, und gemeinsam erreichten sie die Große Halle gerade in dem Augenblick, als Lerom die Tür zuzuziehen begann.

Trotz aller Disziplin, die Yuro sich im Laufe seines hiesigen Lebens angeeignet hatte, fiel es ihm heute zum ersten Mal wirklich schwer, sich auf die Übungen zu konzentrieren, und seine Stimme zitterte, als sie den Abschlussklang sangen.

Solus schien es wie ihm zu gehen, denn obwohl sie keineswegs nah beieinander standen, nahm Yuro dessen innere Anspannung wahr, die wie seine eigene ebenfalls während der Exerzitien nicht abnahm. Auch bohrten sich dessen Blicke so intensiv in seinen Rücken, dass er sie geradezu wie einen stechenden Schmerz empfand.

Unwillkürlich suchte er sich zum Frühstücken einen kleinen, ein wenig abseits stehenden Tisch in der hintersten Ecke des Speisesaals. Solus indessen entdeckte ihn sofort. Angestrengt ruhig ließ er sich Yuro gegenüber in den Stuhl sinken. Seine Augen hingegen schleuderten Blitze.

»Wie lange willst du dich noch vor mir verstecken oder vor mir davonlaufen?«, fragte er leise, kaum dass er seine Schale geleert hatte. »Ich dachte bisher, wir seien Freunde, nach all den Jahren, die wir uns nun kennen. Hab ich dir irgendetwas getan, dass du dich auch vor mir komplett verschließen musst?«

Yuro schüttelte den Kopf. »Das ist es nicht«, gab er leise zurück. »Aber ich kann dir noch nichts erklären, weil ich selbst noch nichts weiß.«

»Klar, und warum du mich, als ich dich weckte, wie einen Geist angesehen und um dich gestarrt hast, als hättest du keine Ahnung, wo du bist, kannst du mir auch nicht begründen. Genau so wenig, wie deine sich häufenden gedanklichen Abschweifungen. Yuro, halt mich doch nicht für blind! Ich bin nicht der einzige, dem das auffällt. Die Alten lassen dich schon kaum noch aus den Augen, und wenn du nicht so sehr mit dir selbst beschäftigt wärst, hättest du längst bemerkt, dass über dich inzwischen mehr getuschelt wird als über jeden anderen!«

Yuro schluckte. Dass er bereits in solchem Ausmaß die Aufmerksamkeit anderer erregt hatte beunruhigte ihn zutiefst. Noch mehr jedoch wühlte ihn die Tatsache auf, dass er für all diese Vorfälle nicht einmal sich selbst gegenüber eine Erklärung hatte. Er war sich sicher gewesen, die Bibliothek leibhaftig betreten zu haben. Er hatte die Schriftrolle gefühlt, ebenso wie die Rauheit der Wände, hatte den stumpfen Geruch des Papiers, des Steins, aufgenommen – sich aber in seiner Schlafnische befunden, als Solus ihn weckte. Noch nie war ihm der Weckruf entgangen. War dieser das Orientierungssystem lahmlegende Wirbel womöglich doch nur das Resultat seines jäh unterbrochenen Traumes gewesen?

»Sag mir doch wenigstens, was dich so sehr beschäftigt«, fuhr Solus drängend fort.

»Warte, bis wir die Mauern verlassen haben«, vernahm er wenig später Yuros Stimme, obwohl dessen Mund stumm blieb. »Hier haben die Wände Ohren!«

Schweigend beendeten sie ihre Mahlzeit.

Später gingen die beiden wie am Vortag los, um die Karu-Herde zu finden. Diesmal aber zogen sie zwei mit Heu und Kräutern beladene Schlitten hinter sich her.

Der Schneesturm hatte nachgelassen, wenngleich die Wolken nach wie vor tief hingen und die Jungen zeitweise wie in Watte hüllten. Sie hätten nicht einmal ihren Spuren vom Vortag folgen können. Die Flocken, die unablässig während der Nacht vom Himmel gerieselt waren, hatten alles unter einer dicken Decke begraben. Yuro schien das Auffinden des schmalen Felsspaltes heute mehr Mühe zu machen. Immer wieder blieb er stehen, lauschte in sich hinein, änderte die Richtung.

Irgendwann lösten sich dunkle Schatten aus dem gleichförmigen Grau, bewegten sich behutsam auf sie zu. Die Tiere hatten die Nahrung mit ihren empfindlichen Nüstern gewittert und geleiteten die beiden Menschen nun zu ihrem Unterschlupf. Aufseufzend schlossen sich die Freunde dem Tross der Karu an.

Zum Stillen ihres eigenen Durstes ließ sich eines der Weibchen melken, die anderen indessen zogen sich zurück – ein unmissverständliches Zeichen, dass größere Zugeständnisse heute nicht zu erreichen waren.

Yuro und Solus entluden die Schlitten und brachten das Futter zum Schutz vor Rivalen weit in die Höhle hinein. Erst als sie mit der aufgetragenen Arbeit fertig waren, ergriff Yuro Solus sanft am Ellenbogen, führte ihn zu einem der größeren Felsblöcke, die vereinzelt den Boden bedeckten und drückte ihn behutsam darauf nieder.

»Ich höre Stimmen«, begann er übergangslos, »im Rauschen des Windes, im Fallen der Regentropfen, und besonders im Dahinfegen der feinkörnigen Schneeflocken. Ich ... glaube, ich soll irgendetwas finden, aber ich weiß nicht was – und nicht wo. Das einzige Wort, das ich bisher klar zu erkennen vermochte war ›Schicksal‹ – was auch immer das bedeutet. Manchmal scheine ich an zwei Orten gleichzeitig zu sein, aber das geschieht nur bei Dunkelheit. Seit einiger Zeit blitzten ab und zu Szenen aus meiner frühesten Kindheit in meinem Gedächtnis auf, aus der Zeit, an die ich mich bisher vergeblich zu erinnern versuchte ... bevor ich hierher kam. Und ich kann deine Gedanken wahrnehmen – hin und wieder. Gelegentlich spüre ich eure Blicke auf mir wie Speerspitzen, die sich in mich bohren. Ich habe mittlerweile das Gefühl, mich umgibt ein Geheimnis, von dem ich nichts weiß, das aber unglaublich wichtig ist – und von dem andere mehr wissen. Werde ich paranoid, Solus?«

Dieser zuckte sowohl unter dieser Frage als auch wegen der kurzen, aber schonungslos direkten Offenbarung wie unter einem Peitschenhieb zusammen. Er hatte mit allem möglichen gerechnet, aber nicht mit dem, womit Yuro ihn gerade konfrontierte. In seinem Kopf wirbelte alles durcheinander, seine Beobachtungen, die Überlegungen, die er selbst schon angestellt hatte, die Worte seines Freundes. Wenn ihn diese Dinge schon so verwirrten, wie mochte sich dann Yuro erst fühlen?

Die Stille, die Yuros letzten Äußerungen gefolgt war, hielt an, nur durchbrochen vom leisen Mahlen der Kiefer der fressenden Karu.

»Ich weiß nicht, wen ich zurate ziehen könnte«, setzte Yuros Stimme plötzlich wieder ein. »Meine Intuition zwingt mir Zurückhaltung auf, wo ich seit Jahren Geborgenheit und Zuneigung empfinde.«

Wieder schwieg er, und auch Solus wusste nicht, was er auf die Darlegungen seines Gefährten hätte erwidern sollen.

»Ich werde immer dein Freund bleiben«, murmelte er schließlich und drückte Yuros Hand.

Dieser nickte kaum merklich, wandte sich ruckartig ab, streifte die Handschuhe über, schnappte sich das Zugseil seines Schlittens und stapfte auf den Riss in der Felsenwand zu, um die Höhle wieder zu verlassen.

Zurück im Konvent verlief der Tag wie jeder andere auch, ohne eine nennenswerte Unterbrechung der Routine. Nach dem Abendessen suchte Yuro, wie einige andere auch, abermals die Große Halle auf. Sein Ziel war es, sich mittels körperlicher Ertüchtigung so sehr zu ermüden, dass er danach endlich einmal wieder einfach nur schlafen konnte.

Matt und abgeschlagen schleppte er sich zu später Stunde in seine Nische. In der absoluten Dunkelheit fielen ihm die Lider wie Bleideckel über die Augen, und er versank in einem unendlichen Abgrund.

Ein Geräusch schreckte ihn auf. Es war das leise Rascheln des schweren Stoffes, aus dem die Klosterbekleidung gefertigt war. Irgendjemand schlich durch den Korridor, bemüht, sich lautlos zu bewegen. Nun hielten die Bewegungen inne. Sachte wurde der Vorhang, der seine Schlafstätte zum Gang hin abgrenzte, zur Seite gezogen.

Beugte sich da nicht ein Schatten zu ihm hinein? Yuro wagte kaum zu atmen. Lange starrte die dunkle Gestalt auf ihn nieder, bevor sie sich behutsam zurückzog. Yuros Starre löste sich, und er nahm einen tiefen Atemzug. Nun jedoch war er derart aufgewühlt, dass an Einschlafen nicht mehr zu denken war, und der innere Drang, den er abermals verspürte, trieb ihn wie in der vorhergegangenen Nacht in die Bibliothek.

Alles nahm denselben Verlauf, nur dass er sich diesmal nicht mit dem Betrachten des verborgenen Raumes aufhielt, sondern sich gleich den Konvoluten zuwandte, die auch hier unter der Rubrik »*Geschichte*« angeordnet waren. Die Buchstaben glitzerten, fixierten seine Aufmerksamkeit, zogen alles an ihm wie magisch an. Würde er hier etwas finden, das ihm weiterhalf?

Wie alle Klostermitglieder wusste Yuro, dass die Rasse der Inari den Planeten Innis bevölkert hatte, lange bevor die Airin vor einigen Jahrhunderten mit ihren Raumschiffen auf ihm gelandet waren und diesen geradezu überschwemmt hatten. Ihre Technik stand den Geistesgaben der Inari gegenüber, und es hatten erbitterte Kämpfe getobt, die große Teile der Oberfläche dieser Welt verwüsteten.

Gnadenlos hatten die Airin die Ureinwohner zurückgedrängt, getötet – oder versklavt. Viele ordneten sich schließlich den Eroberern unter, um zu überleben. Vielerorts kam es aufgrund von Genmanipulationen bald zu einer Vermischung der Rassen.

Die Halbblüter waren anfangs keiner Seite willkommen und darum häufig Ausgestoßene gewesen. Irgendwann aber konnte man die Nachkommen der Airin von den Mischlingen so gut wie nicht mehr unterscheiden, und es wurde mühselig, wenn nicht gar unmöglich, die Separation aufrechtzuhalten. So war das ›Alte Blut‹, waren die ›reinrassigen Inari‹ nahezu ausgestorben.

Zwar gab es noch lange Zeit vereinzelte Widerstandsgruppen, diese jedoch wurden von den Airin erbarmungslos verfolgt, zerschlagen – oder vernichtet. Deren Gesetz nämlich besagte, dass nur ein Planet, dessen ursprüngliche Zivilisation ›ausgestorben‹ sei, dem ›Großen Imperium‹ zugeschrieben und zur Kolonisation freigegeben werden durfte. Wer konnte schon sagen, bei wie vielen Planeten dahingehend gründlich nachgeholfen worden war?

Aber auch unter den Airin gab es Andersdenkende. Diese sahen in der Vereinigung mit der Urbevölkerung eine Bereicherung, insbesondere für den natürlichen Fortbestand der eigenen Rasse, denn das Umherreisen im All führte bei nahezu allen Airin irgendwann zur Unfruchtbarkeit. Sie wuchsen darum größtenteils in riesigen Zuchtstationen auf, künstlich gezeugt mit den noch intakten Keimzellen derjenigen, die den Sprung durch die Lichtmauer unbeschadet überstanden hatten.

Aus diesen ursprünglich geheimen freiwilligen Zusammenschlüssen wurden nach und nach von den Inari anerkannte Gemeinschaften. Da die Durchmischung der Rassen auch hier schon bald die Reinrassigkeit ausmerzte, ließ man sie auch seitens der Airin gewähren, denn sie standen nicht im Widerspruch zu den Eroberungsdoktrinen. Einer solchen Gemeinschaft entsprang auch dieses Kloster, ebenso wie die Ansiedlungen, die es weiträumig umgaben.

Umsichtig zog Yuro einen der vielen Bände heraus, schlug ihn auf, und begann zu lesen. »*3. Buch*«, stand dort. »*Die Tests sind abgeschlossen. In wenigen Wochen werden wir zu den Sternen aufbrechen.*«

Es folgten eine Reihe wissenschaftlicher Formeln, eine Unmenge Zeichnungen, Vorbereitungsniederschriften. Nichts, womit Yuro viel anfangen konnte. Er klappte das Buch wieder zu, stellte es zurück, ergriff das nächste. »*4. Buch – Technik der Raumfahrt*« Auch nichts, was ihm weiterhalf.

Er griff in die darunterliegende Regalreihe. Dieser Foliant war gänzlich anders aufgebaut, als die beiden, die er zuerst in den Händen gehalten hatte. Die Seiten waren mit einer zittrigen Handschrift bedeckt, die an manchen Stellen verlaufen war, als wäre Flüssigkeit darauf getropft. Das Buch war mit fortlaufenden Datierungen versehen und erweckte eher den Eindruck eines persönlichen Tagebuches. Auf der Innenseite des Einbandes konnte er mit viel Mühe einen Namen entziffern, dessen Zusatz zu entfernen versucht worden war: *Managola, Leiter und oberster Verantwortlicher der Raumfahrtbehörde*.

Wie elektrisiert begann Yuro zu lesen. »*Ich stehe vor einem Trümmerfeld. An vielen Stellen brennt die Erde, Lavaströme ergießen sich über das Land, die Meere kochen. Haushohe Wellen brechen über die Küsten, hinterlassen unüberblickbare Spuren der Verwüstung. Stürme toben über die Ebenen. Die Erdkruste bricht an vielen Stellen auf, verschluckt, was immer sich dort befindet. Sintflutartige Regenfälle begraben ganze Landstriche unter ihren Wassermassen, die Kommunikation bricht vielerorts zusammen.*

All meine Träume sind zerstört. Ich muss mich der bitteren Wahrheit stellen, dass wir in unserem Vorwärtsdrang jedes Maß verloren, ökologische wie ökonomische Misswirtschaft betrieben und mit der gewissenlosen Ausbeutung aller Ressourcen den erfolgten Tiefschlag selbst heraufbeschworen.

Der Planet wehrt sich, straft uns für das Ungleichgewicht, das wir verschuldet haben.

Wir haben die Anfänge dieser Veränderungen ignoriert – und nun bricht das Chaos mit einer Macht über uns herein, gegen die all unser technisches Wissen uns nicht schützen kann. Der Planet holt sich zurück, was wir ihm in unserer unendlichen Gier nach Fortschritt entrissen haben. Wer noch kann, verlässt diese Welt. Wir sind am Ende.«

Es folgten viele individuelle Einträge, die einerseits seine Gemütsverfassung wiederspiegelten, andererseits die Situation beschrieben, in der er und die kleine Gruppe, die sich um ihn geschart hatte, sich befanden – zu viel, um alle Einzelheiten zu verinnerlichen. Yuro stellte auch dieses Buch zurück.

Ganz am rechten Ende dieser Regalwand stand in der unteren Reihe ein ausnehmend schmales Dokument, welches seiner Erscheinung nach wesentlich neueren Datums zu sein schien als alle anderen. Er zog es vorsichtig heraus, und allein die Überschrift signalisierte ihm, dass dies endlich etwas sein könnte, was ihn weiterbrachte.

»*Zusammenfassung*« war in großen Lettern auf den Umschlag geschrieben, und darunter »*Tanami*«. Ob das der Name des Verfassers war? Abermals begann Yuro zu lesen: »*Ein Zufall brachte mich hierher, und überwältigt stehe ich vor diesen Jahrtausende alten Zeugnissen unserer Rasse, die meine Vorstellung und mein Wissen über unsere Entwicklung zum Einsturz bringen wie ein Kartenhaus, in das ein Windstoß hineinfährt. Ich werde versuchen, all die mir zuteil gewordenen Offenbarungen möglichst übersichtlich zusammenzufassen, um sie in die Welt zu tragen und unser Selbstbild zu korrigieren. Wir, die Inari, waren einst eine hochtechnisierte Rasse, die sogar die Überwindung der Lichtgrenze entdeckt hatte. Das Weltall stand uns offen, und unsere Schiffe verließen auf der Suche nach neuen Welten unseren Heimatplaneten. Wir bauten immer bessere, immer größere Schiffe, doch die unerbittliche Ausbeutung der natürlichen Ressourcen erreichte ihre Grenzen. Der Planet setzte den Plünderungen Klimaveränderung, Erdbeben, orkanartige Stürme, Vulkanausbrüche und Überschwemmungen entgegen. Er strafte die Menschen für den auf ihm betriebenen Raubbau.*

Die einst blühende Technik ging unter, die Hochkultur unserer Zivilisation versank, die nachfolgenden Generationen begannen wieder ganz am Anfang. Hütten aus Lehm, Holz, Stein und Sand ersetzten die Prachtbauten aus Stahl und Glas, mühsamer Kleinanbau der benötigten Lebensmittel die riesigen, industriell bestellten Felder, die Haltung einiger weniger Tiere die gewaltigen Viehzuchtstationen.

Aber der rigorose Umbruch hatte auch seine guten Seiten. Individualität wich dem Gemeinschaftssinn, das Miteinander ersetzte das Gegeneinander. Es brachte Talente hervor, die auf einer gänzlich anderen Ebene lagen.

Die Inari entwickelten geistige Fähigkeiten, die die Errungenschaften der Technik zwar nicht ersetzten, ihnen aber auf anderen Gebieten Vorteile eröffneten. So entstand ein vollkommen neuer Lebensstil mit gänzlich neu ausgerichteten Zielen, und die Alten Zeiten gerieten in Vergessenheit.

Schon früh wurde dieser Konvent gegründet, ein Lehrstuhl, ein Ort des Austauschs, der Besinnung, der Erforschung und Schulung der neuen geistigen Kräfte. Hier wurden die Meditations- und Bewegungstechniken erarbeitet, die uns befähigten, unsere neuen Gaben bestmöglich zu nutzen. Wir wurden wieder ein starkes, stolzes, jedoch friedliebendes Volk, das das Leben und die Natur zu schätzen wusste und mit ihr in Einklang lebte – bis die Airin kamen.

Es war wohl deren Angst vor den Geisteskräften der Ureinwohner des Planeten, die diese ausrottungswürdige Monster in ihnen sehen ließ, denn die Inari waren nicht, wie viele Völker anderer Planeten, von der Technik ihrer Eroberer beindruckt, sondern wehrten sich gegen deren Herrschsucht und Unterdrückung. Sie leisteten mit den ihnen zu Gebote stehenden Mitteln erbitterten Widerstand in der Hoffnung, langfristig zu einem friedlichen Miteinander und einem respektvollen Zusammenleben mit den Airin gelangen zu können.

Nur wenige Airin jedoch sahen das ähnlich. Der Großteil der diesen Planeten überrennenden Fremdlinge sah in ihm nichts anderes als eine weitere Trophäe in einer bereits großen Sammlung besiedelter Himmelskörper.

Die Airin vermehren sich dank ihrer Zuchtstationen rasend schnell, und so sind sie einerseits gezwungen zu expandieren, andererseits jedoch liegt anscheinend deren einziger Lebenssinn darin, ihre Rasse über das gesamte Universum zu verstreuen. Die Urvölker entdeckter Planeten *kümmern sie wenig. Sie haben zu weichen. Ich sehe in so vielen Parallelen die Vergangenheit und die Gegenwart verschwimmen.*

Wir steuern auf einen erneuten Zusammenbruch zu. Mit nur belanglos veränderten Ausgangsdaten droht sich das Schicksal zu wiederholen, das ich den wenigen Aufzeichnungen entnahm, welche in diesen roten Felsen, die anscheinend ein natürliches Konservierungsmittel enthalten, die Zeit überdauert haben. Die offensichtlich ehemals vorhandenen, beigelegten Speicherplatinen, -chips oder -bänder fielen der Erosion zum Opfer, einzig das Papier hat dem Verfall getrotzt. Ich bete, dass unserem Volk das erspart bleiben möge.«

Weiter kam Yuro nicht, denn aus der Ferne drang der Klang der Glocke an sein Ohr. Der Strudel, der ihn auch in der vorangegangenen Nacht erfasst hatte, zog ihn mit sich, und wieder erwachte er in seinem Bett, als hätte er es nie verlassen.

GEFLÜSTER Der neue Tag begann, aber Yuro fiel es schwerer denn je, sich auf das Hier und Jetzt zu konzentrieren. Er fühlte sich müde, zerschlagen, gleichzeitig jedoch auch aufgekratzt. Um seine Unruhe nicht gar zu sehr nach außen dringen zu lassen, bot er freiwillig an, die Feuerstellen zu reinigen und für Brennholznachschub zu sorgen. So war er körperlich beschäftigt und konnte, das jedenfalls hoffte er, gleichzeitig seine Gedanken ein wenig sortieren.

Es war kein leichtes Unterfangen, dem er sich anheimgestellt hatte. Viele Male durchwanderte er die Hallen und Korridore des Klosters, um in den großen Aschekörben die Überreste der Feuer zu entsorgen und neues Brennmaterial hereinzubringen. Sorgfältig stapelte er es neben den Feuerstellen, entfachte die Flammen, die mit ihrer Hitze die natürliche Wärme des roten Steines in der kalten Jahreszeit unterstützten.

Rußverschmiert, verschwitzt und staubig suchte er nach getaner Arbeit den Waschraum auf. Das Duschen war eine Annehmlichkeit, der er sich zwar nur selten hingab, wenn er es aber tat, genoss er die wenigen Minuten in vollen Zügen. Mit geschlossenen Augen seifte er sich ein, ließ den warmen Wasserstrahl über Gesicht und Körper rinnen, den Schaum wie die Anspannung hinweg spülen. Das raue Handtuch rieb über seine nasse Haut, saugte die perlenden Tropfen auf, trocknete und wärmte ihn. Oh ja, sowohl die Anstrengung als auch die Entspannung hatten ihm gutgetan.

Mit einem feinen Lächeln auf den Zügen kleidete er sich frisch an, stopfte die verschmutzten Sachen in einen der Wäschesäcke und wollte diesen soeben in den Sammelraum bringen, als er aus der Wäschekammer verhaltene Stimmen hörte.

»Du glaubst, er sei etwas Besonderes, nicht wahr?«

Stille.

»Er hat den Klangregenbogen vervollständigt. Das können nicht allzu viele.«

Wieder Schweigen.

»Er ist anders, auch wenn er es meisterhaft verbirgt. Schon als ich ihn vor zwölf Jahren das erste Mal sah, wusste ich, dass er außergewöhnlich ist. Seine smaragdgrünen Augen sind unergründlich, und er kann wesentlich mehr, als er uns sehen lässt. Wie sonst ist es zu deuten, dass ein kaum Fünfjähriger den Häschern der Airin entkommt, völlig auf sich gestellt in der Unwirtlichkeit dieser Berge überlebt und ohne jegliche Hilfe bis fast zur Pforte unseres Konvents gelangt?«

»Ist er gefährlich?«

»Das ist eine gute Frage. Jeder ist gefährlich, wenn man weiß für wen.«

»Wir sollten ihn weiterhin im Auge behalten.«

Die Stimmen verstummten, und Yuro, der stehengeblieben war, ging langsam weiter. Die beiden hatten sich über ihn unterhalten! Was hatten sie wohl gemeint, von ihm als »etwas Besonderes« zu sprechen? Und – worauf zielte die Frage, ob er »gefährlich sei« ab?

Er brauchte mehr Informationen – besonders über sich selbst. Wer waren seine Eltern? Wo hatte er gelebt, bevor die Grauen ihn entführten, und warum war ausgerechnet er für die Häscher der Airin so interessant gewesen?

Das belauschte Gespräch hatte seinen sich ohnehin schon überschlagenden Gedanken neue Nahrung gegeben. Der kurze Moment der geistigen Ruhe war unwiederbringlich zerstört. Solus hatte recht behalten.

Bis zur Abendmahlzeit war noch etwas Zeit. Ob Yuro auch während des Tages in den verborgenen Trakt gelangen konnte? Möglicherweise fände er dort noch Aufzeichnungen, die ihm etwas über sich selbst eröffneten. Dieser Raum zog ihn an wie ein Magnet. Unwillkürlich hatte er bereits den Weg zur Bibliothek eingeschlagen.

Die Tür war unverschlossen wie immer in den Zeiten, in denen Jomai anwesend war. Der Bibliothekar begrüßte ihn mit einem freundlichen Nicken, während sein Gesichtsausdruck die Frage, ob Yuro Hilfe benötigte, wiederspiegelte. Yuro nickte seinerseits grüßend zurück und bewegte seinen Kopf anschließend verneinend von rechts nach links, woraufhin Jomai sich wieder in die vor ihm liegenden Listen vertiefte.

Lautlos durchschritt Yuro die endlos scheinenden Regalschluchten, wandte sich hier nach links, dort geradeaus. Er wollte sichergehen, dass niemand ihm folgte. Vor dem »*Geschichts-Regal*« schließlich verharrte er und starrte die Buchstaben an, als könne er sie dadurch hypnotisieren und zum selben Verhalten wie des Nachts veranlassen. Unbewusste Nervosität ließ ihn die Hände zu Fäusten zusammenballen. Nichts geschah. Einerseits erleichtert, andererseits beunruhigt schlich er weiter, ohne ein bestimmtes Ziel vor Augen zu haben. In der Reihe der »*Klosterliteratur*« blieb er abermals stehen, griff nach den »*Anthologien*«, setzte sich mit der Sammlung an eines der Lesepulte, schlug wahllos eine Seite auf und begann zu lesen.

»*Du bist wie sie, und sie sind wie du. Der Schlüssel zu allem ist in dir verborgen. Folge dem Licht. Die Stadt am großen Fluss ist der Anfang und das Ende. Geh und beende, was unnötig ist.*«

Yuro schloss die Augen. Das war eindeutig eine an ihn gerichtete Aufforderung! Leise klappte er das Buch zu, erhob sich und stellte es zurück. Als er sich umwandte und dem

Ausgang zustrebte, erblickte er aus dem Augenwinkel Jomais enttäuschtes Gesicht. Hatte der Bibliothekar herauszufinden versucht, welcher Thematik er sich widmete?

Wieder auf dem Gang atmete Yuro tief durch. Litt er jetzt doch unter Verfolgungswahn?

»Glaubst du, es gibt sie noch, die versteckten Widerstandsgruppen?«, überfiel er beim Abendessen seinen Freund Solus.

»Wie kommst du denn darauf?«, erwiderte dieser verblüfft.

»Die Frage war einfach da. Solus, irgendwer versucht, mich zu erreichen. Ich weiß nicht wer, ich weiß nicht warum, ich weiß nicht mal genau wie, nur dass es so ist. Die Texte in einigen der Bücher sagen mir etwas vollkommen anderes, als dort tatsächlich geschrieben steht. Ich habe es heute das erste Mal bewusst wahrgenommen. Ich habe in den Anthologien der Mönche geblättert, du weißt schon, dieser alten Chronik, die wir alle zu lesen auferlegt bekamen, um den Sinn und Wert dieses Konvents schätzen zu lernen. Dort steht weder etwas über irgendeine Stadt noch enthält sie persönliche Botschaften. Und doch waren die Worte der Seite, die ich willkürlich aufschlug, offenkundig direkt an mich gerichtet.«

»Bist du dir absolut sicher, dass du nicht halluzinierst?«, hakte Solus besorgt nach.

»Das ist genau das, was mich wahnsinnig zu machen droht!«, gestand Yuro. »Ich kann Realität und Illusion nicht mehr unterscheiden. Es ist alles echt, für mich.« Seine Stimme klang verzweifelt, und Solus konnte dessen Besorgnis gut nachvollziehen.

»Sprich mit Zelut«, schlug er schließlich zaghaft vor.

Yuros Blick war unstet, als er nach einer langen Weile des Schweigens erneut zu seinem Freund aufsah.

»Es ist deine Entscheidung, Yuro, aber einen anderen Rat habe ich nicht für dich!«, bekannte dieser.

Wieder verstummten beide, und eine sonderbare Spannung blieb zwischen ihnen bestehen, als sie gemeinsam den Speisesaal verließen.

Auch die folgenden Nächte verbrachte Yuro im verborgenen Flügel der Bibliothek. Er studierte Texte, betrachtete Landkarten, verinnerlichte Zeichnungen, die ihm zum jetzigen Zeitpunkt nichts sagten, von denen sein Instinkt ihn jedoch glauben machte, sie seien wichtig.

Die Tage glitten an ihm vorbei. Nicht selten hatte er das Gefühl, gleich einer Marionette an Fäden aufgezogen zu sein und fremdbestimmt zu handeln. Oft empfand er sich als ›neben sich stehend‹, und nur während der Meditationen verschmolz er mit sich selbst für kurze Zeit wieder zu einer Einheit.

Zunehmend deutlicher manifestierte sich die anfangs nur vage Ahnung, dass er den Konvent würde verlassen müssen. Solus war der Einzige, dem Yuro sich anvertraute. Den anderen schien seltsamerweise nichts an ihm aufzufallen, worüber sie nicht sowieso schon redeten.

Etwa vier Wochen später jedoch bat ihn der Prior zu einer Unterredung. Zitternd vor Anspannung stand Yuro vor der Tür zu dessen Zimmer, als Zeluts tiefe Stimme ihn bereits einzutreten bat. Dessen Gesicht war ernst, aber nicht abweisend. Auffordernd deutete er auf den ihm gegenüberstehenden Stuhl, und Yuro, sich dieser Unüblichkeit bewusst, nahm widerspruchslos Platz.

»Dich zieht es weg von uns, nicht wahr?«, kam der Prior unumwunden zur Sache.

»N-n-nein«, stotterte Yuro überfahren.

»Aber es ist so, auch wenn du es selbst vielleicht noch nicht erkannt hast. Yuro, ich bin lange genug an diesem Kloster um zu erkennen, wenn jemand in unserer Gemeinschaft etwas Besonderes ist. Nicht umsonst begleite ich seit mehreren Jahrzehnten den Posten des Vorstehers. Du bist anders als wir, du warst es immer. Und seit nahezu einem Jahr durchläufst du eine Entwicklungsphase, die dich ängstigt, weil du sie nicht verstehst. Ich weiß das, weil ich ein wenig von der Gabe, die auch du in dir trägst, ebenfalls besitze. Ich habe deine Gedankenschreie gehört, nicht oft, nicht detailliert, aber es war mir unmöglich, die Verzweiflung dahinter zu ignorieren. Und ich spüre deinen inneren Zwang, etwas zu finden, von dem du selbst noch nicht weißt, was es ist.«

»Hat Solus Euch das alles erzählt?«, stieß Yuro zwischen den Zähnen hervor.

Zelut lächelte. »Nein, mein Sohn. Dein Freund ist verschwiegen wie ein Grab. Was immer du ihm anvertraut hast, kein Wort davon hat seine Lippen verlassen.«

Yuros verkrampfte Haltung lockerte sich ein wenig.

»Es ist nicht so, dass ich dich loswerden will, aber ich fühle, dass eine Aufgabe vor dir liegt, der du hier nicht gerecht werden kannst. Wir haben versucht, dir so viel wie möglich von unserem Wissen zu vermitteln, damit du nicht scheitern musst. Dich umgibt ein Geheimnis, das jedoch nur du alleine ergründen kannst. Lass dich nicht von deinem Pflichtgefühl uns gegenüber in Ketten legen. Ein Jeder ist frei, seiner eigenen Berufung zu folgen. Wenn du gehst, gehst du mit meinem Segen, Yuro, und wenn Solus dich begleiten will, solltest du ihm das nicht abschlagen.«

Yuro schluckte. Was er auch erwartet haben mochte, dies war es gewiss nicht gewesen. »Prior, ich bin Euch eine Erklärung schuldig«, murmelte er, nachdem er sich wieder gefasst hatte.

Zelut schüttelte den Kopf. »Nein, das bist du nicht.«

Eine Vision aus ferner Vergangenheit entstand vor seinem geistigen Auge: Ein paar Zeilen aus dem ›Buch des Schicksals‹, in das er nur für Sekunden einen Blick hatte werfen dürfen und das ihm, zu seinem eigenen Erstaunen, tatsächlich einen Hinweis auf kommende Ereignisse gegeben hatte. »*... und einer wird kommen, der anders ist. Er wird unter euch leben und doch nicht zu euch gehören, denn er ist etwas Besonderes. Unaufhaltsam wird er das Gift zerstören, die alte Ordnung zu neuem Leben erwecken, Irrtümer offenlegen und vereinen, was zusammengehört. Die Dunkelheit ist sein Freund und das Licht sein Begleiter ...*«, hatte dort gestanden. Jedes einzelne Wort hatte sich in Zeluts Gedächtnis gebrannt, und seit Yuro ins Kloster gebracht worden war, hatten sie mehr und mehr an Bedeutung gewonnen.

»Vielleicht ist es sogar besser, wenn ich nicht mehr erfahre. Ich werde dich offiziell auf eine Mission schicken. Wie du weißt, kommt das tatsächlich ab und zu vor. So wird deine Abreise niemanden verwundern, und solltest du doch eines Tages zurückkehren, liegt die Begründung bereits vor.«

Yuro senkte langsam den Kopf. Den Ausführungen des Klosterleiters war nichts mehr hinzuzufügen. Er hatte ihm bestätigt, was er längst wusste, wenngleich er es noch vor sich selbst zu leugnen versuchte. Er musste gehen.

»Rede mit Solus«, forderte der Prior, »und teile mir seine Entscheidung mit.«

Wieder nickte Yuro bedächtig.

»Ich habe dich und ihn einen großen Abschnitt eures Lebens begleitet, aber nun beginnt ein neuer, in dem ich nicht an eurer Seite stehen kann. Meine guten Wünsche werden stets mit dir sein – und vielleicht führt das Schicksal uns irgendwann erneut zusammen. Geh in Frieden, mein Sohn.«

Dies war die Abschiedsformel, und Yuro erkannte, dass damit die Unterredung beendet war.

»Friede auch mit Euch, Prior«, verabschiedete er sich, erhob sich, und verließ das Zimmer.

Zelut starrte noch lange auf die geschlossene Tür, hoffend, dass er das Richtige getan hatte.

An diesem Abend saßen Yuro und Solus bis weit nach Mitternacht zusammen. Yuro berichtete von seinem Gespräch mit Zelut. Solus lauschte schweigend.

»Möchtest du denn, dass ich mit dir komme?«, hakte er nach, als sein Freund geendet hatte.

Darüber hatte Yuro lange nachgedacht. Trotz aller Gegenargumente musste er sich eingestehen, dass die einzig ehrliche Antwort »Ja« lautete. »Es wäre mein Wunsch«, bekannte er leise.

Erstmals seit Ewigkeiten, so schien es ihm, sah er Solus wieder lächeln.

Zu aufgewühlt, um Schlaf finden zu können, berieten sie, was sie benötigen würden und wo sie mit ihrer Suche beginnen wollten.

DER SCHRITT INS UNGEWISSE

Drei Tage waren sie bereits unterwegs, und nicht einmal vom Gipfel des Kimoro aus war mehr das Kloster auszumachen. Es war Yuro, selbst wenn er mit einigen Mitbrüdern in eines der nahegelegenen Dörfer unterwegs gewesen war, nie bewusst geworden, wie versteckt der Konvent lag. Er hatte die schützenden Mauern nie vermisst, denn bisher war er immer mit dem Wissen um seine Rückkehr gegangen. Diesmal war es anders. Es gab keinerlei Gewissheit – weder ob sie finden würden, wonach sie auf der Suche waren, noch, ob ihr Weg sie jemals wieder hierher führen würde.

Seit seinem Gespräch mit Zelut waren zwölf Tage vergangen. Gleich am nächsten Vormittag hatte Solus den Prior über seine Entscheidung und die anschließenden Beratungen unterrichtet.

»Ich werde eure Reise gründlich vorbereiten«, war die Auskunft des Klosterleiters gewesen. »Dies wird etwa sieben bis neun Tage dauern, denn ich muss eine wirklich plausible Erklärung finden. Auch Örim und Kadam brauchen genügend Zeit, um euch entsprechend auszurüsten. Ich werde eure Mission, wie alle wichtigen Dinge, nach einer der Abendmahlzeiten ankündigen. Wenn ihr das Stift verlassen habt, werdet ihr auf euch allein gestellt sein.« Dann hatte er ihn mit dem Abschiedssegen »Geh in Frieden, Solus« entlassen.

Die Tage zwischen dieser Unterredung und ihrem Aufbruch verliefen wie alle anderen. Yuros Nächte waren teilweise mit Wanderungen, teilweise aber auch nur mit Schlaf ausgefüllt gewesen, und als Zelut ihre Reise ankündigte, fühlte er den Druck, der seit Monaten auf ihm lastete, endlich geringer werden. Mit zwei Kajolas, vier Packtaschen voller Proviant, mehreren Landkarten, einem einfachen, aber wetterresistenten Zelt, dem Empfehlungsschreiben des Priors sowie den guten Wünschen ihrer Mitbrüder hatten Solus und er am darauffolgenden Morgen die Klosterpforten durchschritten – und nicht mehr zurückgeblickt.

Yuro hatte eine nördliche Route eingeschlagen, denn in dieser Richtung lag der Wenala-Canyon. Von dort aus hoffte er ermessen zu können, wohin ihr Weg sie führen sollte.

Allmählich nahmen die Schneemengen ab, und als sie in tiefer gelegene Regionen vordrangen, zeugten nur noch vereinzelte Reste von der sich im Rückzug befindenden kalten Jahreszeit.

Solus und er sprachen nicht viel, des Nachts jedoch lagen sie eng beieinander, um sich der Nähe des anderen zu versichern. Ihre Wanderung führte sie durch zerklüftete Felslandschaften, denen man die Umwälzungen der fernen Vergangenheit noch immer ansah. Tiefe Schluchten, ausgewaschene Flussbetten, in denen nunmehr Moose und Flechten wucherten, lichtlose Spalten, die ein Durchkommen nahezu unmöglich machten, aber auch schier endlose Gesteinsfelder mussten überwunden werden. Dann, endlich, konnten sie im Dunst des Horizontes die hoch aufragenden Felsentürme ausmachen, die den Eingang des Canyons bezeichneten.

Tagelang begegneten sie keiner Menschenseele. Wenn sich ihr Weg jedoch zufällig mit dem einer Handelskarawane oder kleinerer Gruppen Reisender kreuzte, nächtigten sie in deren Schutz oder erstanden gelegentlich Nahrungsmittel. Meist waren dies Nächte, nach denen Yuro tiefe Schatten unter den Augen hatte und Solus später berichtete, er sei »unterwegs« gewesen.

Den Canyon zu durchreisen war ein Erlebnis. Wo immer sich die Möglichkeit bot, folgten sie dem Lauf des Wena. Wenn sie jedoch genötigt waren, seine Ufer zu verlassen, bot sich ihnen, egal wo, ein Anblick, der ihre Blicke bannte. Die verschiedenartigen Gesteinsschichten reflektierten das Sonnenlicht in den unterschiedlichsten Farbtönen, wobei gelb, orange und rot in mannigfachen Abstufungen dominierten.

Sanfte, wellenartige Gebilde wechselten sich mit schroff gezackten, gefährlich aussehenden Klippen oder schaurigen Nadelspitzen ab. Ganze Stalakmitenfelder endeten vor sich haushoch auftürmenden Endloswänden oder in rund ausgewaschenen Vertiefungen, die mehrere zehn Meter in diese hinein gegraben waren. Jede Drehung des Kopfes eröffnete dem Auge ein weiteres Kunstwerk, überschwemmte die Sinne mit ihrer einzigartigen Schönheit. Natürlich war diese Gegend rau und lebensfeindlich, aber sie war auch ein Schatz der Natur.

Solus, der den Canyon noch nie bereist hatte, nahm jeden Augenblick begierig in sich auf. Auch Yuro, dessen Erinnerungen an die Reise in seiner Kindheit, die er als Geisel der Graugewandeten verbracht hatte, sich auf vollkommen andere Schwerpunkte konzentrierten, registrierte erst jetzt die Einzigartigkeit dieser Landschaft.

Das Vorwärtskommen gestaltete sich mühsam. Oft mussten sie kilometerlange Umwege in Kauf nehmen, bevor sie wieder zu den Gestaden des Wena hinunter stoßen konnten. Mehrere Wochen gingen ins Land, bis der Canyon hinter ihnen lag und sie sich neu orientieren konnten.

»Das Einzige, woran ich mich noch erinnere, ist unser kleines Haus. Es war von einem Garten umgeben, dessen hinterer Teil an einen Wald grenzte. Ich konnte das Harz der Bäume riechen, und irgendwo rauschte Wasser. Wenn man vorne aus dem Küchenfenster blickte, sah man auf eine seichte Hügellandschaft, über die sich endlose Wiesen oder Felder erstreckten ...« Yuro stockte. »Die ... Erde war dunkelbraun, dunkler als meine Haare ... und sehr fein«, fuhr er leise fort. »Da war ein See, ... er kann nicht allzu weit entfernt gewesen sein, denn in den warmen Monaten sind wir oft dort gewesen, ... und Vater zog lediglich einen Handwagen, auf dem wir all unsere Sachen verstaut hatten. Was sagt denn die Landkarte?«, wandte er sich fragend an seinen Freund, der bereits in den Packtaschen der Kajolas wühlte.

»Das könnte der Quellsee des Wena gewesen sein«, antwortete Solus nach einer Weile des Studiums eines der Pläne.

»Sieh! Er fließt lange Strecken durch ödes Brachland, aber hier wird die Ebene fruchtbarer. Es sind große Waldabschnitte eingezeichnet, kleinere Ortschaften, Höfe, Felder, Verbindungswege und sogar Airin-Straßen.«

Yuro sah ebenfalls auf die bunten Zeichnungen nieder.

Das Bild verschwamm. Ein anderes schob sich darüber – eines, das er im verborgenen Archiv betrachtet und nicht hatte zuordnen können. Schimmernde Verbindungslinien durchzogen die Karte, bildeten ein asymmetrisches Vieleck um einen irgendwo gelagerten, gemeinsamen Mittelpunkt.

Yuro blinzelte, schüttelte benommen den Kopf. Ihm schwindelte, denn diese Überlagerung erschien und verschwand in einem Tempo, das seine Sinne überforderte. Bleich und mit einem Brechreiz kämpfend riss er den Blick von der ihn wie hypnotisch bannenden Karte. Schwankend ließ er sich am Wegrand ins Gras sinken und kämpfte seine Übelkeit nieder.

Solus faltete den Plan zusammen und verstaute ihn in der Innentasche seiner Jacke. Das verschaffte Yuro die benötigte Zeit, sich wieder zu sammeln.

»Was ist los?«, wollte Solus wissen, als er sich umdrehte und Yuros blasses Gesicht bemerkte.

»Ein Bild aus meiner Erinnerung hat die Karte überlagert«, murmelte Yuro. »Es ... hat sich nicht nur einfach darüber gelegt, sondern regelrecht um ... eine Vormachtstellung gerungen. Es war ... schwer zu ertragen, und ich fühle mich jetzt noch elend. Ich ... brauch noch einen Moment.«

Solus nickte. Für den Augenblick akzeptierte er Yuros knappe Erklärung.

Wenig später saßen sie wieder auf ihren Kajolas, die mit einer Eile vorwärts strebten, als witterten sie frisches, nahrhaftes Futter. Die beiden jungen Männer ließen die Tiere gewähren. Auch sie sehnten sich aufgrund der Mahlzeiten, die in den letzten Wochen überwiegend aus getrockneten Früchten und harten Haferfladen bestanden hatten, nach etwas Frischem, und seien es nur ein paar ausgegrabene Karokinjo-Wurzeln oder einer Handvoll Mayqui-Beeren, die den Winter unter der dicken Schneedecke unbeschadet überstanden hatten.

Einige Kilometer weiter überzog sich die Erde graduell mit dem hellgrünen Schimmer junger, sprießender Pflanzen. Der Winter war vorbei. Die wärmende Kraft der Sonne vertrieb nach und nach die eisigen Winde. Fauna und Flora badeten im Licht der nun wieder kräftiger scheinenden Sonne. Es war, als erwache der Planet zu neuem Leben.

Noch immer trabten die Kajolas zügig vorwärts, bis sie an einem kleinen Bachlauf, der eine zart leuchtende Wiese durchfloss, spürbar langsamer wurden. Wenig später hielten sie ganz an und senkten ihre Nüstern in das kristallklare Wasser. Genussvoll nahmen sie einige Züge und widmeten sich dann dem satten Grün, das die fruchtbaren Ufer säumte.

Yuro und Solus stiegen ab, befreiten die Tiere von ihren Lasten, suchten sich einen Platz, an dem sie das Zelt aufschlagen und die Nacht verbringen konnten. Erst dann sahen auch sie sich nach etwas Essbarem um. Solus gelang es, ein paar Fische zu fangen. Yuro entdeckte unter einem Nagaki-Busch noch einige Nüsse sowie eine Handvoll Rinomi-Knollen. All dies zusammen ergab ein Festmahl nach den seit Monaten fast täglich gleichen Reiseproviant-Rationen.

Am Nachmittag ergänzten sie auf dem nächstgelegenen Hof ihre Vorräte mit frischem Obst, Gemüse, Käse und Brot.

Als die Sonne langsam am Horizont versank, gaben sie sich den allabendlichen Exerzitien hin, die sie auch während ihrer bisherigen Reisezeit beibehalten hatten, soweit es möglich gewesen war.

Gleich Tänzern bewegten sich die beiden jungen Männer in vollkommener Synchronizität. Die einträchtigen Bewegungen flossen ineinander, sogar ihre Brustkörbe hoben und senkten sich im selben Atemrhythmus. Sie boten ein Bild vollkommener Harmonie, verschmolzen nahezu zu einer Einheit, losgelöst von Zeit und Raum, ruhend in dem, was sie taten.

Eine sternenklare Nacht zog herauf. Die Sicheln der drei Monde hingen wie Schmuckstücke einer Kette am dunkelblauen Firmament. Ihr samtweiches Licht tauchte die Landschaft in einen unwirklichen, silbernen Schein. Die leise gurgelnden Fluten des kleinen Bächleins füllten die Stille mit ihrem friedlichen Plätschern. Der Klangregenbogen, der den Abschluss ihrer Übungen bildete, war unvollständig, aber ihre Stimmen ergänzten sich perfekt, und der Ton hing noch lange in der kühlen Nachtluft. Nachdem sie im Anschluss daran die Reste der Mittagsmahlzeit erwärmt und zu sich genommen hatten, krochen sie in das kleine Zelt, das nun schon so lange ihr Heim war und schliefen, gelöst und entspannt, zusammen ein.

DAS VERSTECK Schon vor dem Morgengrauen waren sie wieder unterwegs. Noch beleuchteten die Sterne und Monde ihren Weg, und die kalten Nebel der frühen Stunde legten einen Mantel aus Tautropfen auf ihre Kleidung. Als endlich ein schmaler Silberstreif am Horizont den baldigen Sonnenaufgang ankündigte, hatten sie schon etliche Kilometer hinter sich gebracht.

Die Gegend, durch die sie sich nun bewegten, hatte nichts mehr gemein mit der schroffen Schönheit des Canyons oder der rauen Steinfelder und kahlen Baumbestände, die ebenfalls hinter ihnen lagen. Sanft gewellte Felder, üppiges Grün, weiche, gehaltvolle Erde und gepflegte Weiden boten einen Kontrast, wie er stärker kaum sein konnte.

Solus sog den würzigen Duft mit tiefen Atemzügen ein, und Yuro konnte nicht umhin, es ihm gleich zu tun. Unzählige Gerüche durchmischten die Luft. Süße Blütendüfte schmeichelten ihren Sinnen ebenso wie das schwere Aroma des dunklen Bodens oder die harzige Würze knospender Sträucher. Ein Morgen wie aus einem Bilderbuch, überhaucht von den zartgelben Strahlen des sich langsam empor schiebenden Himmelsgestirns.

Wäre da nicht das unterschwellige Gefühl von Gefahr, das deutlicher in ihm zu Tage trat, je weiter sie vorankamen, hätte auch Yuro sich ganz diesem Zauber hingegeben. Sie näherten sich einer Hügelkuppe, als plötzlich ein Schauder eiskalter Gänsehaut seinen Rücken überzog. Ein paar Schritte noch ...

Der Blick in das sich vor ihnen auftuende Tal schnitt ihm ins Herz. Von einer Sekunde zur anderen war sie wieder da – die Erinnerung an sein Zuhause. Das kleine Häuschen stand noch an derselben Stelle, umgeben von einem gepflegten Garten. Die Fensterläden waren geöffnet. Aus dem Kamin stieg eine dünne Rauchsäule zum Himmel auf. Der Duft frisch gebackenen Brotes wehte zu ihnen herauf, und sein Geschmack in Verbindung mit frischer Milch ließ Yuro genussvoll die Augen schließen. Für einen Augenblick glaubte er heimzukommen.

Solus rüttelte ihn sanft. Das Bild zersprang wie eine aufschlagende Glaskugel in tausend Splitter. Tatsächlich war die Hütte, die er einst mit seinen Eltern bewohnt hatte, nicht mehr als eine Ruine. Moos hatte sich in den Mauerritzen eingenistet. Gräser blühten auf den Bruchflächen, und Efeu umrankte das Gemäuer, als hielte es trotzig die Steine aufeinander.

»Das war mein Elternhaus«, murmelte er. »Lass uns hinunterreiten. Ich möchte nachsehen, ob die Graugewandeten noch irgendetwas zurückgelassen haben, das eventuell von Bedeutung sein könnte.«

Solus bekundete stumm seine Zustimmung, und sie setzten sich wieder in Bewegung. Vor der niedergerissenen Umzäunung hielten sie abermals an, saßen ab und betraten vorsichtig das, was von der Heimstätte, in der Yuro die ersten vier Jahre seines Lebens verbracht hatte, noch übrig war.

Langsam durchstreiften sie die Räume, aufmerksam jeden Gegenstand, jeden Mauervorsprung begutachtend. Ihre Stiefel wirbelten den Staub auf, hinterließen verwaschene Abdrücke in den Rückständen, die den gesamten Boden bedeckten. An manchen Stellen brachen sich die Sonnenstrahlen in den feinen Körnchen.

Yuro begann, Töne zu formen. Der volle Klang seiner Stimme füllte die Stille. Die Wände reflektierten die Schwingungen, vertrieben die Kälte der Verwüstung und fluteten die

Ruine mit Wärme. Trotz dieser positiven Auswirkungen entging es Solus nicht, dass die Abfolge der Töne ein System beinhaltete und Yuro keineswegs ausschließlich in der Absicht sang, die Schleier der Vergangenheit zu vertreiben. Er suchte nach etwas.

Ein kaum vernehmbares Geräusch lenkte Solus' Aufmerksamkeit abermals auf die größtenteils zerstörten Wände. Hatten sich nicht rechts von ihm einige Steine ein kleines bisschen nach vorne geschoben? Yuro schien diese minimale Veränderung ebenfalls bemerkt zu haben, denn er wandte sich derselben Stelle zu und wiederholte den zuletzt gesungenen Ton.

Die Steine lösten sich auf. Dahinter kam ein Hohlraum zum Vorschein, der jedoch vollkommen leer war. Ein freudloses Grinsen überflog Yuros Gesicht.

»Geniale Verwirrungstaktik, nicht wahr? Man erweckt den Eindruck, ein Geheimversteck gefunden zu haben, und dann befindet sich nichts als leere Luft darin.« Herbe Enttäuschung schwang in seiner Stimme.

Solus tastete die Vertiefung ab. Yuro sah ihm dabei zu, und auf einmal wurden seine Züge zu einer starren Maske.

»Du wirst nichts fühlen. Es ist tatsächlich nichts da!«, belehrte er seinen Freund monoton.

Fragend sah Solus ihn an.

»Retina-Erkennung!«, sprach Yuro mit dieser unnatürlichen, entrückten Stimme weiter, während er sich an Solus vorbeischob und niederkniete.

Es war, als befände er sich abermals in der Bibliothek. Die Konturen des Hohlraumes verschwammen in den Wellen erschütterten Wassers, flossen kreisförmig auseinander. Nach und nach wurden Gegenstände erkennbar: ein in Leder gebundenes Notizbuch, ein paar Bilder. Yuro ergriff das Büchlein, schlug es auf. Handgeschriebene Zeilen in einer sauberen, engstehenden Schrift. Codiert! Er ließ die Seiten durch die Finger gleiten, schloss es wieder, nahm sich die Fotos. Das erste zeigte eine junge Frau – und einen jungen Mann mit einem Kind auf dem Arm: Das Kind war er selbst!

Der Raum um Yuro herum begann, sich zu drehen. Er nahm gerade noch wahr, wie Solus seine Arme ausstreckte, ihn auffing und behutsam zu Boden sinken ließ, bevor er in ein völlig anderes Szenario eintauchte ...

Gepeitscht von heulenden Sturmböen jagten schwarze Wolken über den Himmel. Die Bäume bogen sich. Ab und zu nur blinkten die drei Monde zwischen den zu Fetzen zerrissenen, wogenden Vorhängen hindurch. Riesige Regentropfen prasselten auf die schon völlig aufgeweichte Erde. Blitze zuckten in faszinierenden Formen übers Firmament, erhellten die Landschaft zu bleichen Skulpturen, die wenig später erneut in der Dunkelheit versanken. Trommelfellzerfetzendes Donnergrollen folgte, ließ die Erde erbeben. Des Himmels gewaltige Schleusen schienen die Welt ertränken zu wollen, und die begleitenden Gewalten der Natur erweckten den Eindruck, dem mit all ihrer Macht Unterstützung angedeihen zu lassen.

Die im Unterholz verborgenen, schäbig anmutenden Unterkünfte, die kaum die Bezeichnung ›Hütten‹ verdienten, ächzten unter den auf sie einwirkenden Kräften, und die vereinzelt zwischen ihnen dahin huschenden Gestalten waren mit den bloßen Augen kaum zu erkennen. Heulen und Schreie verbanden sich mit dem Tosen des Windes, wurden ebenso hinweg gerissen wie die sich lösenden Dachplatten, die mit irrsinniger Geschwindigkeit gegen die Stämme der Bäume krachten.

Gespenstische Vorgänge fanden in den Baracken statt. Gedeckt vom Lärm des Orkans ermordete eine Bande fanatischer Airin die Mitglieder dieser erst kürzlich entdeckten Widerstandsgruppe. Nur wenigen gelang die Flucht, und das grelle Licht der Blitze karikierte die davonhetzenden Gestalten zu pechschwarzen Scherenschnitten.

Endlos zogen sich die Nachtstunden dahin, aber erst gegen Morgen flaute der Sturm ab. Die Wolkenwand riss auf. Zaghaft tasteten sich ein paar Sonnenstrahlen in die pfützenstarrende, aufgeweichte Landschaft.

Das Lager war verwüstet, die Bewohner der Baracken ebenso tot wie die Stille, die sich nun darauf niedersenkte.

Mit brennenden Augen sah der große schlanke junge Mann in das Chaos. Sein Gesicht zuckte. Er presste das Kind, das er auf dem Arm trug, fest an sich, drückte die Hand der dunkelhaarigen, ausgezehrt wirkenden, ebenfalls noch sehr jungen Frau an seiner Seite. Dann drehte er dem Bild des Grauens ruckartig den Rücken zu und ging festen Schrittes davon.

AUFBRECHENDE BLOCKADEN Yuro vermeinte, seinen Kopf zerspringen zu spüren. Etwas, das bisher unbemerkt in ihm geschlummert zu haben schien, barst nun mit brachialer Gewalt in sein Bewusstsein. Es erzwang sich Beachtung, überflutete ihn mit Informationen, deren Verarbeitung er nicht annähernd in der notwendigen Geschwindigkeit nachzukommen vermochte.

Etwas anderes, worauf Yuro trotz all seiner Disziplin keinen Einfluss nehmen konnte, wehrte sich gegen diesen Überfall, und während er sich noch röchelnd bemühte, Solus wenigstens annähernd ins Bild zu setzen, brach er besinnungslos zusammen.

Er trieb dahin in einem Meer aus Flammen. Alles brannte, seine Haut, seine Haare, sogar sein Blut rann wie ein Strom aus Lava durch seine Adern. Etwas berührte seine Stirn, zog sich augenblicklich zurück, und ein Schrei, der ihn beben ließ, marterte seine Ohren, seinen Geist – noch mehr Schmerz. Verzweifelt warf er seinen Kopf hin und her ... endlich, der Schrei verstummte, die Pein ließ ein wenig nach – jedoch nur für einen kurzen Moment. Ein Film aus brodelndem rotem Nebel flimmerte hinter Yuros Augen. Er begann, sich wie eine Spirale in seinen Kopf zu bohren, schien sein Gehirn entzwei sprengen zu wollen.

»Neiiin!«, brüllte er, schlug mit aller Kraft auf sie ein. Sein Schädel dröhnte, und er versank in unendlicher Schwärze ...

Yuro schwebte – orientierungslos, blind. Undurchdringliche Finsternis umgab ihn. Er selbst war nichts als Schmerz und Feuer. Von weit weg wehten Stimmen zu ihm heran, kamen näher, hämmerten unbarmherzig lärmend auf ihn ein, trieben wieder davon. Irgendetwas tropfte auf sein Gesicht, zischte, sickerte durch ihn hindurch, verlor sich.

Gleißendes Licht blendete ihn. Weit unter sich sah Yuro einen Körper, der sich in unsäglichen Qualen wand, die Lippen in stummen Schreien geöffnet. Eine einsame Gestalt mit vor Verzweiflung verzogenem Gesicht und Tränen in den Augen stand an dessen Seite. Zögernd streckte sie die Hand nach ihm aus und sank aufstöhnend zusammen. Ein unbarmherziger Sog ergriff Yuro, zerrte ihn in den gemarterten Körper zurück. Er wehrte sich. ›Nicht wieder diese Schmerzen!‹ Erfolglos.

Er spürte, wie der Schweiß in kleinen Bächen über sein Gesicht rann. Sein Körper, ein einziger tobender Vulkan, schleuderte Eruptionen von Hitze und Feuer in die ihn umgebende Dunkelheit, aber nichts brachte Erleichterung.

In unendlicher Agonie bäumte er sich auf, suchte – und da war etwas! Von irgendwoher trieb ein goldenes, mild aber beständig leuchtendes Lichtband durch die wabernde Schwärze auf ihn zu. Wie ein Ertrinkender nach einer Rettungsleine versuchte Yuro, danach zu greifen. Obwohl er es verfehlte wand es sich um ihn, als folge es seinen eigenen Gesetzen, zog ihn behutsam und doch kraftvoll – irgendwo hin. Eine Stimme drang in seinen Geist, so vertraut, so erschöpft wie er selbst, und doch außerordentlich stark und liebevoll. Sie rief seinen Namen, immer wieder, schreiend, flüsternd, tonlos. Und das Lichtband hielt ihn unbeirrbar wie ein Anker fest.

Er glühte. Sein Körper war ein einziger Schmerz. Die Helligkeit um ihn herum stach wie Nadeln durch seine geschlossenen Lider. Eine bebende Hand hielt die seine, eine einzelne Träne fiel auf sein Gesicht, verdampfte.

»Yuro, kannst du mich hören?« Solus' Worte klangen heiser vor Schwäche, aber er war da.

Mit ungeheurer Anstrengung drückte Yuro die Hand, die in der seinen ruhte.

Ein Seufzen, so abgrundtief erleichtert, als würde es, Jahrtausende lang aufgestaut und zurückgehalten, aus einem Gefängnis entlassen, entrang sich Solus' Brust.

»Du lebst«, flüsterte er mit einer Stimme, so rau wie nach tagelangem Schlafentzug und schwerster Arbeit. »Versuch, dich zu entspannen«, bat Solus ihn wenig später, noch immer um jedes Wort ringend.

Selbst ein bestätigendes Nicken war Yuro unmöglich, aber an den allmählich ruhiger, tiefer und gleichmäßiger werdenden Atemzügen seines Freundes erkannte Solus, dass er ihn erreicht hatte, und dieser, wenigstens teilweise, wieder Herr über seinen Körper und vielleicht auch über seinen Verstand war.

Ausgelaugt und am Ende seiner Kräfte sank Solus an Yuros Seite in sich zusammen. Der Schlaf übermannte ihn. Körper und Geist forderten ihren Tribut für die zurückliegenden Strapazen.

Auch Yuro versuchte zu schlafen, um all den Bildern, Worten und Schmerzen wenigstens für eine kleine Weile zu entkommen. Es gelang ihm nicht. Er war gefangen in seinem eigenen Kopf. Auf der Suche nach einem Ausweg oder der Möglichkeit, die Augen zu öffnen, etwas anderes als die ihn umgebenden kaleidoskopischen Reflexe zu sehen, durchstreifte er die einzelnen Regionen seines Gehirns.

Es war bizarr, grotesk, eigenartig, erschreckend und fantastisch zugleich. Er wanderte durch ein riesiges, in seltsamen Schlingen in sich verwobenes Labyrinth. Verwirrt betrachtete er die über und um ihn herum zuckenden elektrischen Entladungen, die sich ändernden Farben der unterschiedlichen Areale, die feinen Energiebahnen, die wie filigrane Ornamente wirkten. Yuro bewegte sich weiter, bis eine schwarze Wand ihn abrupt zum Anhalten zwang. In der Hoffnung, irgendwo an dieser vorbei gelangen zu können, tastete er sich vorwärts. Die schwarze Mauer jedoch schien mit ihm zu wandern. Sie umschloss ihn, ließ ihn weder nach oben noch nach unten entkommen. Hatte er bisher noch eine Chance zum Rückzug gehabt, so war ihm diese nun, wie es schien, endgültig genommen.

Es blieb nur der Weg nach vorne. Also steuerte er direkt auf die vor ihm liegende Barriere zu. Noch bevor er sie berührte, tat sie sich vor ihm auf, bildete eine Mulde. Als Yuro unbeirrt weiterging, vertiefte sie sich und nahm ihn in sich auf. Yuro wanderte in einen unendlich langen Tunnel hinein. Schon nach kurzer Zeit konnte er weder dessen Anfang noch ein Ende erkennen. Egal in welche Richtung er sich wandte, die dunkle Röhre veränderte niemals ihr Aussehen. So irrte er orientierungslos durch die Dunkelheit, ging bald hierhin, bald dorthin, ohne jedoch der ihn umgebenden Finsternis entfliehen zu können.

Er war gefangen! Gefangen in einer Schutzvorrichtung, die irgendwer um einen Teil seines Gehirns gelegt hatte!

Er würde gezwungen sein, ewig durch diese Schwärze zu wandeln, ohne ihr zu entkommen – und ohne sich seinem Ziel zu nähern.

Panik überfiel ihn. Er konnte, durfte hier nicht bleiben. Fast wahnsinnig vor Angst rief er um Hilfe, rief nach ... Solus! Dieser hatte ihn schon einmal erreicht, als alles aussichtslos schien. Solus, sein treuer Freund.

Abermals durchdrang irgendetwas die Schwärze. Eine ätherische Lichtgestalt erschien am Ende des Tunnels. Sie winkte ihm zu, streckte ihm seine Hand entgegen. Endlich offenbarte sich Yuro eine Richtung. Vertrauensvoll näherte er sich diesem Wesen. Es wartete auf ihn, und als Yuro an seiner Seite angelangt war, ergriff es seine Hand, um zusammen mit ihm weiterzugehen.

Eine Wärme, die alle bisherigen Qualen hinwegschwemmte und die eisige Kälte der Hoffnungslosigkeit vertrieb, durchströmte ihn. Er fühlte sich beschützt und geborgen. Die stille Unendlichkeit nahm sie auf, verschluckte Zeit und Raum. Gemeinsam durchwanderten sie Lachen aus Blut und Tränen – und Verzweiflung jenseits aller Vorstellungskraft. Sie schwebten in diesem Ozean aus Leid und Qual, vermischten sich mit ihm, sanken langsam tiefer und tiefer. Nach und nach verwandelte sich die Masse in einen feinperligen Nebel von dunklem Bordeaux, durchtränkt mit der schimmernden Durchsichtigkeit salzigen Wassers. Schließlich löste er sich aus seiner Umschließung, trieb auf die schwarze Wand zu, durch die sie hier hineingelangt waren, und wand sich – irgendwohin – bis auch der letzte Schleier verschwunden war.

Behutsam tasteten sie sich weiter. Hinter ihnen zerfloss die schwarze Wand, als hätte es sie nie gegeben. Die Lichtgestalt drückte noch einmal zärtlich Yuros Hand, bevor ihr Leuchten schwächer wurde und allmählich verglomm.

Mit einem Ruck kam Yuro wieder zu sich. Endlich gelang es ihm, die Augen zu öffnen. Er lag auf seinem Lager, und Solus saß keuchend neben ihm, die Hände an seine Schläfen gepresst. Sein Gesicht war kalkweiß.

Sowohl ihm wie auch Yuro selbst stand der Schweiß auf der Stirn, und sie atmeten in kurzen, heftigen Stößen. Der blasse Schimmer am Horizont signalisierte Yuro, dass es irgendwann kurz vor Morgengrauen war. Wie lange war er wohl in seinem Inneren gefangen gewesen war?

Solus' golden flimmernde Augen schwammen. Langsam glitten seine Hände über Yuros Wangen, über seinen Hals, seine Schultern, verharrten. Er zitterte, und Tränen tropften in Yuros Haare. Seine Lippen formten stumme Worte, deren Inhalte Yuro nur erahnen konnte. Er fühlte sich schwach, ausgelaugt – aber seltsamerweise auch glücklich.

Mühsam zog er seine Arme unter der Decke hervor, die Solus über ihn gebreitet hatte, hob sie an, legte seine Hände an Solus' Seite, versuchte, ihn näher zu sich herunter zu ziehen. Solus erstarrte. Einen Augenblick lang kämpfte er gegen einen Fluchtimpuls an. Dann jedoch entkrampfte sich seine Haltung. Er sank seinem Freund entgegen. Sein Kopf legte sich auf Yuros Brustkorb. Sanft gewiegt von dessen gleichmäßigem Heben und Senken tauchte er ein in einen wirklich erholsamen Schlaf – erstmals seit Ewigkeiten.

Yuro kam es vor als seien Wochen vergangen, seit er in der kleinen Ruine zusammenbrach, die einst sein Zuhause gewesen war. Zwar fühlte er sich beim Erwachen noch immer entkräftet, seine Muskeln schmerzten, seine Kehle war wund und trocken, aber seine Sinne und sein Verstand arbeiteten wieder. Er konnte sein Umfeld klar und deutlich erkennen, vernahm die Geräusche der Natur, fühlte die Bettstatt, auf der er lag.

Solus' Kopf ruhte an derselben Stelle, auf die er niedergesunken war. Seine Augen waren geschlossen, sein Atem floss ruhig. Er schlief noch immer.

Auch Yuro verharrte bewegungslos, um die Erholung seines Freundes nicht aus Unachtsamkeit vorzeitig zunichte zu machen. Solus musste mehrere Tage und Nächte bei ihm gewacht, ihn versorgt und gerettet haben.

Erstaunlicherweise wusste Yuro mit vollkommener Klarheit, was mit ihm geschehen war. Das alte Foto, und auch die verschlüsselten Schriftzeichen im Notizbuch seiner Schwester, hatten die Erinnerungsblockaden durchbrochen und aufgelöst, die einst, um ihn zu schützen, auf seinen Geist gelegt wurden.

Nicht seinen Eltern hatten ihn die Graugewandeten weggenommen, sondern Lynnja, seiner Schwester und Laros, seinem Bruder. Seine Eltern waren in jener Gewitternacht in den Hütten der Widerstandsgruppe umgekommen, grausam dahin gemetzelt von Fanatikern, deren einziges Ziel darin bestand, alle reinrassigen Inari zu vernichten. Lynnja, Laros und er waren ihnen mit knapper Not entkommen – als einzige offenbar, denn sie hatten nie wieder einen der anderen zu Gesicht bekommen. Was wohl aus seinen Geschwistern geworden war? Die Graugewandeten hatten sich nicht für sie interessiert – damals.

Wenn Yuro wieder zu Kräften gekommen war, musste er unbedingt dieses Widerstandslager finden. Er musste die Schriftzeichen entschlüsseln und wenn möglich, den Aufenthaltsort seiner Geschwister herausbekommen. War das der

Grund, warum es ihn aus dem Kloster fortgezogen hatte? Waren es vielleicht ihre Stimmen, die ihn gerufen hatten?

Er schloss die Augen. Für strukturierte Überlegungen war er einfach noch zu matt und abgekämpft. Augenblicklich schlief er abermals ein.

Der Duft frisch gebratenen Fisches, vermengt mit dem Bukett wilder Kräuter und dem Aroma schmorender Karokinjo-Wurzeln weckte ihn ein weiteres Mal. Hunger und Durst waren die alles überlagernden Bedürfnisse. Yuro versuchte, sich zu erheben, musste aber feststellen, dass er dazu alleine noch nicht in der Lage war. Er rief nach Solus, mit einer Stimme, die er kaum als die Seine erkannte, so unmelodisch und kratzig, wie sie in seinen Ohren klang.

Sein Freund reagierte sofort, als hätte er regelrecht darauf gelauert, dass Yuro endlich ein Lebenszeichen von sich gäbe. Die Erleichterung stand ihm dermaßen deutlich ins Gesicht geschrieben, dass Yuro die Last, die Solus von den Schultern fiel, beinahe bildlich erkennen konnte.

Mit ein paar Sätzen war er bei ihm, zog ihn in die Höhe, legte einen Arm um Yuros Hüfte. Yuro legte einen seiner Arme über Solus' Schultern, und so wankten sie gemeinsam einige Schritte, bis sich beide stabilisierten und ihr Vorwärtskommen sicherer wurde. Solus steuerte zielsicher auf die kleine Feuerstelle zu, auf der das Mahl vor sich hin brutzelte. Aufseufzend ließ er sich nieder, als sie das Feuer erreicht hatten. Das Sitzen fiel Yuro wesentlich leichter als das Gehen. Er fühlte sich ausgehungert und vertrocknet wie nach einer monatelangen Fastenkur. Dennoch aß und trank er langsam und bedächtig, um seinem Magen die Möglichkeit zu geben, sich allmählich wieder an seine Tätigkeit zu gewöhnen.

»Offensichtlich funktioniert dein Gehirn, trotz allem, was hinter dir liegt, noch tadellos«, stellte Solus erleichtert fest.

»Wieso?«, fragte Yuro. »Hab ich so sehr gefaselt, dass du glaubtest, ich sei verrückt geworden?«

»Gelegentlich habe ich das befürchtet, ja!«, gab Solus zurück. »Du hast«, fuhr er stockend fort, »ab und zu gebrüllt wie ein Quaruba-Stier, um dich geschlagen wie ein Judanokämpfer und gesabbert wie ein zahnendes Baby. Deine Augen rollten wie die einer Zikiri-Heuschrecke. Es sah aus, als suchtest du sowohl die gesamte Umgebung als auch das Innere deines Kopfes nach Angreifern oder potentiellen Feinden ab. Das war furchteinflößend, beängstigend – einfach grässlich. Ich habe zeitweise wirklich gedacht, du wirst wahnsinnig.«

»Nicht nur du!«, erwiderte Yuro leise. »Ich bin durch so viele Ebenen meiner Erinnerung gestolpert, hab so oft Orientierung und Richtung verloren, dass ich vermeinte, nie wieder aus diesem Labyrinth, das mein eigenes Zerebrum darstellte, herauszufinden. Aber dann warst du da.«

»Ich konnte dich doch nicht ›da drinnen‹ lassen!«, brach es aus Solus heraus. »Du warst so verzweifelt – und so hilflos.«

»Du warst mein Licht, Solus!«, flüsterte Yuro, »der Anker, der mich festhielt, als der Strudel mich mit sich reißen wollte. Du warst der Leuchtturm, der den sicheren Hafen markierte und die schimmernde Gestalt an meiner Seite, die mich führte, wenn ich selbst schon aufgegeben hatte. Das werde ich dir nie, nie vergessen!«

Schweigend beendeten sie ihre Mahlzeit, beide zu tief in ihren eigenen Gedanken versunken, um weitere Worte zu wechseln. Lange noch saßen sie beieinander, wagten aber kaum, sich gegenseitig anzusehen.

»Wie geht es jetzt weiter?«, durchbrach schließlich Yuro die zunehmend unerträglicher werdende Stille.

»Zuerst musst du wieder zu Kräften kommen. Deine Energien sind aufgebraucht. Die Woche, die hinter dir liegt, hat dich unübersehbar gezeichnet. Bevor du nicht wieder in der Lage bist, ohne meine Hilfe zurechtzukommen, hat es gar keinen Sinn, irgendetwas zu unternehmen.«

»Du bist unverkennbar zwei Jahre erfahrener und vernünftiger als ich«, seufzte Yuro, aber sowohl Zustimmung als auch ein kleines, schüchternes Lachen lagen in seiner immer noch heiseren Stimme.

GEHEIMNISSE DER VERGANGENHEIT

»Sag mal, was ist eigentlich wirklich passiert?«, wollte Solus von Yuro wissen, als sie am Abend nebeneinander in dem kleinen Zelt lagen.

Die Sicheln der drei Monde waren voller geworden, und durch die offenen Eingangsplanen konnte man hinaus in den silberüberhauchten Garten sehen, in dem Solus es aufgebaut hatte. Staubfeine Tautropfen, die das weiche Licht der Nachtgestirne wie geschliffene Edelsteine glitzern ließ, hatten an den Halmen der Gräser und geschlossenen Blüten kondensiert.

Es dauerte eine Weile, bis Yuro, der ganz in deren Betrachtung versunken war, antwortete.

»Meine Gedächtnisblockade ist aufgebrochen«, gab er ruhig zurück. »Wie du weißt, hatte ich an die Zeit, bevor ich ins Kloster kam, so gut wie keine Erinnerungen mehr. Das lag nicht nur an der Amnesie, die ich durch die Strapazen der Flucht vor den Graugewandeten erlitt. Jemand hat versucht, meine Erinnerungen zu löschen. Zu meinem eigenen Schutz, denke ich. Ich habe als sehr kleiner Junge, die Morde an meinen Eltern und vielen ihrer Freunde miterleben müssen. Meine Geschwister Lynnja und Laros zogen mich auf. Sie waren es auch, denen mich die Graugewandeten entrissen. Warum sie gerade mich haben wollten, weiß ich noch immer nicht, aber da ist nach wie vor dieses Wort ›Schicksal‹, dass durch meine Sinne geistert.« Er machte eine nachdenkliche Pause. »Meine Eltern waren Widerständler. Der Stützpunkt, in dem sie den Tod fanden, kann nicht allzu weit von hier entfernt sein.« Abermals schwieg Yuro. »Wenn ich wieder bei Kräften bin, will ich nach ihm suchen. Ich möchte herausfinden, ob meine Geschwister noch leben, und wenn ja, wo sie sind. Aber das alles sind nicht die Gründe, weshalb ich das Kloster verlassen musste. Da ist noch etwas anderes – hinter das ich noch nicht gekommen bin. Alles, was ich bisher in Erfahrung gebracht habe, sind nur Bruchteile eines Ganzen, wie ein Puzzle, dessen Teile vom Tisch gefallen sind und zerstreut wurden. Ich muss sie finden und zum Gesamtbild zusammensetzen. Erst dann werde ich wissen, **wer** ich bin, und was meine Aufgabe ist.« Erneut senkte sich Stille auf sie herab, und für einen langen Zeitraum unterbrach sie keiner der beiden. »Du hast mir nie etwas aus deiner Kindheit erzählt«, ergriff Yuro unvermittelt noch einmal das Wort. »Wann, und warum bist du ins Kloster gekommen? Hast du keine Eltern oder andere Verwandte mehr? Wo bist du geboren? Dich umgibt ein mindestens genauso großes Geheimnis wie mich.«

Solus gab keinen Laut von sich, aber Yuro wusste, dass er nicht schlief und die Fragen durchaus vernommen hatte.

»Du musst mir nicht jetzt antworten«, sagte Yuro nach einer Weile.

Als sein Freund weiterhin schwieg, nahm er das als gegeben hin. Solus würde seine Motive haben. Zu müde, um sich darüber den Kopf zu zerbrechen, ergab er sich dem Schlafbedürfnis, das nun verstärkt seinen Tribut von ihm verlangte.

Wie gewohnt erwachte Yuro lange vor dem Morgengrauen. Solus saß im Eingang des Zeltes, starrte in die noch rabenschwarze Nacht und murmelte leise vor sich hin: »Einst fiel ein Stück Sternenstaub auf diesen Planeten herab. Es sank in die weiche Erde und trieb dort Wurzeln. Ein zarter Strunk schob sich nach oben, und aus ihm wuchs eine zierliche Blüte. Genährt von den Strahlen der Sonne, den weichen Tropfen des nächtlichen Taus, gestreichelt vom samtenen Hauch des Windes wurde sie größer, kräftiger. Und als sich ihre Blütenblätter nur für einen einzigen Tag in ihrer ganzen Pracht entfalteten, lag darin eine goldene Perle. Eine junge Frau nahm sie zärtlich in ihre Hand, drückte sie an ihr Herz, legte sie jedoch mit Tränen in den himmelblauen Augen wieder zurück. Als sie am darauffolgenden Morgen abermals die Blume besuchte, lag an deren Stelle ein Kind, das sie mit bittenden Blicken ansah. So nahm sie es mit sich und wurde seine Mutter. Sie waren glücklich miteinander, bis das Rad der Zeit einen Mann in das Leben der beiden schickte. Er war verzaubert von der Schönheit der jungen Frau, liebte auch das

Kind und wollte das Beste für beide. Sie reisten viel, aber ihr Pfad war neben viel Freude auch mit abgrundtiefem Leid gepflastert. Das Kind wurde krank. Es hieß, nur die Mönche des Hayuma-Konvents könnten es heilen. So machten sie sich auf den beschwerlichen Weg in die Berge, wo man ihnen bereitwillig das Tor öffnete und das Kind untersuchte. Es werde ein langwieriger Heilungsprozess sein, teilte man den Eltern mit, wenn eine Rettung denn überhaupt gelänge. So übergaben sie ihren Sohn in die Obhut der Mönche und kehrten dem Kloster den Rücken, um nie wieder zurückzukommen.«

Er verstummte, und ein trauriger Ausdruck legte sich auf seine Züge. »Das ist meine Geschichte«, fuhr er etwas später fort, als wüsste er genau, dass Yuro seinen Ausführungen gelauscht hatte. »Sie ist nicht stimmig, das weiß ich selbst, aber eine andere habe ich nicht. Ich war nicht sehr lange alleine, denn dann brachten sie dich. Wir haben dasselbe Zimmer geteilt. Weißt du das noch? Und als wir genesen waren, haben wir gemeinsam unsere Schlafnischen in den roten Stein gegraben.«

Yuro nickte. Obwohl Solus das nicht sehen konnte, wusste er, dass dieser es wahrnahm.

»Wir waren noch Kinder, und so ließen sie uns unsere Freundschaft durchgehen, obwohl sie ansonsten Wert darauf legten, dass kein zu enges Band zwischen einzelnen Mitgliedern der Bruderschaft geknüpft wurde.«

»Ob Zelut damals schon ahnte, dass wir das Kloster auch zusammen wieder verlassen würden?«

»Der alte Prior weiß vieles, worüber er nichts verlauten lässt. Ich glaube, dass er Dinge wahrnimmt, die für andere im Verborgenen bleiben«, erwiderte Yuro, dessen Stimme noch immer kehlig klang. »Er ist offen, das heißt, er ist bereit, Neues aufzunehmen, alte Gedankengänge oder Verhaltensmuster zu überdenken, sie sogar aufzugeben, wenn er eine Notwendigkeit dafür erkannt hat. Und er besitzt ein brillantes Kombinationsvermögen. Er kann Fakten, Informationen und Entwicklungsverläufe in einer Weise zueinander in Relation setzen, deren Zusammenwirken kaum einem anderen ersichtlich ist. Aber er ist vorsichtig, sehr vorsichtig, zum Schutz seiner selbst und anderer.«

»Das klingt, als hätte er dir mehr anvertraut als sonst jemandem!«, unterbrach ihn Solus.

»Nicht mit Worten«, sprach Yuro langsam weiter, »möglicherweise jedoch durch sein Verhalten, seine Blicke und die Gedankenfetzen, die ich gelegentlich wohl auch von ihm aufgeschnappt habe, lange bevor mir bewusst wurde, was sich da hin und wieder in meine eigenen Gedanken einschlich. Vielleicht ist auch dieses ›Schicksal‹ sein Gedanke gewesen.«

»Du denkst, dass er dich bewusst in eine bestimmte Richtung gedrängt hat?«

»Nicht gedrängt. Eher sanft geleitet, behutsam geführt – ja, das trifft es besser.«

»Und nun ist er weit fort, zu weit, um Ratschläge zu geben.«

»Er scheint seltsamerweise sicher zu sein, dass ich meinen Weg auch ohne seine Weisung finden und zu Ende gehen kann.«

Solus gab ein leises Lachen von sich. »Und du, kannst du ihn inzwischen ebenfalls sehen?«, fragte er.

»Meinen persönlichen, ja«, antwortete Yuro, »aber der übergeordnete, den Zelut zweifellos ebenfalls sah, hat sich mir noch nicht erschlossen.«

»Das ist vielleicht nach dem, was du gerade hinter dir hast, auch ein bisschen viel verlangt. Wie fühlst du dich? Kräftig genug für ein bisschen Morgengymnastik?«

»Fürs Erste wäre ich schon froh, wenn ich es schaffte, alleine vor dieses Zelt zu kriechen und mich ohne deine Hilfe aufzurichten. Sollte ich dann auch noch ein paar Schritte zustande bringen, ohne zu wanken oder einzubrechen, kann ich mich, glaube ich, schon sehr glücklich schätzen«, gab Yuro leicht ironisch zurück.

»Du bist ungeduldig geworden. Man gewinnt fast den Eindruck, dir brenne die Zeit unter den Nägeln.«

»Das ist es nicht. Aber ich komme, da hast du völlig recht, mit diesem Zustand, in dem ich mich momentan befinde, äußerst ungut klar. Ich war, soweit ich zurückdenken kann, nicht mehr krank. Auch körperliche Schwäche kenne ich so gut wie gar nicht. Bisher war ich immer in der Lage, die Situationen in die ich geriet, alleine zu meistern. Nun jedoch bin ich in einer Weise abhängig, und dadurch angreifbar und verletzlich, die ich bislang nicht erfahren habe. Das behagt mir gar nicht. Es beunruhigt mich, und es macht mich zornig, denn ich kann es nicht ändern. Ich bin gezwungen, es hinzunehmen und mich dem Lauf der Dinge zu überlassen. Bestenfalls kann ich meine Genesung durch mein Verhalten beschleunigen, aber ich kann sie nicht erzwingen. Das, was ich will, geht nicht konform mit dem, was tatsächlich im Rahmen des Möglichen liegt.«

»Alles in allem bist du ein pubertierender, rebellischer kleiner Hitzkopf!«, frotzelte Solus gutmütig. »Na, komm, lass uns einfach ausprobieren, wie weit du nach dem guten Essen und der aufmerksamen Fürsorge, die ich dir hab angedeihen lassen, schon wieder hergestellt bist. Du weißt doch, alles beginnt mit dem ersten Schritt ...«

»Lehrbuchprediger!«

»Lausbub! Hör auf zu quasseln und beweg dich nach draußen.«

Unterdrückt kichernd kam Yuro der Aufforderung seines Freundes nach. Wie lange war es her, dass sie, und sei es nur für einen Moment, derart ungezwungen miteinander umgegangen waren? Wann hatten sie das letzte Mal zusammen gelacht?

Die frische Luft war noch feucht und kühl, aber Yuro atmete sie begierig ein. Zwar fiel ihm das Aufstehen noch schwer, und ein leichter Schwindel ließ ihn für einen Augenblick taumeln, aber der Moment ging schnell vorüber. Anschließend stand er fest und sicher auf seinen Füßen. Ein paar vorsichtige Schritte bewältigte er ebenfalls ohne Probleme.

Während Solus die allmorgendlichen Ertüchtigungen vollzog, beschränkte sich Yuro auf konzentrierte Atem- und Stimmübungen. Fast zeitgleich gelangten sie zum Ende, und beider Abschlusston klang über die weite Ebene, die sich vor Yuros Elternhaus erstreckte.

Sieben Tage, genauso lange, wie er krank gewesen war, benötigte Yuro, um wieder soweit zu Kräften zu kommen, dass sie diesen Ort verlassen konnten. Das Notizbuch seiner Schwester und die wenigen Fotos, die in der verborgenen Vertiefung gelegen hatten, nahmen sie mit. Trotz intensiver Suche hatten sich der Ruine keine weiteren Geheimnisse entlocken lassen. Für den Moment ließ Yuro es dabei bewenden, obwohl er das unbestimmte Gefühl nicht los wurde, etwas Wichtiges übersehen zu haben.

Solus packte eben die letzten Utensilien in die Gepäcktaschen. Nur die Landkarte dieser Region lag noch unweit der Feuerstelle auf der Gartenmauer. Er hatte sie draußen gelassen, damit sie sich der einzuschlagenden Richtung wegen an ihr orientieren konnten. Aus genau diesem Grund nahm Yuro sie auf und entfaltete sie. Abermals schoben sich die Verbindungslinien, die er schon beim ersten Betrachten erblickt hatte, über die Zeichnungen. Er blinzelte, schüttelte den Kopf, aber die Linien blieben. Eine schien er genau an der Stelle zu beginnen, an der sein Elternhaus stand. Das musste eine Bedeutung haben.

Solus sah auffordernd zu ihm hinüber. Er war fertig, bereit zum Aufbruch. Schweren Herzens trat Yuro zu ihm, und obwohl die Überlagerung für ihn noch immer deutlich zu erkennen war, sagte er nichts.

Nach einem kurzen Austausch entschieden sie sich für eine Weiterreise auf den nur angedeutet ausgewiesenen, offensichtlich wenig benutzten Trampelpfaden, die fernab der Hauptverkehrswege verliefen.

Yuros Wahrnehmung hatte sich abermals verändert. Das wurde zum ersten Mal deutlich, als er am dritten Tag sein Reittier unvermittelt zügelte, konzentriert zu lauschen begann, kurz darauf vom Weg ins Unterholz abwich und Solus bat, ihre Spuren bestmöglich zu verwischen.

Er saß ab, führte die Kajolas tiefer ins Dickicht hinein, band sie dort an einen Baum, schlich sich bis fast an den Wegrand zurück und verbarg sich im dichten Gestrüpp. Solus tat es ihm nach, ohne Fragen zu stellen. Sie mussten nicht allzu lange warten, da näherte sich ihnen eine kleine Gruppe ebenfalls Berittener. Obwohl diese ihre Umgebung unentwegt aufmerksam sondierten, gaben sie sich selbst keine besondere Mühe, unentdeckt zu bleiben. Offensichtlich waren sich diese Menschen ihrer einschüchternden Wirkung auf die hier Lebenden vollkommen bewusst.

Yuro hielt den Atem an, als sie die Stelle passierten, an der er und Solus den Weg verlassen hatten. Die Stimmen der Fremden und der Dialekt, dessen Klang er als Kind das letzte Mal gehört hatte, riefen sofort die damaligen Erlebnisse in ihm wach. Die Graugewandeten durchstreiften also noch immer die abseits der großen Städte gelegenen Gegenden, inspizierten die Gehöfte sowie kleinere Ortschaften und überfielen wehrlose Bürger.

Welche Funktion kam ihnen innerhalb des Herrschaftsbereiches der Airin zu? Unverkennbar waren sie eine mit weitreichenden Befugnissen ausgestattete Einheit, denn sie wurden, gleich welche Verbrechen man ihnen zur Last legte, nie zur Rechenschaft gezogen. Er hatte verschiedentlich Geschichten über sie gehört, wenn Mitglieder der Bruderschaft aus den umliegenden Dörfern oder von längeren Reisen zurückkehrten. Sie waren gefährlich – für all jene, die in das Profil ihrer Zielgruppe passten.

Wie gebannt nahm Yuro jede ihrer Bewegungen in sich auf, speicherte jede Silbe ihrer kargen Unterhaltung. Auch Solus prägte sich die Graugewandeten ein, jedoch aus einem anderen Grund als Yuro. Als sie an ihnen vorübergeritten waren, hatte Solus einen stechenden Schmerz in seinem Nacken verspürt, der ihn fast hatte ohnmächtig werden lassen. Für Sekundenbruchteile war ihm schwarz vor Augen geworden, und als er wieder klar sehen konnte, glaubte er, eine minimale Verzögerung bei dem Voranreitenden zu bemerken. Gleichzeitig hatte er das Gefühl, als berühre ihn irgendetwas. Diese Empfindung allerdings war so flüchtig, so kurz, so unbestimmt, dass er sich durchaus getäuscht haben konnte. So verharrte er, wie auch Yuro, reglos, bis die Gruppe weit genug entfernt war, dass sie ihr Versteck gefahrlos wieder verlassen konnten.

»Wer sind sie, diese Graugewandeten?«, wandte sich Yuro an seinen Freund. »Du bist in ihrer Gegenwart zusammengezuckt wie unter einem Peitschenhieb. Das spricht dafür, dass auch du ihnen schon begegnet bist.«

Solus fuhr ein weiteres Mal zusammen. Yuro konnte weder diesen Schmerz noch die kurzfristige Bewusstseinstrübung mitbekommen haben. Er hatte ihm den Rücken zugewandt und in eine vollkommen andere Richtung geschaut.

»Ich habe dir schon einmal gesagt, dass du zu laut denkst. Du fühlst auch zu laut!«

Dieser Aussage war nichts hinzuzufügen.

»Wenn du sowieso schon alles weißt, warum fragst du dann noch?«, blaffte Solus ungehalten.

»Weil auch du irgendeine Verbindung zu ihnen hast und ich herausfinden möchte, welche das ist. Mich haben sie damals mitgenommen, weil sie sicher waren, dass die Agenten der Forschungsabteilung einen hohen Preis bezahlen würden, um meiner habhaft zu werden. Sie suchen nach solchen wie mich.«

»Verdammt Yuro, und ich begleite solche wie dich! Jetzt hör schon endlich auf, dir über mich den Kopf zu zerbrechen! Ich steh auf deiner Seite, oder glaubst du das etwa nicht?«

»Doch, das tu ich! Lass uns nicht streiten. Wenn wir jetzt schon anfangen, uns wegen solcher Kleinigkeiten wie Fragen, die sich auf Wahrnehmungen beziehen, in die Haare zu kriegen, steht unsere Zusammenarbeit unter keinem guten Stern.«

»Tut mir leid, aber wenn du mich mit solchen Unterstellungen überfällst, fühl ich mich auf ungerechtfertigte Weise angegriffen. Noch dazu ist es keineswegs angenehm zu wissen, dass du andauernd mitkriegst, was ich denke – oder fühle. Das ist, als zögest du mich aus, ohne dass ich mich auch nur im Geringsten dagegen wehren kann.«

»Glaub doch nicht, dass es für mich einfacher ist«, erwiderte Yuro. »Diese übersteigerten Sinneseindrücke sind ohne Vorwarnung plötzlich da und überfluten mich mit Informationen, völlig unabhängig davon, ob ich es will oder nicht. Es ist beklemmend, neben den eigenen auf einmal fremde Gedanken aufzunehmen, oder nicht sicher sein zu können, dass das, was ich fühle, auch wirklich das ist, was *ich* fühle. Ich bemerke, wie ich mich verändere, aber ich weiß nicht, was alles sich verändern wird, was es aus mir macht. Ich kann es nicht kontrollieren, nicht voraussehen und nicht abstellen. Ich weiß nicht einmal, wofür es gut ist. Ich werde mir selbst mehr und mehr zu einem Fremden, den ich neu entdecken und kennenlernen muss.«

Solus hatte ihm schweigend zugehört. Seine anfänglich aufflackernde Wut war erloschen, als er feststellte, dass Yuro mit den sich abzeichnenden Entwicklungen ebenso zu kämpfen hatte wie er selbst.

»Sowohl deine wie auch meine Vergangenheit scheint ein Mysterium zu bergen. Bevor wir nicht dahinter gekommen sind, welche Geheimnisse wir mit uns herumschleppen, werden wir nicht ergründen können, welche Aufgaben die Zukunft für uns bereit hält. Wir müssen wohl oder übel zusammenarbeiten, denn alleine, fürchte ich, kommt keiner von uns voran. Lass uns ehrlich zueinander bleiben.« Yuro streckte Solus seine Hand entgegen. Vier Hände drückten einander, besiegelten damit einen unausgesprochenen, aber tiefernsten Schwur.

DAS VERBORGENE WIDERSTANDSLAGER

Sie banden die Kajolas los und kehrten auf den Weg zurück, den sie verlassen hatten, um den Graugewandeten nicht direkt in die Arme zu laufen. Zweifelsohne beschäftigten sich beide mit dem Geschehnis, und so ritten sie lange Zeit, ohne ein Wort zu verlieren, stumm nebeneinander her.

Die Sonne überschritt den Zenit, die Schatten wurden allmählich wieder länger, die Landschaft um sie herum wechselte von flach zu hügelig. Die Waldfläche, die sie bisher nur auf ihrer Karte gesehen hatten, breitete sich wie ein Ozean vor ihnen aus, nachdem sie eine weitere Erhebung hinter sich gelassen hatten. Sie war riesig und füllte sogar den Horizont vollständig aus.

»Hier sind wir richtig«, vernahm Solus urplötzlich Yuros Stimme.

»Woher willst du das wissen?«, erkundigte er sich vorsichtig.

»Ich kann dir nur erklären, was ich empfinde, und das ist mehr ein Bild denn irgendetwas Rationales«, antwortete sein Freund. »Es fühlt sich an, als legte sich eine Schlinge um mich, die mich wie an einem langen Seil in eine bestimmte Richtung zieht.«

»Du glaubst, dass es dich zu dem Lager bringt, in dem deine Eltern starben, nicht wahr?«

»Ja«, bestätigte Yuro.

»Na, dann sollten wir deinen Empfindungen einfach nachgeben und herausfinden, wohin sie uns leiten. Außerdem findest du ja doch keine Ruhe, ehe du genau da angekommen bist, wo es dich hinzieht, oder täusche ich mich?«

»Tust du nicht«, gab Yuro unumwunden zu. Es gab keinen Grund, Solus etwas vorzuspielen, das er sowieso nicht glauben würde.

So ritten sie weiter, bis sie zwischen den Lauten des Waldes das leise Plätschern eines Bächleins vernahmen. Sie ließen die Kajolas trinken, taten wenig später dasselbe und füllten anschließend ihre Wasserbehälter mit dem köstlich frischen, kühlen Nass wieder auf.

»Eigentlich könnten wir hier unser Nachtlager aufschlagen. Die Kajolas fänden genug Nahrung, und wir wären gut versteckt«, meinte Solus.

»Warum nicht. Ob wir heute oder morgen im Lager ankommen spielt keine Rolle. Es läuft uns nicht weg!«

Gemeinsam sattelten sie ihre Reittiere ab, bauten das Zelt auf, verstauten, was sie nicht im Freien stehen lassen wollten und gruben ein Loch in den Boden, das später als Feuerstelle dienen sollte.

Ein neugieriges Nirogat war nicht schnell genug, um dem exakt geschleuderten Wurfmesser Solus' zu entkommen, und so hatten sie neben den letzten Rinomi- und Karokinjoresten auch eine überreichliche Portion wohlschmeckenden Fleisches. Yuro übernahm das Auswaiden und ebenso das Säubern des weichen Fells. Nachdem er das Fleisch in mehrere Portionen aufgeteilt und mit einigen der mitgeführten Kräuter gewürzt hatte, wickelte er es in ein paar große Blätter und legte es zum Durchziehen in die Feuerstellenvertiefung. Solus hatte die Zeit genutzt um Feuerholz zu sammeln.

Nachdem alle notwendigen Arbeiten verrichtet waren fanden sie sich wie abgesprochen an der Uferböschung ein, um den Tag mit einer der unendlich oft wiederholten Exerzitien ausklingen zu lassen.

Yuro war froh, sich diesen noch immer in gleicher Weise hingeben zu können wie vor Beginn sämtlicher Umbrüche. Es gelang ihm sogar, seinen Geist absolut ruhig zu bekommen und einzig den Bewegungen, dem Rhythmus seines Herzschlages sowie den Klängen seiner eigenen Stimme Aufmerksamkeit zu zollen. Seit langem fühlte er sich wieder einmal frei.

Mit geschlossenen Augen absolvierte er das jahrelang eingeübte Repertoire, genoss die Geschmeidigkeit seines durchtrainierten, disziplinierten Körpers, erfreute sich an seinem Einklang mit der Natur und dem gesamten Universum. Als der letzte Ton allmählich verklang, er dessen Schwingungen im sanften Wind verwehen spürte, öffnete er langsam wieder die Lider.

Glutrot versank soeben die Sonne am Horizont, tauchte die Wipfel der Bäume in ein Flammenmeer. Für Augenblicke glich der Himmel einem lodernden Scheiterhaufen unüberschaubaren Ausmaßes, als brenne das Land in Auflehnung gegen all die Schlechtigkeit, die man ihm angedeihen ließ. Dann sanken die Feuerzungen in sich zusammen, und nur das zögernd ins Dunkel hinübergleitende Violett der beginnenden Nacht überzog das Firmament.

Yuro blinzelte. Das gerade beobachtete Szenario war nicht das, was tatsächlich stattgefunden hatte. Allein die Dichte der Bäume verhinderte eine Sicht auf den Horizont. Es war zwar auch hier merklich dunkler geworden, jedoch ohne ein wahrnehmbares, beeindruckendes Schauspiel.

Solus war an den Wasserlauf getreten und hatte begonnen, sich seiner Kleider zu entledigen, um den Schweiß von der Haut zu waschen.

›Das sollte ich auch tun‹, dachte Yuro sich in Bewegung setzend.

Nebeneinander standen sie wenig später im seichten Wasser, tauchten die Hände in die klaren Fluten, ließen das kühle Nass über ihre Körper rinnen, rieben die salzigen Schweißreste von ihrer Haut. Keiner berührte den anderen, als hielte eine unsichtbare Barriere sie auf Abstand. Die Vertrautheit, mit der sie einst miteinander umgegangen waren, war verschwunden. Eine seltsame Distanz war zwischen ihnen erwachsen, die Yuro erst jetzt schmerzlich bewusst wurde. Eine Begleiterscheinung seiner Veränderungen? Er musste es wohl hinnehmen, vorerst. Möglicherweise löste sich Solus' Zurückhaltung von allein wieder auf, wenn die derzeit stattfindenden Umbrüche zu Ende waren.

Im Anschluss an die Körperreinigung entfachten sie das Feuer und bereiteten ihre Abendmahlzeit zu. Eine Unterhaltung fand nicht statt. Keinem schien das Bedürfnis danach innezuwohnen, und bangloses Geschwätz war, bis auf wenige Ausnahmen, nichts, was ihnen fehlte. Jeder seinen eigenen Gedanken nachhängend nahmen sie die Nahrung zu sich, starrten in die herunterbrennenden Flammen, in die nach und nach erlöschende Glut. Das Silberlicht der Monde drang kaum bis zu ihnen herunter, und als die Kajolas sich zum Ruhen niederlegten, krochen auch Solus und Yuro unter die Decken.

Yuro lag noch nicht lange, als er den unwiderstehlichen Drang verspürte, nochmals aufzustehen und das Zelt zu verlassen. Seit sie seinem Elternhaus den Rücken gekehrt hatten war dies das erste Mal, dass er dieses Bedürfnis empfand. Wie er es Solus bereits zu erklären versucht hatte, zog ihn etwas – und ihm blieb nichts anderes übrig, als diesem Dekret nachzukommen. Er schritt an den Kajolas vorbei, die eigenartigerweise keinerlei Notiz von ihm nahmen, und wanderte, ohne einem ersichtlichen Pfad zu folgen, blindlinks durch das dichte Unterholz. Die Monde standen nun alle drei fast vollständig gerundet am samtblauen Himmel, und obwohl ihre Strahlen das dichte Blätterdach nur sporadisch durchbrechen konnten, leuchtete die Umgebung, wie schon die Räume des Konvents es getan hatten, in fluoreszierendem Ultraviolett.

Hatte er unbewusst bereits den dafür notwendigen Ton gesungen? Wie lange war er schon unterwegs? Wo befand er sich jetzt? Wie sollte er zurückfinden, ohne auch nur den Funken einer Ahnung zu haben, in welche Richtung er gelaufen war?

Fragen, die für Sekunden seinen Geist durchjagten, um rasch, wie sie gekommen waren, wieder in der Masse der Nichtigkeiten zu versinken.

Er musste sich tiefer in den Wald hinein bewegen, denn die Wipfel der Bäume verschluckten mittlerweile jeden noch so kleinen Lichtfleck. Die plötzlich vor ihm auftauchende Lichtung überraschte ihn dermaßen, dass er einen Augenblick innehielt.

Von hier hatte sein Bruder auf das zerstörte Lager geblickt. Unter den angrenzenden Bäumen war das Verbrechen geschehen, das ihn ins Chaos gestürzt hatte. Er war am Ziel!

Sorgfältig suchten seine Augen den Grund nach den Überresten der Hütten ab, die seine Erinnerungen ihm gezeigt hatten. Vorsichtig tasteten seine Füße über den Boden, räumten seine Hände Äste, Zweige und Laub beiseite. Er fand mehrere Vertiefungen unterschiedlicher Ausmaße sowie zerbrochene oder zersplitterte Platten, mit denen diese offenbar abgedeckt gewesen waren. Desweitern gewahrte er bis fast zur Unkenntlichkeit vermoderte Überreste von Decken, Kissen und Bettgestellen, die jedoch augenscheinlich nur zu Behelfszwecken hier gestanden hatten. Nichts deutete darauf hin, dass diese Unterkünfte tatsächlich Behausungen gewesen waren, denn jegliche Möblierung fehlte.

Wo aber befand es sich dann, das Lager, in dem so viele Menschen in der Hoffnung, ein friedliches Zusammenleben mit den Airin vorbereiten zu können, gelebt, gebangt, gearbeitet hatten?

Verzweiflung kroch in Yuro hoch. War er bis hierher gekommen um feststellen zu müssen, dass alles umsonst war? Dass er sich in etwas verrannt hatte, einem Phantom hinterherjagte, sich eine Mission, eine Aufgabe einbildete, die, objektiv betrachtet, jeglicher Grundlage entbehrte?

Seine Hände ballten sich unwillkürlich zu Fäusten. Ein heißer Strudel schien in seinem Bauch zu entstehen, sich auszudehnen, seine Adern mit Lava zu fluten. Er legte den Kopf in den Nacken, und ein Laut, der die Erde beben und die Stämme der Bäume bedenklich schwanken ließ, entrang sich seiner Kehle.

Ein lautes Knacken brachte ihn augenblicklich zum Verstummen. Noch während ein unterdrückter Fluch den Weg in seine Gehörgänge fand, hechtete Yuro hinter einen der Stämme. Wie aus dem Nichts erschienen zwei dunkle, schattenartige Gestalten inmitten des Areals, das ihm bisher nichts als Enttäuschung geboten hatte. Sie standen dicht neben ihm, ohne jedoch seine Anwesenheit zu bemerken.

Der plötzlich aufflammende Strahl einer Handlampe tauchte die nahe Umgebung in helles Licht, huschte über den Boden, kletterte die wie Pfähle anmutenden Baumstämme hinauf. Er verlor sich in den Wipfeln, zuckte zurück, streifte seinen Arm – verharrte, wanderte weiter. Yuro hielt den Atem an.

»Da war etwas«, hörte er eine der Gestalten flüstern.

»Das sagst du jedes Mal. Man kann bereits Wetten darauf abschließen, dass dieser Spruch irgendwann im Laufe deiner Nachtwache fällt. Geh hin und sieh nach, Mann!«

Der so Bloßgestellte folgte der Anordnung mit mürrischem Grunzen, während Yuro, um nicht doch noch entdeckt zu werden, keine andere Möglichkeit sah, als wie ein Apakima den Stamm des nächststehenden Baumes zu erklimmen und in dessen dichtem Blattwerk Sichtschutz zu suchen. Er ging in die Knie, konzentrierte sich, sammelte Kraft für den Absprung, schnellte wie ein von der Sehne gelassener Pfeil nach oben, umgriff mit beiden Händen den Stamm und rannte, jeweils mit einem Fuß und einer Hand Gegendruck ausübend, an diesem in die Höhe. Er musste so schnell gewesen sein, dass die beiden Wächter ihn für eines der hier lebenden Nagetiere gehalten hatten, denn auch der, der zuerst gesprochen hatte, stimmte nach dem Absuchen des Terrains seinem Kameraden zu. Somit gingen die beiden weiter, nachdem auch ein weiteres Ableuchten der Kronen kein anderes Ergebnis gebracht hatte.

Yuro jedoch beschäftigte das Ganze weit mehr. Wie konnten diese beiden die Abdrücke seiner nackten Füße so vollkommen übersehen, die deutlichen Wischspuren seiner Hände ihnen so völlig entgehen? Reglos wartete er. Die Männer entfernten sich. Wie lange mochten sie dem Lager wohl schon allnächtlich ihren Besuch abstatten, ohne jemals einen Störenfried ertappt zu haben, der ihre Kontrollgänge gerechtfertigt hätte?

Besonders viel Sinn schienen sie in ihrem Tun nicht zu sehen, denn die Unterhaltungsfetzen, die noch eine ganze Weile zu Yuro hinauf wehten, zeugten eindeutig von deren Missmut und dem Unverständnis für diese aufgezwungene Überwachung. »Seit zwei Wochen schickt sie uns nun schon regelmäßig hier hin. Ewig lang hat niemand mehr einen Fuß in dieses vergessene Nest gesetzt, und auf einmal sollen wir es kontrollieren, als ob es in der Prioritätenliste einen Sprung von der letzten an die erste Stelle vollzogen hätte. Hier ist nichts! Das haben selbst die Häscher der Airin erkannt, nachdem sie monatelang jedes Blatt, jeden Zweig und jeden Erdkrümel inspiziert hatten. Auch sie haben außer den von ihnen selbst Ermordeten und der Verwüstung, die sie anrichteten, nichts, aber auch gar nichts gefunden. Woran auch immer Lynnja sich zu erinnern glaubt, ich denke, sie ist einer Fehlinformation aufgesessen. Warum kommt sie eigentlich nicht selbst?«

»Sie kann nicht. Sie ist zu weit weg, und die Transportbahnen drohen unter dem Raubbau der Airin ihre Stabilität einzubüßen.«

»Das heißt, wir sind die Einzigen, die nahe genug dran sind, um ihren Auftrag auszuführen.«

»So ist es!«

Der Dialog verstummte. Yuro war schon geneigt, sich wieder nach unten gleiten zu lassen, als sich, nur wenig über ihm, etwas aus dem Geäst herausschälte, das mit der natürlich gewachsenen Krone nichts gemein hatte. Aus den tiefschwarzen Schatten der hier herrschenden Finsternis schoben sich gemächlich etwas hellere, nahmen zunächst Konturen, dann feste Formen an. Gebannt verharrten seine Blicke auf diesem geheimnisvollen Schauspiel. Nach und nach entstanden kunstvoll verankerte Bauten in der bis dahin einförmigen Dunkelheit. Sie waren so sorgfältig in die Wipfel eingegliedert und gebaut, als wären sie für längere Aufenthalte konzipiert.

Vorsichtig kletterte Yuro weiter nach oben. War das der Stützpunkt, den er am Boden vergeblich gesucht hatte? Eine richtige kleine Festung schien sich hier zu verbergen. Seltsam nur dass sie, wenn er den zufällig belauschten Worten der beiden Beobachter Glauben schenken sollte, bisher unauffindbar gewesen sein sollte. Und trotzdem hatte Lynnja, wer auch immer das war, sie hierher geschickt.

Im Zwiespalt, ob er sich Zutritt zu den Gebäuden verschaffen oder den Wachtposten folgen sollte, blieb er einen Moment unschlüssig an genau der Stelle hocken, an der er sich vor den Augen der beiden verborgen hatte.

Eine gute Wahl, wie sich Augenblicke später herausstellte. Zwei dumpfe Schläge, ein unterdrücktes Stöhnen, dann ein Durcheinander von Stimmen, mit dem er tief in seinem Innern gerechnet, und von dem er gehofft hatte, es sei nur das Konstrukt einer unbewussten Phobie. Die Graugewandeten, die ihnen am Vortag entgegengekommen waren, mussten zurückgekehrt sein. Die ganze Horde brach dröhnend durch das hier nicht mehr dichte Unterholz. Fackeln und Handstrahler beleuchteten das Gelände, wachsame Augen untersuchten den Boden nach Spuren. Die Häscher fühlten sich sicher. Sie benahmen sich ganz so, als seien sie hier zuhause. Sie lachten und unterhielten sich lautstark, während sie die beiden Überwältigten hinter sich her schleiften und schließlich an einem der Bäume festbanden.

Der Anführer überschüttete sie mit Fragen, aber trotz der Schläge und Tritte, die sie einstecken mussten, schwiegen die beiden beharrlich. Die Grauen schien das nicht sonderlich aufzuregen.

»Farrell wird schon wissen, wie er das, was er wissen will, aus ihnen herausbekommt. Auf einen oder zwei Tage mehr oder weniger kommt es nicht an.«

So ließen sie nach etwas mehr als einer Stunde von ihnen ab, rollten sich in ihre Decken und überließen sich dem Schlaf, nachdem das Los eine Nachtwache ausgedeutet hatte.

Yuro hatte von seiner Position aus alles mit angesehen, jedoch nichts zur Unterstützung der Gefangenen tun können. Nun aber glitt er von seinem Baum herunter und schlich, dicht an den Boden gepresst, hinter jenen, an den die Grauen sie angebunden hatten. Große Sorgfalt hatten sie nicht auf die Fesselung gelegt. Sie mussten ihrer Sache entweder sehr sicher oder sehr überheblich und selbstherrlich sein. Auch der Nachtwächter nahm seine Aufgabe offensichtlich nicht sonderlich ernst. Gähnend stapfte er hin und her, zwanzig Schritte in die eine Richtung, Kehrtwende, zwanzig Schritte zurück; einschläfernde Monotonie, die ihn schließlich, an einen Stamm gelehnt, ebenfalls eindösen ließ. Die beiden Angebundenen dämmerten ebenso vor sich hin.

Behutsam löste Yuro die Knoten der Seile, bevor er sie sachte zu rütteln begann. Schlagartig waren die beiden wach, starrten mit weit aufgerissenen Augen in die Dunkelheit. Sahen sie ihn denn nicht? Er kniete direkt an deren Seite, seine Hand zum Zeichen des Schweigens auf die Lippen gelegt. Ihre Blicke waren genau auf ihn gerichtet, und doch blickten sie durch ihn hindurch.

Der Ältere ergriff die Hand des Jüngeren. Beiden fiel das Aufstehen sichtlich schwer. Yuro unterstützte den Älteren, indem er unter seinem Arm hinweg tauchte, diesen über seine Schulte legte und sich langsam mit ihm zusammen aufrichtete. Fast wäre dem Mann ein Schrei entwichen, aber Yuros Hand verschloss blitzschnell seinen Mund. So starrte er nur verwirrt und bebend um sich.

Sanft dirigierte Yuro die beiden zu der Stelle, an der sie so plötzlich erschienen waren. Der Mann fasste sich augenblicklich, als er die Absicht seines Retters durchschaute.

»Danke«, raunte er, »wer auch immer du bist.«

Während Yuro seinen Griff löste, zog er den Jüngeren, der stark hinkte und dessen Augen infolge der erhaltenen Ohrfeigen nahezu zugeschwollen waren, enger an sich, senkte seinen Blick nach unten und verschwand mit diesem ebenso plötzlich, wie er aufgetaucht war.

Abermals knackte es laut. Mehrere der Graugewandeten schreckten aus dem Schlaf. Damit war Yuro jegliche weitere Aktivität verbaut. Fluchtartig verließ auch er das Terrain. So wenig er seinem Hinweg Beachtung hatte zukommen lassen, so sicher fand er zurück. Aufatmend stellte er fest, dass die Grauen ihr Lager nicht entdeckt hatten. Mit einem erleichterten Seufzen kroch er ins Zelt zurück, um ebenfalls wenigstens noch ein paar Stunden zu ruhen.

HOFFNUNGSSCHIMMER Verwirrt, schmerzgeplagt und entkräftet erschienen Ray und Cahan auf der kaum als solche zu identifizierenden Plattform, die die Gegenseite der Transportbahn bildete. Merina, die in der Leitzentrale des Oviatar-Widerstandslagers ihren Nachtdienst verrichtete, fuhr wie elektrisiert herum, als sie deren Stöhnen vernahm. Sie sah sofort, dass die beiden Hilfe brauchten und zog an der dünnen Schnur, die in das Zimmer der Heilerin führte. Dann sprang sie auf und eilte zu deren Unterstützung.

Als Elea nur wenige Minuten später erschien, saßen die Männer bereits zusammengesunken in zwei bequemen Sesseln. Wenngleich der gesamte Raum überwiegend gemütlich eingerichtet war, konnte er einen aufmerksamen Betrachter doch nicht darüber hinweg täuschen, dass er keineswegs das Wohnzimmer dieses Unterkunftskomplexes war.

Die Heilerin kniete neben den Männern nieder, legte je eine Hand auf Rays, eine auf Cahans Brustkorb und schloss die Augen. Ihr Körper erschlaffte. Ihr Geist tastete die Verwundeten wie ein Tiefenscanner ab, verzeichnete Ort und Art der Verletzungen, stoppte, wo es nötig war, innere Blutungen, richtete gebrochene Knochen. Sie arbeitete hochkonzentriert. Außenstehenden jedoch teilte sich davon so gut wie nichts mit. Merina aber, die mit Eleas Arbeit bestens vertraut war, legte ihr schweigend und äußerst behutsam eine Hand auf die Schulter. So konnte sie, wenn es nötig war, der Heilerin ihre Kräfte ebenfalls zur Verfügung stellen.

Minuten vergingen. Schweiß perlte auf Eleas Stirn, lief in kleinen Rinnsalen über ihr Gesicht, ihren Hals, verklebte die kupferroten Haare. Dann, endlich, öffnete sie mit einem leisen Seufzen die Augen.

»Ich brauch einen Schluck Wasser«, flüsterte sie, »einen großen!«

Merina nahm die Hand von der Schulter der Freundin und eilte zu der kleinen Nische, die den Wasserspender beherbergte. Frisches Quellwasser rann in einen irdenen Krug, den sie Elea brachte.

»Möchte wissen, wer die beiden so zugerichtet hat«, raunte diese, als sie das kühle Nass in kleinen Schlucken getrunken hatte.

»Sieht ganz nach den Häschern aus«, meinte Merina. »Aber wo sind sie denen über den Weg gelaufen? Glaubst du, die haben irgendwie spitzgekriegt, dass Lynnja den Stützpunkt, an dem ihre Eltern starben, seit zwei Wochen wieder beobachten lässt?«

Elea zuckte mit den Schultern. »Man kann nie wissen. Diese Graugewandeten haben Verbindungen, die wir uns manchmal nur wünschen können. Die Gedankentransmitter sind auf Telepathen angewiesen, aber nicht jede Gruppe hat einen. Mit der Technik der Airin brauchen wir es gar nicht erst zu versuchen. Da haben sie uns schneller angepeilt als wir gucken können. Ein Wunder, dass sie die Transportbahnen noch nicht ausfindig gemacht haben.«

»Sie führen durch die Schattenwelt – und die können sie mit all ihren raffinierten Ortungssystemen nun mal nicht aufspüren.«

Elea lachte leise. »Wenigstens auf dieser Ebene haben wir noch ein paar Vorteile.«

»Noch! Aber sie forschen. Was glaubst du, warum sie so erpicht darauf sind, an Savanten oder ähnlich komplex begabte Exemplare unserer Spezies heranzukommen? Nicht umsonst hält sich Lynnja nie länger als ein paar Wochen an ein und demselben Ort auf.«

»Ja, seit Laros in ihren Armen starb ist sie noch vorsichtiger geworden. Er muss sie mit Informationen vollgestopft haben, die sie kaum aufnehmen konnte. Er war ein Kämpfer. Loyal bis zum letzten Atemzug. Und er hat sein Leben gegeben um herauszufinden, wo alle geheimen Fäden der Airin zusammenlaufen. Seitdem arbeitet sie an einem Plan, deren Netzwerk für unsere Zwecke zu nutzen. Aber eine wirkliche Strategie hat sie bisher nicht gefunden. Es gibt einfach noch zu viele Löcher, die sie nicht schließen, und zu viele Wege, die sie nicht beschreiten kann.«

»Aber sie klammert sich an eine neue Hoffnung! Jemand habe das Geheimfach in ihrem Elternhaus geöffnet. Amru und Elorin können es nicht gewesen sein. Sie sind seit über fünfzehn Jahren tot. Laros lebt ebenfalls nicht mehr, und der Kleine wurde vor mehr als zwölf Jahren von den Grauen gekascht. Seitdem hat sie kein Lebenszeichen von ihm erhalten.«

»Ungeachtet dessen glaubt sie trotzdem, dass er es war, nicht wahr?«

»Sie sagt es nicht offen, ich denke jedoch, dass du recht hast.«

»Ob sie Ray und Cahan deshalb ausschickt? Weil sie glaubt, Yuro würde an den Ort, der fast sein Leben zerstörte, zurückkehren?«

»Diese Frage kann nur Lynnja dir beantworten. Sie und Laros mussten ihm damals eine Komplettblockade verpassen. Die Wahrscheinlichkeit, dass er sich jemals an seine früheste Kindheit erinnert, liegt bei nahezu Null. Selbst wenn er nur halb so begabt ist wie sie, würde er wahnsinnig werden, wenn sie aufbräche und die Erinnerungen ihn überfluteten.«

»Hast du ihn gekannt, den Kleinen?«

»Gekannt ist übertrieben. Ich hab ihn ein paar Mal gesehen, wenn ich die Familie besucht habe. Er war ein goldiger Kerl, aber das sind alle kleinen Kinder. Er war erst ein knappes Jahr alt, als die Fanatiker das Massaker anrichteten. Ich war hier, als es geschah, und selbst über diese Entfernung ist mir von den mentalen Schreien fast der Schädel geplatzt.«

»Sie klammert sich also offensichtlich an einen Strohhalm, dessen Vorhandensein jeder rationalen Überlegung widerspricht.«

Merina zuckte mit den Schultern. »Sie ist fast eine Savanta.«

Ein leises Rufen unterbrach ihre Unterhaltung. Ray war wieder bei vollem Bewusstsein. Pflichtbewusst wandte sich Elea ihrem Patienten zu. Rays Augen glänzten.

»Lynnja hatte recht«, sagte der Mann mit bebender Stimme.

»Was ist geschehen?«, fragte Merina, die ebenfalls zu ihm getreten war.

»Die Grauen sind wieder unterwegs. Sie haben offenbar ein paar neuartige Gedankendämpfer entwickelt, denn wir haben sie nicht bemerkt. Wobei, zugegeben, wir waren auch nicht besonders aufmerksam.« Verlegene Röte überzog sein Gesicht. »Aber mal ehrlich, wer hat schon wirklich damit gerechnet, dass Lynnja nicht nur einem Hirngespinst nachjagt?«

»Du hast uns immer noch nicht berichtet, was sich tatsächlich zugetragen hat«, erinnerte Elea ihn sanft.

»Sie haben uns wie plumpe Anfänger überwältigt.« Eine weitere Welle tiefen Dunkelrots überlief seine Züge.

»Wir sind wohl nach der Ruhe der letzten Jahre alle ein wenig aus der Übung«, beruhigte ihn Merina. »Aber nun erzähl weiter. Wie seid ihr ihnen entwischt?«

»Auch die Graugewandeten scheinen momentan nicht ganz auf der Höhe zu sein«, schaltete sich Cahan ein, der zwischenzeitlich ebenfalls aus dem leichten Dämmerzustand, in den Elea sie versetzt hatte, aufgewacht war. »Die abgeordnete Nachtwache ist eingeschlafen ...«

»... und ihr konntet euch selbst befreien«, beendete Merina den Satz.

Ray schüttelte den Kopf. »Nein, konnten wir nicht. Knote du mal ein Seil auf, wenn du wie ein Päckchen verschnürt bist und dir noch dazu alles wehtut, was dir nur wehtun kann. Wir haben versucht, durch Meditation die Schmerzen einigermaßen klein zu halten und sind ebenfalls eingedämmert.«

»Ja, und mit einem Mal hat uns irgendwer sachte gerüttelt und die Stricke waren weg.«

»Einer von den anderen, der falsch spielt?«, vermutete Elea.

»Von denen spielt keiner falsch!«, ereiferte sich Cahan. »Nein, das muss einer von unserer Seite gewesen sein. Er war da, und doch nicht da.«

»Ein Traumwanderer«, entfuhr es Merina. »Aber Laros ist tot, und die drei anderen sind viel zu weit weg, als dass sie es gewesen sein können«, sprach sie bedächtig weiter. »Wir sollten Lynnja benachrichtigen. Irgendetwas geht hier vor.«

SCHRITTE IN DIE VERGANGENHEIT

Solus rüttelte ihn sachte an der Schulter. »Yuro, Yuro wach auf!«

Verwirrt sah dieser seinen Freund an. Die Dämmerung wich bereits ersten kräftigen Sonnenstrahlen, und außer dem Zelt, das noch stand, zeugte nichts mehr davon, dass diese Stelle ihr Nachtlager gewesen war.

»Was ist los?«, fragte er verstört.

»Ich weiß nicht, aber wir sollten hier verschwinden.«

Schlagartig war Yuro vollends munter. Ja, auch er empfand diese unterschwellige Bedrohung, diesen Anflug von Gefahr. Sekundenschnell schlüpfte er in seine Kleider, rollte seine Decken zusammen und drückte Solus das Bündel in die Arme. Während dieser es in der dafür vorgesehenen Packtasche verstaute, baute Yuro das Zelt ab, faltete es zu einem ordentlichen Päckchen, verwischte die Spuren des Abdrucks, den es im weichen Waldboden hinterlassen hatte. Den Ast, den er dafür zu Hilfe genommen hatte, behielt er in der Hand, um auch die Spuren der Kajolas unkenntlich zu machen. Behände schwang er sich auf sein Reittier, das Solus, der bereits aufgesessen war, am Zügel führte.

»Gib mir den Ast, und verstau du erst mal das Zelt. Wer weiß, vielleicht brauchst du schon bald beide Hände.«

Yuro nickte, übergab Solus, was dieser gefordert hatte, und ritt auf das Rinnsal des Baches zu. Sein Freund erkannte dessen Vorhaben sofort und lenkte sein Reittier ebenfalls in die leise gurgelnden Fluten. Einige Meter weiter entsorgte er den Spurentilger in einem Haufen gleicher Äste, die wohl von einem der letzten Winterstürme herab geschüttelt worden waren. Etwa zwei Kilometer weit ließen sie die Kajolas im Bachbett waten, bevor sie sich anschickten, wieder auf einen der in der Karte eingezeichneten Wege zurückzukehren.

»Du reitest zurück!«, stellte Solus fest, als Yuro an einer Wegkreuzung die ursprünglich vorgesehene Richtung wechselte.

»Es ist zu gefährlich. Die Graugewandeten sind dort. Wir würden ihnen genau in die Arme laufen.«

»So, würden wir das«, fuhr Solus ihn unvermittelt an. »Woher weißt du das wieder so genau?«

»Ich war heute Nacht dort.«

»Du warst heute Nacht dort?«, echote Solus. »Klar, darum kamst du auch heute Morgen nicht aus dem Bett. Du warst ja auch unterwegs. Komisch nur, dass du die ganze Zeit neben mir lagst.«

»Es ist lange nicht mehr vorgekommen, aber ich erinnere mich, dir bereits erzählt zu haben, dass ich manchmal an zwei

Orten zur gleichen Zeit bin. Meine Güte Solus, ich weiß doch auch nicht, wieso das passiert oder wie ich das mache. Aber es kann kein Traum gewesen sein.«

»Ich sag dir jetzt mal was, mein Freund. Ich hab im Konvent eine ganze Menge von den Gerüchten mitgekriegt, die über dich kursierten. Zelut hat schon, als sie dich brachten immer wieder betont, Haran solle sich ja gut um dich kümmern, denn du seiest ›etwas Besonderes‹. Das haben viele, die dich unterrichteten, bestätigt. Nicht, weil du weniger begriffsstutzig gewesen wärest als wir anderen, sondern weil du vieles auf einer wesentlich tieferen Ebene zu erfassen in der Lage warst. Der Prior hat sie angewiesen, das für sich zu behalten, aber mir ist es trotzdem nicht verborgen geblieben.«

»Bist du deshalb mein Freund geworden, um von meinen Besonderheiten zu profitieren?«, zischte Yuro.

Solus fuhr zusammen wie unter einem Schlag. »Wenn du dir diese Frage nach all den Jahren nicht selbst beantworten kannst …«, ließ er den Satz offen.

Yuro erkannte, dass er zu weit gegangen war. »Die Unterstellung war unangemessen«, lenkte er betreten ein. »Aber was genau willst du mir eigentlich sagen?«

»Yuro, ich hab mich immer sehr für die Entwicklungsgeschichte unseres Volkes interessiert, und du hast doch wie alle anderen ebenfalls die Geschichtsbücher gewälzt. Ist dir schon jemals der Gedanke gekommen, dass du einer der Maximalbegabten sein könntest? Du weißt schon, einer derjenigen, die nicht nur eine oder zwei Geistesfähigkeiten besitzen, sondern wesentlich mehr als der durchschnittliche Inari? Und dass diese erst, seit du die Pubertät durchlebst, nach und nach richtig zum Vorschein kommen? Überleg doch mal. Du sagst, ich denke und fühle zu laut. Das sind Telepathie und Empathie. Du hast einen hervorragenden Orientierungssinn. Du bist offensichtlich irgendwie in der Lage deinen Körper zu verlassen, während du schläfst. Und du setzt mittels deiner Stimme Mechanismen in Gang, wo unsereiner trotz intensiver Schulung kläglich versagt. Vielleicht ist das noch nicht alles, aber selbst das ist schon eine ganze Menge mehr, als den meisten von uns gegeben ist. Gerade die, die sich so sehr von der Masse abheben sind oft die, die am einsamsten sind. Weil niemand sich zutraut, einfach nur den Menschen in ihnen zu sehen, sie ebenfalls auf Fehler hinzuweisen, oder weil man sie für unfehlbar, selbstverliebt oder überheblich hält. Ich wollte dir das ersparen, schon immer.«

»Du glaubst mir also?«

»Ich habe dir immer geglaubt. Ich weiß, wann du mich anlügst, aber du hast es bisher nie getan, kleine Flunkereien ausgenommen, aber die zählen nicht.«

Yuro schluckte. Warum nur überkam ihn Solus' wegen in letzter Zeit immer wieder dieser Jähzorn, dieses Misstrauen? Was tat oder unterließ dieser, das diese Gefühlswallungen rechtfertigte? »Ich bin ein Kotzbrocken geworden, nicht wahr?«, hakte Yuro leise nach. »Argwöhnisch, unberechenbar, irrational, hyperempfindlich und unausstehlich. Wirst du weiterhin den Freund in mir sehen können, wenn diese Vorfälle sich häufen? Mich auf den Boden der Tatsachen zurückholen, wenn ich anfange abzuheben?«

»Jetzt mach dich nicht schlechter, als du tatsächlich bist. Wir werden wohl beide lernen müssen, damit umzugehen. Aber um es dir offen und knallhart ehrlich zu sagen: Wenn ich von deinen dubiosen Anschuldigungen die Nase endgültig voll habe, kann es passieren, dass dein Bauch, oder dein Kopf, unfreiwillig Bekanntschaft mit meiner Faust machen – und zwar ohne Vorankündigung!«

»Kann sein, ich wehre mich«, gab Yuro zurück.

Beide lachten. Die Spannung zwischen ihnen wich.

»Um noch einmal auf deinen Richtungswechsel zurückzukommen: Was hast du jetzt vor? Wohin gedenkst du zu reiten?«

»Ich befürchte, auch mein Elternhaus wird kein besonders günstiger Aufenthaltsort mehr sein, folglich ist eine Rückkehr dorthin ausgeschlossen. Andererseits würde ich schon gerne irgendwie in der Nähe dieses alten Widerstandsnestes bleiben.«

»Du willst es erkunden! Nachts!«, stellte Solus unumwunden fest.

Yuro nickte. »Anders denn als ›Schatten‹ wird es wahrscheinlich nicht mehr möglich sein. Aber mich zieht es noch immer dorthin, als gäbe es dort etwas zu entdecken, das wichtig für mich ist und vielleicht auch für dich.«

»Das wäre also geklärt. Hol die Karte raus! Lass uns gemeinsam einen Platz für die Nacht aussuchen.«

Das war nicht allzu leicht. Genau genommen konnten die Häscher der Airin sie überall finden – wenn sie denn an den richtigen Stellen suchten. Letztendlich entschieden sie sich dafür, aufs Geradewohl irgendwo im Wald zu nächtigen und am nächsten Morgen den Ort wieder zu verlassen. Somit überließen sie den Instinkten ihrer Kajolas die Führung. Die Tiere trotteten gemächlich noch eine ganze Weile auf dem bisher eingehaltenen Weg dahin, bevor sie an einer weiteren Weggabelung nach schräg rechts abbogen. Eine besonders saftige Wiese lud zum Weiden ein. Die beiden jungen Männer ließen sie ihren Bedürfnissen nachgehen, während sie sich selbst abseits des Pfades ins Gras legten und den Wolken bei ihrem faszinierenden Form- und Farbspiel zusahen.

Die bisher harmlosen Schleierwolken verdichteten sich, wurden dunkler, wechselten von beschaulich dahintreibenden Wattebäuschen zu bedrohlich sich auftürmenden Wolkenwänden, die allmählich eine leicht grünlich schimmernde Graufärbung annahmen. Von jetzt auf gleich verschwand die wärme- und helligkeitsspendende Sonnenscheibe. Diffuse Lichtfinger verliehen dem unheimlich sich verdunkelnden Himmel einen Ausdruck geballter Macht.

Kein Lufthauch strich mehr über die Landschaft, die Zeit schien still zu stehen. Der Gesang der Vögel verstummte, selbst das Zirpen der Insekten wurde leiser, verklang. Absolute Stille, wie angehaltener Atem vor einem großen Ereignis. Dann, ohne jegliche Vorwarnung, brach der Sturm los. Der Wind fauchte mit höllischer Geschwindigkeit über das Land, daumennagelgroße Wassertropfen peitschten aus dem fast schwarzen Brodem. Blitze von schauderlicher Schönheit rissen in kurzen Abständen die Dunkelheit auf. Donnergrollen, das die Erde erbeben ließ, untermalte das Naturschauspiel in ebenso schnellen Abfolgen.

Fluchtartig verließen die Bewohner der Baumhäuser die Höhen. Das Wagnis, hier oben durch Blitzeinschläge umzukommen, wollte niemand eingehen. Das Risiko war einfach zu groß. Ströme von Menschen huschten in die aus diesem Grund angelegten Notunterkünfte am Boden, die für ungeübte Augen nicht als solche zu erkennen waren. Trotzdem tat keiner von ihnen ein Auge zu. Unruhe und Angst beherrschten jeden einzelnen. Ob das ›wirkliche Dorf‹ im Verborgenen bleiben würde?

Die Ahnung von Gefahr hatte schon den ganzen Tag über ihre Sinne vibrieren lassen, das heraufziehende Gewitter sich wie eine zentnerschwere Last auf sie gelegt. Wenn ausgerechnet jetzt ihre Feinde hier auftauchten, konnten sie diese mit nichts anderem konfrontieren als ihren körperlichen Fähigkeiten der Abwehr.

So nahm das Desaster seinen Lauf, als die Fanatiker mit euphorisch wildem Gebrüll eine Schutzgrube nach der anderen aufrissen und jeden, den sie erwischten, gnadenlos abschlachteten. Flucht war die einzige Rettung, denn es stand schnell außer Zweifel, dass die rein physische Verteidigung der Widerstandsgruppe der Kampferfahrung der Mordbrenner hoffnungslos unterlegen war.

Schreie vermischten sich mit dem Prasseln des Regens, mit dem Heulen des Windes und den Paukenschlägen des Donners. Hilferufe verhallten, überdeckt vom Lärm der Gewalten. Yuros Schädeldecke schwang wie eine angeschlagene Glocke, und auch er schrie, während jemand ihn an sich riss und rannte.

Ein Schlag auf die Wange durchbrach den Wachtraum, brachte die Schreie zum Verstummen, verscheuchte die Dunkelheit und den Tumult, dem er um Haaresbreite entkommen war. Solus kniete über ihm, die Hand zu einem weiteren

Schlag erhoben. Verteidigungsbereit schnellten Yuros Arme nach oben und Solus' sanken nach unten. Es war vorbei. Er hatte den Freund seinem Albtraum entrissen.

»Du warst wieder dort, hab ich recht?«, erkundigte er sich.

»Jaaa«, antwortete Yuro wie aus weiter Ferne gedehnt. »Ich weiß jetzt, warum die Airin damals nahezu spielerisch mit der Widerstandsgruppe fertig wurden. Gewitter, es legt die geistigen Kräfte lahm.«

Der Schock dieser Erkenntnis schüttelte ihn mit eiskaltem Grauen. Bisher hatte er dieser Tatsache keine Beachtung geschenkt, denn es hatte nie eine Rolle gespielt. Nun aber rang er verzweifelt um seine Fassung, denn der qualvolle Sog der Hoffnungslosigkeit zerrte an ihm, wollte ihn abermals in die Tiefen des Wahnsinns ziehen, um ihn nie wieder freizugeben.

Wie schon einmal krallten sich Solus' Finger in seine Kopfhaut, wies ihm das Licht seiner Gegenwart den Weg aus den bodenlosen Abgründen seiner Seele. Heftig keuchend kam Yuro abermals zu sich. Nur wenige Zentimeter über sich gewahrte er Solus' golden schimmernde Augen.

Wie viel Zeit war inzwischen vergangen? Die Schatten hatten sich verschoben, die Sonne war weiter gewandert, aber noch schien sie strahlend vom blauen Himmel. Solus' Finger lösten sich von seinem Schädel, sein stechend konzentrierter Blick wurde milder. Erleichtert seufzend richtete er sich auf.

»Mann, Mann, du bist echt nichts für schwache Nerven!«, brummte er. ›Lass das ja nicht zum Dauerzustand werden! Ich will und kann nicht andauernd den Schutzpatron für dich spielen. Du solltest allmählich mal zusehen, dass du diese Erinnerungsschwemme in den Griff kriegst.‹

»Du sagst das, als bräuchte ich nur einen Schalter umzulegen, und alles wäre vorbei!«, schnauzte Yuro. »Selbstverständlich halte ich dich ausschließlich zu meinem Vergnügen mit meinen Anfällen auf Trapp! Und die Geschichten, mit denen ich dir permanent auf den Geist gehe, denke ich mir auch nur aus, weil ich vor lauter Langeweile nicht weiß, was ich tun soll!« Seine Stimme triefte vor Sarkasmus. »Wenn dir das alles nicht passt, dann hau doch einfach ab, und lass mich in Ruhe!«

»Hör auf, jedes Wort auf die Goldwaage zu legen, Kleiner. Kann ich denn nicht mal mehr denken, ohne dass du alles in den falschen Hals bekommst?« Ohne Hast richtete Solus sich auf. »Aber ich werde deiner Aufforderung Folge leisten. Wenn du deine sieben Sinne wieder beieinander hast, steht es dir frei, mir nachzukommen. Momentan jedoch ist es wirklich das Beste, ich lass dich mit deinem Ballast allein!«

Nach diesen Worten kehrte er Yuro unversehens den Rücken und ging gemächlich davon.

GETRENNTE WEGE

Es rumorte in ihm. Diese Schübe, die Yuro oft übergangslos überkamen, die sich durch nichts ankündigten und erst offenkundig wurden, wenn sein Körper sich in Zuckungen zu winden begann, oder unartikulierte Laute seiner Kehle entwichen, nahmen ihn mehr mit, als er seinem Freund gegenüber zuzugeben beabsichtigte. Auch verspürte er, seit die Grauen an ihrem Versteck vorbeigeritten waren, ein Ziehen in seinem Nacken, das ihn aufwühlte. Yuros Äußerung, auch er hätte wohl eine in der Vergangenheit begründete Verbindung zu diesen, hatte eine Saite in ihm zum Schwingen gebracht, deren Klang er nicht einzuordnen vermochte.

Nach seiner Kindheit befragt musste er ebenso passen, wie Yuro bis vor Kurzem, denn er wusste effektiv nichts darüber. Um wenigstens irgendetwas erzählen zu können, hatte er sich vor langer Zeit die Geschichte ausgedacht, die er auch seinem Freund erzählt hatte. Seine greifbare Erinnerung hingegen begann an dem Tag, da Yuro ins Kloster gebracht worden war.

In Gedanken versunken folgte Solus den Spuren der Kajolas, die sich auf der Suche nach schmackhaften Kräutern aus seinem Sichtkreis entfernt hatten. Ein leise gesungener Ton und sie würden zurückkehren, das wusste er, aber für den Moment wollte er alleine sein. Es gab so vieles, worüber er nachdenken, sich klar werden musste. Bisher hatte er sich Yuros Zielen untergeordnet. Mehr und mehr jedoch fühlte er den Drang in sich, seine eigene Vergangenheit zu entschlüsseln, das schwarze Loch mit Inhalt zu füllen.

War sein Weg identisch mit dem seines Freundes? Waren ihre Schicksale miteinander verwoben? Waren sie zwei Stränge einer Schnur, die sich zunächst ineinander verflochten – und dann doch wieder aufspleißten?

Diese und andere Fragen wirbelten seit einiger Zeit durch seinen Kopf, aber er mochte sie Yuro weder unterbreiten noch mit ihm darüber diskutieren. Ebenso wenig war er zum jetzigen Zeitpunkt gewillt, ihm seine Zerrissenheit bezüglich des weiteren Vorgehens einzugestehen. Auf Dauer würde angesichts der Tatsache, dass Yuros telepathische Fähigkeiten massiv zunahmen, beides unvermeidbar sein. Im Augenblick aber wollte er ihn nicht zusätzlich zu allem, was ihn selbst überschwemmte, auch noch mit seinen Überlegungen konfrontieren. Nur, welche Rede und Antwort konnte er seinem Freund stehen, wenn die mühsam errichteten Barrieren fielen? Noch war Yuro mit sich selbst genug beschäftigt, um seine inneren Kämpfe zu übersehen. Noch nahm dieser ihm seine offen zur Schau gestellte Gelassenheit ab. Noch wollte er gar nicht hinter die aufgesetzte Maske sehen. Aber wie lange noch?

Yuro war alles andere als ein Dummkopf. Irgendwann, in nicht allzu ferner Zukunft, musste er bemerken, dass Solus begonnen hatte, ihm auf einigen Ebenen Theater vorzuspielen. Er sollte es nicht, wollte es nicht und konnte es doch nicht unterlassen.

›Unterbrich diese Gedanken!‹, rief er sich zur Ordnung. ›Sie führen zu nichts, und sie ändern bereits Geschehenes nicht. Du musst eine Wahl treffen und dir Yuro gegenüber eine plausible Erklärung einfallen lassen. Und du musst ehrlich bleiben, du hast es ihm und dir selbst versprochen!‹

Diesmal hatte Yuro den Bogen überspannt. Das wurde ihm in dem Augenblick klar, als Solus sich demonstrativ von ihm abwandte und langsam davonging. Er hätte sich ohrfeigen können für die Impulsivität, mit der er Solus in einer Weise attackiert hatte, die jenseits aller Vernunft lag.

Solus hatte ihn aus seinem Albtraum gerissen, und er war mit Hohn und Spott über ihn hergefallen, haargenau wissend, dass sie ungerechtfertigt waren. Was war nur mit ihm los, dass er trotz aller erworbenen Disziplin derart von Emotionen dominiert wurde?

»Du machst gerade eine schwere Zeit durch«, säuselte eine besänftigende Stimme in seinen Gehirnwindungen.

»Ja, das stimmt!«, schnaubte er laut und schüttelte den Kopf. »Das rechtfertigt mein Verhalten aber noch lange nicht!«

Zerstritten mit sich selbst schloss er die Augen, suchte nach Ruhe in der Konzentration auf seinen Atemrhythmus, leerte seinen Geist in der Meditation des immer wiederkehrenden Mantras: ›Ich bin entspannt und ausgeglichen.‹

Es dauerte lange, bis er den angestrebten Zustand erreichte, obschon er jahrelange Routine in der angewandten Technik besaß. Sobald er aus der meditativen Erholung herauskam, fluteten abermals unzählige Gedanken seinen Geist, und sein Brustkorb fühlte sich an, als würde er unter einem zentnerschweren Gewicht zusammengepresst. Vielleicht hatte Solus tatsächlich recht mit der Annahme, bisher schlummernde Geistesfähigkeiten brächen sich seit Beginn seiner Reifezeit nach und nach Bahn. Irgendeine Ursache mussten diese Anfälle doch haben, die er nicht unter Kontrolle bekam, und die Verhaltensweisen auslösten, die er bis vor Kurzem nie an den Tag gelegt hatte.

Warum hatte er in der riesigen Bibliothek des Konvents darüber keine Literatur gefunden? Gab es sie nicht? Hatte er sie nur nicht gefunden? Oder war sie ihm in voller Absicht vorenthalten worden?

Er versuchte, sich zu erinnern, stellte jedoch mit Erschrecken fest, dass er in einer Grauzone herumstocherte, die keine Details preiszugeben gewillt war. Er besaß Informationen, aber der Zugriff auf sie wurde ihm verweigert. Warum?

Irgendwie gestaltete sich alles, das direkt mit seiner Person zusammenhing, zunehmend dubioser. Und nun war auch noch Solus, sein einziger Halt, der einzig beständige Faktor in all den Jahren seines Lebens, auf und davon gegangen.

Yuro stöhnte unterdrückt. Es war alles seine Schuld! Sein Egoismus hatte ihn seinem Zuhause den Rücken kehren lassen, und nun hatte er durch sein ungebührliches Verhalten auch noch den Freund, der stets zu ihm gehalten hatte, vertrieben. Seltsamerweise aber schien Solus ihm keineswegs zu grollen. Nicht einmal ein richtiger Vorwurf war über seine Lippen gekommen. Eigentlich – waren seine letzten Worte sogar eine Einladung gewesen.

Solus war aus der Überzeugung heraus gegangen, dass jeder von ihnen eine Weile alleine sein musste, um mit sich selbst ins Reine zu kommen. Der Abstand war nötig, damit sie, jeder für sich, die Erlebnisse seit Verlassen des Klosters verarbeiten konnten – ohne Beeinflussung durch irgendwelche Verantwortungsgefühle oder Abhängigkeiten.

Der Druck auf Yuros Brust nahm spürbar ab, das Atmen wurde leichter. Solus hatte durch seine Entscheidung auch ihm eine solche aufgenötigt, und er hatte sie getroffen: Er würde nicht hinter Solus herlaufen. Hier und jetzt trennten sich ihre Wege, möglicherweise nur für eine kurze Zeit, vielleicht aber auch für immer.

Mit einem Ruck setzte Yuro sich auf. Inzwischen hatte die strahlende Himmelsscheibe den Horizont erreicht, diesen Abschied nehmend mit einer Aura aus Rottönen überzogen, die Gräser und Blüten in einen Hauch von Wärme getaucht. Er sang den tiefen Ton, der die Kajolas zu ihm zurückführen würde, wartete. Kein Rascheln, kein Knacken, nicht einmal das kontinuierliche Geräusch der auf der Erde aufsetzenden Hufe war zu vernehmen. Eigentlich verwunderte ihn das nicht. Auch Solus war ein verantwortungsbewusster Mensch. Die Tiere waren mit an Sicherheit grenzender Wahrscheinlichkeit bei ihm – und mit ihnen ihre gesamte Ausrüstung. Na gut, das konnte er jetzt nicht mehr ändern. Vielleicht war es sogar ganz gut so. Er war absolut ungebunden, frei zu tun, was immer er für richtig hielt.

Um sein Überleben machte er sich keine Sorgen. Man hatte ihn schon des Öfteren in die Wildnis geschickt, und er hatte sich immer zu helfen gewusst. Ruhig sah er sich um. Die Suche nach einem Ort, an dem er die Nacht verbringen konnte, war die Vordringlichste der anstehenden Unternehmungen. Zurück zu der Stelle, die sie erst am Morgen verlassen hatten, würde er es nicht mehr schaffen, aber eine Kuhle unter einer Baumwurzel, ausgepolstert mit Blättern und Gras, würde ihm als Nachtlager genügen. Den Körper warm zu halten, war eine seiner leichtesten Übungen. Wasser und Nahrung zu finden, bereitete ihm ebenso wenig Schwierigkeiten wie das Wandern zu Fuß.

Noch während er sich auf den Weg zurück zu dem Waldstück machte, das sie Stunden zuvor erst verlassen hatten, pflückte er essbare Kräuter. Er grub, wenn er deren zartes Grün inmitten der bunten Halme erspähte, nach den schmackhaften jungen Wurzeln der Uccai-Pflanze, die auch roh verzehrt werden konnten und ihn mit allen nötigen Nährstoffen versorgte.

Die Dunkelheit brach schnell herein, aber wie schon in den geheimen Trakten der Klosterbibliothek sang Yuro einen weiteren Ton, der ihn seine Umgebung, in fluoreszierendes Ultraviolett getaucht, problemlos erkennen ließ. Der Wind war etwas kräftiger geworden. Seine langen Haare wehten ihm immer wieder ins Gesicht. Seine Jacke bauschte sich gelegentlich auf, wenn der Luftstrom in die Ärmel fuhr. Yuro genoss die abendliche Wanderung. Zwar erkundeten einige seiner Sinne wachsam die Umgebung, seine Gedanken jedoch waren ruhig wie lange nicht mehr.

Er war bereits einige Stunden unterwegs, als er den Waldrand erreichte. Das Licht der Monde spielte mit den Zweigen und Blättern, zauberte stetig wechselnde Reflexe auf den weichen Boden. Ein paar nachtaktive Tierchen jagten durchs Geäst, der leise Schlag eines Raubvogels und das verängstigte Quieken seines Beutetieres drangen in Yuros Gehör. Durstig war er. Obschon er tagelang ohne Flüssigkeitszufuhr und noch länger ohne Nahrung auszukommen imstande war, musste er ja nicht notwendigerweise sofort damit anfangen.

Der Grund war locker und angenehm warm. Womöglich hatte er Glück und fand eine Quelle oder ein Rinnsal, das nicht allzu weit von seinem jetzigen Standort entfernt war. Er rief sich die Landkarte ins Gedächtnis zurück. Wenn sein Orientierungssinn ihn nicht verlassen hatte oder den Umwälzungen, mit denen er sich gerade herumschlug, zum Opfer gefallen war, musste der Bach, an dem sie die vergangene Nacht verbracht hatten, nur wenige Kilometer von hier entspringen. Zügig ging Yuro weiter, und etwa eine halbe Stunde später vernahm er das sanfte Plätschern von Wasser. Er hatte den Ursprung des kleinen Wasserlaufes gefunden.

Bedächtig stillte er seinen Durst, wusch die Uccai-Wurzeln, aß sie zusammen mit den Wildkräutern und rollte sich dann am Fuß eines dicken alten Baumes zusammen, dessen ausladendes Wurzelwerk mannigfaltige Höhlungen und Ausbuchtungen erkennen ließ. Die Arme unter dem Kopf schlief er ein, gestreichelt von den tiefhängenden Ästen, die sich gemächlich im Wind wiegten.

Solus wartete. Die Kajolas hatten seinem Ruf Folge geleistet und standen nun geduldig an seiner Seite. Yuro hingegen erschien nicht. Solus war sich durchaus im Klaren darüber, dass er eine ziemliche Strecke zurückgelegt und somit einen nicht unbedeutenden Abstand zwischen sich und seinen Freund gebracht hatte. In der Zeit jedoch, die mittlerweile vergangen war, hätte Yuro ihn spielend einholen können, wenn er denn zu ihm aufschließen wollte. Unzweifelhaft wollte er es nicht!

Dieses Risiko war Solus eingegangen. Nun musste er sich mit den Konsequenzen abfinden. War er zu drastisch vorgegangen? Hätte er einfach noch eine Weile abwarten und dann noch einmal mit ihm reden sollen? Jetzt war es zu spät. Sie hatten sich entschieden, beide.

Seufzend schwang er sich auf sein Reittier, ergriff die Zügel des anderen und setzte den einmal eingeschlagenen Weg fort. Er war nicht Yuros Aufpasser. Sie waren eigenständige Individuen, unabhängig, einander nur verpflichtet in eigener Auflage. Der Junge musste seinen Weg gehen, und er musste auf jeden Fall zusehen, dass er den Graugewandeten nicht in die Arme lief.

Zwar waren seine Sinne nicht gar so fein ausgeprägt wie Yuros, aber er traute sich schon zu, den Häschern frühzeitig genug aus dem Weg gehen zu können. So konsultierte er noch einmal die Karte, entschied, auf dem einmal eingeschlagenen Weg zu bleiben und gegebenenfalls auf einem der einsam gelegenen Gehöfte um Unterkunft für die Nacht zu bitten. Da er im Gegenzug dazu seine Arbeitskraft anbieten konnte, sah er keine allzu großen Probleme auf sich zukommen.

Als die Sonne sich langsam auf den Horizont zu schob, erblickte er die Mauern eines ausgedehnten Anwesens, die sich wie Scherenschnitte vor dem hellen Hintergrund abhoben. Unbeirrbar steuerte er darauf zu, auf die sprichwörtliche Gastfreundschaft der ländlichen Gegenden vertrauend. Allein wie er war, wirkte er gewiss nicht so furchterregend, dass man ihm den Zutritt schon vor dem Hoftor verweigern würde.

Der Wind trug die Stimmen mehrerer Personen in seine Richtung. Holz knarrte, Taue quietschten. Er vernahm angestrengtes Atmen, das Scharren von Seil über Rollen, verhaltenes Fluchen. Behutsam ritt Solus näher. Offensichtlich wurde soeben der Rahmen eines neuen Gebäudes aufgerichtet, und jeder Bewohner musste dabei helfen. Als er näher kam, bestätigte sich seine Vermutung. Alle waren hochkonzentriert bei der Sache. Ihre Aufmerksamkeit war auf die Taue, die Ausrichtung der Gerüste, die Stützkeile gerichtet.

Auch sieben Kinder starrten gebannt zu den Arbeitenden hinüber. Niemand bemerkte das kleine Mädchen, das sich mit traumwandlerischer Zielstrebigkeit genau auf eines der ausgehobenen Löcher zu bewegte, in das der vordere Rahmen hineingleiten sollte, um Halt zu finden. Und selbst wenn es jetzt jemand bemerken sollte: Niemand konnte in diesem Stadium der Aktion seinen Posten verlassen, ohne das gesamte Projekt zu gefährden.

Solus reagierte blitzschnell. Er sprang von seinem Reittier, spurtete auf das schwankende Gerüst zu, hechtete nach vorne, ergriff das Kind, zog es an sich und rollte, es mit seinem Körper schützend, über die Schulter ab. Hinter ihm klatschte mit einem dumpfen Schlag der Außenpfosten auf den Grund der ausgehobenen Vertiefung, rutschte der Haltekeil in die vorgesehene Position. Seile knallten auf Holzbalken. Der Rahmen vibrierte noch einen Augenblick nach und kam dann zur Ruhe.

Solus richtete sich auf. Das Kind in seinem Arm begann zu weinen. Köpfe zuckten, Blicke saugten sich an ihm fest. Eine blonde junge Frau rannte mit bleichem Gesicht auf ihn zu. Ein Junge und ein Mädchen drängten sich von hinten an ihre Mutter.

»Kaya ist …« – »Er hat …« – »Danke« – »Wer bist du?« – »Kaya!« Die aufgestaute Anspannung entlud sich in einer Tränenflut.

Unbeholfen legte Solus seinen freien Arm um die bebenden Schultern der jungen Frau, hielt sie, zusammen mit ihrer kleinen Tochter, sanft an seinen Brustkorb gedrückt. Nur bruchstückhaft bekam er die Erklärung der älteren Kinder mit.

Das leise Schnauben der Kajolas durchbrach endlich das seltsame Szenario. Die junge Frau hob ihren Kopf, wischte sich mit dem Ärmel ihrer Jacke die letzten Tränen aus dem Gesicht, nahm das Kind, das Solus ihr entgegenstreckte, und bedankte sich bei dem jungen Mann.

»Ich bin Corani. Meinem Vater Pagil gehört dieser Hof. Ich stehe tief in deiner Schuld, Fremder. Es ist nicht viel, was ich dir als Gegenleistung für das Leben meiner Tochter anbieten kann, aber wenn du mit uns essen würdest …« Ein scheues Lächeln stahl sich auf ihr Gesicht, ihre Wangen röteten sich, aber ihre Augen sahen aufrichtig einladend zu den seinen hinauf. Ihre waren von tiefem Azur, wie der Himmel an einem wolkenlos klaren Tag. Sie erinnerten ihn an Yuro – unergründlich wie diese waren auch seine.

Schüchtern ergriff sie die Zügel seines Kajolas und begann, ihm voraus zu den Stallungen zu gehen. Jetzt erst, nachdem der Rahmen der neuen Scheune fest verankert, gestützt und gesichert war, nahmen auch die anderen Notiz von dem Neuankömmling.

Der Junge und das Mädchen begleiteten ihn und Corani, die ihm die beiden als Sima und Torino vorstellte.

»Mein Name ist Solus. Ich suche eine Bleibe für die Nacht. Aus diesem Grund bin ich auf euren Hof gekommen. Ein Stückchen Wiese, auf dem ich mein Zelt aufschlagen kann, würde mir schon genügen.«

»Bist du auf der Flucht vor den Grauen?«, fragte Torino vorsichtig.

»Flucht ist übertrieben«, antwortete Solus ernsthaft. »Aber wer möchte ihnen schon in die Hände fallen, wenn es sich vermeiden lässt?«

»Die kommen oft an unserem Hof vorbei, aber beim letzten Mal waren sie auch hier drinnen. Sie haben alles durchwühlt, weil sie dachten, wir verstecken jemanden. Drei Tage lang haben wir danach wieder aufgeräumt. Das ist noch gar nicht lange her«, berichtete Sima. »Haben sie dich gesucht?«

»Kinder, fallt nicht wie ein Schwarm Steckmücken über unseren Gast her. Das ist unhöflich. Er ist doch gerade erst angekommen. Helft ihm lieber beim Absatteln und Versorgen seiner Reittiere. Immerhin hat er Kaya gerade das Leben gerettet!«

Derart gemaßregelt sahen die Kinder betreten zu Boden. Solus lächelte.

»Lass sie nur. Sie sind doch Kinder. Und sie haben recht, wenn sie das fragen. Wer holt sich schon mit voller Absicht eine Gefahr unter das eigene Dach?«

»Du bist Kummer gewöhnt – und Ehrlichkeit«, stellte sie sachlich fest. »Willkommen auf unserem Hof, Solus. Komm mit den Kindern in die Küche, wenn ihr hier fertig seid.« Mit dieser Einladung entfernte sie sich.

Sima und Torino aber begannen sofort wieder zu sprechen. »Hier kannst du die Sättel hinhängen, und da die Taschen. Guck mal, in der Box da drüben ist noch Platz. Willst du alle beide da reinstellen? Wie heißen sie? Darf ich sie auch einmal reiten?«

Torino verschwand, während Sima Solus die Eimer für das Futter zeigte.

»Mach sie nicht so voll. Sie hatten reichlich Grünfutter, sehr hungrig werden sie nicht mehr sein.«

Der Junge kam mit zwei bis zum Rand gefüllten Wassereimern zurück. Solus nahm sie ihm ab, brachte sie seinen Tieren. Dann holte er die Futtereimer, die Sima je etwa zur Hälfte gefüllt hatte. Nachdem er die Hufe der Kajolas von Erdresten und Steinen befreit, sie noch einmal sanft getätschelt und ihnen eine gute Nacht gewünscht hatte, verließ er mit den Kindern den Stall.

Inzwischen war die Nacht hereingebrochen. Aus den Fenstern fiel weiches, hellgelbes Licht nach draußen. Der Geruch eines deftigen Eintopfes ließ Solus das Wasser im Mund zusammenlaufen und ein wenig wehmütig an die Küche des Stiftes denken, das er vor einigen Monaten zusammen mit Yuro verlassen hatte. Bisher hatte er nie an der Richtigkeit dieser Entscheidung gezweifelt. Als er aber wenig später zusammen mit Corani und allen Bewohnern dieses Hofes um den großen Küchentisch saß, wie ein alter Bekannter in den Kreis der Anwesenden aufgenommen wurde, die Gespräche hin und her flirrten und auch ab und zu herzlich gelacht wurde, verspürte er zum ersten Mal einen Anflug von Heimweh. So sehr er Yuros Gesellschaft schätzte, so sehr fehlte ihm die vertraute Gemeinschaft.

Letztendlich führte ihn Corani, lange nachdem sie die Kinder zu Bett gebracht und alle außer ihrem Vater die Küche wieder verlassen hatten, in eine kleine Stube unter dem Dachgiebel. Sie war spartanisch nur mit einem Bett, einem Stuhl, einem Tisch und einer kleinen Kommode eingerichtet, aber alles war gepflegt und sauber.

»Die Pumpe ist draußen im Hof, und Frühstück gibt es zur sechsten Stunde«, informierte sie ihn, bevor sie sich mit einem leisen »Gute Nacht, Solus« von ihm verabschiedete.

So kam Solus in die Gemeinschaft des Pagilari-Hofes, die er für mehrere Wochen nicht mehr verließ.

ENDLICH ANTWORTEN Wie schon in der vorangegangenen Nacht suchte Yuro auch in dieser das verborgene Widerstandslager auf. Diesmal jedoch hielt er sich nicht mit dem Absuchen des Bodens auf, sondern erklomm sofort den Baum, auf dem er sich vor den Grauen versteckt hatte. In der Höhe schoben sich abermals schattenhafte Formen und Konturen aus der noch tieferen Schwärze hervor, die bisher sein gesamtes Blickfeld ausfüllte. Je näher er ihnen kam, desto deutlicher konnte Yuro die Umrisse von Gebäuden erkennen, die in einer ihm unbekannten Bautechnik errichtet waren. Er hatte die Bastion gefunden, nach der er suchte.

Vorsichtig kletterte er höher, bis er eine leicht schwankende Plattform erreichte. Auf dieser angelangt richtete er sich auf und steuerte das nächstliegende Bauwerk an, während seine Blicke weiterhin alles analysierten, was in sein Sichtfeld rückte. Stabile Häuser, allesamt zweigeschossig und aus Holzbalken gefertigt, bedeckten eine Fläche von etwa 500 Quadratmetern. Sie waren perfekt in die Wipfel und Kronen eingepasst, untereinander teilweise über Leitern, Treppen, brückenartige Stege oder Schwungseile zu erreichen. Faszinierende Konstruktionen, auch bei normalen Sichtverhältnissen äußerst schwierig zu entdecken.

Langsam ging Yuro weiter, bis er das erste Gebäude erreicht hatte. Ein Ton, unbewusst seiner Kehle entweichend, offenbarte ihm eine Tür, gerade hoch genug, dass er hindurchschlüpfen konnte, wenn er sich ein wenig bückte. Sie ließ sich widerstandslos aufdrücken und schwang, als er sie passiert hatte, noch einen Augenblick vor und zurück.

Nun stand Yuro in einem Raum, der zwar wenig Komfort bot, aber eindeutig eine Art Wohn-Esszimmer mit einer Küchenzeile darstellte. Eine Treppe an der hinteren Wand führte zur ersten Etage. Neugierig stieg er hinauf und sah sich um: zwei Schlafräume und ein Bad, einfach, aber zweckdienlich eingerichtet. Dies war unverkennbar ein Wohnhaus – nichts, was ihm weiter half. Hatte er tatsächlich geglaubt, bereits hier wichtige Hinweise zu finden? Ernüchtert kehrte er ins Untergeschoss zurück. Dort angekommen gewahrte er eine weitere Tür in der Außenwand, auch diese in beide Richtungen zu öffnen.

»Fluchtweg«, signalisierte ihm seine Erkenntnis.

Bedächtig bewegte Yuro sich weiter. Er durchschritt mehrere Baracken, die ähnlich aufgebaut waren wie die erste, überwand zahlreiche Treppen, kletterte Leitern hinauf, hangelte sich letztendlich an einem dicken Tau mit verschiedenen Halteknoten zu dem am höchsten gelegenen Gebäude empor. Es war in der Krone des Mittelbaumes errichtet und nahezu unsichtbar, von welcher Position aus man auch nach oben sah. Desweiteren stellte es den am schwierigsten zu erreichenden Punkt dar, um den herum das gesamte Festungswerk aufgebaut war.

Etwas Seltsames ging von diesem Bauwerk aus. Ein Glühen, das Yuro sogar durch die dichten Palisaden der Außenwand hindurch zu sehen meinte, erfüllte den gesamten Innenraum, und wieder zog ihn etwas vorwärts. Dies musste die Zentrale sein, der Ort, an dem er endlich Antworten zu erhalten hoffte.

Hoch aufgerichtet schritt er auf die Wand zu, legte seine Hand auf das raue Holz und trat, als sich eine willkommen heißende Öffnung bildete, beherzt in den vor ihm liegenden Raum hinein. Er hatte sich nicht geirrt. Diese Hütte war das Herzstück der Festung: Konsolen voller Schalter, Knöpfe, Regler, eine von blinden Bildschirmen übersäte Wand, Stühle, Tische voller Karten, Stiften, leeren und beschriebenen Papieren, Kommoden mit unzähligen Schubladen – alles sah aus, als wäre hier vor ein paar Minuten noch gearbeitet worden.

Yuro war so ergriffen von diesem Anblick, dass er die zusammengesunkene Gestalt erst einige Zeit später registrierte. Deren weit ausgestreckten Arme überspannten ein ganzes Schaltbrett, und ihr Kopf berührte mit Stirn und Kinn die Reglerleiste. Von ihr ging das eigenartige Glühen aus. Wie ferngesteuert setzte Yuro einen Fuß vor den anderen, bis er direkt hinter dem leblosen Körper angekommen war. Feine, hellbläulich schimmernde Überladungslichter huschten über diesen hinweg, und es knisterte leise.

Yuro stand wie versteinert. Gebannt ruhten seine Augen auf dem Hinterkopf des Mannes, während seine Arme sich wie von selbst hoben, verharrten, und sich dann sachte niedersenkten, bis die Hände auf dessen Schultern zum Liegen kamen. Ein Schmerz wie von einem Starkstromschlag durchfuhr ihn, tobte in seinem Leib, verbrannte ihn von innen, riss ihn schier auseinander. Ein Schrei entrang sich Yuros Kehle, aber er konnte den Mann nicht loslassen. Wie festgeschweißt war er mit ihm verbunden. Gleißende Energie sprang auf Yuro über, suchte sich einen Weg durch seine Arme, seine Mitte, seine Beine, zurück – und entwich schließlich mit einem Laut, der Ewigkeiten lang seinen Mund verließ, bis er ohnmächtig zusammenbrach.

Als er erwachte, lag er zusammengekrümmt auf dem Boden hinter der Konsole, über die der leblose Körper des Mannes gehangen hatte. Pulsierendes Feuer trieb noch immer durch Yuros Adern, dumpfe Schmerzen machten jede Muskelbewegung zu einer Qual. Selbst das Öffnen der Augen erforderte enorme Willenskraft. Als es ihm endlich gelang, tanzten Sterne vor ihnen, und sein Schädel drohte zu platzen. Stöhnend stemmte Yuro sich in eine sitzende Position, schwankte. Allmählich jedoch klang seine innere Hitze ab, wich die Taubheit aus seinen Gliedern.

Von irgendwoher drangen Würgegeräusche an seine Ohren. Nur zögerlich ließen sich auch Yuros Gehirnwindungen wieder für Denkprozesse begeistern. So dauerte es einige Zeit, bis er diese in Zusammenhang mit dem fehlenden Körper zu bringen vermochte. Desweitern registrierte er, dass er nicht nur als durchscheinende Gestalt, sondern stofflich hier in diesem Raum anwesend war.

Das sonderbare Glühen war erloschen. Trotzdem war das Zimmer in helles Licht getaucht. Sonnenlicht? Was war in der Nacht geschehen?

Die Würgelaute waren verstummt. Stattdessen erklangen unsichere Schritte über ihm. Sie näherten sich der Treppe. Stufe für Stufe quälte sich jemand nach unten. Niemand, den Yuro fürchten musste. Der andere war offensichtlich ebenso angeschlagen wie er selbst. Ruhig und doch zum Zerreißen gespannt wartete Yuro, das Gesicht der Stiege zugewandt. Zuerst erschienen die Beine, anschließend Hüfte und Oberkörper in seinem Blickfeld ... und dann das Gesicht.

Yuro schnappte nach Luft. Das war er, nur älter. Nein, die Farbe der Augen stimmte nicht. Die Augen des anderen waren zu hell. Auch der Braunton seiner Haare wich von den Seinen ab, und er trug sie kürzer. Die Miene des anderen spiegelte denselben fassungslosen Ausdruck wider wie Yuros.

»Wer bist du?«, krächzte der Fremde schließlich, als sei seine Stimme von langem Nichtgebrauch eingerostet.

»Ich bin Yuro«, antwortete dieser wie hypnotisiert.

Der Mann brach in die Knie. »Yuro«, flüsterte er kraftlos, und noch einmal, »Yuro.« Ein Zittern durchlief ihn. Er musste sich mit den Händen abstützten, um nicht gänzlich den Halt zu verlieren. Seine Augen, die noch immer auf Yuro gerichtet waren, schwammen.

»Amru?«, murmelte Yuro fragend. Konnte dieser Mensch – er wagte kaum, diesen Gedanken zu Ende zu denken – konnte dieser Mann sein Vater sein?

So langsam, als koste ihn jede Bewegung ungeheure Kraft, senkte sich dessen Kopf. Yuro hingegen war wie gelähmt. Was auch immer er sich hier zu finden ausgemalt hatte, dies hatte er nicht in Betracht gezogen. Tausend neue Fragen schossen durch seinen Geist, aber nicht eine kam über seine Lippen. Dies alles war zu unwirklich, um mehr als ein nahezu real wirkender Traum zu sein.

»Es ist kein Traum«, vernahm er eine melodische, tiefe, angenehme Stimme, die einfach da war – die Gedankenstimme seines Vaters. »Aber es müssen inzwischen viele Jahre vergangen sein.«

Yuro konnte nur schwach nicken. Die Kontrolle über seinen Körper ließ sich weitaus schwerer zurückgewinnen, als ihm das lieb war.

»Du leidest unter den Nachwirkungen eines Überlastungsschocks«, klärte die Stimme ihn auf. »Du hast den Blitz abgeleitet, nach dem ich in der verzweifelten Hoffnung griff, diese Bastion trotz aller störenden Einflüsse in die Schattenwelt ziehen zu können. Es war unsere einzige Chance, aber es ist schiefgegangen, nicht wahr?« Amru war ebenso voller Fragen wie Yuro, doch beide drängten sie zurück – vorerst. Von irgendwo her schwebten zwei Schalen auf die beiden Männer zu, gefüllt mit einer cremefarbenen Masse.

»Haferbrei«, klärte die Stimme Yuro auf. Zwei Löffel klapperten, als sie neben den Schalen auf dem Boden aufschlugen. »Iss«, forderte Amru ihn auf.

Mit aller Konzentration, die er in seinem derzeitigen Zustand aufbrachte, führte Yuro seine rechte Hand an den Löffel, ergriff diesen, tauchte ihn in die Schale. Dann führte er ihn zu seinem Mund, kaute, schluckte. Mühsam wiederholte er den Vorgang, bis er die Schale geleert hatte. Nicht lange danach übermannte ihn abermals der Schlaf.

Es war unmöglich zu sagen, wie lange er weggetreten war, aber als er wieder zu sich kam, lag er auf einer Pritsche im oberen Stockwerk. Sein Vater saß auf einem Stuhl daneben und sah ihn unverwandt an. Die Schmerzen hatten nachgelassen, sein Kopf war klar, durch seine Adern floss wieder Blut anstelle von Lava.

»Du hast unglaubliche Kräfte, mein Sohn«, begrüßte ihn Amru, als Yuro die Augen aufschlug. »Du musst ein Savant sein, wie deine Mutter. Niemand sonst hätte das überlebt, was du getan hast.«

»Was ist das, ein Savant?«, konnte Yuro seine Frage nicht zurückhalten, obwohl er noch kaum richtig wach war.

»Das ist nicht ganz einfach zu erklären. Ich werde es trotzdem versuchen. Savanten tragen in ihren Genen die gesamte Bandbreite der jemals in unserer Spezies zutage getretenen Geistesfähigkeiten. Du müsstest Zuchtbücher vergangener Jahrtausende nachlesen, um ein genaues Bild zu erhalten. Es hat, wenngleich das kaum bekannt ist, auch nach dem Großen Umbruch Genmanipulationen gegeben, aber unter anderen Voraussetzungen und mit anderen Zielen. Es war notwendig, damit unser Volk überleben konnte. Na ja, es haben sich viele nützliche Talente entwickelt, einige, die so gut wie jeder besitzt, manche, die recht häufig auftreten, wenige, die nur einigen eigen sind und auch solche, die absolute Ausnahmen darstellen. Wirkliche Savanten sind selten, aber sie sind leicht zu erkennen, wenn man weiß woran.«

»Es sind die Augen«, murmelte Yuro.

»Exakt! So ist es«, bestätigte Amru. »Du hast Elorins Augen. Aber nun weiter in der Erklärung. Savanten weisen ein beträchtliches Potential an intuitivem Wissen auf, und sie besitzen die Fähigkeit, die Geistesgaben anderer zu verstärken sowie diese selbst zu nutzen.«

»Das verstehe ich nicht!«

»Ein Beispiel: Telekinese. Auch wenn du noch nie selbst auf diesem Gebiet tätig warst, ja, wenn du nicht einmal weißt, dass du diese Fähigkeit besitzt, kannst du allein durch deinen Willen jemanden, der telekinetisch aktiv ist, dabei unterstützen. In diesem Moment aktiviert sich dein eigenes Telekinese-Zentrum, und du kannst die somit erworbenen Kenntnisse und Fähigkeiten jederzeit bewusst und kontrolliert einsetzen. Viele dieser Gaben aktivieren sich auch während der Pubertät unkontrolliert selbständig, und man muss erst lernen, sie zu erkennen und zu nutzen. Das muss eine ungeheuer schwere Zeit sein.«

»Sie kostet Freunde«, flüsterte Yuro.

»Wahre Freunde kommen zurück«, sagte Amru leise.

»Was ist damals geschehen?«, wollte Yuro nach einem Moment der Stille von seinem Vater wissen.

»Wie lange liegt ›damals‹ zurück?«, erkundigte Amru sich zögernd.

»Ich bin fast siebzehn«, antwortete Yuro.

»Für mich war es gestern«, gestand der Ältere abwesend. »Das ›Buch des Schicksals‹ kündigt einen Friedensbringer an. Einen, der die alte Ordnung zerschlägt. Wir alle, die wir noch Widerstand leisten, hoffen auf ihn. Wir wollen ihm Wegbereiter sein, ihm unsere Hilfe und unser Wissen zur Verfügung stellen. Die Airin haben unsägliche Angst davor, dass sich diese Ankündigung bewahrheitet. Deshalb demontieren sie sämtliche Stützpunkte, die sie ausfindig machen, zerstören, was ihnen verdächtig erscheint, morden, wo sie anders nicht weiterkommen. Irgendwie haben sie auch unseren Standort herausbekommen. Hier lagerten Unmengen von Informationen. Sie durften den Airin nicht in die Hände fallen. Und dann kam das Gewitter – eine verhängnisvolle Verknüpfung unglücklicher Umstände. ... Die anderen sind tot, nicht wahr?«

»Ich weiß es nicht«, gab Yuro zu. »Ich habe Lynnja und Laros das letzte Mal gesehen, als ich vier war.« Mit knappen Worten erzählte er von seiner Entführung, seiner Flucht, seinem Aufwachsen im Hayuma-Konvent.

»Dann hat man dir alles beigebracht, was du wissen musst. Was darüber hinaus geht, musst du selbst herausfinden, dir selbst aneignen.«

»Ich weiß. Ich bekomme es seit einigen Jahren deutlich zu spüren.«

»Sag, Yuro, wie bist du eigentlich in diesen Stützpunkt gelangt? War er sichtbar?«

Yuro schüttelte den Kopf. Er hatte genau verstanden, was sein Vater wissen wollte. »Dein Vorhaben ist geglückt. Du hast ihn ins Schattenreich gerissen und dort festgehalten.«

»Wie konntest du dann ...«

»Ein Schatten unter Schatten«, antwortete Yuro mechanisch.

»Du bist bereits ein Traumwanderer?«, schrie sein Vater ihn beinahe an.

Yuro zuckte unter dem unerwartet heftigen Ausbruch zusammen. »Ich bin ein *was*?«

»Ein Traumwanderer«, wiederholte Amru. »So also konntest du bis zu mir vordringen, mich erreichen und zurückholen. Traumwanderer sind Kinder der Nacht. Ihr Geist kann sich von ihrem Körper lösen, umherwandern, andere Orte aufsuchen, Dinge entdecken, die den körperlichen Sinnen verborgen bleiben. Bei Tagesanbruch jedoch müssen sie zurückkehren. Nur wenige können stattdessen ihren Körper nachholen. Es ist eine Fähigkeit, die meist erst in fortgeschrittenem Alter zutage tritt.«

Yuro holte tief Luft. Endlich, endlich hatte er die Erklärung erhalten, nach der er schon so lange suchte.

»Wie wird es nun weitergehen?«, fragte Yuro vorsichtig, als die Stille zwischen ihnen unangenehm lange anzuhalten begann.

»Sechzehn Jahre sind eine lange Zeit. Wie viele der alten Verbindungen mögen wohl noch existieren?«

»Es muss noch einige geben. Die Grauen reiten wieder verstärkt Patrouille, und Lynnja schickt seit zwei Wochen regelmäßig zwei ihrer Leute hier hin«, wiederholte er den Satz, den einer der beiden Männer, die er hier befreite, von sich gegeben hatte. »Ob Lynnja meine Schwester Lynnja ist?«

»Sie wollte uns immer unterstützen, aber sie war noch so jung!«, sprudelte es aus Amrus Mund hervor. »Sie schickt sie. Das heißt, die Transportbahnen funktionieren noch.«

Abermals sah Yuro seinen Vater fragend an.

»Der ganze Planet ist durch sie vernetzt. Wir wissen nicht allzu viel über sie, außer dass sie einen schnell und zuverlässig von einem Ort zum anderen bringen können. Diese Transportbahnen sind uralt. Sie müssen bereits in der Zeit des Umbruchs angelegt worden sein und ehemals allen Inari frei zugänglich gewesen sein. Sie sind Gedankengesteuert, das heißt, du denkst an deinen Zielort, und die Transportbahn bringt dich dorthin. Als die Airin Innis überfielen, war dieses Netzwerk für viele die einzige Fluchtmöglichkeit. So wurde durch einen Zufall auch die seit langem verwaiste Schaltzentrale wiederentdeckt, die unseren Vorfahren wenigstens ein paar neue Erkenntnisse bezüglich der Funktions- und Nutzungsweise eröffnete. Daraufhin wurden alle Zugänge verschlüsselt, um einer Entdeckung durch die Invasoren Vorschub zu leisten. Nur wer eine Legitimierung besitzt und weiß, wo sich ein Tor befindet, kann sie benutzen. Alle Widerstandsstützpunkte wurden nahe an oder direkt um eines der Portale errichtet. Auch die Liegenschaften der meisten Mitglieder sind diesem Netz angeschlossen. Ich muss herausfinden, ob Lynnja noch am Leben ist, und wenn ja, wo sie sich aufhält. Vielleicht war doch nicht alles umsonst.« Amru sprang auf, rannte in Richtung Treppe und stoppte, als wäre er vor eine Wand gelaufen. Deutlich sichtbar dagegen ankämpfend bewegte er sich Schritt für Schritt rückwärts, auf den Stuhl neben Yuros Liege zu.

Yuros Züge zeigten ein breites Grinsen, als Amru ungehalten auf ihn niederblickte. »Du kannst nicht einfach so gehen. Nicht jetzt. Ich bin angefüllt mit Fragen, habe aber erst auf wenige eine Antwort erhalten«, sagte er. »Ich verlange nicht, dass du nach all den Jahren, die ich ohne dich auskommen musste, jetzt anfängst, dich um mich zu kümmern, aber ich erwarte, dass du dir noch ein paar Tage Zeit nimmst, um die Fragen zu beantworten, die mich beschäftigen. Dann kannst du tun und lassen, was du für richtig hältst, und ich werde tun, was ich glaube, tun zu müssen. Ich habe mein Leben, und du hast deines. Wenn wir jedoch dasselbe Ziel verfolgen, wäre eine Zusammenarbeit möglicherweise von mehr Erfolg gekrönt, als wenn jeder seinen eigenen Weg ginge.«

Flammende Röte überzog das Gesicht des Älteren. Wie oft schon hatte ihn seine Impulsivität in Schwierigkeiten gebracht.

»Ja, diesen Erbteil hättest du mir nicht mitgeben müssen«, tadelte Yuro ihn scherzhaft. Dann wurde er unvermittelt wieder ernst. »Bitte«, wandte er sich erneut an seinen Vater, »wir kennen uns erst seit wenigen Stunden, wissen noch kaum etwas voneinander. Kannst du nicht verstehen, dass ich mehr erfahren möchte? Wen sonst sollte ich fragen? Wo, wenn nicht hier, an dem Ort, der mein Leben in die Bahn lenkte, die es bisher genommen hat, sollte ich nach Antworten suchen? Du hast ein ›Buch des Schicksals‹ erwähnt. ›Schicksal‹ ist einer der Begriffe, die seit Monaten durch meinen Kopf geistern, ohne dass ich bisher herauszufinden in der Lage war, welche Bedeutung er haben könnte. Du hast von Transportbahnen gesprochen, von Zuchtlisten, von Orten, die man nur als Schattenwesen erreichen kann. Das alles sind Andeutungen, zu denen ich mehr Informationen erhalten möchte. Ich möchte auch mehr über dich erfahren, über meine Mutter, Lynnja und Laros, die Widerstandsgruppen. Du darfst noch nicht gehen!«

Amru lenkte ein. »Was willst du wissen?«

»Dieses ›Buch des Schicksals‹. Was ist es? Wo kann ich es finden?«

Sein Vater lachte leise. »Wo du eins findest, kann ich dir nicht sagen. Es gibt nicht mehr viele.«

Yuro schnaubte. »Nun lass dir doch nicht jede Auskunft abringen, als berge sie ein Mysterium. Was steht in diesem Buch, das es so gefährlich macht?«

»Es ist nicht gefährlich. Es ist der Leitfaden unseres Volkes. Es ist der Kodex, der die Inari zusammenschweißt, nach dem wir leben. Es gibt ihn seit undenklichen Zeiten. Er enthält Schriften unterschiedlichster Art: Philosophische Betrachtungen, Visionen, Bilder, Wegweiser, Erfahrungsberichte, Forschungsergebnisse, Traumniederschriften, Gedichte. Das Buch propagiert ein friedliches Zusammenleben. Es wirbt für gegenseitige Akzeptanz und Toleranz, Anerkennung und Würdigung von Unterschieden, Respekt und Gemeinschaftssinn, miteinander statt gegeneinander, Ehrlichkeit statt Lüge und gleiches Recht für alle. Wer der oder die Urheber des Buches sind, weiß ich nicht, aber seiner Entstehung muss eine Katastrophe zugrunde liegen, die sich nicht wiederholen darf.«

»Und dieses Buch kündigt einen Friedensbringer an!«, griff Yuro Amrus dahingehende Äußerung noch einmal auf.

»So jedenfalls wird es ausgelegt, ja.«

Nachdenkliches Schweigen senkte sich auf die beiden nieder. Während Yuro seinen Vater noch überlegend ansah, zog sich sein Gesichtskreis zusammen, wurde unscharf. Etwas legte sich auf seinen Geist, ließ ihn träge und dunkel werden. Die Welt fiel in sich zusammen, riss ihn mit, und alles verschwand in einem bodenlosen Strudel aus schwarz.

Als Yuro abermals zu sich kam, lag er, leicht verrenkt, inmitten des Raumes mit den blinden Bildschirmen und Schaltkonsolen, als wäre er durch eine ungestüme Kraft umhergeschleudert worden. Sein Mund war pelzig, sein Kopf brummte, an seiner Schläfe spannte etwas. Mühsam setzte er sich auf. Diese Situation entsprach in keiner Weise der, die als letzte in seiner Erinnerung verankert war. Vorsichtig tastete er über sein Gesicht. Etwas Warmes klebte an seinen Händen, als er sie wieder wegnahm. Blut! Es ergoss sich aus einer Platzwunde an der Seite seines Schädels, darum wohl auch die Lache auf dem Boden.

Yuro senkte die Lider. Solcherlei Verletzungen waren ungefährlich und leicht zu heilen. Wie oft hatte er im Kloster Haran, dem Heiler, assistiert und später seine eigenen Blessuren selbst versorgt. Er wusste, wie die Beschaffenheit der Haut an dieser Stelle aufgebaut war, wie er die immer noch leichte Blutung stoppen, die Wunde von innen verschließen, den Heilungsprozess beschleunigen konnte. Seine ausgeprägte Vorstellungskraft half ihm dabei. Die Zuhilfenahme von Bildern oder Geschichten hatten ihm schon immer vieles vereinfacht, Informationsaufnahmen unterstützt, Arbeitsabläufe optimiert und beschleunigt. Für ihn waren diese Vorgehensweisen so selbstverständlich, dass er sich niemals Gedanken darüber gemacht hatte.

Hatte sein Vater das mit »intuitivem Wissen« gemeint? Wo überhaupt war Amru?

»Eins nach dem anderen«, rief er sich zur Ordnung. »Zuerst die Wunde!«

Nachdem er diesen Prozess beendet hatte, erhob er sich und sah sich aufmerksam um. Nichts deutete darauf hin, dass hier außer ihm noch eine zweite Person anwesend gewesen wäre. Doch halt! Unter dem Schaltbrett befand sich ein Häufchen graubraune Asche – die Überreste des Mannes, der sich mit aller Kraft in der Schattenwelt festgeklammert hatte, um ihm, seinem Sohn, das zu übermitteln, woran er geglaubt und wofür er gelebt hatte. Er hatte es als Dialog, als eine Art Frage-und-Antwort-Spiel gestaltet, ähnlich, wie Yuro selbst es oft tat, wenn er sich Stück für Stück an etwas herantastete.

Eine einzelne Träne rann über sein noch immer blutverschmiertes Gesicht. »Danke«, hauchte er und, »geh in Frieden!«

Ein Blick nach draußen stellte unleugbar klar, dass seine Aktion den Stützpunkt tatsächlich in die Realwelt zurückgeschleudert hatte. Daraufhin nutzte Yuro den Rest des bereits angebrochenen Tages, um nach alten Unterlagen zu suchen. Vergebens. Irgendwie musste es seinem Vater geglückt sein, diese zu vernichten, bevor er seinen irrsinnigen Beschluss in die Tat umsetzte. Aber auch, wenn hier nichts mehr übriggeblieben war, das für die Airin von Bedeutung sein könnte, wollte Yuro diese Bastion nicht deren Zerstörungswut preisgeben. So legte er sich, kaum dass die Dunkelheit hereinbrach, auf einer der Pritschen zum Schlafen nieder, die wirklich im Obergeschoss standen.

Bewusst verließ er wenig später seinen Körper, glitt die Treppe hinunter und positionierte sich an derselben Stelle, die einst Amru ausgewählt hatte. Nun würde sich zeigen, ob sein Vater recht behielt. Wie im Kloster erlernt konzentrierte Yuro sich und entließ die gebündelte Geistesenergie in das Bild, das vor seinem inneren Auge klar und deutlich Form angenommen hatte.

Der Boden unter ihm bebte, einen Augenblick nur, dann war alles wieder totenstill. Nichts bewegte sich mehr. Als er die Lider öffnete und seine Umgebung in Augenschein nahm, präsentierte sie sich ihm in gleicher Weise wie in jener Nacht, da er erstmals seinen Fuß hier hinein gesetzt hatte.

Seltsam wehmütig verließ Yuro das Gebäude. Er nahm denselben Weg zurück, auf dem er hierher gelangt war, kletterte den Baum hinunter und wanderte abermals zu der Quelle, in deren Nähe er sich einst zur Ruhe gebettet hatte. Nirgendwo entdeckte er Spuren die darauf hindeuteten, dass außer ihm in der letzten Zeit jemand hier gewesen wäre. So ließ er sich ein weiteres Mal zwischen den Wurzeln des großen Baumes nieder und stellte sich seinen Körper vor, der an eben jener Stelle friedlich schlummerte.

Er erwachte am darauffolgenden Morgen, als hätte er diesen Ort niemals verlassen. Einzig die Blutspuren an seinen Händen, seiner Kleidung und seinem Gesicht machten ihn sicher, dass er nicht alles nur geträumt hatte.

SAVANT Camahina sprang auf. Seit drei Wochen schob sie Nachtdienst in der Transportbahnzentrale, und seitdem waren ihr nahezu jede Nacht Bewegungen aufgefallen, die irgendein nicht registrierter Benutzer verursachte. Anfangs hielt sie die häufigen Benachrichtigungen für Fehler, die den zunehmenden Störungen durch die Technik der Airin geschuldet waren. Inzwischen aber war sie zu der Überzeugung gelangt, dass sich tatsächlich jemand dieses alten Netzwerkes bediente, der darin nichts zu suchen hatte. Das musste sie melden. Mohamiru, der leitende Mentaltechniker, würde dieses Phänomen sicher genauer untersuchen wollen.

Wenig später stand er, mit noch etwas verstrubbelten Haaren aber hellwachem Blick neben ihr und sah interessiert auf die flackernden Bildschirme. »Da ist ganz offensichtlich jemand in den seit Jahren nicht mehr benutzten Abschnitten um Cahaya unterwegs. Lynnja hat zwar eine Observation angeordnet, aber die schickten die Leute ausschließlich direkt von Oviatar aus dorthin. Desweiteren haben sie die Aktion bis auf Widerruf eingestellt, nachdem Ray und Cahan den Grauen in die Hände gefallen waren.«

»Sie sollen von einem Unbekannten befreit und zurück geschickt worden sein.«

»Ja, ich hab davon gehört. Und du glaubst, dass dieser Unbekannte jetzt durch das Transportbahnnetz geistert!«

»Die Überlegung liegt nahe, findest du nicht?«

»Hol ihn her!«, forderte Mohamiru Camahina auf.

»Was glaubst du wohl, womit ich mich seit einer Woche abmühe? Wann immer diese Flimmerkästen nichtlegitimierte Benutzung anzeigen, versuche ich, diesen mysteriösen Reisenden hierher umzuleiten. Aber der Kerl lässt sich nicht einfangen. Aalglatt entwindet er sich jeglichem Zugriff. Auch scheint er den gesamten Netzplan im Kopf zu haben und eine Station nach der anderen abklappern zu wollen, als suche er nach irgendwas.«

»Hm«, nachdenklich kratzte sich Mohamiru am Kinn. »Wie viele kennst du, die dazu in der Lage sind?«

»Ungehindert im Netz rumzuschwirren?«

Der leitende Mentaltechniker nickte.

Camahina überlegte eine Weile. »Keinen!«, antwortete sie dann zögernd.

»Elorin konnte es«, murmelte Mohamiru.

»Du meinst Lynnjas Mutter?«

Ihr Vorgesetzter nickte langsam. »Sie war eine Savanta.«

»Du willst mir doch jetzt nicht etwa sagen, dass dort draußen ein Savant unterwegs ist, den keiner von uns je zu Gesicht bekommen hat?«, ereiferte sich Camahina.

»Aber der Gedanke ist nicht ganz abwegig, oder? Vielleicht weiß es derjenige selbst nicht einmal. Seit die Airin hier wüten, wurden viele Aufzeichnungen unwiederbringlich zerstört, und Savanten gab es noch nie besonders viele. Lynnja ist keine, Laros war auch keiner, und Amru, … er trug eine Unmenge Potential in sich, hatte aber keinen kontrollierten Zugriff auf seine Gaben.«

»Du denkst also ernsthaft, dass Lynnja recht haben könnte und ihr verschollener kleiner Bruder zurückgekehrt ist?«, fragte Camahina zaghaft.

»Man sollte es auf jeden Fall in Betracht ziehen«, antwortete Mohamiru. »Weck Nira! Wir müssen Lynnja eine Nachricht zukommen lassen.«

Wie in den vergangenen Nächten war Yuro auch in dieser wieder unterwegs. Seit seiner Rückkehr aus der verschwundenen Bastion hatte er seinen Schlaf-Wach-Rhythmus umgestellt und erkundete von Anbeginn der Dunkelheit bis zum Morgengrauen die Transportbahnen, deren Netz sich wie leuchtende Fäden ebenso in sein Gedächtnis eingebrannt hatte wie die Landkarte. Zwar konnte er die einzelnen Ziele nicht namentlich benennen, aber er vermochte deren Lage zu visualisieren, die unterschiedlichen Ausgänge anzupeilen, und sich dann dem Mechanismus zu überlassen. Bisher hatte er mit dieser Methode Erfolg gehabt.

Tagsüber verbrachte er seine Zeit mit dem Beschaffen, Zubereiten und Aufnehmen von Nahrung, der Beibehaltung seiner körperlichen und geistigen Übungen, der notwendigen Körperpflege und dem obligatorischen Ortswechsel. Damit wollte er den noch immer eifrig die Gegend durchstreifenden Graugewandeten sein Auffinden erschweren, wenn nicht gar unmöglich machen.

Anfangs suchte er vermehrt nach Schlafplätzen in den Kronen der mittlerweile dichtbelaubten Bäume. Nach der ersten Woche jedoch ging er dazu über, in verlassenen Mirimutsu-Höhlen unterzuschlüpfen. Diese verbargen ihn einerseits vor neugierigen Blicken und boten andererseits ihrer verschlungenen Bauweise wegen einen hervorragenden Schutz gegen die noch immer unbeständige Witterung.

Ausgangs- und Endpunkt seiner Erkundungsreisen war stets das Portal, durch das er die beiden Gefangenen zurückgeschickt hatte, denn häufig führten ihn seine Ausflüge zu irgendwelchen Anwesen, deren Bewohner er nicht durch einen längeren Aufenthalt gefährden wollte. Es kam nur selten vor, dass jemand seines plötzlichen Auftauchens wegen erschrak. Oft lud man ihn ein zu bleiben. So erfuhr er, dass die Oberste Organisatorin seit Wochen nach einem Unbekannten fahnden ließ und die Schaltzentrale die Transportbahnen ununterbrochen überwachte. Dass die Gedankentransmitter rund um die Uhr besetzt gehalten wurden und die Parole verstärkter Aufmerksamkeit an alle Widerständler herausgegeben war, gelangte Yuro ebenfalls zur Kenntnis. Ihm gegenüber indessen hegte niemand Misstrauen. Seine Fragen wurden ohne argwöhnische Gedanken beantwortet, und wenn er sich verabschiedete, ließ man ihn gehen, ohne seine Gründe zu hinterfragen.

Yuro verstellte sich nie, wenn er auf Gleichgesinnte traf. Er verheimlichte weder seinen Namen noch die Motive, die ihn auf das jeweilige Gehöft verschlagen hatten. Als er das zweite Mal den Ninimata-Hof aufsuchte, hielt ihn Erian, die zweitälteste Tochter des Hofmeisters, zurück, als er sich wie stets kurz vor dem Morgengrauen verabschieden wollte.

»Yuro«, sprach sie ihn an, nachdem sie ihn in ihr kleines Zimmer gezogen und die Tür hinter sich geschlossen hatte. »Sie suchen nach *dir*!«

»Das weiß ich«, entgegnete er.

»Nicht die Grauen. Lynnja sucht nach dir! Seit gestern brummen die Transmitter. Jeder ist angehalten, nach dir Ausschau zu halten. Mohamiru und Camahina versuchen seit Nächten, dich im Transportnetz umzuleiten.«

»Warum?«, wollte Yuro wissen, obwohl er die Antwort tief in seinem Inneren bereits wusste.

»Du bist ein Savant, und sie glaubt, dass du ihr Bruder bist«, erwiderte sie ruhig. »Sie ist auf dem Weg hierher.«

»Du arbeitest in den Transmittern, habe ich recht?«

»Seit zwei Jahren, ja. Bisher gab es nicht viel Neues, aber seit etwa sechs Wochen ist es turbulenter geworden. Lynnja ist wie ausgewechselt. Sie schläft kaum noch, ist übernervös. Ihre Gedanken und Emotionen sind so intensiv, dass ein Aufenthalt in ihrer Nähe eine wahre Tortur ist. Das jedenfalls sagen die Übermittler. Bitte, verlass uns nicht. Ich habe versprochen, dich hier zu halten, solltest du uns noch einmal besuchen. Ich möchte nicht als Lügnerin dastehen.«

»Du weißt, dass du mich nicht aufhalten kannst, wenn ich nicht aufgehalten werden will.«

Erian nickte. »Niemand kann einen Savanten aufhalten.«

»Wie lange wird es dauern, bis Lynnja hier ist?«

»Das kann ich dir nicht sagen. Die Netze werden immer häufiger gestört. Das Reisen über lange Distanzen ist gefährlich geworden, und sie war bis vor Kurzem auf der anderen Seite.«

»Wie groß ist das Risiko für euch, wenn ich bleibe?«

»Groß! Aber das war es immer. Cahan und Ray waren bereits in den Händen der Grauen, und obwohl sie kein Wort verlauten ließen, haben diese Mistkerle allein durch ihre Anwesenheit genug erfahren.«

»Cahan ist dein Cousin. Und Ray dein Onkel.«

»Sie gehören zur Sondereinheit, stehen in engem Kontakt mit ihr. Sie erledigen Sonderaufträge. Du kennst sie!« Das war keine Frage, sondern eine Feststellung.

»Sie haben mir das Portal unter der verschwundenen Bastion gezeigt.«

»Das ist eine nette Umschreibung für das, was in dieser Nacht wirklich passiert ist«, kicherte Erian. Dann wurde sie übergangslos ernst. »Du hast ihnen wahrscheinlich das Leben gerettet. Wenn Farrell mit ihnen fertig gewesen wäre ...«

»Du bist sehr offen und sehr direkt.«

»Ich bin Telepath und Empath. Du hast keine Mauern gezogen, obwohl du das sicherlich könntest. Es gibt keinen Grund, etwas vor dir zu verheimlichen. Wir brauchen dich, Yuro.«

»Lynnja glaubt, ich sei derjenige, den das ›Buch des Schicksals‹ ankündigt, nicht wahr?«

»Sie würde es nie offen zugeben, aber ja, ich denke, genau das tut sie.«

»Ich kenne dieses Buch nicht«, gab Yuro zu bedenken.

»Jeder Inari kennt es«, widersprach Erian. »Es ist der Kodex, nach dem wir leben!«

»Das hat mein Vater auch gesagt«, murmelte er.

»Dieses Buch ist einzigartig. Es nimmt dich gefangen, reißt dich mit, bewegt deine Seele. Du kannst dich der in ihm dargebotenen Wahrheit nicht entziehen. Auch wenn du noch so rebellisch und voller Skepsis an seinen Inhalt herangehst, so bringen schon die ersten Seiten jedes Aufbegehren zum Versiegen. Seine Lehre machte die Inari zu einem glücklichen, zufriedenen Volk. Die Werte, die es vermittelt, sind so eindeutig gut, richtig, natürlich und einfach. Die Beispiele, die sie untermauern, so wirklichkeitsnah. Und die Erklärungen, die sich auf die Folgen der Verhaltensweisen fernster Vergangenheit beziehen, sind so drastisch, so traurig und so nachvollziehbar, dass jede Faser deines Herzens sich gegen eine Wiederholung wehrt.«

»Das klingt, als hättest du es gelesen«, unterbrach Yuro ihren euphorischen Bericht.

»Meine Familie hatte das große Glück, eines der wenigen verbliebenen Exemplare studieren zu dürfen. Wir haben es weitergegeben. Es wird immer weitergegeben, um die Hoffnung aufrechtzuerhalten, dass es eines Tages wieder so sein wird wie zu der Zeit, bevor die Airin Innis besetzten.«

»Wo ist dieses Buch jetzt?«

Erian zuckte mit den Schultern. »Vielleicht bei Lynnja«, vermutete sie.

»Warum zerstören es die Airin?«, erkundigte sich Yuro.

»Weil es jeden in seinen Bann zieht, der es liest. Auch sie. Sie können sich seiner Wirkung ebenso wenig entziehen wie wir. Es macht sie nachdenklich, untergräbt ihre althergebrachte Lebensweise, ihre bisherigen Wertevorstellungen, ihr gesamtes Herrschaftsgefüge. Dieses Buch wird dafür verantwortlich gemacht, dass es vielerorts Zusammenschlüsse zwischen ihrem und unserem Volk gab – und immer wieder gibt. Was glaubst du, warum der Widerstand so unverbrüchlich und gleichzeitig so friedlich verläuft? Wir können nicht kriegerisch, kämpferisch oder gar mordend agieren, ohne unsere eigene innere Überzeugung mit Füßen zu treten. Wahrscheinlich ist genau das der Grund, warum es uns noch immer gibt.

Selbst die Airin bringen es nicht fertig, in großem Stil Kriegsgerät gegen die Inari zum Einsatz zu bringen, weil es sogar dem Quäntchen Moral der skrupellosesten Invasoren zuwider läuft. Wir hoffen noch immer, einen Weg zu finden, sie alle zu erreichen. Das ist das Ziel, an dem wir arbeiten, wofür wir leben, wofür wir sterben. Vielleicht bist du derjenige, der vollendet, was unsere Vorfahren begonnen haben.«

»Wie wollt ihr je erfahren, wer dieser Auserwählte ist? Beschreibt ihn dieses Buch denn derart genau, dass seine Identifikation so einfach und eindeutig ist?«

Erian seufzte. »Das ist das Problem. Diesbezüglich spricht das Buch in Andeutungen und Rätseln. Aber alle sind sicher, dass es einen Savanten ankündigt.«

»Ich muss gestehen, das alles macht mich sehr neugierig. Ich werde auf Lynnja warten. Vielleicht ist sie es, deren Stimme ich vernahm.«

»Wenn du willst, kannst du dich hier, im meinem Zimmer, ein bisschen ausruhen. Allzu viel Schlaf hattest du anscheinend nicht in der letzten Zeit.«

»Um etwas vor dir zu verbergen, muss man sich wohl schon etwas anstrengen«, bestätigte Yuro ertappt.

Erian errötete, lächelte aber tapfer zurück. »Du warst mir bereits bei unserer ersten Begegnung sympathisch«, bekannte sie. »Ich habe auf deine Rückkehr gewartet, besonders nach den Nachrichten gestern. Ich vertraue auf dich!« Mit diesem seltsamen letzten Satz wandte sie sich abrupt um und verließ das Zimmer.

Lange noch starrte Yuro auf die wieder geschlossene Tür. Sein Kopf war leer, und doch wirbelten unzählige Gedankenansätze in ihm herum. Wo er auf weitere Antworten gehofft hatte, türmte sich stattdessen ein neuer Fragenberg auf. Wo er zu Erkenntnissen gelangt war, wurden diese von Interpretationen und Vermutungen begleitet, die begannen, sich wie ein wucherndes Rankengewächs um sie herum zu winden und befremdliche Auswüchse zu treiben. Er war nie davon ausgegangen, dass es einfach werden würde, aber dass ein Geheimnis solchen Ausmaßes um ihn und seine Bestimmung lag, hatte er auch nicht erwartet. Es war wahrscheinlich wirklich das Beste, wenn er hier auf die Ankunft seiner Schwester wartete.

Mit diesem Vorsatz klinkte er sich aus dem Gedankenwirrwarr aus, entkleidete sich und schlüpfte unter die leicht nach Nelken duftende Wolldecke, die Erians Bettstatt in ein behagliches Nest verwandelte. Die ersten Sonnenstrahlen strichen sanft über sein Gesicht, als er die Augen schloss und sich erstmals seit langem einem absolut entspannten, traumlosen Schlaf überantwortete.

Eine eiskalte, zitternde Hand, die unsicher über seine Wange strich, weckte ihn. Nur widerstrebend öffnete er die Augen. Er wollte dieses Bild, das sich in seinem Geist so breit gemacht hatte, dass es alles andere überlagerte, nicht loslassen.

Eine von einer hell strahlenden Korona umglänzte Gestalt kniete neben ihm, sah mit einem Ausdruck auf ihn nieder, der ihn bis ins Mark erschütterte und gleichzeitig mit einer Wärme durchdrang, die ihn wie auf Wolken dahinschweben ließ.

Er hatte dieses Antlitz nur einmal kurz gesehen, in Solus' Gedanken. Oder war es seine eigene Erinnerung gewesen, die sich wie ein Lichtblitz aus dem Dunkel der Vergessenheit katapultiert hatte? So vieles vermischte sich.

Wieder senkte sich die kalte Hand auf sein Gesicht, streichelte ihn mit großer Zärtlichkeit. Etwas Nasses tropfte auf ihn. Tränen! Die umleuchtete Gestalt weinte. Behutsam griff er nach ihren Fingern, umschloss sie mit den Seinen, drückte sie tröstend. Eine erstickte Stimme kämpfte um Worte. In seinen Geist jedoch barst ein Schrei, der ihn mit solcher Macht traf, dass er kerzengerade in die Höhe schnellte. Arme umschlangen seinen Leib, ein mit weichen Haaren bedeckter Kopf presste sich an seine Brust, ein von Schluchzen geschütteler Körper rang machtlos mit dem ihn überwältigenden Gefühlsausbruch.

Gleißendes Licht blendete ihn, flutete den gesamten Raum, bevor er von dem Aufruhr mitgerissen wurde, der von der Frau in seinen Armen ungefiltert auf ihn überströmte.

Lynnja bebte – alles an ihr. Schon als die Nachricht über die Gedankentransmitter kam, wusste sie instinktiv, dass sie recht behalten hatte. Wer anders als Yuro hätte das Versteck in ihrem Elternhaus finden können? Ihr Bruder lebte, und er war zurückgekommen, von wo auch immer. Wie elektrisiert wartete sie seitdem auf Neuigkeiten, auf irgendeine Bestätigung, die ihre Empfindungen belegen würde. Und sie kam! Zuerst Ray und Cahan, die über ihre wundersame Rettung berichteten, dann Nira, die sich aus der Transportbahnzentrale meldete, und zu guter Letzt Erian.

Wie im Fieber hatte sie die unsichere Reise von Bihar aus angetreten, sich in kleinen Etappen über Jomahu und Tan bis Oviatar vorwärtsgetastet. Auch dort hatte sie nicht eher Ruhe gegeben, als bis Mohamiru über den Transmitter mitteilen ließ, dass der entsprechende Abschnitt momentan stabil genug sei, um einen gefahrlosen Weitertransport nach Ninimata verantworten zu können.

Die ganze Familie stand zu ihrem Empfang bereit, und kurze Zeit später hatte Erian sie in ihr Zimmer geführt. Die Kehle war ihr eng und die Knie weich geworden, als sie auf den schlafenden jungen Mann herabgesehen hatte. Sie war vor dessen Bett niedergesunken, hatte mit schweißnassen, eiskalten Händen seine Gesichtshaut berührt, ... und nun lag sie an seiner Brust, während aufgestaute Emotionen sie überschwemmten, ihr Mund vergeblich Worte zu formulieren versuchte und sämtliche Gliedmaßen ein Eigenleben führten, dem sie keinerlei Einhalt gebieten konnte.

Yuro wehrte sich nicht. Sie war seine Schwester. Sie war seinetwegen hier. Und sie hatte gelitten, sich jahrelang Vorwürfe gemacht, dass sie nichts zu seiner Rettung hatte unternehmen dürfen, ihn seinem Schicksal überlassen musste, nur hatte beten können, dass er den Grauen irgendwie entkäme.

Sie war an dieser Last fast zerbrochen. Kein noch so stichhaltiges Argument hatte sie von diesen Seelenqualen zu befreien vermocht. Und dann hatte auch Laros sie verlassen. Aber vor einigen Jahren hatte sie das ›Buch des Schicksals‹ in die Hände bekommen. Plötzlich war ein Ruck durch ihr Leben gegangen. Mit einem Mal wusste sie, dass sie nicht aufgeben durfte.

All dies teilte sich Yuro mit, als Lynnja sich hemmungslos weinend an ihn drückte. Er hielt sie, bis der Gefühlsüberschwang abklang, ihre Atmung sich beruhigte, ihr klarer Verstand allmählich wieder über das Chaos in ihrem Kopf zu dominieren begann.

Erian hatte sich taktvoll zurückgezogen. Auch ohne bewusstes Dazutun bekam sie noch mehr als genug von dem mit, was an Gedanken und Empfindungen zwischen den Geschwistern hin- und herströmte. Es war kein leichtes Leben, das sie hinter sich hatten. Besonders über Yuro war offensichtlich in den letzten Wochen sehr viel hereingebrochen, das zu verarbeiten ihn ungeheure Kraft kostete. Wie alt mochte er sein? Höchstens achtzehn, eher jünger. Er wirkte wie ein Kind, das gezwungen war, innerhalb kürzester Zeit erwachsen zu werden – oder jemand, der nie wirklich Kind gewesen war. Sie musste diese Überlegungen unterbinden. Sie empfand sowieso schon viel zu viel für ihn.

Lange saßen Yuro und Lynnja in Erians Zimmer nebeneinander auf deren Bett. Es gab so vieles, das sie voneinander wissen wollten. Lynnjas erste, vorsichtige Frage war, ob er sich denn an seine Vergangenheit erinnere. Daraufhin berichtete ihr Yuro von den Wahrnehmungsveränderungen, die mit Beginn der Pubertät eingesetzt hatten, von der Entdeckung in der Ruine ihres Elternhauses, dem Aufbruch der Blockaden, seiner bizarren Begegnung mit ihrem Vater. »Ich habe in den letzten Wochen mehr über mich erfahren als in den vorangegangenen sechzehn Jahren, aber zwischen dem, was mir bereits angedichtet wird und dem, was ich tatsächlich weiß, klaffen nach wie vor Welten. Ich muss dieses ›Buch des Schicksals‹ finden. Erst dann werde ich entscheiden können, ob die in mich gelegte Hoffnung gerechtfertigt ist oder nur einem Wunschbild entspringt, das ich nicht realisieren kann. Aber was ist mit dir ... und Laros?«

»Laros ist tot«, erwiderte sie. »Er ist für die Sache gestorben. Ich konnte ihm nicht mehr helfen.«

Ihre Augen begannen sich mit Tränen zu füllen, die sie unwillig fortblinzelte. Yuro sah sie einerseits verstehend, andererseits fragend an.

»Ich bin Tiefenheilerin. Wie sonst, glaubst du, hättest du den Schock, den dir das Miterleben des damaligen Gemetzels und der Tod unserer Eltern verpasst haben, unbeschadet überstehen können? Aber Laros erreichte mich zu spät. Ich musste hilflos zusehen, wie er in meinen Armen verblutete.«

Die Erinnerung stieg abermals in ihr hoch, und Yuro sah den damaligen Ablauf so deutlich vor sich, als sei er selbst dabei gewesen.

»Ich bin noch nicht darüber hinweg, obwohl es schon Jahre her ist«, gestand Lynnja, als sie sich wieder unter Kontrolle hatte. »Laros hatte es irgendwie geschafft, in die Geheimdienstzentrale der Airin einzudringen. Sie befindet sich in der Nähe des Raumhafens von Majakosch. Wie er das geschafft hat, weiß ich nicht. Er arbeitete oft alleine, hat wenig verlauten lassen. Er hat dort etwas herausgefunden, und fast hätte er diese Entdeckung mit ins Grab genommen.« Sie schluckte. »Die Airin haben Maulwürfe gezüchtet. Menschen, die uns so ähnlich sind, dass sie unter uns leben können, ohne jemals auch nur den Verdacht aufkommen zu lassen, dass sie der Gegenseite angehören, mit Fähigkeiten, die den unseren ebenbürtig sind. Sie sollen«, wieder musste sie schlucken, denn die Vorstellung nahm ihr die Stimme, »eingeschleust werden, unsere Gemeinschaft unterwandern, Informationen weitergeben. Ihre Aufgabe ist es herauszufinden, wie die Airin endlich unseren Widerstand aufbrechen und ihr Ziel, Innis ihrem Imperium einzuverleiben, erreichen können. Laros hat die Zuchtunterlagen gesehen und diese Enthüllung mit dem

Leben bezahlt. Es hat mich Jahre gekostet, diesen Schock zu überwinden. Die Last der Verantwortung hat mich fast erdrückt. Wie sollte ich mit diesen Informationen umgehen? Was, wenn diese Infiltration bereits begonnen hatte? Wer konnte dann noch sagen, wer Freund und wer Feind war? Genau aus diesem Grund habe ich alles, was Laros mir mitteilte, für mich behalten«, vernahm er das Flüstern seiner Schwester. »Das Misstrauen hätte uns von innen heraus zerfressen, uns in die Barbarei zurückgeworfen. Wir hätten angefangen, uns gegenseitig zu bespitzeln, in jedem Fremden und in jedem Freund einen Widersacher, einen Feind zu sehen. Yuro, das durfte und darf nicht passieren! Wir müssen an unserem alten Plan festhalten und notfalls riskieren, dass wir scheitern, aber wir dürfen nicht anfangen, uns untereinander zu bekriegen!«

»Wie ist es dir gelungen, dieses Wissen so lange für dich zu behalten?«, wollte Yuro wissen.

»Ich habe es eingeschlossen wie das deine. Es war nicht einfach, aber es musste gelingen, verstehst du? Ich hatte nur diesen einen Versuch! Wie bei dir. Ich hätte meinem Leben selbst ein Ende gesetzt, wenn ich gescheitert wäre.«

›Wie viele haben sich wohl im Laufe der Jahre selbst geopfert, um die Gemeinschaft zu schützen?‹, schoss es Yuro durch den Kopf. »Wir müssen diesem Zwist ein Ende setzen!«, stimmte er seiner Schwester inbrünstig zu. »Was immer ich dazu beitragen kann, werde ich tun!«

»Wir werden eine Aufgabe für dich finden, Yuro. Und wenn nicht wir, so wird deine Aufgabe dich finden. Ich bin noch immer der Überzeugung, dass du derjenige bist, den das ›Buch des Schicksals‹ ankündigt.« Schweigen senkte sich auf sie nieder. »Weißt du«, begann Lynnja, als einige Minuten verstrichen waren, »eigentlich war unser Plan ganz simpel: Wir speisen das ›Buch des Schicksals‹ in die Übertragungsnetze der Airin ein.« Wieder entstand eine Pause, in der Erinnerungsbilder durch ihren Geist wirbelten. »Wir waren so nah dran. Elorin hatte sich auf die Suche nach der Festung des Hüters gemacht. Irgendjemand hatte ihr einen, wie sie glaubte, eindeutigen Hinweis gegeben. Sie wollte sich von Cahaya aus dorthin auf den Weg machen, ihm unser Anliegen unterbreiten und ihn davon überzeugen, sein Versteck zu verlassen und uns das Original zur Verfügung zu stellen. Es waren nur noch ein paar Vorbereitungen nötig. Und dann ist alles zerplatzt.«

»Wo liegt diese Festung?«, erkundigte sich Yuro. Plötzlich wusste er mit absoluter Sicherheit, welches sein nächstes Ziel war. Er musste den Hüter finden.

Lynnja seufzte tief und resigniert auf. »Wenn ich das nur wüsste.«

DIE GESAMTE TRAGWEITE »Ich werde sie finden!«, sagte Yuro. »Nicht nur, um den Hüter zur Kooperation zu bewegen, sondern weil er der Einzige ist, der mir weiterhelfen kann.«

»Wo willst du mit deiner Suche beginnen?«, erkundigte sich Lynnja skeptisch. »Mutter hat niemals erwähnt, wo er sich versteckt hält … bis es zu spät war.«

»Ich werde dorthin zurückkehren, wo ich aufgebrochen bin«, gab Yuro ihr nebelhaft zu verstehen.

Lynnjas Gesicht verschloss sich.

»Es ist nicht, weil ich dir misstraue«, versuchte er, ihren Unmut im Keim zu ersticken, »aber es ist gefährlich, zu viel preiszugeben. Die Grauen sind hinter mir her, und du wirst ihnen ebenfalls keine Unbekannte sein. Wenn sie uns beide nun noch miteinander in Verbindung bringen, hätte das gewiss fatale Auswirkungen auf das gesamte Vorhaben. Ich komme zurück, das verspreche ich dir, aber lass mich meinen Weg auf meine Weise gehen.«

»Du bist deinen Weg immer auf deine Weise gegangen«, murmelte sie, »wie alle in unserer Familie.« Sie ergriff seine Hand und drückte sie. »Geh in Frieden, Yuro!«

Diese rituelle Abschiedsformel hatte er lange nicht mehr gehört. Aber ebenso deutlich wie diese das Bild des Hayuma-

Konvents vor seinem inneren Auge heraufbeschwor, wusste er mit einem Mal, dass er nur dort die Antworten finden würde, derentwegen er bisher vergeblich umher gereist war.

An diesem Abend lag Yuro lange wach. Lynnja wollte hier auf seine Rückkehr warten. Ein wenig konnte Yuro diese Entscheidung sogar verstehen. Der Ninimata-Hof lag, wenn man die Transportbahnverbindung als Maßstab anlegte, nicht allzu weit entfernt von ihrem gemeinsamen Elternhaus. Auch sie war lange nicht mehr in Arimano gewesen. Einerseits wegen der quälenden Erinnerungen, andererseits wegen des allzu großen Bekanntheitsgrades, den ihre Familie in dieser Gegend genoss. Unzweifelhaft waren auch den Airin deren zwar stets friedliche, aber dennoch nervenaufreibend hartnäckige Aktionen noch gut im Gedächtnis.

Des Weiteren legte Lynnja großen Wert darauf, als Oberste Organisatorin des Widerstandes, dessen Gruppen nach wie vor aktiv waren, in wirklichem Kontakt zu bleiben, was bedeutete, dass sie die einzelnen Bastionen in regelmäßigen Abständen besuchte. In Arimano allerdings war es seit dem Massaker an der Cahaya-Gruppe ruhig geworden. Erst in den letzten drei Jahren hatte sie auch hierher wieder zarte Bande geknüpft, bisher indes ausschließlich über die Transmitter. Erian war, abgesehen von ihrem Cousin und ihrem Onkel, die Einzige, die sich aktiv an der Beschaffung weiterer Informationen beteiligte, die zur Durchführung der noch immer angestrebten Operation ›Neuanfang‹ vonnöten waren.

Lynnja hatte noch einiges mehr erzählt, war jedoch schweigsam geworden, als sie gemeinsam mit der Familie die Abendmahlzeit einnahmen. Auch Erian hatte wenig geredet, dafür aber umso intensiver daran gearbeitet, ihre Gedanken vor Yuro zu verbergen. Er hatte es akzeptiert, wenngleich ihre Gefühle sie trotzdem verrieten.

Einen Tag noch würde er hier verbringen. Dann kam unweigerlich der Abschied, sowohl von seiner Schwester als auch von den Bewohnern dieses Hofes, die ihn so unvoreingenommen und herzlich aufgenommen hatten. Es würde kein leichtes Auseinandergehen werden. Keines war leicht gewesen, wenn er sich selbst gegenüber ehrlich war. Aber er musste sie verlassen. Dieser Gedanke begleitete ihn in den Schlaf, und hallte auch dort noch nach.

Ihren vorerst letzten gemeinsamen Tag verbrachten die Geschwister mit langen Spaziergängen, immer auf der Hut vor einer Entdeckung durch die Graugewandeten.

Yuro prägte sich die Landschaft ein, inhalierte die würzigen Düfte der blumenübersäten Wiesen, die sich bis an den Horizont erstreckten. Hier und da unterbrachen kleine Baumbestände die weiten Flächen. Sie spendeten etwas Schatten und trugen im Herbst wohlschmeckende Früchte. Außer dem Säuseln des Windes, dem leisen Wiegen der über kniehohen Gräser und dem Summen von Insekten war es hier still. Nur vereinzelt waren Vogelgesänge zu hören. Schmetterlinge in unterschiedlichsten Farbkompositionen, Formen und Größen flatterten von Blüte zu Blüte, tauchten die weiten Flächen in berauschende Pracht. Selten hatte Yuro diesen Wundern der Natur in letzter Zeit seine Beachtung geschenkt. Zu sehr war er mit sich selbst beschäftigt gewesen. Erst jetzt, da er bewusst seine Aufmerksamkeit der Schönheit dieser in voller Blüte stehenden Schöpfung widmete, wurde ihm vollständig bewusst, was sie verlören, sollten die Airin diesen Planeten wahrhaftig ihrem Imperium einverleiben und mit ihrer Technik überziehen.

›Nach dem Umbruch ist vor dem Umbruch!‹, explodierte es in seinen Geist. ›Nein!‹, schwor er sich, das würde er mit allem, was in seiner Macht stand, zu verhindern versuchen.

Lynnja spürte den Schauder, der ihn durchlief.

»Eben erst hast du die gesamte Tragweite dessen erkannt, wofür wir arbeiten«, stellte sie sachlich fest.

»Ja«, stimmte er ihr ohne jede Scham zu. »Du darfst nicht vergessen, ich bin erst siebzehn, und ich habe mehr als die Hälfte meines bisherigen Lebens hinter den schützenden Mauern eines Klosters, hoch oben in den Grafilla-Bergen verbracht. Wie hätte sich mir dort die umfassende Problematik erschließen sollen?«

»Das war kein Vorwurf, Yuro. Ich wollte damit lediglich andeuten, dass man sich erst mit allen Fasern seines Selbst in etwas einbringen kann, wenn man das gesamte Ausmaß dessen, wofür man sich einsetzt, erfasst hat. Vielleicht verstehst du nun, warum ich so sehr hoffe, dass du bist, wovon ich glaube, dass du es bist.«

»Reicht es nicht, dass ich dein Bruder bin?«, spöttelte er verhalten.

»Doch«, antwortete sie, und Yuro erkannte, das ihr Herz ihm die Wahrheit sagte.

Am Nachmittag zogen dunkle Wolken herauf, und die Heiterkeit, die das strahlende Sonnenlicht verbreitet hatte, schlug um in eine Art unbestimmbare Bedrohung. Gefahr lag in der Luft.

Die Stimmung während des Abendessens war bedrückt. Als aber auch Lynnja bekundete, die nächsten Tage »ein wenig in der Gegend herumzureisen«, nahm die Spannung spürbar ab.

Erians Augen schwammen, als sie Yuro zum Abschied umarmte. Wenn ihre Lippen auch »Geh in Frieden«, sagten, so baten doch ihre Gedanken inbrünstig: »Komm gesund zu mir zurück!«

Yuro betrat das Portal. Lautlos wie er einst an dieser Stelle erschienen war, verschwand er, kaum dass er seinen Zielort gedanklich genannt hatte.

Als die Graugewandeten am darauffolgenden Morgen den Hof überfielen, trafen sie auf niemanden außer den stetigen Bewohnern. Nichts gab Anlass zu der Vermutung, dass hier ein wichtiges Zusammentreffen stattgefunden hatte und sich der aktive Widerstand in eine neue Etappe überzugehen anschickte. Ihr Anführer fluchte, konnte aber, außer der üblichen Unordnung, die sein Trupp zu hinterlassen pflegte, nichts weiter ausrichten, ohne vor seinen Männern das Gesicht zu verlieren. Es ärgerte ihn, dass sie nicht einmal auf einen einzigen Verdächtigen stießen, obwohl sogar die sie umgebende Atmosphäre mit einer unbestimmten, veränderten Schwingung versetzt war.

DIE DATENSAMMLER Versonnen starrte Oman auf das Hologramm, das dem kleinen Kästchen in seiner Hand entsprang. Unzählige Male hatte er sich dieses Bild schon angesehen, aber noch immer stieg gallige Bitterkeit in ihm hoch, wenn er sich den Ausgang dieses Experiments in Erinnerung rief.

Sie waren das teuerste, längst geplante, bestvorbereitete Projekt seiner Laufbahn gewesen, bis ins kleinste Detail berechnet, Fehlerquellen ausgeschlossen. Zweihundert von ihnen hatten sie unter strengsten Sicherheitsvorkehrungen angesetzt, mit Nährlösung beträufelt, mit Argusaugen beobachtet, mit allergrößter Sorgfalt gehegt und gepflegt.

Nur 21 hatten bis zur ›Geburt‹ überlebt. Aber diese Babys waren ihr ganzer Stolz gewesen. Die Mikrochips hatten sich problemlos mit den Nervensträngen verschaltet, und nicht die winzigste Narbe war von dem pränatalen Eingriff übrig geblieben. Sogar ›Mütter‹ hatten sie für diese kostbaren Kinder gesucht. Frauen, die sich nichts sehnlicher wünschten als ein eigenes Kind, die diesen Wesen Liebe, Hingabe, Aufmerksamkeit und Wertschätzung entgegenbringen konnten. Man hatte ihnen nicht einmal gesagt, welche Schätze sie überantwortet bekamen, um eine echte Beziehung nicht zu gefährden.

Unauffällig waren diese Mütter observiert worden. Man hatte sie mit Annehmlichkeiten überhäuft, die sich kaum jemand mit einem normalen Einkommen hätte leisten können. Aber man hatte auch darauf geachtet, dass diese Frauen einander nie begegneten.

Die Kinder waren herangewachsen, wie alle geliebten und umsorgten Kinder es taten. Sie hatten gespielt, gelacht, Unsinn angestellt, sich die Knie aufgeschlagen, Finger geprellt, geweint, gewütet, gegessen, geschlafen, sich vollkommen normal entwickelt – bis zu ihrem siebten Lebensjahr. Anfangs waren es nur kleine Infekte gewesen, mit denen sich der eine oder andere länger als gewöhnlich herumschlug, aber bald schon wurde offensichtlich, dass diese Kinder alle unter einem Immundefekt litten. Die besten Medikamente hatten versagt, und eines nach dem anderen waren sie gestorben. Die größte Niederlage, die die Genetische-Konstruktions-Abteilung je erlebt hatte. Ihre ›Goldcharge‹ hatten sie sie genannt, denn jedes dieser Kinder war eine Kostbarkeit gewesen, erkennbar nur an einem einzigen gemeinsamen Merkmal.

Sie hätten die perfekten Datensammler werden sollen, denn sogar in den in sie hinein gezüchteten Geistesfähigkeiten hätten sie sich von den Inari, den Ureinwohnern dieses vermaledeiten Planeten, nicht unterschieden. Man hätte sie in diese verfluchten Widerstandsnester einschleusen können. Ihre Spionage wäre allumfassend und ihre Datenübermittlung unaufspürbar gewesen, denn sie selbst hätten, da sie um ihre Bestimmung nicht wussten, keinerlei verräterische Hinweise geben können. Das einfache, spezifische Signal des Chips wäre unter den vielen, die alltäglich diesen Sonnentrabanten überschwemmten, auch dem ausgefeiltesten gegnerischen Überwachungssystem entgangen. Nach der Übermittlung aller Informationen wäre der Übermittler an einem Schlaganfall gestorben, der Chip hätte sich zersetzt – und niemand hätte je erfahren, welche für die Airin überaus bedeutende Rolle er gespielt hatte.

Aber all diese Träume waren wie eine Seifenblase zerplatzt, als diese Zuchtobjekte eines nach dem anderen dahinsiechten.

Oman legte den Schalter um. Das Bild verschwand. Er war nicht hier, um Jahre später noch immer einer Illusion nachzutrauern, die sich nicht erfüllt hatte. Er hatte sich, nachdem das Projekt vor elf Jahren als zur Gänze gescheitert erklärt wurde, aus der Hochsicherheitsabteilung zuerst in die Innere Geheimverwaltung, dann in den Außendienst versetzen lassen. Seitdem zog er mit Galikoms Gruppe durch die Gegend, behielt die verstreut liegenden Höfe und Dörfer Arimanos im Auge und zeigte diesen verwünschten, halsstarrigen Eingeborenen gelegentlich, wer hier das Sagen hatte. Ansonsten erfreute er sich an der Schönheit der Natur, die hier, weit weg vom Raumhafenstützpunkt und der Hauptstadt, noch nahezu unberührt vor sich hin wucherte.

Ein bisschen konnte er mittlerweile verstehen, warum die Inari sich so sehr gegen die Technisierung – und gegen die Einverleibung in das Airinsche Imperium zur Wehr setzten.

Entrüstet über seine eigenen Gedanken schüttelte er den Kopf. Wie konnte er sich zu einer solchen Denkweise hinreißen lassen? Exakt dieser Einstellung wegen kamen sie nicht voran. Er wollte nicht wissen, wie viele Mitglieder seiner Rasse zwischenzeitlich die eigenen Gesetze unterwanderten, mit diesen verflixten Eingeborenen sympathisierten, unerlaubte Bündnisse oder Zusammenschlüsse eingingen. Aus genau diesem Grund gab es die Graugewandeten. Sie waren die Hüter der Ordnung, der verlängerte Arm der airinschen Gesetze, ausgestattet mit der Vollmacht, nach eigenem Ermessen im Sinne der Doktrinen vorzugehen.

ZURÜCK UND VORAN Es war ein Experiment, und Yuro war sich keineswegs sicher, ob er tatsächlich an dem genannten Zielort herauskommen würde. Ja, er wusste nicht einmal, ob seine Intuition ihn richtig leitete, ob das Hayuma-Kloster wirklich an das Transportbahnnetz angeschlossen war, aber der Konvent war der einzige Ort, der ein Weiterkommen für ihn annähernd wahrscheinlich machte.

Es wurde subjektiv eine lange Reise. Mehrmals bemächtigte sich seiner der Eindruck, dass er von einer Bahn auf eine andere wechselte, Störungen ihn zu einem Aufenthalt irgendwo innerhalb des Netzes zwangen, andere Reisende an ihm vorbei rasten. Obwohl er zwischenzeitlich schon einige Erfahrung mit dieser Art des Fortbewegens gesammelt hatte, war es noch immer jedes Mal seltsam, sich diesen Energiebahnen anzuvertrauen, die das Schattenreich durchzogen. Eintönige Lichtverhältnisse sowie das absolute Fehlen eines an einem vorbeirauschenden Hintergrundes machten den Aufenthalt in diesen Bahnen zu einem Erlebnis, das, obwohl bereits bekannt, bei jedem Eintritt wieder neu und anders empfunden wurde.

Oder ging das nur ihm so? Oft schon hatte er sich gefragt, inwieweit die Reisenden selbst in der Lage waren, Einfluss auf das zu nehmen, was geschah.

Als Erian ihm berichtete, dass man in der Leitzentrale versucht hatte, ihn umzuleiten, lieferte ihm das endlich die Erklärung für die seltsamen Zug- und Druckempfindungen, denen er sich zeitweise ausgesetzt gefühlt, und gegen die er sich behutsam aber nachdrücklich zur Wehr gesetzt hatte.

Etwas bremste ihn ab. Es war, als ob er eine Schwelle passierte, einer Art Kontrolle unterzogen und dann als autorisiert weitergeleitet würde. Übergangslos stand er plötzlich auf festem Boden. Um ihn herum herrsche absolute Finsternis.

»Du hast dein Ziel erreicht«, flüsterte eine amüsierte Stimme in seinem Kopf.

Yuros Anspannung entlud sich in lautem Gelächter, das von unverkennbar vorhandenen Wänden verzerrt zurückgeworfen wurde. Als er sich wieder beruhigt hatte, sang er den Ton, der bisher immer Licht ins Dunkel gebracht hatte. Ultraviolette Lumineszenz erleuchtete den Raum. Sein Instinkt hatte ihn nicht getrogen. Er stand in einer der Nischen des verborgenen Bibliothektraktes. Hier hatte sich seit seinem letzten Besuch nichts verändert. Die Regale standen noch an Ort und Stelle, ebenso die Folianten, die er nahezu alle durchgesehen und von denen er einige geradezu wortwörtlich in sich aufgenommen hatte. Mittlerweile hatten sich ihm manche der damals noch unverständlichen Inhalte erschlossen, Zusammenhänge offenbart, Geheimnisse entschleiert.

Dieses Stift war eines der ältesten Bauwerke, die es auf Innis gab. Wo, wenn nicht hier, konnte er sowohl etwas über den Verbleib des Hüters herausfinden als auch über das ›Buch des Schicksals‹. Nur, er selbst würde wohl Wochen damit verbringen, alleine die Antworten zu finden. Zu lange, argwöhnte er. Es musste auch einen anderen Weg geben. Zelut, der weise Prior, wusste weitaus mehr, als er seinen Mitbrüdern zeigte. Vielleicht würde er Yuro gegenüber den Mantel der Unnahbarkeit ablegen und ihn in das einweihen, was er zu erfahren begehrte.

Es war noch immer Nacht, dessen war Yuro sich sicher. Um unentdeckt zu bleiben, musste er den Prior als Schattenwesen aufsuchen. So schritt er auf eine der Schlafstätten zu, ließ sich darauf niedersinken, schloss die Augen, glitt in den Zustand hinüber, in dem er seinen fleischlichen Körper verlassen konnte. Auch dies vermochte er inzwischen, wie einiges mehr, bewusst zu steuern. Er musste die nächtlichen Ausflüge nicht mehr dem Zufall überlassen.

Die geheime Regaldrehtür passierte er ebenso anstandslos wie die schwere, polierte hölzerne, die den Eingang zur Bibliothek bildete. Auch sein Astralkörper war in der Lage, die dafür nötigen Schwingungen zu erzeugen, die er selbst auf dieser Daseinsebene als die entsprechenden Laute wahrnahm.

Langsam glitt er durch die vertrauten Gänge, die Treppen hinauf, verharrte unsicher vor den Privatgemächern des Obersten Leiters. Hatte er das Recht, hier einfach so einzudringen?

Während er noch unschlüssig vor dessen Tür verharrte, bewegte sich deren Flügel ohne sein Dazutun lautlos auf ihn zu. Wie eine graue Wolke schälte sich die Gestalt Zeluts aus der dahinterliegenden Düsternis.

»Ich habe dich erwartet«, begrüßte er Yuro, als sei dessen nächtlicher Besuch das Selbstverständlichste auf der Welt. »Komm herein und setze dich zu mir. Wir haben einander gewiss viel zu erzählen.«

Derart überrumpelt leistete Yuro der Aufforderung widerspruchslos Folge.

»Du fragst dich, woher ich von deiner Anwesenheit Kenntnis habe«, eröffnete Zelut das Gespräch. »Wie ich bereits einmal erwähnte, besitze ich einige derselben Fähigkeiten wie du. Eine davon ist Intuition. Sie wird oft verkannt, ist aber ein guter und meist sehr zuverlässiger Ratgeber. Ich wusste von Anfang an, dass du gehen würdest, irgendwann, und ich war mir stets sicher, du würdest zurückkommen. Vielleicht nicht für immer.«

»Prior«, begann Yuro, »ich suche das ›Buch des Schicksals‹.«
Zelut lächelte. »So, hast auch du endlich davon erfahren.«
»Es muss etwas darin stehen, das einige auf mich beziehen«, fuhr er vorsichtig fort.
Der Prior nickte.
»Ihr kennt das Buch!«, mutmaßte Yuro weiter.
»Um es genau zu sagen: Ich kenne eine einzige Stelle«, warf der Ältere ein. »Ich hatte das Glück, vor Jahren eines der wenigen verbliebenen Exemplare in den Händen zu halten. Allerdings nur für einen Augenblick. Ich schlug es auf, irgendwo, und hatte den Absatz noch nicht zu Ende gelesen, als mir das Schriftstück entrissen und in Brand gesetzt wurde. Aber die Zeilen haben sich in mein Gedächtnis gebrannt. Mir war, als richte sich ihr Inhalt explizit an mich, als sollte mir exakt diese Stelle gezeigt werden.«
»Bitte, könnt Ihr sie mir wiedergeben?«
»... und einer wird kommen, der anders ist. Er wird unter euch leben und doch nicht zu euch gehören, denn er ist etwas Besonderes. Unaufhaltsam wird er das Gift zerstören, die alte Ordnung zu neuem Leben erwecken, Irrtümer offenlegen und vereinen, was zusammengehört. Die Dunkelheit ist sein Freund und das Licht sein Begleiter«, zitierte Zelut.
»Das ist nicht besonders viel«, gab Yuro zu.
»Weißt du, mein Sohn, es kommt gar nicht so sehr auf den wörtlichen Inhalt an. Es ist die Lehre, die dieses Buch weitergibt, den Glauben, die Werte, die es vermittelt. Ich bin ein alter Mann, Yuro, aber als ich dich zum ersten Mal sah, sprang diese Textzeile vor meine Augen. Seither beziehe ich sie auf dich. Trotzdem wollte ich dich nie in eine bestimmte Richtung drängen. Jeder, das weiß ich, muss seinen eigenen Weg gehen, seine Bestimmung selbst herausfinden. Du bist ein Savant. Auch das wusste ich, seit sich deine smaragdgrünen Augen zum ersten Mal innerhalb dieser Mauern öffneten. Den Beweis hast du bereits wenig später geliefert.«
Yuro sah seinen Mentor fragend an.
»Solus wäre nicht mehr am Leben ohne dich.«
Schweigen.

»Prior«, hob Yuro nach einiger Zeit erneut zu sprechen an, »das kann aber nicht die einzige Schriftstelle sein, die irgendwie auf mich hindeutet. Ihr seid nicht der Einzige, der in mir den Retter sieht. Wo kann ich eine Abschrift dieses Buches finden oder denjenigen, der es verfasste?«
»Du suchst den Hüter?«
»Ja, ihn, seine Festung, das Buch.«
»Ich kann dir nicht weiterhelfen«, bekannte der Klosterleiter. »Aber einen Rat kann ich dir geben: Geh dorthin zurück, woher du kamst, suche die Verbindung zwischen ihm und dir. Vielleicht gibt es andere Wege.«
Noch konnte Yuro den Worten keinen Sinn abgewinnen, trotzdem merkte er sie sich gut.
»Ich wünsche dir viel Glück, mein Sohn. Geh in Frieden, Yuro.«
Damit war er, wie vor seinem Aufbruch, entlassen. »Friede auch mit Euch, Prior«, erwiderte er, wandte sich um, und verließ die Stube.
Er ging jedoch nicht direkt zur Bibliothek zurück. Die Stille der Nacht ausnutzend durchwanderte er die Korridore, betrat die Räume, verweilte an manch liebgewordener Stelle dieses Domizils, das er noch immer als sein Zuhause empfand. Seine Schlafnische war sauber und leer, wie er sie verlassen hatte. Der große Hof glitzerte im Licht der abnehmenden Monde, das sich in den Tautropfen des Grases, der Kräuterrabatten und Blumenbeete brach. Hier herrschten Ruhe und Frieden. Yuro ließ diese wunderbare Stimmung auf sich einwirken. Dieser Hof war für ihn ein Hort der Kraft. Er war es immer gewesen ...
›... war es immer gewesen ... war es immer gewesen‹, hallte es in ihm nach.
Ob die Festung des Hüters hier verborgen lag?
Mit höchster Konzentration glitten seine Blicke noch einmal über das umfriedete Areal, aber keine Stelle unterschied sich von einer anderen, wenigstens nicht optisch.
›Ich bin noch nie das gesamte Rayon als Schattengestalt abgeschritten‹, drängte sich ihm der Gedanke auf. ›Möglicher-

weise spürt man Schattenverbindungen nur als Schattengestalt auf.‹

Somit betrat er den Hof, den er bisher nur vom offenen Gang seines Schlafgeschosses aus betrachtet hatte. Aufmerksam setzte er Fuß vor Fuß, lauschte in sich hinein.

Eine geheimnisvolle Energie sammelte sich über dem Brunnen, aber erst, als er sich über die kleine Mauer beugte, die den Schacht umsäumte, gewahrte er die flimmernden Wellen, die aus diesem kontinuierlich in die Höhe strömten. Neugierig streckte er seine Hand aus, und ertastete etwas Festes? Es fühlte sich an wie Stufen, nicht kalt, nicht wie Stein – überhaupt nicht wie ein Material, das er kannte. Eher wie geformte Wärme. Vorsichtig erklomm er die Umrandung, hob seinen rechten Fuß und verlagerte, auf die Beständigkeit dieses Aufgangs vertrauend, sein Gewicht. Mit einem Mal glühte der Grund unter ihm in einem weichen Rotton auf. Wie die Spiralen eines Schneckenhauses wand sich eine Treppe nach oben, und Yuro setzte sich in Bewegung.

Wie auf Samt stieg er höher und höher, nicht immer rund, auch längst nicht so gleichförmig, wie es den Eindruck erweckt hatte. Diese Trasse schien das Werk eines Spaßvogels zu sein, denn sie verlief in Schlingen und Loopings, nach oben und unten, lange Zeit offensichtlich im Kreis, als solle der Benutzer zum Narren gehalten oder sein Durchhaltevermögen getestet werden.

Yuro kämpfte seine Ungeduld nieder. Noch war der Sonnenaufgang Stunden entfernt. Der satte Ton der Morgenglocke jedoch durchdrang sogar diese Sphären.

Die Beschaffenheit des Bodens wechselte. Wie fließender Sand fühlte er sich jetzt an, und wie auf einem Laufband trug er ihn mit sich – hinein in ein mit glänzenden Steinen umzäuntes Kastell. Der Burgfried ragte inmitten kleinerer Bauten majestätisch in die Höhe. Er bannte den Blick jedes Besuchers, denn sein Mauerwerk erstrahlte in allen Farben des Regenbogens. Beeindruckt wanderten Yuros Augen über das Monument. War das die Festung des Hüters? Obgleich er sie nur durch das Schattenreich hatte betreten können, lag sie doch offenkundig in der realen Welt. Als er sich umwandte, sah er das erste zarte Rosa über den Wipfeln nicht weit entfernter Berge heraufziehen, die um einiges tiefer lagen als der Ort, an dem er sich nun befand. Er musste seinen Körper hierher holen, wenn er nicht riskieren wollte, bei Sonnenaufgang von der Raumzeitspirale ergriffen und in diese zurückgeschleudert zu werden. Ein bisschen mulmig war ihm schon, immerhin hatte er dies bisher erst einmal getan und dann auch eher reflexartig, aber keinesfalls kontrolliert.

Schon spürte er den einsetzenden Sog. Es wurde allerhöchste Zeit. Er stemmte sich gegen den Wirbel, der ihn in sich hineinziehen, mitreißen, hinwegspülen wollte. Er fühlte, wie er sich aufzulösen, davonzutreiben begann. Panik zog seine Eingeweide zusammen, seine Kehle kämpfte in krampfhaften Schluckbewegungen gegen den drohenden Verschluss an. Was gäbe er jetzt für eine einfache Stange, an der er sich festhalten, sich aus dem Sumpf des in sich zusammenfallenden Traumes herausziehen könnte. Seine Hände öffneten sich in konvulsivischen Zuckungen, ballten sich zu Fäusten zusammen. Seine Finger verfingen sich, klammerten sich an irgendetwas fest. Ein Ruck, der fast seine Schultergelenke auseinander riss, ging durch Yuros Körper.

Auch Solus hatte einst mit seinem ganzen Gewicht an ihnen gehangen. Damals hatte er die Zähne zusammengebissen, den Schmerz ignoriert, den Freund Millimeter für Millimeter zu sich heran gezogen, mit einer Hand dessen Finger, mit der anderen ein aus der Felswand herausragendes Rankengewächs umschlossen.

Schweiß trat auf Yuros Stirn. Seine Lungen schrien nach Luft, seine Arme brannten vor Anstrengung. Er hörte sich keuchen. Vor seinen Augen tanzten Sterne. Es würde sicherlich nicht mehr lange dauern, bis ihm das Bewusstsein schwand. Ein letztes verzweifeltes Aufbäumen … Er spürte einen harten Aufprall. Eine andere Art von Schmerz durchfuhr ihn. Sein Magen rebellierte. Dann erlöste ihn gnädige Schwärze.

Wie lange er in seinem eigenen Erbrochenen gelegen hatte, vermochte er nicht zu sagen. Besonders viel Zeit konnte nicht vergangen sein, denn obwohl er bereits stank wie ein Orimu-Bulle war sein einstiger Mageninhalt noch warm. Vorsichtig öffnete er sein Oberteil, legte es ab und reinigte sein Gesicht, so gut er es vermochte. Dann tastete er seinen unförmig geschwollenen Knöchel ab, in dem es pulsierte und hämmerte.

Benommen schüttelte Yuro den Kopf. Dies war kein Astralleib. Irgendwie war es ihm tatsächlich gelungen, seinen Körper aus dem verborgenen Teil des Klosterarchives hierher zu transferieren. Zwar war sein Gleichgewichtssinn noch immer ein wenig gestört, und es fiel ihm schwer sich auf das, was er nun tun musste, zu konzentrieren, aber darauf konnte er jetzt keine Rücksicht nehmen.

Er griff auf die jahrelang antrainierte Disziplin zurück, drängte alles, was hinderlich war, so weit aus seinem Wahrnehmungsfeld, bis er es ignorieren konnte, versenkte sich in die Beschaffenheit seines Fußgelenkes und begann, den sich offenbarenden Schaden zu reparieren. Haran war ein guter Lehrmeister gewesen. So wusste Yuro genau, was zu tun war. Glücklicherweise hatten Knochen und Knorpel keinen Schaden genommen, die beschädigten Gefäße ließen sich problemlos behandeln. Nur eine minimale Schwellung wies, als er sein Bewusstsein aus dem Mikrokosmos seines Knöchels zurückzog, noch auf die Verletzung hin.

Zwischenzeitlich war die Sonne deutlich höher gestiegen. Der Innenhof, in dem Yuro nahe der Mauer eines ovalen Gebäudes auf dem Steinboden saß, befand sich nur noch teilweise im Schatten.

Neben Yuro kniete eine Frau. Sie hielt eine mit Wasser gefüllte Tonschüssel und einen Stofflappen in ihren Händen. Bisher hatte sie ihn nicht berührt, nun aber begann sie, ihm die bereits angetrockneten Reste des Erbrochenen vom Gesicht und aus den Haaren zu waschen.

Yuro ließ diese Wohltat widerspruchslos über sich ergehen. Nach den Strapazen, die erst wenige Stunden hinter ihm lagen, war er dankbar für diesen zuvorkommenden Empfang.

Die Frau lächelte nicht, aber ihr Gesichtsausdruck war auch nicht abweisend. Ihr goldblondes Haar ringelte sich in kleinen Löckchen um ihren Kopf, und ihren grünbraunen Augen wohnte ein eher sanft begrüßender denn reservierter Ausdruck inne.

Akribisch säuberte sie zuerst ihn, legte dann sogar die abgelegte Tunika zum Mitnehmen zusammen. »Ich bin Jannis«, stellte sie sich vor, als sie mit ihrer Arbeit fertig war.

»Mein Name ist Yuro«, tat dieser es ihr nach.

»Du hast es dir nicht leicht gemacht«, sprach sie weiter, »diesen Weg hat schon lange keiner mehr gewählt, um zu uns zu gelangen.«

»Es gibt noch andere?«, fragte Yuro perplex.

Ein silberhelles Lachen erklang aus ihrem Mund. »Unsere Festung hat drei Zugänge. Aber einfach zu begehen ist keiner von ihnen«, klärte sie ihn auf. »Ich wollte damit eigentlich nur andeuten, dass der Pfad aus dem Hayuma-Konvent schon lange verwaist ist, obwohl er derjenige ist, der als erster angelegt und lange Zeit am meisten benutzt wurde.«

»Er verlief demnach nicht immer in der Schattenwelt«, unterstellte Yuro.

Jannis schüttelte den Kopf. »Das tut er erst, seit die Airin Innis überfielen. Wir mussten diesen Ort schützen. Er liegt unter einem Schleier. Wenn du nicht genau weißt, dass er da ist, wirst du ihn niemals finden. Es sei denn, du bist ein Savant. Diese können die Pfade aufspüren wie du. Und es gibt nur ein einziges Anliegen, das mir dringlich genug erscheint, die Strapazen auf sich zu nehmen, ohne einen Führer zu uns zu gelangen. Du suchst das Original des ›Buches des Schicksals‹«

Yuro nickte bestätigend. »Das oder den Hüter.«

»Es gibt nicht **den Hüter**«, klärte sie ihn auf. »Wir sind eine Kaste, eine Gemeinschaft von Individuen mit den gleichen Fähigkeiten. Einer alleine kann dieses Werk weder betreuen noch ergänzen und erst recht nicht vervielfältigen und verteilen.«

»Aber es existiert noch?«, hakte Yuro nach.

»Das Original? Ja«, beruhigte sie ihn, »aber ein Großteil der Abschriften ist der Zerstörungswut der Airin zum Opfer gefallen, das weiß ich wohl.«

»Jetzt hast du mir schon so viel gesagt, und trotzdem weiß ich noch immer kaum mehr als bisher. Was ist dieses Buch? Was steht darin? Warum zerstören es die Airin? Weshalb ist die Urschrift von so großer Bedeutung?«

»Du wirst warten müssen, bis Garibalan zurück ist. Er ist unser gewähltes Oberhaupt. Er trägt die Verantwortung, und seiner Entscheidung obliegt es, welche Auskünfte du erhalten wirst und welche nicht. Gerne werde ich ihm dein Gesuch unterbreiten. Willst du derweil unser Gast sein?«

Yuro willigte ein.

»Du kannst dich innerhalb der Festungsmauern frei bewegen. Jedes Haus steht dir offen, ebenso die überirdischen Etagen des Wachturms. Versuche nicht, eigenmächtig in dessen Kellergeschoss zu gelangen. Das ist ohne offizielle Einladung verboten und wird hart bestraft – ohne Ausnahme. Doch nun komm. Du musst hungrig sein, nachdem du alles von dir gegeben hast, was eigentlich deiner Versorgung dienen sollte.«

Jannis richtete sich auf, und Yuro erhob sich ebenfalls, um ihr zu folgen.

DIE HÜTER

»Wenn du dich und deine Kleidung richtig reinigen möchtest, kannst du gerne unseren Waschraum benutzten«, schlug Jannis ihm vor.

»Das wäre keine schlechte Idee«, stimmte Yuro ihr zu.

Jannis führte ihn in das kleinste der Gebäude, das ein wenig abseits stand. Hier gab es Duschkabinen und Wannen. Alles war ähnlich geartet wie im Konvent. »Ich werde dir etwas zum Anziehen bringen, damit du nicht nackt herumlaufen musst, bis deine eigenen Kleider wieder trocken sind.«

»Das ist sehr freundlich«, bedankte sich Yuro.

»Komm, wenn du fertig bist, in das ovale Haus, vor dem ich dich gefunden habe«, wies sie ihn an. »Dort wirst du die anderen kennenlernen, die diese Festung mehr oder weniger regelmäßig bewohnen. Und du kannst dir ruhig Zeit lassen. Die meisten schlafen noch. Ich bin hier so ziemlich die Einzige, die derart früh schon unterwegs ist.« Damit drehte sie sich um und verließ ihn.

Zuerst suchte Yuro nach einem Waschbecken, in dem er seine Gewänder reinigen konnte. Das dauerte eine Weile, aber schließlich fand er das Gewünschte in einer abgetrennten Abteilung, die unverkennbar eine Waschküche war.

Er ließ warmes Wasser in das Becken rinnen, gab Seifenflocken hinzu, entkleidete sich, weichte alles in der trüben Lauge ein, walkte es kräftig durch, rieb hier und da mit der Fleckenbürste über hartnäckigere Verschmutzungen. Dann spülte er die Laugenrückstände mehrmals aus, bis das Wasser klar blieb. Anschließend wrang er seine Kleidung aus und hängte sie auf eine der Leinen, die in einem gut gelüfteten Nebenraum gespannt waren. Erst danach nahm er seine eigene Körperpflege in Angriff.

Er genoss die Strahlen der Dusche, deren wahlweise kaltes, warmes oder heißes Wasser über seinen Leib lief. Der nach Nelken und Honig duftende Extrakt, der in einem Porzellanschälchen vor dem Eingang der Kabine auf einem hölzernen Tischchen stand, war eine Wohltat auf der Haut. Er bildete feinporigen Schaum und übte eine belebende Wirkung aus. Derartiger Luxus war ihm lange nicht vergönnt gewesen. So verbrachte er, ganz gegen seine sonstige Gewohnheit, doch ein wenig mehr Zeit unter dem angenehmen Wasserstrahl, als notwendig gewesen wäre.

Schließlich drehte er das Wasser ab und griff nach dem Handtuch, das ebenfalls auf dem Tischchen gelegen hatte. Dabei gewahrte er eine Hose und ein Oberteil in ähnlichem Stil, wie er sie bei seiner Ankunft getragen hatte. Er frottierte sich kräftig ab, nahm sich die Kleider und legte sie an. Beides war ein bisschen zu weit für seine schmale Statur, aber in der Länge passten sie gut, und so behalf er sich vorerst mit einem

Stück Seil, dass er sich um die Hüften schlang, um die Beinkleider nicht zu verlieren.

Als er wieder ins Sonnenlicht hinaustrat vernahm er ein leises Kichern. Suchend blickte er um sich. Einige Kinder standen im Schatten einer Hausecke und sahen neugierig zu ihm hinüber. Anscheinend gab es nicht allzu oft Besuch hier oben, denn offensichtlich wussten sie nicht so recht, wie sie sich ihm gegenüber verhalten sollten.

»Seine Haare sehen aus wie ein Vogelnest«, wisperte eine helle Stimme. Wieder Gekicher. »Ob es da, wo er herkommt, keine Bürsten gibt?«

»Vielleicht kämmen sie sich dort mit den Fingern«, mutmaßte eine zweite Stimme.

Amüsiert lauschte Yuro der leisen Unterhaltung. Er konnte ihre Überlegungen durchaus nachvollziehen. Mangels entsprechender Utensilien sah er wohl tatsächlich wie ein entlaufener Wischmob aus. Langsam, um die Kinder nicht zu erschrecken, schritt er auf diese zu.

»Hallo«, begrüßte er die kleine Schar und ging in die Knie. »Ich bin Yuro.«

Einige erröteten.

»Ihr habt bestimmt recht wenn ihr sagt, dass meine Haare unordentlich aussehen, aber vielleicht hat ja einer von euch einen Kamm, dann könnte ich dem Gewuschel zuleibe rücken und wieder einen anständigen Menschen aus mir machen.«

»Mama hat sowas«, krähte ein etwa fünfjähriger Junge und spurtete davon. Die anderen sahen schüchtern zu Boden und verstummten.

»Ich beiße nicht«, versuchte Yuro, sie aus der Reserve zu locken.

»Wo kommst du her?«, wagte ein Junge eine erste schüchterne Frage.

»Von ›unten‹ ist glaube ich die am besten zutreffende Antwort.«

»Warum bist hier? Gehörst du auch zu unserer Kaste?«

»Nein, aber ich möchte mich gerne mit Garibalan unterhalten.«

»Der ist aber nicht da«, informierte ihn ein schwarzhaariges Mädchen.

»Das hat Jannis mir schon gesagt. Sie hat mich eingeladen, hier zu bleiben und auf ihn zu warten.« Der Junge, der wegen des Kammes davongelaufen war, kam zurück, an seiner Hand eine Frau, die wohl etwa dreißig Jahre zählen mochte.

»Oh, ja«, meinte sie, als sie Yuro vor den Kindern knien sah, »er braucht in der Tat etwas, womit er seine Mähne zähmen kann. Darf ich?«, fragte sie freundlich und zog eine Bürste aus einer Tasche ihres Obergewandes.

Yuro nickte und blieb der Einfachheit halber in der Hocke. Als die Borsten seine Kopfhaut berührten, durchrann ihn ein Gefühl der Geborgenheit, der Wärme, der Zugehörigkeit, das er Ewigkeiten lang nicht mehr gespürt hatte. Wie oft hatte Lynnja seine Haare gekämmt, als er noch ein kleines Kind gewesen war? Sie hatte ihn auf ihrem Schoß sitzen lassen, ihn gewiegt, gestreichelt – ihm all die Zuneigung, Aufmerksamkeit, ja, Liebe zukommen lassen, die er aufgrund des frühen Todes seiner Eltern ansonsten nie erfahren hätte. Strich für Strich versank er tiefer in der Erinnerung.

Die Frau bemerkte, wie Yuro in sich zusammensank, sein Geist sich zurückzog, er irgendwo anders war, aber nicht mehr dort, wo sein Körper sich gerade befand. Behutsam fuhr sie in ihrer Tätigkeit fort, selbst als seine Haare bereits vollständig entknotet waren und wie dunkle Kohlen im Sonnenlicht leuchteten. Sie spürte seine Sehnsucht, die Leere, derer er sich erst eben bewusst zu werden schien.

»Du bist einsam«, murmelte sie. »Eine getriebene Seele, stark, aber alleine.« Ihre Bewegungen wurden langsamer. Sie wollte ihn nicht abrupt aus seinen Erinnerungen reißen, aber er musste zurückkommen. Ihre Hand glitt zu seiner Wange, fuhr sachte darüber. »Du musst diesen Pfad verlassen, mein Sohn. Du bist hier, in Valon, in der Burg der Hüter, und hierher musst du zurückkehren.«

Yuro hörte die Worte, aber sie kamen aus weiter Ferne. Wann hatte jemand je so zu ihm gesprochen, so liebevoll, so ganz und gar ihm zugewandt?

»Geh nicht weg, Lynnja«, flüsterte er.

Noch einmal strich ihm die Frau zärtlich über die Stirn. »Wach auf, mein Junge.«

Allmählich kam wieder Leben in Yuros Körper, seine Haltung veränderte sich, er richtete sich auf, blinzelte, blickte verwirrt um sich.

»Willkommen in Valon«, begrüßte ihn die Frau, an deren Brust er gesunken war. »Du warst auf Erinnerungsreise, aber es ist schön, dich wieder bei uns zu haben.«

Die Kinder hatten die Szene mit großen Augen verfolgt, wagten jedoch nicht, Fragen zu stellen. Zu sehr hatte sich auch ihnen Yuros Innerstes mitgeteilt.

»Wir reden später darüber«, versicherte ihnen die Frau. »Jetzt sollten wir erst einmal alle etwas essen. Wie sonst können wir den anstrengenden Tag überstehen?«

»Frühstück«, jubelte das kleine schwarzhaarige Mädchen und rannte auf das ovale Gebäude zu. Die anderen stoben ihm hinterher, und Augenblicke später waren Yuro und die Frau alleine.

»Ich bin Denira«, stellte diese sich nun vor. »Ich wollte weder so tief in deine Privatsphäre eindringen noch dich in eine solche Verlegenheit bringen, aber du hast dich ganz und gar fallen lassen.«

»Ich war wieder ein Kind, jung und unbeschwert. Glücklich. Ich hatte fast vergessen, wie sich das anfühlt.«

»Deshalb also wolltest du es nicht loslassen, dieses wundervolle Gefühl. Du bist seit langem nicht mehr glücklich gewesen.«

»Ich glaube, man weiß nicht immer, wann man glücklich ist«, erwiderte Yuro nachdenklich. Diese Frau war ihm so nah, so vertraut.

»Wir liegen, was unsere empathische Wahrnehmung angeht, auf derselben Schwingungsebene«, klärte sie ihn auf.

»Das kommt nicht besonders häufig vor. Diese Verbindungen sind immer äußerst intensiv und tiefgreifend.«

›Ja‹, dachte Yuro, ›das sind sie‹, aber er konnte nicht greifen, worauf sich diese Zustimmung gründete.

Denira lächelte. »Wir sollten über etwas anderes reden, sonst versinken wir beide in trübsinniges Philosophieren. Du hast mir deinen Namen noch nicht genannt.«

»Yuro.«

»Dann komm, Yuro, sonst ist das Buffet geplündert, bevor wir auch nur einen einzigen Happen davon abbekommen haben.« Sie zog ihn mit sich in die Höhe, und wenig später betraten sie zusammen den großen Frühstücksraum, in dem sie schon sehnsüchtig erwartet wurden.

Als Yuro die vielen fröhlichen Leute sah, die lachend und redend beisammensaßen, verflüchtigte sich auch seine melancholische Stimmung. Denira zog ihn einfach mit sich, und schließlich fand er sich umringt von Männern und Frauen unterschiedlichen Alters an einem der großen Tische wieder, auf denen, ihren Unkenrufen zum Trotz, noch jede Menge leckere und nahrhafte Speisen standen. Tee und Säfte rundeten das Angebot ab.

Von irgendwoher winkte Jannis ihm zu und bedeutete ihm, sich ungeniert zu bedienen. Das musste man ihm nicht zweimal sagen. Offensichtlich übte keiner der Anwesenden Zurückhaltung, wenngleich sich jeder nur so viel nahm, wie er auch zu verspeisen in der Lage war. So langte auch er tüchtig zu, denn er hatte, da musste er Jannis zustimmen, wirklich gewaltigen Hunger.

»Du bist erkennbar noch in der Wachstumsphase«, frotzelte ein älterer Mann gutmütig, als Yuro sich seinen Teller ein drittes Mal volllud.

»In jeder Beziehung«, stimmte dieser ihm zu und grinste.

Denira, die genau in diesem Augenblick zu ihm sah, zuckte unwillkürlich zusammen. ›Du meine Güte‹, dachte sie, ›er ist wirklich fast noch ein Kind.‹ Dann korrigierte sie sich. ›Nein! Er ist ein ernster junger Mann, der eine schwere Bürde mit sich herumträgt, die ihm niemand abnehmen kann.‹

Als alle aufgegessen hatten erhob sich eine betagte Dame. Der Lärmpegel ebbte ab, aller Augen richteten sich auf sie. Nur wenig später hätte man eine Stecknadel fallen hören können. Sie summte einen leisen Ton, den alle aufgriffen, und als die Dame die Arme hob, stimmte die Gemeinschaft einen mehrstimmigen Gesang an. Es war eines der Lieder, die sie im Konvent ebenfalls gesungen hatten.

Yuro schloss die Augen. Getragen von der Melodie sang er inbrünstig und tiefbewegt mit. Auch dieses Stück endete mit einem Klang, der das Licht in seine Spektralfarben zerlegte und den Raum bunt aufleuchten ließ. Erst als der letzte Ton verwehte, verblasste auch der Regenbogen. Die Stille kehrte zurück.

Die alte Frau lächelte in die Runde. »Wir haben heute einen Gast in unseren Reihen«, verkündete sie. »Der junge Mann heißt Yuro. Er ist auf der Suche nach dem ›Buch des Schicksals‹ und wartet auf Garibalans Rückkehr. Besinnt euch auf die Bräuche der Gastfreundschaft und bemüht euch, ihm seinen Aufenthalt so angenehm wie möglich zu machen.«

Ein schelmisches Glitzern sprühte aus ihrem Blick, das einige mit Gelächter erwiderten. Damit war Yuro offiziell eingeführt, und die Versammlung löste sich auf.

Jannis drängte sich zu ihm durch. »Das ist Irun, unsere Älteste. Sie ist bereit, dir deine Fragen, soweit es in ihrer Macht liegt, zu beantworten. Sie war selbst lange Zeit unser Oberhaupt, hat ihre Position aber zur Wahl gestellt, als sie glaubte, ein Jüngerer sollte den Posten übernehmen. Sie erwartet dich in ihrem Zimmer. Wenn du möchtest, bringe ich dich zu ihr. Sie weiß, wie ungeduldig junge Leute meist sind.«

»Merkt man mir das so deutlich an?«, fragte Yuro betroffen.

»Nein, du verbirgst es hervorragend«, entgegnete sie ruhig, »aber auch sie ist ein starker Empath und stolz darauf, dass man sie kaum täuschen kann. Außerdem ist sie sehr interessiert daran, dich kennenzulernen. Sie sagt, du erinnertest sie an jemanden, und sie möchte herausfinden, ob sie mit ihrer Vermutung richtig liegt.«

»Das heißt wohl, ich kann mich dem Treffen nicht entziehen, wenn ich sie nicht kränken und ihren berechtigten Zorn heraufbeschwören will.«

»So ist es!«, bekundete Jannis, hakte sich bei ihm unter und geleitete ihn zum Burgfried, in dessen erstem Stockwerk Iruns Gemächer lagen.

DAS BUCH DES SCHICKSALS Noch bevor Jannis anklopfen konnte, forderte die tiefe Stimme der alten Frau Yuro zum Eintreten auf.

»Es ist besser, ich lasse dich mit ihr alleine«, sagte Jannis, nickte Yuro noch einmal aufmunternd zu, wandte sich dann von ihm ab und verschwand.

»Komm näher«, lud Irun ihn ein.

Yuro tat ihr den Gefallen.

»Ja«, meinte sie, nachdem sie ihn eingehend gemustert hatte, »du musst Elorins Sohn sein. Du hast dieselben unergründlichen Smaragdaugen wie sie. Es ist lange her, dass wir einander begegneten. Sie wollte der Feste einen Besuch abstatten, aber sie ist nie gekommen.«

»Sie wurde ermordet, bevor sie sich auf den Weg machen konnte«, erwiderte Yuro. »Und sie nahm all ihr Wissen mit in den Tod.«

Iruns Blick trübte sich. »Verzeih, das habe ich nicht gewusst.«

»Ihr lebt in dieser Festung weitab von der ›wirklichen Welt‹«, sprach Yuro weiter. »Wie wollt ihr auch wissen, was dort vor sich geht?«

»Oh, wir sind keineswegs so abgeschnitten, wie du denkst. Die, die du heute angetroffen hast, sind längst nicht alle Mitglieder unserer Kaste. Viele von uns sind in dieser Welt unterwegs, um den Kontakt mit unserem Volk aufrechtzuerhalten. Du kannst doch nicht ernsthaft annehmen wir gingen davon aus, dass einzig wir von den unweigerlich auf uns zukommenden Auswirkungen ausgenommen blieben, wenn die Airin diesen Planeten ihrem Imperium einverleibten? Oh nein, mein Junge, auch wir tun, was in unserer Macht steht, um das zu verhindern. Mein Enkel Gari ist in einer ebensolchen Mission unterwegs. Aber seit der massiven Vernichtung der Abschriften sind wir sehr vorsichtig geworden. Du bist jedoch sicher nicht hier, um unseren Stammbaum zu studieren. Was möchtest du von uns oder von mir wissen?«

»Ich habe viel davon gehört, aber ich weiß noch immer nicht, was das ›Buch des Schicksals‹ eigentlich ist.«

Irun überlegte eine Weile, wie viel sie ihm eröffnen sollte. »Im Grunde genommen ist es der Kodex unserer Lebensphilosophie«, begann sie schließlich. »Ursprünglich muss die Idee in der Zeit des großen Umbruchs entstanden sein. Die Menschen waren verzweifelt. Sie waren zu Spielbällen der Naturgewalten geworden. Die meisten hatten all ihr Habe, viele ihre Familien, Freunde, Verwandten verloren. Nichts war mehr sicher. Jeder kämpfte um das nackte Überleben. Aus reiner Notwendigkeit heraus bildeten sich verschiedene Gruppen. Einer dieser Zusammenschlüsse müssen auch die Mutanten angehört haben, die aus den Experimenten des Urvolkes, dessen Ziel es war, den perfekten Menschen zu erschaffen, hervorgegangen waren. Sie waren Geschöpfe mit außerordentlichen geistigen sowie körperlichen Fähigkeiten, eine Elite, die unter absoluter Geheimhaltung gezüchtet worden war. Für sie muss es ein Martyrium ohne Gleichen gewesen sein, einzig als Zuchtobjekte, als Experimentiergrundlage betrachtet zu werden. Wahrscheinlich haben sie mit ansehen müssen, wie unendlich viele lebensunfähige Kreaturen die Manipulationen des Genoms mit sich brachten, und wie skrupellos diese entsorgt wurden. Aber auch unter den Wissenschaftlern, die sie betreuten, gab es wohl den einen oder anderen, der andere Werte und Maßstäbe anlegte, der die Entwicklung realistisch beurteilte, die Zeichen der Zeit erkannte. Einer dieser Andersdenkenden muss die Mutanten in die Freiheit entlassen haben, denn irgendwie sind sie aus dem geheimen Verschlusstrakt in die wirkliche Welt hinaus gelangt. Was genau damals geschehen ist, ging in den Fluten der Vergangenheit verloren. Aber diese Gruppe entwickelte die Grundidee. Es musste etwas sein, das Mut machte, Zusammenhalt schuf, Grenzen und Standesunterschiede einriss – etwas, womit sie alle erreichten und das das Überleben des Volkes von Innis möglich machte. Etwas, das ein vollkommen neues Weltbild einführte. So wurde der allererste Aufruf konzipiert und nach und nach das ›Buch des Schicksals‹. Es ist ein Gedankengebilde, in das Erkenntnisse und Einsichten, aber auch Visionen, Träume, Sehnsüchte hineingeschrieben sind. Seine ersten Texte sollten unserem Volk Halt, Hoffnung und Ziele geben. Anfangs gab es zwei unterschiedliche Fassungen. Eine, die sich gezielt an die Überlebenden der herrschenden Obrigkeiten richtete, deren bisheriges Verhalten anprangerte, die Schäden aufzeigte, die sie in ihrem Allmachtsrausch angerichtet hatten. Die zweite wandte sich an die Opfer dieser Despoten. Wahrscheinlich wurden beide durch eine Art hypnotischer oder suggestiver Übermittlung verbreitet. Aufgrund der Karten, die sich in ihrem Besitz befunden haben müssen, begaben sich die Mutanten auf die Reise, suchten nach anderen Gruppen von Überlebenden, sammelten Informationen, gaben sie weiter. Sie halfen beim Aufbau von Netzwerken, pflanzten sich fort. Das war kein Prozess weniger Tage, sondern er zog sich über Jahrzehnte, wenn nicht Jahrhunderte hin. Diese Entstehungsgeschichte ist weitgehend unbekannt, denn die Kaste der Hüter, die sich aus dieser Ursprungsgruppe entwickelte, gab das Wissen nur innerhalb ihrer eigenen Reihen weiter. Das ›Buch des Schicksals‹ wurde kontinuierlich erweitert und gilt noch heute als Leitfaden für die Weltanschauung der Inari. Es ist kein Geschichtsbuch, sondern eine Sammlung aus Erfahrungen, Beobachtungen, Forschungsergebnissen und Überlegungen, teilweise unterlegt mit Schlussfolgerungen und Ratschlägen. Jede Generation hatte und hat noch die Aufgabe, es zu ergänzen oder zu erweitern und die alten Texte den aktuellen Gegebenheiten entsprechend verständlich zu gestalten, ohne jedoch die Inhalte und festgeschriebenen Werte zu verändern. Einst gab es zig Tausende von Exemplaren, die alle mit dem Original auf eine wunderbare Weise verbunden waren. Es war eine der ausgefeiltesten Konstruktionen, die unseren Vorfahren je gelungen ist. Denn einzig das Original kann verändert werden, und nur die Hüter sind in der Lage, das zu bewerkstelligen. Die genialste Einrichtung an diesem Buch aber sind die leeren Seiten, die jedes Exemplar besitzt. Darauf können Anregungen und Vorschläge niedergeschrieben werden, die dann als Mitteilungen auf dem Original erscheinen. So waren die Hüter stets nah an den Gedanken und Gefühlen aller. Wenn eine oder mehrere dieser Anregungen von den Hütern für wert befunden wurden, Aufnahme in das Gesamtwerk zu finden, so wurden sie im Original verankert, und jedes vorhandene Stück ergänzte sich um den erweiterten Schriftsatz. Unzählige dieser Werke wurden in den kleinen und größeren Auseinandersetzungen mit den Airin inzwischen zerstört. Seit etwa einhundert Jahren hat es keine Hinzufügungen und keine neuen Auflagen mehr gegeben, weil es unterdessen nahezu unmöglich ist, die dafür unabdingbaren Verbindungen in der benötigten Stabilität aufzubauen. Zu viele Erschütterungen durchdringen das Raum-Zeit-Gefüge.«

»Aber könnte ich nicht … «, warf Yuro verhalten ein.

Irun schüttelte bedauernd den Kopf. »Ich kann dir das Original nicht geben. Es hat nie den Schutzkreis verlassen, und keinem, der nicht der Kaste der Hüter angehört, ist es erlaubt, diesen zu betreten. Ich könnte dir stundenlang aus dessen Inhalt zitieren, aber das würde dir nicht weiterhelfen. Folge deinem Herzen, Yuro, und du wirst die richtigen Entscheidungen treffen. Auch wenn dein Weg steinig und gepflastert mit Misserfolgen sein sollte: glaube an das, was du fühlst, und halte an deinem Ziel fest. Es ist nicht gut, wenn man etwas nur tut, weil andere es erwarten.«

Yuro hatte ihren Ausführungen aufmerksam gelauscht. Sie hatte ihm mehr gesagt, als sie möglicherweise selbst bemerkt hatte. Und ja, er würde an seinem Ziel festhalten. Höflich bedankte er sich bei der alten Dame, die ihn mit demselben Segen entließ, den auch Zelut gebraucht hatte.

Den Nachmittag verbrachte er mit den Kindern – eine willkommene Abwechslung zu den anstrengenden Tagen, die hinter ihm lagen. Am Abend saßen alle, die derzeit die Burg bewohnten, um ein hell flackerndes Feuer. Es wurde gegessen, getrunken, erzählt, gesungen und gelacht. Erst spät in der Nacht zogen sich auch die letzten zurück. Yuro fand Unterkunft in Deniras Gästezimmer.

Ein wenig später jedoch verließ er die kleine, aber gemütliche Stube wieder, als absolute Stille ihn auch des Schlafens der ausdauerndsten Sänger versicherte. Sein Instinkt leitete ihn, und nur mit ein wenig schlechtem Gewissen schlich er durch die Dunkelheit. Da man ihm die Kellerräume des Burgfrieds verwehrte, war es wohl einer von diesen, in dem er finden würde, was man ihm zwar höflich aber strikt vorzuenthalten trachtete. Eigentlich war es nicht seine Art, Verbote zu ignorieren und sich Zugang zu etwas zu verschaffen, wozu ihm jede Berechtigung fehlte. Hier jedoch, das fühlte er so deutlich, als müssten es alle anderen ebenfalls wahrnehmen, lag der Fall anders. Seine Intuition trieb ihn in eine Richtung, der er sich nicht widersetzen konnte. Wie ein Nebelschleier glitt er über den Hof, unbeirrbar auf den riesigen Wachturm zu. Die Tür war verschlossen, aber eher zum Schutz der Kinder denn um ernsthaft den Zutritt zu verwehren. Ein leiser Ton genügte, und er konnte sie mühelos aufziehen.

Die Finsternis war absolut, stellte für Yuro aber kein Hindernis dar. Zu oft hatte er zwischenzeitlich Licht hinein gebracht, als dass er hier unverrichteter Dinge wieder zur Umkehr gezwungen wäre. Im bläulichen Schein der ultravioletten Lumineszenz, die sich, ausschließlich für ihn sichtbar auf alles legte, schritt er die an den Innenmauern entlang führenden Rundtreppen hinab: ein Stockwerk, zwei Stockwerke, drei.

Hier war er richtig, obschon sich die Windungen in die Tiefe hinein fortsetzten. Ein gemauerter Torbogen, dessen Pforten mit filigranen Ornamenten verziert waren, erregte seine Aufmerksamkeit. Die schwere, polierte Tür erinnerte ihn an jene, durch die man in die Bibliothek des Klosters gelangte. Welcher Ton war nötig, sie zu entriegeln? Wie viele

Fehlversuche würde er sich erlauben können, ohne einen irgendwie gearteten Alarm auszulösen?

›Keinen‹, vermutete er, und Nervosität trat an die Stelle, wo bislang erzwungene Selbstsicherheit geherrscht hatte. So abgebrüht, wie er geglaubt hatte, war er wohl doch nicht. Nichtsdestotrotz musste er in den dahinter liegenden Raum gelangen, also war es an ihm, eine Lösung für das Problem zu finden. Er rief sich Iruns Stimmlage ins Gedächtnis zurück. Außerdem führte er seine Handflächen in nur wenigen Millimetern Höhe über die Türplatte, um die feinen Eigenschwingungen des Holzes zu erspüren. Auf ähnliche Weise fand er die Karu oder deren Höhlen, wenn er einmal darin gewesen war. Er orientierte sich an den Schwingungen.

Seine Geduld, und seine Sinne wurden auf eine harte Probe gestellt. Das Ausfiltern störender Einflüsse war eine Sisyphusarbeit. Erst nach achtzehn Anläufen war er sicher, die richtige Frequenz isoliert zu haben. Es war die, die der Stimme der Hüterin und der Eigenschwingung des Holzes gemeinsam war. Jetzt musste nur er noch genau diesen Ton treffen. Hochkonzentriert ließ er ihn in seinem Inneren entstehen, öffnete die Lippen, erlaubte den Stimmbändern, ihn mit größtmöglicher Genauigkeit erklingen zu lassen. Voller Spannung erwartete er das Resultat seiner Bemühungen. Wie von Geisterhand bewegt, glitt die Holzplatte zu Seite. Der Durchgang war frei!

Mit weit geöffneten Augen sah Yuro in einen kugelförmigen Raum hinein. In dessen Mitte schwebte, umgeben von einem glitzernden Klanggewebe, das Original des Buches des Schicksals.

Er wagte nicht, auch nur einen Schritt in diesen Saal hinein zu setzen. Eine falsche Bewegung, ein unpassender Ton und seine Chance, das Buch jemals in seine Hände zu bekommen, war unwiederbringlich vertan. So verharrte er reglos in der Türöffnung. Vergeblich bemühte er sich, die in- und auseinander fließenden Lichter unterschiedlichster Farben einem Schema zuzuordnen, eine sich wiederholende Reihenfolge zu entdecken. Auch das Klanggebilde schien ein willkürlich zusammengeworfenes Tonwirrwarr sich überlagernder Laute zu sein. Unmöglich, diese Sicherheitsvorkehrung würde er nicht überlisten können. Aber er musste zu diesem Buch durchdringen.

Er wollte es weder entwenden noch beschädigen, sondern es einfach nur in seinen Händen halten, seine Seiten umblättern, ihm endlich das Geheimnis entlocken, warum Zelut und auch Lynnja in *ihm, Yuro,* den Retter des Planeten sahen. Tränen der Wut und der Verzweiflung stiegen in seine Augen. War er tatsächlich so weit gekommen, um jetzt festzustellen, dass er sein Unterfangen nicht zu Ende bringen konnte? Doch was hatte Irun gesagt? Er solle seinem Herzen folgen und an seinem Ziel festhalten. ›Ich darf nicht mit den Ohren hören und nicht mit den Augen sehen wollen. Ich muss die Entscheidung meinem Herzen überlassen.‹

Dazu musste er seinen Geist vollkommen leeren, jeden Gedanken freigeben, die Augen schließen, sich der Führung seines Unterbewusstseins überantworten. All das zu tun, hatten die Brüder im Stift ihn gelehrt. Nur, würde auch sein Astralkörper zu all dem in der Lage sein?

›Er ist so wirklich wie der aus Fleisch und Blut‹, sagte er sich, ›und wenn ich es nicht wenigstens versuche, werde ich es nie herausfinden!‹

Es war nicht leicht, die Anspannung niederzuringen. Niemals zuvor war es derart wichtig gewesen, gleich beim ersten Mal erfolgreich zu sein. Fast zwei Stunden lang kämpfte Yuro mit seinen immer wiederkehrenden Überlegungen, mit Bildern, die sein überreiztes Gehirn wie Filme über seine Netzhäute flimmern ließ, mit der immer stärker werdenden Angst vor dem Versagen. Die Zeit schritt unerbittlich voran, während er wie ein zu Eis erstarrter Wassertropfen auf der Schwelle stand. Kalter Schweiß und Lavaströme wechselten sich ab, schüttelten ihn, ließen ihn beben. Wo war die helfende Hand, die Stimme, die ihm Mut zusprach, ihn beruhigte, ihm Sicherheit bot? Hoffnungslosigkeit drohte ihn zu überwältigen, er war kurz davor aufzugeben, als sich ein sanfter Schimmer in die nachtschwarze Dunkelheit schob, mit der die Resignation seine Seele zu füllen begann.

Solus warf sich auf seinem Bett hin und her, murmelte unverständliche Worte. Sein Tonfall indessen war flehentlich. Dies geschah fast jede Nach, am Morgen hingegen wusste er davon nie etwas. Diesmal jedoch war irgendetwas anders. Ein Ruf, ebenso beschwörend wie sein eigener, trieb durch die Traumwelt auf ihn zu, erreichte ihn. Aber anstatt sein eigenes Ungemach zu verstärken, legte er sich wie Balsam auf seine wunde Seele. Endlich, endlich hatte er ihn gefunden!

Das goldene Lichtband, das Yuro schon einmal gerettet hatte, trieb auf ihn zu, legte sich auf seine Brust, drang in ihn ein, berührte sein Herz. Es war voller Kraft. Es leitete ihn, ohne ihn zu drängen, wies ihm den Weg, führte, ohne ihn jedoch zu gängeln. Nun endlich konnte er loslassen. Das Band nahm alle Drangsal von ihm, vermittelte Zuversicht und Geborgenheit.

In bedingungslosem Vertrauen überließ sich Yuro dessen Magie – und mit einem Mal vernahm er die Melodie, die den gesamten Raum erfüllte. Es war eine ruhige, getragene Weise, meditativ, fast mystisch. Ein Mantra.

Langsam schritt er in den Saal hinein. All seine Sinne nahmen die Tonfolgen auf, und noch während er sich weiterbewegte, vereinte sich seine Stimme mit den Klängen. Je näher er dem Mittelpunkt kam, desto leichter fühlte er sich. Unbändige Freude durchströmte ihn. Er war nicht allein! Das Licht war bei ihm! Sein Licht. Tausende winziger Entladungen prickelten über ihn hinweg. Seine Hände griffen nach vorn, und dann hielt er es in den Händen – das ›Buch des Schicksals‹!

Er wusste selbst nicht so recht, was er erwartet hatte. Etwas Großartiges? Eine Art Strafe dafür, dass er unberechtigterweise hier eingedrungen war und sich dieses Unikates bemächtigte? Eine Erleuchtung?

Das schier unbezwingbare Bedürfnis, sich dieses Schriftstück zu erschließen, schob sich über alle anderen Empfindungen. Yuro versuchte, es zu bezähmen um seinen zum zerreißen angespannten Sinnen die Möglichkeit zu geben, eine irgendwie geartete Warnung oder ein Schuldgefühl wahrzunehmen, das ihn zur Zurückhaltung mahnte – ergebnislos.

So schlug er, einen tiefen Atemzug nehmend, die erste Seite auf. Eine anklagende Stimme, mächtig wie Donnergrollen und doch so klar wie reinstes Quellwasser, schallte ihm entgegen: »*Ihr verantwortungslosen Willkürherrscher! Seht euch an, was ihr in eurer grenzenlosen Profitgier, eurem unstillbaren Machthunger und eurer vermessenen Selbstsucht angerichtet habt!*«

Es folgten Bilder, durchscheinend wie Hologramme. Sie zeigten dem Betrachter die einstige Schönheit unterschiedlichster Landschaften des Planeten und stellten dieser gleichzeitig auch den damals wohl aktuellen Zustand während der allumfassenden Katastrophe gegenüber. Glücklich zusammenlebende Familien wurden zu zerlumpten, ausgemergelten, einsamen Gestalten, deren Augen stumpf waren vor Leid. Blühende Städte wurden zu tiefen Kratern, wogende Felder zu verbrannter Erde. Rauschende Wälder wurden zu Feuersbrünsten, verwesende Kadaver zu einem allgegenwärtigen Anblick. Sintflutartige Regenfälle ertränkten ganze Regionen, Sturmfluten verwüsteten kilometerlange Küstenstränge. Dazwischen erschienen immer wieder Menschen, die um ihr Überleben kämpften.

Die Eindrücke brannten sich in Yuros Gedächtnis ein, so sehr er es auch zu verhindern wünschte. Er bebte, versuchte vergeblich das Buch zuzuklappen, sich den brutalen Eröffnungen zu entziehen. Tränen rannen aus seinen Augen, seine Eingeweide krampften sich in unaussprechlichen Schmerzen zusammen. Erbarmungslos blätterten seine Hände weiter, als gehörten sie nicht zu ihm, sondern führten ein fremdbestimmtes Eigenleben. Ewigkeiten vergingen, doch dann brachen die grausamen Dokumentationen ab, als wäre eine Lawine auf sie niedergegangen und hätte sie unter sich begraben.

Zitternd schöpfte Yuro neuen Atem. Die Verschnaufpause indessen war nur kurz. Einige Wimpernschläge später sprach eine weitere Stimme zu ihm. Sie war warm und sanft, aber auch ihr wohnte eine Kraft inne, die der ersten in nichts nachstand.

»Steht auf, Inari! Ihr seid das Volk von Innis! Seht nach vorn, nicht zurück! Die Vergangenheit ist nicht zu ändern! Aber ihr könnt aus den Fehlern, die gemacht wurden, lernen! Jammern und Klagen hilft niemandem weiter, sondern nur das Aufeinanderzugehen und gegenseitige Hilfe. Begrabt Hass, Wut, Standesdünkel und Vorurteile! Vergesst, was zwischen den einzelnen lag, denn nur gemeinschaftlich werdet ihr überleben! Es ist an der Zeit, anzunehmen, was geschehen ist, hinter sich zu lassen, was war, und unsere Welt mit neuen Werten und einer neuen Perspektive wieder aufzubauen!«

»Dies war der Aufruf«, erklärte eine weitere Stimme, *»der den Planeten überzog. Niemand konnte sagen, woher er kam, aber er schwebte über allem, erreichte jeden, gab Kraft, Mut, und Hoffnung.«*

Wieder waren Bilder beigefügt, die Yuro ebenfalls tief bewegten. Sie zeigten Zusammenschlüsse verstreut Umherirrender, gegenseitige Hilfe, Menschen, die teilten, sich umeinander kümmerten. Langsam aber stetig rangen sie dem Chaos kleine Teile ab und gaben dem Planeten Stück für Stück seine ursprüngliche Schönheit zurück.

Er verinnerlichte auch dies. Das, nicht mehr und nicht weniger, musste an die Airin weitergegeben werden, mit exakt derselben Intensität, mit der es soeben auf ihn eingewirkt hatte. Das musste ihnen die Augen öffnen! Erian hatte Recht gehabt: Man konnte sich diesem Buch nicht entziehen.

Behutsam erschloss er sich Seite für Seite. Es folgten unterschiedliche Texte, deren Datierung er die Zeit ihres Entstehens entnehmen konnte. Wie Irun es ihm bereits erklärt hatte, waren sie verschiedenster Inhalte, widmeten sich mannigfachen Thematiken. Manche beschrieben auch einfach nur Gefühle, offenbarten Träume und Sehnsüchte. Yuro las, und die Stimme, die er vernahm, erkannte er erst nach und nach als seine eigene.

»Einige unserer Wissenschaftler hatten davor gewarnt«, stand auf einer der ersten Seiten, *»aber der Großteil unseres Volkes wollte es nicht hören, nicht verstehen, den Realitätsgehalt der Warnungen nicht wahrhaben. Die Gier nach immer mehr Luxus, immer größeren Gewinnen, immer spektakuläreren Erfindungen und Errungenschaften trieb uns voran. Wir ignorierten die Konsequenzen, verlachten jene, die von den direkten Erfolgen in keiner Weise profitierten, sondern nur unter der Knute der damit verbundenen Zwänge und ungünstigen Auswirkungen litten. Ein kleiner Teil unserer Rasse wurde immer reicher, hob sich immer mehr vom Rest des diesen Planeten bewohnenden Volkes ab, entfernte sich sowohl emotional als auch rational von denen, für die sie eigentlich die Verantwortung trugen. Revolten waren nur ein Teil der Symptome. Auch der Planet selbst begann sich zu wehren – bis alles vom übergreifenden Chaos des Umbruchs niedergewälzt, hinweg geschwemmt und begraben wurde. Innis holte sich zurück, was die Inari ihm in ihrer Hybris entrissen hatten, lehrte die Überlebenden Eingeständnis und Demut. Was auch der Einzelne vorher gewesen war, es spielte keine Rolle mehr. Die Naturgewalten hatten die Armen im gleichen Maße getroffen wie die Reichen. Alle standen vor dem Nichts, denn selbst mit dem geretteten Geld konnte niemand mehr etwas kaufen. Es dauerte lange, bis Achtung und Respekt an die Stellen von Geringschätzung oder Verachtung traten, Miteinander das Gegeneinander ersetzte, Achtsamkeit erblühte, wo Ignoranz dominiert hatte. Ganz allmählich aber erfuhren Werte, die längst unter dem Einfluss des Egoismus ihren Stellenwert eingebüßt hatten, eine Renaissance. Die Erkenntnis, dass nur ein unvoreingenommenes Zusammenwirken von dauerhaftem Erfolg gekrönt sein würde, etablierte sich zögernd, aber nachhaltig. So brachte jeder seine Kenntnisse, seine Fähigkeiten ein, um das Überleben derer zu gewährleisten, die sich um ihn versammelt hatten. Auch dank der beständigen Motivation durch die Abschriften des Buches des Schicksals und die Unterstützung der Mutanten wurden die Inari ein Volk mit vollkommen neuen Maßstäben – und daraus resultierend mit völlig neuen Talenten und Fähigkeiten.«*

Das musste die Zusammenfassung eines Zeitraumes der ersten hundert Jahre sein, mutmaßte Yuro, aber die so einfach dargestellten Veränderungen waren gewiss ein Kraftakt sondergleichen gewesen. Immer tiefer drang er in die Inhalte des

Buches ein, gefesselt vom deren Wahrheitsgehalt. Es war kein sehr dicker Foliant, und so verging nicht allzu viel Zeit, bis er sich den letzten Seiten näherte.

Der Aufruf zum Durchhalten wurde stärker und dringender, Parallelen zu den Zeiten vor dem großen Umbruch immer offensichtlicher. Und trotz alledem, dieses Buch hielt den Funken der Hoffnung aufrecht, dass auch die Airin eines Tages begreifen würden, dass ihr Weg nicht der der Inari war.

»... *und einer wird kommen, der anders ist. Er wird unter euch leben und doch nicht zu euch gehören, denn er ist etwas Besonderes. Unaufhaltsam wird er das Gift zerstören, die alte Ordnung zu neuem Leben erwecken, Irrtümer offenlegen und vereinen, was zusammengehört. Die Dunkelheit ist sein Freund und das Licht sein Begleiter. Sein Weg führt durch die Schattenwelt. Er wird der Welt Augen und Ohren öffnen. Leise wird der Frieden kommen, die Kämpfe der Gegenwart werden unnötig werden.*« Gleichwohl wies es auch auf Gefahren hin: »*Hütet euch vor dem Gold! Es wurde ausgesät, um das Verderben zu bringen!*«

Mit dieser Warnung endeten die Mitteilungen unvermittelt, und Yuro tauchte aus den Sinneseindrücken des Geschriebenen auf, die ihn der wahren Welt entrückt hatten.

Endlich konnte er nachvollziehen, was Zelut und Lynnja meinten, wenn sie in ihm den Retter sahen. Auch mit nur wenig Fantasie konnte man den vorletzten Absatz auf ihn beziehen. Was der letzte jedoch meinte, blieb sogar ihm verborgen. Sorgsam klappte er das Buch wieder zu.

Obwohl diese Passagen auf andere ebenso zutreffen mochten wie auf ihn, würde er den einmal eingeschlagenen Pfad nicht wieder verlassen. Zu viel hatte er mitbekommen, um nicht die blanke Notwendigkeit einer Umstimmung der Airin zu erkennen, sollten die Inari nicht doch in naher Zukunft im Reich des Vergessens versinken.

Mit dem Vorsatz, alles in seiner Macht stehende zu tun, um das zu verhindern, legte er das Buch zurück, wandte ihm den Rücken zu. Erfüllt von Zuversicht sang er das Mantra, das den Durchgang öffnete und verließ das goldene Band noch immer in seinem Herzen spürend den runden Kellerraum, den vor ihm noch nie ein Fremder betreten hatte.

Beunruhigt stieg Corani im heraufziehenden Morgenlicht in Solus' Zimmer hinauf. Er hatte noch nie verschlafen, und so sehr sie ihm die Ruhe gönnte, so dringend wurde er bei den anfallenden Arbeiten gebraucht. Seine Züge wirkten so ruhig, so friedlich, fast, als lächelte er. Und nun musste sie ihn aus seinem Traum reißen. Sie beugte sich über ihn, um ihn sanft, aber nachdrücklich zu wecken. Sie mochte ihn, diesen jungen Mann. Seit er hier wohnte, war für sie vieles leichter geworden. Solus war ein ruhiger, zuverlässiger Arbeiter, der auch ihren Kindern viel Aufmerksamkeit schenkte.

Verschlafen blinzelte er sie an, und sein Lächeln vertiefte sich. »Ich werde immer für dich da sein«, murmelte er, aber sie wusste, dass er nicht mit ihr gesprochen hatte.

Auch Yuro schlief bis weit in den Tag hinein. Niemand störte ihn. Denira wiegelte alle Fragen nach seinem Verbleib ab. Nur Irun konnte sie den Zutritt zu seinem Zimmer nicht verwehren. Versonnen sah die alte Frau auf ihn nieder.

»Er ist stark und mutig«, sagte sie, und Denira war sich nicht sicher, ob sie zu sich selbst oder zu ihr sprach. »Auch hat er eine hervorragende Ausbildung genossen. Er könnte derjenige sein, den das ›Buch des Schicksals‹ ankündigt.«

»Aber er weiß nicht einmal, was darin steht«, wandte Denira vorsichtig ein.

»Oh, doch, er weiß es«, widersprach Irun.

Die Jüngere schüttelte sprachlos den Kopf. »Er hat das Original gelesen?«, fragte sie entgeistert.

»Ja«, bestätigte die Alte, »und das Buch hat es zugelassen. Er ist mehr als nur ein Savant. Er ist auch ein Hüter. Vielleicht ist er der Retter, den die letzte Seite ankündigt.«

VERBINDUNG Erst weit nach Mittag erwachte Yuro. Er war alleine. Niemand außer ihm schien sich noch in diesem Haus aufzuhalten. Irgendjemand hatte seine Kleidungsstücke von der Leine genommen und neben sein Bett gelegt. Auch ein Teller mit Obst, Käse, Brot, kaltem Braten sowie ein Krug Karu-Milch standen auf einem Schemel. Yuro streckte sich. Er hatte wunderbar geschlafen – jedenfalls, nachdem er aus dem Keller des Burgfrieds zurückgekehrt war. Ohne Hast kleidete er sich an, frühstückte in aller Ruhe und begab sich dann nach draußen. Still war es. Er vermisste das Lachen der Kinder, die ungezwungenen Gespräche, die Geräusche geschäftiger Betriebsamkeit. Das Kastell präsentierte sich verlassen, ausgestorben wie eine Gespensterburg.

»Sie sind auf den Feldern«, vernahm er auf einmal Iruns sonore Stimme in seinem Rücken. »Die Wolken kündigen einen Wetterumschwung an, aber die Frühernte an Misamis und Halavara muss eingebracht werden, wenn nicht der Regen die Mühe eines halben Jahres zunichtemachen soll. Da wird jede helfende Hand gebraucht.«

»Warum habt ihr mich nicht geweckt?«, wollte Yuro wissen. »Es wären zwei Hände mehr gewesen.«

Die alte Frau sah ihn liebevoll an und seufzte. »Ach weißt du, manchmal muss man abwägen zwischen dem was wichtig, und dem was richtig ist. Natürlich können wir jede Hilfe gebrauchen, aber du benötigst für das, was vor dir liegt, deine ganze Kraft. Du bist in der letzten Zeit viel zu oft an deine Grenzen gegangen, als dass wir das noch intensivieren wollen.«

War das ein versteckter Tadel? Was wusste Irun über die vergangene Nacht?

»Ich bin bis zu Garis Rückkehr seine Vertreterin«, sprach diese weiter, als hätte sie seine Gedanken vernommen. »Ich weiß, dass du dich vorletzte Nacht nicht so ganz an die Anweisung gehalten hast, die man dir angetragen hat. Andererseits aber hast du zweifelsfrei dein Bett nicht verlassen.«

Flammende Röte überzog Yuros Gesicht.

Irun lachte. »Es gibt Dinge, die so sind wie sie sind, ohne dass es dafür eine Erklärung gäbe«, fuhr sie lächelnd fort. »Das Buch wird blind, wenn jemand es anrührt, von dem es nicht angerührt werden will. Dich jedoch hat es sogar zu sich gerufen, denn du hast einen Weg hinter dir, den du gewiss nicht aus reiner Neugier auf dich genommen hast. Ich hoffe, du hast erhalten, was du ersehntest?«

»Es hat mich bestärkt, den Pfad, den ich eingeschlagen habe, weiterzugehen«, bestätigte Yuro vage.

Die alte Frau nickte. Umständlich griff sie in eine der tiefen Taschen ihres Gewandes. Als sie die Hand wieder daraus hervorholte, hielt sie in ihr eine silberne Kette, an der ein aufwendig gearbeitetes Amulett hing. Die gleichen Ornamente, die auch die Kellertür umrahmten, umschlossen einen blankpolierten Stein von derselben Farbe, wie seine Augen sie hatten.

»Nimm es«, bat sie ihn, »das Schmuckstück ist eine Brücke. Ich kann dir nicht sagen, wie du es benutzen musst, aber zu gegebener Zeit wirst du es wissen. Und nun geh zurück, Yuro. Vielleicht sehen wir uns wieder, vielleicht auch nicht, aber wir alle stehen hinter dir.«

»Ist es nicht unhöflich, eure Gemeinschaft so ohne Dank und Abschied zu verlassen?«, fragte Yuro.

»Ich werde das für dich übernehmen«, versicherte sie ihm.

»Und jetzt, komm. Wenn das Unwetter erst losbricht, sitzt du für lange Zeit hier fest. Du weißt doch sicherlich, dass Blitze alles unterbinden!«

Sie betraten eines der größeren Gebäude, und Irun führte ihn in ein Zimmer, das wie ein gemütlicher Gemeinschaftsraum aussah. Ein buntes Mosaik zierte den Boden, ein Mandala, dessen Einzelbilder sich um eine strahlende Sonne in dessen Mitte gruppierten – eine stilisierte Sternkarte.

»Moruk ist der Durchgang. Du wirst in Kurom herauskommen. Von dort kannst du das offene Transportnetz benutzen. Viel Glück, mein junger Freund.«

Behutsam legte Irun ihm die Kette um den Hals und danach die Hände auf seine Schultern. Ihre Blicke trafen sich.

»Geh in Frieden, Yuro«, murmelte sie.

»Friede auch mit Euch«, erwiderte Yuro, bevor das Portal ihn verschluckte.

Kurom war kein Dorf, nicht einmal ein Gehöft, sondern ein Platz, der augenscheinlich eine Art Kultstätte darstellte. Muster, die jedoch nur ein aufmerksamer Betrachter anhand der unterschiedlichen Bepflanzung des harten Bodens zu erkennen vermochte, umgaben einen hohen Baum, dessen Äste sich wie Locken nach unten ringelten. Es waren keine Büsche, Blumen oder Gräser, sondern Moose und Flechten verschiedener Strukturen, die dem Grund ein außergewöhnliches und doch vollkommen mit der Natur harmonisierendes Aussehen verliehen.

Yuro kannte diesen Ort. Er war vom Hayuma-Kloster aus in etwa zwei Stunden Fußmarsch zu erreichen und lag auf einer der Almen, auf denen die Karu in den warmen Jahreszeiten ästen. Hier hatte er die ersten zarten Kontakte zu den Tieren geknüpft.

An aufgabefreien Tagen hatte er oft mit Solus zusammen in den Astgabeln des Baumes gesessen, über die Wiesen geschaut und tiefschürfende Gespräche geführt. Von hier aus waren die Monde besonders schön anzusehen, und wenn alle drei in ihrer vollen Pracht am Firmament standen, verweilte Moruk exakt über dessen Krone.

Nie zuvor hatte er sich Gedanken darüber gemacht, dass dieser Ort etwas Außergewöhnliches sein sollte. Nicht einmal seinen Namen hatte er bis eben gewusst.

Es gab viele ähnlich geartete Stätten, besonders in der Nähe des Konvents – Plätze der Ruhe, der Harmonie, des Friedens und des stetigen Energieflusses – an denen man die Verbindung allen Lebens wie ein gigantisches Netz zu erspüren vermochte, wenn man die dafür notwendige Sensibilität besaß.

Auf Zeluts Gesicht war immer ein gutmütiges Lächeln erschienen, wenn Yuro ihm von seinen Wahrnehmungen berichtet hatte, und es war zunehmend trauriger geworden, seit er ihm erstmals von »Rissen« darin erzählt hatte. Mittlerweile hatte er so oft von »Störungen« reden hören, dass sich allmählich ein Zusammenhang herauskristallisierte.

Die Airin waren im Begriff, das natürliche Gefüge dieses Planeten und das all seiner Bewohner zu zerrütten, zu zerstören, wenn sie nicht aufgehalten wurden. Elorin hatte das erkannt – und war ermordet worden, bevor sie ihre Pläne hatte zu Ende bringen und ausführen können.

Das, was Yuros Bruder herausgefunden hatte, mahnte noch höhere Dringlichkeit an. Alles, was ihm inzwischen widerfahren war deutete darauf hin, dass er den Schlussstein legen, die gesamten Vorbereitungen zu einem Ende bringen sollte. Aber noch war er meilenweit von diesem Ziel entfernt. Zunächst musste er nach Ninimata zurück, sich mit seiner Schwester beraten – dann würde er weitersehen.

Der Himmel über ihm war schon deutlich dunkler geworden. Immer häufiger schoben sich schwere Wolken vor die Sonne, verschluckten das Licht, überzogen die saftigen Matten mit grauen Schatten. Viel Zeit zum Verweilen blieb ihm nicht mehr, wenn er nicht letztendlich hier festsitzen wollte. Abermals vertraute er sich dem Transportbahnnetz an.

Als er im Keller des Ninimata-Hofes auftauchte, hörte er das leise Prasseln der Regentropfen, die unablässig aus den tiefhängenden Wolken hervorquollen. Im Ofen neben ihm brannte ein wärmendes Feuer, denn obwohl er das Pfeifen des Windes vermisste, es also offensichtlich nicht stürmte, war die Temperatur um viele Grade gesunken.

Welche Tageszeit es gerade war, vermochte Yuro nicht zu sagen. Längere Reisen in den Transportbahnen setzten seine innere Uhr bisher noch jedes Mal außer Kraft.

Im Haus war es still, und als er nach oben ging stellte er fest, dass Finsternis den Hof umfing. Alle schliefen, er hingegen war aufgekratzt. Am liebsten hätte er jetzt sofort seine Schwester mit Fragen überschüttet, Pläne bezüglich des weiteren Vorgehens mit ihr diskutiert, einfach irgendwo weitergemacht. Dies jedoch war im Moment nicht möglich. Das musste er hinnehmen, auch wenn es ihm schwerfiel. Einerseits, weil Lynnja nicht hier war, andererseits, weil jeder Bewohner seine Nachtruhe verdient hatte und es eine Frechheit gewesen wäre, sie aus reinem Egoismus aus dieser heraus zu reißen. So setzte er sich in einen der Sessel, die um einen niedrigen Tisch im Gemeinschaftsraum des Gebäudes standen, lehnte sich zurück, schloss die Augen und überdachte noch einmal die Ereignisse der vergangenen Tage. Unbemerkt glitt auch er dabei in den Schlaf hinüber.

Wie es manchmal vorkam hielt der Regen nicht nur mehrere Tage, sondern nahezu drei Wochen lang an. Lynnja, die wohl davon ausging, dass ihr Bruder wesentlich länger benötigte, das herauszufinden, weswegen er den Hof verlassen hatte, meldete sich in der gesamten Phase nicht ein einziges Mal. Somit blieben Yuro nicht allzu viele Alternativen, als hier auf sie zu warten.

Da die Bewohner des Ninimata-Hofes ebenso wie die Hüter oben in den Bergen die Anzeichen des sich ankündigenden Wetterumschwungs sehr wohl zu deuten gewusst und die Früherernte eingebracht hatten, gab es, wenngleich auf beengtem Raum, doch reichlich zu tun. Die Kolben des Misamis mussten entkernt und die Körner des Halavara ausgesiebt werden. Die übrigbleibenden Rispen wurden klein gehäckselt, getrocknet und in großen Säcken als Tierfutter für die Winterzeit eingelagert. Ein Teil der Misamis-Früchte wurde als neues Saatmaterial zur Seite gelegt, ein weiterer ebenfalls als Vorrat gelagert.

Da sich die Früchte am besten kühl und dunkel aufbewahren ließen, trugen die Männer sie in großen Kisten hinab in den Keller, wo der Raum unter der Küche ein riesiges Lager für allerlei Lebensmittel darstellte. Yuro half, wo immer er sich einbringen konnte und lernte in dieser Zeit sowohl alle Mitbewohner als auch die örtlichen Gegebenheiten kennen. Glücklicherweise schien das nasse Wetter auch den Graugewandeten die Lust genommen zu haben, die Liegenschaften in der gewohnten Häufigkeit aufzusuchen. So blieben sie während dieser drei Wochen vollkommen unbehelligt.

Als sich die Wolken allmählich zu lichten begannen, die Sonnenstrahlen die Erde zum Dampfen brachten und drückende Schwüle einem nahezu den Atem nahm, kehrte auch Lynnja zurück. Ihre Reise hatte sie weiter geführt, als ursprünglich geplant. Des Weiteren hatte sie bereits Absprachen und Vorkehrungen getroffen, über die Yuro sich sehr freute, denn es ersparte ihm einiges von dem, was auch er selbst in Angriff zu nehmen beabsichtigte.

OFFENBARUNGEN Es war nur eine Frage der Zeit, das wussten alle, die auf dem Pagilari-Hof lebten. Die Grauen würden wiederkommen und wie jedes Mal alles in dem Glauben durchsuchen, etwas zu entdecken, das ihnen bisher entgangen war. So machte sich auch keiner die Mühe, irgendetwas in Sicherheit zu bringen, als diese wenige Tage nach dem großen Regen abermals auftauchten. Nur die Kinder wurden zusammengerufen und angewiesen, die Küche aufzusuchen. Solus begleitete sie. Er trug Kaya, Sima und Torino nahmen einander an den Händen. Die anderen taten es ihnen nach. Corani folgte der kleinen Truppe mit der ihr eigenen Ruhe und Selbstsicherheit.

Die Männer unterbrachen ihre Arbeiten nur für einen kurzen Augenblick. Auch die anderen Frauen ließen sich nicht durch die ungebetenen Gäste stören. Die Erfahrung hatte sie gelehrt, dass selbst die Graugewandeten gewaltfrei vorgingen, wenn man sie nicht reizte – und wenn sie eigentlich genau wussten, dass man ihnen nichts verheimlichte.

Auch diesmal fing alles relativ harmlos an, bis Galikom mit dreien seiner Männer die Küche stürmte und sofort bemerkte, dass unter den Kindern jemand saß, den er hier und auch sonst, noch nie zu Gesicht bekommen hatte. Solus' dunkelrote Haare, die wie Kupfer im Sonnenuntergang leuchteten, stachen unter den Blondschöpfen, die diese Schar dominierten, hervor wie ein schwarzes Scharino unter lauter weißen.

»Du«, sagte er mit gefährlich leiser Stimme, »komm doch mal hier nach vorne.«

Corani erschrak. Das bedeutete Ärger, soviel erkannte sie sofort. Auch Solus entging die Anspannung nicht, die sich unter ihnen ausbreitete, kaum dass sie seiner ansichtig geworden waren. Mit geübten Griffen schnappten sich zwei der Männer seine Arme und drehten sie ihm auf den Rücken. Mit grimmigen Mienen und einem des brutalen Vorwärtszerrens wegen stolpernden Solus verließen sie die Küche.

Draußen begann ein regelrechtes Verhör, dem nach und nach alle Männer Galikoms hinzutraten. Da Solus' Antworten offensichtlich nicht dem entsprachen, was die Graugewandeten hören wollten, waren Schläge das Mittel, ihn doch noch zu den gewünschten Aussagen zu bewegen.

Oman war einer der letzten, der sich der Inquisition hinzugesellte, jedoch erregten bereits die weithin leuchtenden Haare des Verdächtigen seine Aufmerksamkeit. Er trat näher.

Der unter den Gewaltanwendungen bereits Zusammengesackte richtete sich mühsam ein wenig auf, als Omans Schatten auf ihn fiel. Er hob den Kopf, fixierte den Neuankömmling in stummer Erwartung. Ihre Blicke bohrten sich ineinander. Oman verschlug es die Sprache. Die Augen seines Gegenübers flackerten, einen Augenblick nur, als durchführe ihn ein Schmerz, der nichts mit den überstandenen Misshandlungen zu tun hatte. Oman hielt seinem Blick stand, starrte ihn an, bis ihm schwindlig wurde und er sich abwenden musste. In diesem Moment sank der Rothaarige, offensichtlich bewusstlos, in sich zusammen. Die Männer ließen ihn auf der noch immer feuchten Erde liegen. Lachend und derbe Scherze reißend verließen sie das Gut.

Nein, dieser Kerl war nicht, wonach sie suchten. Aber eine Art Exempel zu statuieren, was auf sie zukäme, wenn sie die gesuchte Person vor ihnen zu verbergen versuchten, war gewiss eine Möglichkeit, sie von dieser Art der Solidarität abzubringen.

Als der letzte der Gruppe das Grundstück verlassen hatte, eilten die bisher untätig Herumstehenden Solus zu Hilfe. Vorsichtig hoben sie ihn auf, trugen ihn in das Zimmer unter dem Dach, das er seit seinem Eintreffen bewohnte, entkleideten ihn, versorgten seine Wunden. Die kleine Kaya, die ihn besonders liebgewonnen hatte, streichelte in kindlichem Mitleid seine Hand. Corani ließ sie gewähren.
Solus stöhnte leise. Die Grauen hatten ihn ordentlich zusammengeschlagen. Ob er Knochenbrüche oder innere Verletzungen davongetragen hatte, war jedoch ohne eine Tiefenheilerin nicht eindeutig auszumachen. Offensichtlich hatte er Schmerzen nach den überstandenen Torturen. Immer wieder fuhren Solus' Hände an seine Schläfen, in seinen Nacken. Bei jedem Atemzug zuckte er zusammen. Unruhig warf er seinen Kopf hin und her. Etwa eine halbe Stunde lang verhielt er sich so, bevor er unvermittelt, wie abgeschaltet, damit aufhörte und vollkommen reglos dalag.

Auch Oman litt Tantalusqualen. Diese jedoch waren von vollkommen anderer Art als die Solus'. Die Ungewissheit fraß ihn fast auf. Immer wieder stellte er sich dieselben Fragen: Hatte er sich getäuscht? Hatte seine Wahrnehmung ihm einen Streich gespielt? Oder war dieser junge Mann, dessen goldene Augen ihn festgehalten, nahezu hypnotisch gebannt hatten, tatsächlich das, was er schon nicht mehr zu hoffen gewagt hatte? Konnte es sein, dass wirklich und wahrhaftig eines der Kinder überlebt hatte? Dass einer der Datensammler allen Ernstes der Aufgabe, für die er gezüchtet wurde, nachging?
Es musste so sein!
Omans Stimmung schlug um in mühsam unterdrückte Euphorie. Das Alter stimmte, soweit er das beurteilen konnte, und irgendwie hatte er auch das Gefühl, dass ihn und diesen Jungen etwas verband, dessen sich dieser lediglich unterschwellig bewusst war.
Nur, der Mikrochip war noch blockiert. Er musste unbedingt die Frequenz herausbekommen, mit der er aktiviert werden konnte. Welch eine Datenmenge würde er über-

mitteln nach einer so langen Zeit? Oman musste ins Hauptquartier zurück, die geheimen Unterlagen einsehen, das Projekt reaktivieren. Er zitterte vor Aufregung. Diese Niederlage, dieser Misserfolg, der seinen Ruf nahezu zerstört, ihn in einen Abgrund sondergleichen gestürzt hatte, versprach, sich nach mehr als zehn Jahren doch noch zu einem Erfolg zu entwickeln. Aber er musste vorsichtig sein. Alle Abteilungen des geheimen Außendienstes mussten instruiert werden, diesem Wunderknaben nicht zu nah auf die Pelle zu rücken. Andererseits durfte er, wenn er in Widerstandsnestern angetroffen wurde, auch nicht mit Samthandschuhen angefasst werden, denn ansonsten bestand die Gefahr, dass sein Status entdeckt würde. Dies jedoch musste auf jeden Fall vermieden werden. Und wenn Oman erst den Imperiumsorden Ersten Grades an das Revers geheftet bekäme, weil sie dank dieses Datensammlers endlich den durchschlagenden Erfolg verbuchen konnten, der ihnen seit Jahrhunderten verwehrt blieb ... man würde ihn feiern! Auf allen Planeten würde man seinen Namen kennen, ihn mit vor Ehrfurcht gesenkter Stimme aussprechen.

Seelig in solcherlei Tagträumen schwelgend ritt er mit Galikoms Gruppe ihrem operativen Stützpunkt entgegen, voller Vorfreude auf die Entwicklung, die seine Laufbahn nähme, wenn er nur erst nach Majakosch zurückkäme.

Kaya begann zu weinen. Sima, die neben ihr auf einer Decke am Boden saß, riss schreckensstarr die Augen auf.

»Er verblutet!«, schrie sie, und ihr Aufschrei durchdrang das ganze Haus.

Corani kam die Treppe hinaufgehetzt. Mit flackerndem Blick sah sie ihre ältere Tochter an.

»Kaya«, stammelte Sima, »Kaya sieht es!«

»Wir brauchen Hilfe. So etwas kann nur eine Tiefenheilerin stoppen. Aber der nächste Gedankentransmitter ist weit, und auch das Portal der Transportbahnen.« Verzweiflung schnürte ihr die Kehle zu.

»Ruf Kari und Djann«, flüsterte Sima.

»Was hast du vor?«, fragte Corani, die wusste, dass sie sich auf die Intuition ihrer Tochter verlassen konnte.

»Wir werden einen Hilferuf schicken! Nicht einer von uns, sondern wir alle zusammen. Vielleicht reicht unsere gemeinsame Kraft aus, dass irgendwer ihn hört.«

Mutter und Tochter stürmten die Treppe hinunter, hinaus in den Hof, und ihre Stimmen drangen bis in den letzten Winkel des Gutes. Kari und Djann, die auch Simas gedanklichen Ruf vernahmen, rannten auf die Zwölfjährige zu. Schnell hatte diese ihnen erklärt, was sie versuchen sollten.

»Du bist die stärkste Telepathin, ruf du!«, wies sie Kari an. Diese nickte. Die drei nahmen einander an den Händen, schlossen die Augen, konzentrierten sich auf die kleine, schwarzhaarige Frau. Sie fühlten, wie sie den Ruf formulierte – und ihn schließlich mit aller Macht ausstieß. Zweimal, dreimal wiederholten sie die Aktion, bevor ein hämmerndes Pochen ihre Schädel zum Vibrieren brachte und sie aufgeben mussten.

Der Schrei erreichte Eljon, der in den Transmittern von Ukan seinen Dienst versah. Aber er erreichte auch Ninimata – und Yuro. Dieser reagierte sofort.

»Lynnja, du musst mitkommen!«, sagte er und ergriff seine Schwester am Ellenbogen. Mit ihr im Schlepptau rannte er in den Keller hinunter, wo sich das Portal des Transportnetzes in einer Nische neben dem großen Ofen befand. Lynnja sah ihren Bruder fragend an.

»Nein, ich habe keine Legitimierung. Aber das spielt jetzt keine Rolle. Hast du nicht auch die Panik gespürt, die dem Ruf innewohnte? Es geht um jede Sekunde!«

Er zog sie an sich, betrat die Stelle, von der er wusste, dass sie ihn aufnehmen und weiterleiten würde, konzentrierte sich auf sein Ziel – und entstieg nur wenig später dem hinter einem Brunnen und Büschen verborgenen Ausgang.

»Wohin jetzt?«, keuchte Lynnja, die Yuro noch immer mit sich zog.

»Dort hinunter«, antwortete er und deutete auf eine Liegenschaft in der sich vor ihnen erstreckenden Talsenke.

Sie rannten gegen den auffrischenden Wind an, der sie mit aller Gewalt am Vorwärtskommen hindern zu wollen schien. Abgehetzt und verschwitzt erreichten sie das Tor. Ein junges Mädchen öffnete ihnen. Wortlos deutete es auf eines der Häuser. Yuros Geist wurde geflutet von einem Durcheinander unterschiedlichster Empfindungen – aber die einzige, die ihm wirklich etwas bedeutete, entglitt mehr und mehr ins Nichts.

»Schnell!«, trieb er Lynnja an. »Er stirbt!«

Sie stürzten die Treppe hinauf, hinein in Solus' Zimmer. Kayas Hand streichelte ununterbrochen die des reglos daliegenden jungen Mannes, während sie hilflos dem Bild in ihrem Kopf ausgeliefert war. Lynnja wollte sie zur Seite drängen.

»Lass sie!«, schnaubte Yuro. »Sie zeigt uns doch genau, wo wir ansetzen müssen.«

Seine Schwester nickte widerstrebend. Behutsam legte sie eine Hand auf die des Mädchens, die andere auf Solus' Leib. Yuro stellte sich neben sie, senkte eine Hand auf Kayas Schulter, eine auf die Lynnjas, die Solus' Bauchdecke abtastete. Sein Blickfeld veränderte sich, wie es das immer tat, wenn er sich *in* einen Körper versenkte. Er folgte Kayas Pfad bis zu der Stelle, an der sich rhythmisch pulsierend ein stetiger Blutstrom in Solus' Bauchraum ergoss. Eine der Schlagadern, die die inneren Organe versorgten, wies einen dünnen, aber langen Riss auf, durch den der rote Lebenssaft den Kreislauf des Organismus verließ. Das hatte er schon einmal gesehen, nicht an dieser Stelle, aber an anderen.

Damals hatte Haran vergeblich versucht, die Blutungen zu stoppen, die seine Adern in einen Wust poröser Schlingen verwandelt hatte, ausgelöst von mikroskopisch kleinen Schädlingen. Gemeinsam hatten sie gekämpft, repariert, die Schmarotzer eliminiert, Solus' Immunsystem neu aufgebaut.

Unendlich viele Hilfsnetze hatte er um brüchige Kapillaren gelegt, sie mit dem Gewebe verschweißt, und genau das tat er auch jetzt. Lynnja diffundierte die ausgetretene Flüssigkeit in den Verdauungstrakt, wo sie auf natürlichem Wege abgebaut und ausgeschieden werden konnte.

Zeit verlor an Bedeutung, einzig die Tätigkeit zählte. Solus' Herzschlag war schwach, setzte immer wieder aus. Nachdem sich Yuro vergewissert hatte, dass seine Nahtstelle hielt, ließ er sich mit dem Blutstrom treiben, bis er den Hauptversorgungsmuskel erreichte. Er stellte sich vor, wie frisches, sauerstoffreiches Blut aus den Lungenflügeln zu ihm hinströmte, ihn mit Lebensenergie und Kraft versorgte.

»Atme!«, beschwor er seinen Freund, und das Bild sich aufblähender Lungenbläschen schwebte vor seinem inneren Auge. Er merkte, wie seine eigenen Kräfte nachließen, aber er konnte noch nicht gehen.

»Es reicht, Yuro!« Behutsam und doch unnachgiebig geleitete Lynnja ihn in die Wirklichkeit zurück.

Mit butterweichen Knien fand er sich an Solus' Bett wieder. Dessen Brust hob und senkte sich gleichmäßig, und obwohl sein Gesicht noch bleich war wie ein Bettlaken, wirkten seine Züge doch entspannt.

»Schläft!«, murmelte Kaya.

Lynnja tätschelte sanft die nassen Wangen des Kindes. »Ja«, bestätigte sie, »er schläft jetzt. Er wird wieder gesund werden, und du hast ganz viel dazu beigetragen.«

Corani, die still an Kayas Seite gesessen und deren Hand gehalten hatte, sah mit einem tränenfeuchten Lächeln zu ihr auf.

»Danke«, hauchte sie erschöpft.

»Nicht mir musst du danken«, entgegnete Lynnja, »er hat den Löwenanteil geleistet. Wir hätten ihn verloren. Ich kann solche Wunden nicht verschließen.«

»Wir waren ein gutes Team«, widersprach Yuro, nachdem er sich auf die Bettkante hatte sinken lassen. »Ich werde hier bleiben, wenn ich darf. Wenigstens so lange, bis er wieder einigermaßen bei Kräften ist.«

»Das ist gefährlich!«, erinnerte ihn seine Schwester.

»Himmel noch mal, das weiß ich!«, schnappte Yuro. »Aber was glaubst du selbst? Werden die Grauen, nachdem sie gerade erst da waren, morgen gleich wieder hier alles auf den Kopf stellen? Noch können sie ›Geistarbeit‹ nicht orten. Allerdings – *du* solltest zurückkehren. Ich komme, sobald ich kann«, fuhr er ausweichend fort. »Nein, mehr wirst du nicht erfahren!«, erwiderte er auf ihren fragenden Blick hin. »Ich habe noch eine Aufgabe zu erledigen, und je weniger ihr darüber wisst, desto sicherer werdet ihr sein. Geh jetzt, Lynnja.«

Corani erhob sich, ihre mittlerweile schlafende Tochter in den Armen. »Ich begleite dich bis zum Portal«, bot sie an. »Es ist ein Weg, den ich abends oft gehe, wenn die Kinder im Bett sind und ich noch ein wenig Abstand brauche.«

Lynnja nickte. »Wer ist dieser junge Mann?«, erkundigte sie sich, nachdem Corani Kaya in ihr Bett gebracht hatte und sie endlich durch die Haustür nach draußen traten.

»Er heißt Solus. Viel mehr weiß ich nicht über ihn. Er wuchs im Hayuma-Konvent auf und hat Kaya an dem Tag, als er zu uns kam, das Leben gerettet. Er hilft uns, wo immer seine Hilfe gebraucht wird. Die Kinder lieben ihn, aber er wirkt irgendwie unglücklich, auch wenn ich nicht weiß, warum. Dieser Yuro, er ist ein Savant, nicht wahr? Und du bist Elorins Tochter.« Lynnja nickte abermals.

»Yuro ist mein Bruder. Wie es sich anmutet, kennt er Solus.«

»Den Eindruck hatte ich auch«, bestätigte Corani.

»Glaubst du, die Grauen suchen *ihn*?«

»Ich fürchte, ja. Sie waren schon einmal hinter ihm her.«

Mehr wollte sie darüber nicht sagen, und Corani drang nicht weiter in sie. Manchmal war es gut, wenn man nicht allzu viel wusste. So gingen die beiden Frauen schweigend nebeneinander her, bis sie den Brunnen erreicht hatten.

»Ich wünsche euch viel Glück«, verabschiedete sie sich von Lynnja und drückte deren Hand.

»Wir können es brauchen«, gab diese zurück und erwiderte den Händedruck. Dann trat sie auf das Portal, konzentrierte sich auf den Austrittspunkt – und verschwand.

In Gedanken versunken trat Corani den Rückweg an.

Yuro saß noch ganz so auf Solus' Bett wie zu dem Zeitpunkt, da Corani mit Lynnja und Kaya das Zimmer verlassen hatte. Er schlief ebenfalls. Corani legte eine weitere Decke um seine Schultern, löschte die einsam brennende Lampe, verließ den Raum wieder und schloss leise die Tür. Zwar war sie keine Telepathin, aber die Intimität, die diese Stube erfüllte, seit Yuro sie betreten hatte, teilte sich ihr so überdeutlich mit, dass sie sich wie ein Störenfried vorkam. Die beiden mussten weit mehr als flüchtige Bekannte sein.

Solus träumte. An dieser Schwelle hatte er schon einmal gestanden, leicht und unbeschwert. Alle Schmerzen hatten sich in Nichts aufgelöst, er fühlte sich frei und sorglos. Dann aber hatte Kaya zu weinen begonnen, und die kleine Hand hatte ihn festgehalten, ihn nicht gehen lassen. Er wollte nicht länger dableiben, wollte in das strahlende Licht schreiten, sich mit ihm vereinen.

Ein Ruf, so vertraut, so sehnsüchtig erwartet, hatte schließlich den Ausschlag gegeben. *Er* war gekommen! Er hatte ihn schon einmal ins Leben zurückgeholt, nein, nicht einmal, unzählige Male. Er war sein Leben. Für *ihn* hätte er alles aufgegeben, alles getan, für *ihn* würde er sterben, wenn es sein musste. Aber *er* beschwor ihn zu leben. War das ebenfalls ein Traum?

Vorsichtig, um ihn nicht zu vertreiben, öffnete Solus die Augen. Nein, es war kein Trugbild. Zusammengesunken, eine Hand auf seinem Brustkorb, die andere schlaff neben dem Körper herabhängend, saß Yuro auf der Kante seines Bettes, tiefe Ringe unter den Augen, das Haar noch von Schweiß verklebt. Zögernd näherte sich Solus' Rechte der seines Freundes, legte sich sachte darauf, umschloss die so vertrauten Finger.

Wie oft hatten ihre Hände kraftvoll ineinander gegriffen, sich gegenseitig gehalten, zusammen gearbeitet. Diese Berührung jedoch war etwas vollkommen anderes. Sie war sanft, zärtlich und voller Hingabe. Sie spiegelte all das wieder, was

Solus für Yuro empfand – was er ihm nie zeigen würde, wenn er wach und bei vollem Bewusstsein war.

Eine ganze Weile verharrte Solus, gab sich diesem wundervollen Gefühl der Geborgenheit, des Zusammengehörens hin. Dann öffnete er seine Hand wieder, hob sie an, legte sie neben seinen Körper zurück und glitt erneut in einen erholsamen, den Heilungsprozess beschleunigenden Schlaf.

ABSTAND UND NÄHE Yuro verharrte reglos irgendwo zwischen Schlafen und Wachen, wo alles ineinander fließt und die Grenzen von Traum und bewusster Wahrnehmung verwischen. Unter seiner Hand hob und senkte sich Solus' Brustkorb. Das Herz pulsierte zunehmend kräftiger und gleichmäßiger, die Starre der Verkrampfung wich, die Körpertemperatur näherte langsam aber stetig der normalen.

Sie hatten den Kampf gewonnen – *er* hatte gewonnen! Natürlich hatte er sich nicht an die Anweisung seiner Schwester gehalten, sondern weiterhin seine Kraft für Solus' Gesundung zur Verfügung gestellt, als diese zusammen mit Corani und Kaya den Raum verließ. Ob sein Freund diese intensive Verbindung ebenfalls gespürt hatte?

Auf einmal fühlte er Solus' Finger die seinen umschließen, behutsam, warm, voll inniger Zuneigung. Leidenschaft durchströmte ihn, Gefühle, die die zeitweilige Leere in ihm vollständig vertrieben, um sie nie wieder aufkommen zu lassen.

Als die Hand seines Freundes sich sachte wieder löste, blieb diese wundervolle Empfindung, und Yuro lächelte glücklich, als er ebenfalls in den Tiefschlaf zurücksank.

Corani brachte das Frühstück nach oben. Den Rest des vorherigen Tages hatten die beiden ebenso verschlafen wie die gesamte Nacht. Nun aber empfand sie es als an der Zeit, dass sie etwas zu sich nahmen, und dazu mussten sie, unabdingbar, wach sein. Solus war es bereits, als sie das Zimmer betrat, und auch Yuro bewegte sich. Die Ringe unter seinen

Augen waren fast schwarz, das Grün seiner Iris hingegen war klar und schimmerte. Er sah deutlich mitgenommen aus, wohingegen man Solus die Übergriffe der Graugewandeten nicht mehr ansah. Er wirkte frisch und gesund wie immer.

Als Corani den einzigen Stuhl des Zimmers herangeholt und das Tablett darauf abgestellt hatte, kniete sie sich vor dem Bett nieder. Solus richtete sich auf und umarmte sie. »Danke«, hauchte er ihr ins Ohr.

Corani blinzelte. »Was hätten wir sonst tun sollen?«, erwiderte sie, ihre Rührung überspielend. »Wir brauchen dich.«

Solus lachte leise. »So, und da habt ihr keinen anderen Ausweg gefunden als ausgerechnet den da hierher zu rufen?« Sein Blick richtete sich auf Yuro, der noch immer an derselben Stelle saß.

»Wir hatten nicht allzu viel Auswahl und mussten nehmen, was kam«, griff sie seinen Tonfall auf.

Yuro grinste. »Bitte, gern geschehen«, klinkte er sich in das Geplänkel ein, als hätte Solus sich auch bei ihm bereits bedankt.

Corani deutete auf das Tablett. »Langt zu. Ihr könnt es beide gebrauchen. Ich bin unten, falls ihr noch irgendetwas benötigt.«

Sie erhob sich, zog Yuro in die Höhe und umarmte auch diesen. »Iss ordentlich, du siehst aus wie ein Gespenst. Auch Savanten sollten darauf achten, dass sie bei Kräften bleiben«, flüsterte sie, bevor sie nachdrücklich auf das Serviertablett deutete. »Ich will keine Reste«, ermahnte sie die beiden, als sie sich an der Tür noch einmal nach ihnen umwandte.

»Na, du machst ja Sachen«, richtete Yuro das Wort an Solus.

»Dasselbe könnte ich auch zu dir sagen«, erwiderte dieser. »Corani hat kein bisschen untertrieben als sie sagte, du sähest wie ein Geist aus. Dir sind die Wochen ohne mich eindeutig nicht besonders gut bekommen.«

»Ach ja, viel erfolgreicher hast du dich ohne meine Anwesenheit auch nicht behauptet. Lässt dich fast totprügeln.«

»Flucht war nicht drin«, gestand Solus ernst werdend. »Wer weiß, sie hätten sich vielleicht an den Kindern vergriffen.«

»Diese Grauen sind unberechenbar, das habe ich selbst erlebt«, räumte Yuro ein. Dann jedoch schlang er seine Arme um ihn und seufzte: »Ich bin froh, dich wiedergefunden zu haben, Solus!«

Sein Freund erwiderte die Freudenbekundung nur verhalten. »Du hättest gleich nachkommen können, damals«, gab er zu bedenken, als Yuro ihn wieder freigegeben hatte.

»Du hast es mir freigestellt, und ich habe mich dagegen entschieden. Wir brauchten etwas Abstand.«

»Du hast mich davongejagt«, wandte Solus ein.

»Ich hab mich unter Druck gesetzt gefühlt!«

»Klar, dabei ging es doch immer nur um dich!«, konterte Solus.

Yuro verstummte. Jedes Wort, das er darauf erwiderte, würde den Riss zwischen ihnen nur wieder vergrößern. So griff er nur nach einer Scheibe Brot, bestrich sie mit Honig und reichte sie seinem Freund. »Lass uns nicht aufeinander losgehen wie zwei wildgewordene Orimu-Bullen«, lenkte er ein. »Hier, iss etwas, damit du wieder zu Kräften kommst.«

Solus grinste ihn an. »Du gehst immer noch in die Luft wie ein überhitzter Dampfkessel«, zog er Yuro auf.

»Du hast es darauf angelegt«, beschwerte sich dieser.

»Sicher«, bestätigte Solus, »ich musste doch rauskriegen, ob du zwischenzeitlich erwachsener geworden oder ob du noch derselbe aufbrausende Schnösel wie vor eineinhalb Monaten bist.«

»Und, was hat der Test ergeben?«

Solus verzog nachdenklich das Gesicht. »Ehrlich oder höflich?«, wollte er wissen.

»Es ist ja nicht so, dass ich mich selbst für jemand vollkommen anderen halte, als ich tatsächlich bin«, erklärte Yuro, »aber ich möchte schon gerne ehrlich wissen, was du über mich denkst.«

»Du scheinst in vielerlei Hinsicht gereift zu sein«, gab Solus sein Urteil ab, »und in anderen Bereichen bist du noch der gleiche unberechenbare Bursche, als der du mir in Erinnerung bist.«

»Viel undifferenzierter hättest du dich wahrlich nicht ausdrücken können«, brummte Yuro.

Wieder lachte sein Freund. »Was willst du, Yuro? Du hast mir das Leben gerettet. Ich steh in deiner Schuld. Du hast viel von deiner Kraft in mich hineinfließen lassen. Das hättest du gewiss nicht getan, wenn dir unsere Freundschaft vollkommen gleichgültig wäre. Soll ich jetzt sagen, ›scher dich zur Hölle‹?«

»Das nicht gerade, aber ein ›Danke‹ fände ich schon ganz angebracht.«

»Danke«, grunzte Solus und biss in das ihm von Yuro gereichte Brot. Eine Weile aßen sie schweigend, dann fragte Solus: »Was hast du jetzt vor? Wie geht es weiter? Wirst du hierbleiben?«

»Das kann ich nicht«, antwortete Yuro, »jedenfalls nicht länger als ein paar Tage. Ich habe eine Aufgabe zu erledigen, und sie duldet keinen allzu großen Aufschub.«

»Du hast also herausgefunden, was die Stimmen von dir wollten?«, hakte Solus nach.

Yuro nickte. »Das, und mehr. Wenn du willst, werde ich dir alles berichten. Du kannst anschließend selbst entscheiden, ob du dich mir wieder anschließen oder es lieber bleiben lassen möchtest.«

»Das klingt geheimnisvoll.«

»Teilweise ist es das. Manches ist etwas verworren und rational nicht nachvollziehbar, aber auf irgendeiner Wahrnehmungsebene hat es sich trotzdem zugetragen.«

»Damit erzählst du mir nichts Neues.«

»Ich weiß. Ich wollte nur von vornherein sicherstellen, dass du mich nicht für verrückt hältst, während du mir zuhörst.«

»Einen geistesgestörten Eindruck erweckst du, unserer bisherigen Kommunikation nach zu schließen, in meinen Augen nicht.«

»Keine Vorschusslorbeeren. Ich hab ja noch nicht einmal angefangen.«

»Du solltest auch erst mal aufessen, bevor du loslegst, sonst klappst du mir noch inmitten deiner Erzählung zusammen«, rügte Solus ihn gutmütig.
»Seh ich wirklich so schrecklich aus?«
»Ja, du siehst wirklich schrecklich aus!«

Als Corani abermals das Zimmer betreten wollte, um das Tablett wieder abzuholen, saßen die beiden einander gegenüber auf Solus' Bett. Yuro sprach, Solus hörte aufmerksam zu. Sie schienen ihre Anwesenheit gar nicht zu bemerken, und Corani war empfänglich genug für Stimmungen, um die Ernsthaftigkeit dieser Unterredung zu erkennen und die aufrichtige Zuneigung, die die jungen Männer verband, nicht durch irgendwas zu stören. Der zwischen ihnen stattfindende Austausch war wichtig. So drehte sie unverrichteter Dinge wieder um und ließ die beiden alleine.

Yuro fasste sich so kurz wie es möglich war, ohne bedeutsame Details außer Acht lassen zu müssen. Nur selten unterbrach Solus seinen Bericht, um irgendetwas zu hinterfragen oder eigene Anmerkungen einfließen zu lassen. Die Stunden vergingen unbemerkt. Erst als das Licht des Tages allmählich abnahm, die Schatten länger wurden und Düsternis Einzug in die Dachkammer hielt, wurde ihnen bewusst, dass sie seit dem Frühstück nichts anderes getan hatten als zu reden.

»Jetzt hast du mich tatsächlich so lange mit Beschlag belegt, dass ich nicht das kleinste Bisschen zur Unterhaltung dieses Hofes habe beisteuern können«, bemerkte Solus trocken. »Ist das die neuerdings übliche Methode, frisch Genesene von allzu zeitiger Wiederaufnahme ihrer Pflichten abzuhalten?«

Yuro zuckte mit den Schultern. »Wenn du das so sehen willst, steht es dir frei, das zu tun«, gab er ebenso zurück.

»Gib zu, du hast das gar nicht aus Sorge um mein Wohlergehen getan. *Du* wärst zu nichts anderem fähig gewesen!«, stichelte Solus.

»Beweis es«, erwiderte Yuro lakonisch.

»Komm mit runter zum Abendessen. Wenn du das schaffst, ohne zusammenzuklappen will ich dir zugestehen, dass du doch in erster Linie an mich gedacht hast«, spöttelte Solus weiterhin.

Leichtfüßig, wie er es gewohnt war, wollte Yuro aus dem Bett springen, aber so fit, wie er gedacht hatte, war er tatsächlich nicht.

Solus beobachtete ihn gespannt. Er war besorgter um seinen Freund, als er diesen sehen lassen wollte. Überhaupt diente die überaus provozierende Art, die er ihm gegenüber angeschlagen hatte, einzig dem Überspielen seines inneren Aufruhrs. Den hatte er zwar, seit er sich von Yuro getrennt hatte, einigermaßen unter Kontrolle bekommen, jedoch war er sofort wieder aufgeflackert, als er diesen an seinem Bett sitzen sah. Einerseits wollte er ihn an seiner Seite haben, andererseits wünschte er ihn weit weg. Der Kampf gegen diese widersprüchlichen Empfindungen rieb ihn auf, und er würde ihn, bei aller Erfahrung, die er darin inzwischen erworben hatte, auf Dauer nicht vor einem Savanten geheim halten können. Von dieser Seite betrachtet wäre es das Beste, er bliebe hier und ließe Yuro seine Mission alleine zu Ende bringen.

Yuro war es mit einiger Mühe doch gelungen, das Bett zu verlassen, und nun grinste er zu Solus hinunter, der noch immer an derselben Stelle saß und ihn anstarrte. »Willst du da Wurzeln schlagen, oder kommst du mit?«, flachste er und riss diesen damit aus seinen Gedanken.

»Nur mit der Ruhe«, forderte Solus, »ein alter Mann ist doch kein Rennkajola.« Geschmeidig schwang er seine Beine über die Bettkante.

»Wo sind deine Kleider?«, fragte Yuro. »Nur in Unterhose solltest du nicht durchs Haus wandern.«

Solus kramte in den Packtaschen, die in einer Ecke des Raumes standen, förderte eine Tunika sowie eine Hose zutage und kleidete sich an. Anschließend stieg er vor seinem Freund die Treppe hinab, dem von unten heraufziehenden, köstlichen Duft frisch gebackenen Brotes entgegen.

Als sie das Erdgeschoss erreichten, saßen alle Bewohner des Hofes schon dichtgedrängt am Tisch der großen Küche. Die Blicke der Kinder waren sehnsuchtsvoll in den Flur gerichtet, von dem die Treppe nach oben abging. Ob Solus zum Abendessen herunter käme? Und der andere, von dem Corani erzählt hatte, den nur Sima und Kaya gesehen hatten, war er noch da? Das Knarren der Dielen wurde lauter. Zwei Gestalten schälten sich aus dem Schatten. Eine davon war unverkennbar Solus – der andere ... ein Mann, vom ersten Eindruck her gleichaltrig ... oder doch jünger ... oder älter? Das Auffälligste an ihm waren seine grünen Augen, klar und doch unergründlich wie tiefe Bergseen. Er wirkte durchtrainiert und geschmeidig. Sein Gesicht hätte man als markant-hübsch bezeichnen können, im Moment allerdings war es von einem Grauschleier überzogen, und sein Gang war schleppend, als täten ihm alle Knochen weh.

Fast so war es tatsächlich. Solange er Solus gegenüber auf dessen Bett gesessen hatte, waren die Folgen der Kraftübertragung nur unerheblich zutage getreten. Das Bewältigen der Treppenstufen hatte jedoch seine volle Konzentration erfordert. Die Energie des Frühstücks war längst aufgebraucht, und er fühlte sich doch recht wackelig, als er hinter Solus her wankte.

Bereitwillig wurden ihnen zwei Plätze angeboten, und Yuro seufzte unterdrückt auf, als er wieder eine Sitzfläche unter seinem Gesäß spürte. Solus grüßte in die Runde und stellte seinen Retter kurz den anderen vor.

Kaya streckte ihm ihre Ärmchen entgegen und hörte nicht eher auf zu zappeln, bis Corani sie von ihrem Schoß herunter nahm und zu Solus hinüber reichte. Selig kuschelte sie sich an ihn. Yuro strich ihr sanft über die Wange, und sie lächelte auch ihn in kindlicher Unbefangenheit an.

»Hunger?«, fragte sie.

Yuro nickte.

»Das gut!«, sagte sie überzeugend und deutete mit ihrem Zeigefinger auf das duftende Brot. »Das auch und das und das ...«

Yuro lachte. »Gib mir von allem etwas, ja? Und Solus auch. Ich wette, er ist ebenso hungrig wie ich.«

Das Eis war gebrochen. Hier saß kein abgehobener Sonderling, sondern ein offenkundig junger Mann, der sich, wenn er lächelte, von anderen seines Alters kaum unterschied.

»Ihr kennt euch schon länger, nicht wahr?«, erkundigte sich Torino.

Solus nickte, aber Yuro antwortete: »Wir waren gemeinsam im Hayuma-Konvent. Er wollte mich unbedingt begleiten, als ich ihn verließ. Wir sind zusammen bis in den Wald von Dominyé gekommen, dann haben sich unsere Wege getrennt.«

»Habt ihr euch gestritten?«, wollte der Junge neugierig wissen.

Die beiden grinsten einander an.

»Ja«, sagte Solus »das haben wir. Er hat mich davongejagt, und so bin ich bei euch gelandet.«

»Warum bist du nicht nachgekommen?«, wandte sich Sima schüchtern an Yuro.

»Ich hab geschmollt«, feixte dieser. »Nein«, wurde er wieder ernst, »wir brauchten eine Auszeit voneinander. Weißt du, wenn man lange Zeit nur immer mit ein und derselben Person zusammen ist, kann es passieren, dass man anfängt, sich gegenseitig fürchterlich auf die Nerven zu gehen. Man streitet wegen Kleinigkeiten, regt sich über Eigenheiten des anderen auf, die einen vorher nie gestört haben. Wir haben uns aus den Augen verloren, aber es gibt andere Verbindungen, die nicht abgerissen sind. Wir sind Freunde geblieben. Wahrscheinlich wäre ich irgendwann aus freien Stücken hier aufgetaucht. So hat mich euer Hilferuf früher hierhergeführt.«

Yuro sprach dies alles mit einer solchen Selbstverständlichkeit aus, dass es Solus ganz warm im Innern wurde. Yuro versuchte nicht einmal, ihre Vergangenheit in irgendeiner Weise zu verheimlichen oder sich selbst in ein besseres Licht zu rücken, indem er Solus die Schuld zuwies. Dieser Junge konnte so entwaffnend offen sein. Nun wandten sich auch die Erwachsenen an ihn, und im Nu war eine Unterhaltung im Gange, die alle mit einbezog.

Nach dem Abendessen saßen sie noch lange im Gemeinschaftsraum zusammen. Yuro und Solus spielten mit Corani, ihrem Vater, ihren Brüdern Batis, Terik und Rorin sowie Any, ihrer ältesten Nichte, ein Würfelspiel, an dem sie viel Spaß hatten. Die ungezwungene, lockere Atmosphäre, das herzliche Lachen und die Gesellschaft taten Yuro gut. Man konnte fast zusehen, wie die Ringe unter seinen Augen verblassten, seine Haut, die verwelkt gewirkt hatte, wieder glatt und straff wurde.

Er und Solus konnten so furchtbar komisch sein, dass es einem den Atem verschlug. So hatte Corani Solus während der gesamten Zeit, die er hier verbracht hatte, nicht ein einziges Mal erlebt. Sie würde ihn schmerzlich vermissen, wenn er den Hof verließ. Die Monde standen bereits hoch am Himmel, als sich die Versammlung auflöste und die Bewohner des Gutes ihre Betten aufsuchten.

Zwei weitere Wochen gingen ins Land, ohne dass Lynnja ihren Bruder zurückbeorderte. Sie musste wohl doch einiges mehr zu organisieren gehabt haben, als sie ursprünglich geglaubt hatte. Yuro genoss seinen Aufenthalt hier ebenso wie er den auf Ninimata genossen hatte. Er half, wo Unterstützung benötigt wurde, ritt manchmal mit den Kindern, manchmal in Begleitung von Solus, Corani, Terik, Rorin, Batis, Kari, Djann oder Any, mit denen er sich ebenfalls anfreundete, durch die angrenzenden Felder und Wälder. Die Nächte verbrachte er auf einem Lager aus Decken in Solus' Dachkammer. Die geistige und körperliche Abwechslung waren eine Wohltat. Sie gaben ihm erstmals die Gelegenheit, weniger Savant und mehr ›Junge‹ zu sein, als das es je zuvor der Fall gewesen war. Gelegentlich sogar haderte er mit sich, ob er nicht einfach hierbleiben, den ganzen Widerstand, die Andeutungen des ›Buches des Schicksals‹, die bisherigen Erfahrungen und Erkenntnisse beiseiteschieben und die ihm zugeschriebene Aufgabe einem anderen überlassen sollte.

»Wirst du abtrünnig?«, zog ihn Solus am Ende eines langen, anstrengenden, aber durchaus befriedigenden Tages gutmütig auf, als Yuro sich mit dem Ausspruch »So könnte es immer bleiben«, auf sein Lager fallen ließ und genüsslich die Augen schloss.

Wie elektrisiert zuckte Yuro zusammen. Solus hatte ihn mit dieser harmlosen Frage an einer sehr empfindlichen Stelle getroffen. »Der Gedanke beschleicht mich hin und wieder«, räumte er schuldbewusst ein.

»Du gibst doch nicht etwa mir die Schuld an dieser Misere?«, hakte Solus nach.

»Nein, das kann ich gar nicht. Wenn überhaupt von Schuldzuweisung die Rede sein könnte, dann müsste ich sie ganz allein bei mir suchen, denn jeder ist für seine Entscheidungen selbst verantwortlich. Auch ich bin kein Übermensch, Solus. Ich habe die gleichen Wünsche und Sehnsüchte wie andere auch. Wie gerne würde ich die Verantwortung einfach abwerfen und weiterleben wie bisher. Aber dann drängt sich mir diese Vision auf: Unser Planet, überzogen von gepflasterten Straßen, riesigen Betonbauten, Kabeln und Rohren, die Luft geschwängert von Rauch und Dreck. Ich habe Bilder davon gesehen. Wenn die Airin tatsächlich das Ziel erreichen, das sie seit Jahrhunderten verfolgen, wird die Natur zugrunde gehen, und unsere Zivilisation wird sterben, ebenso wie unsere Werte. Bisher konnte das dank unermüdlichen Gegensteuerns verhindert werden, nun aber bewegen wir uns auf den Punkt zu, an dem das Gleichgewicht der Mächte zu kippen droht. Es wäre besser, es kippte zu unseren Gunsten. Auf lange Sicht könnte ich es mir nicht verzeihen, wenn ich das Wohlergehen unseres gesamten Volkes meinen privaten Vorlieben geopfert hätte.«

»Meine Güte, Kleiner, so tiefsinnig hab ich dich lang nicht mehr reden hören. Du wartest nur noch auf deine Schwester, und dann wirst du den einmal eingeschlagenen Weg fortsetzen, koste es, was es wolle. Sehe ich das richtig?«

Yuro nickte. »Ich hoffe, es kostet mich nicht deine Freundschaft«, murmelte er.

Solus hielt abwägend den Kopf schief. Nein, dass ihre Freundschaft Yuros Mission zum Opfer fiele, wollte auch er nicht. Er blickte seinem Freund tief in die Augen. Was er sah, erschreckte ihn. In seiner Seele war Yuro ein einsamer Streiter, der gegen eine unbändige Angst ankämpfte – die Angst vor der Vereinsamung. Dieser starke Junge, der in vielen Situationen eine solche Selbstsicherheit ausstrahlte, seine Kräfte und Fähigkeiten vollkommen natürlich zu nutzen und einzusetzen verstand, rang mit Furcht und Zweifeln, die niemand außer ihm je zu sehen bekam.

»Wenn du glaubst, dass du meine gelegentliche Kritik, meine Sticheleien und ab und zu einen Wutausbruch verschmerzen kannst, werde ich mich dir wieder anschließen«, brummte Solus.

»Wenn du dir sicher bist, dass du mich erträgst …«, gab Yuro leise zurück.

»Ich hab ja schon ein bisschen Übung. Außerdem bin ich ziemlich hart im Nehmen, und wenn du zu sehr abhebst, muss ich mir notfalls etwas einfallen lassen, dass dich auf den Boden der Tatsachen zurückholt.«

Yuro atmete auf. Obgleich Solus dies ziemlich flapsig von sich gegeben hatte, war es im Kern ernst und ehrlich gemeint. Es war seine freie Entscheidung! Wäre sie anders ausgefallen hätte er ihm ebenso deutlich zu verstehen gegeben, dass er nicht bereit war, an seiner Seite zu bleiben.

»Danke«, hauchte er inbrünstig, die Hände seines Freundes mit den seinen umschließend.

»Lass uns die Zeit, die uns hier noch bleibt, weiterhin genießen. Wenn Lynnja uns ruft, wird eine Menge Arbeit völlig anderer Art auf uns zukommen.«

WIEDER UNTERWEGS Der Tag des Abschieds kam, früher, als es ihnen lieb war. Wenngleich die Graugewandeten, seit sie Solus zusammenschlugen, den Hof nicht wieder besucht hatten, blieb doch die Furcht bei all seinen Bewohnern. Obwohl keiner die beiden gern gehen ließ, ging doch ein unverkennbares Aufatmen durch deren Reihen, als sie zusammen mit Lynnja durch das große Tor davonritten, nur drei Tage, nachdem Solus Yuro seine Entscheidung mitgeteilt hatte.

Corani hatte all ihre Kleider noch einmal gründlich gewaschen und sie mit reichlich Proviant für die nächsten Tage versorgt. Nicht nur ihr hatten Tränen in den Augen gestanden, als Solus und Yuro sich von allen verabschiedeten.

»Betet für unseren Erfolg«, bat Yuro. »Wir können jede Unterstützung brauchen, und Gedanken sind stark!«

Mit der entsprechenden Zusage und dem traditionellen Friedenswunsch hatte man sie entlassen. Yuros Schwester jedoch trennte sich bereits am Portal hinter dem Brunnen von den beiden.

»Ihr müsst nach Manjana«, informierte sie die Freunde, da offensichtlich war, dass Solus ihren Bruder begleiten würde. »Das ist einer der Vororte von Majakosch. Dort ist unser derzeit wichtigster Stützpunkt. Der oberste Projektleiter heißt Mel. Er und seine Leute betreiben eine Art Gasthof, in dem sowohl Durchreisende als auch Langzeitgäste Unterkunft finden können. Die Tarnung ist bisher nicht aufgeflogen. Wahrscheinlich, weil dieser Hof schon dort stand, bevor die Airin Majakosch zu ihrer Hauptstadt machten. Zwar gibt es eine Transportbahn direkt ins Hauptgebäude, aber das Netz ist dort mittlerweile so instabil, dass es quasi unbenutzbar ist. Darum müsst ihr die Reise auf herkömmliche Weise bewältigen. Die Gedankentransmitter werden euer Kommen für Anfang der Hitzeperiode ankündigen, also trödelt nicht. Mel wird euch offiziell als Gäste aufnehmen. Seine Gruppe ist mit der Situation vor Ort am besten vertraut, darum ist es müßig, euch hier alles zu erklären. Er wird euch mitteilen, wie weit die Vorbereitungen konkret gediehen sind und was genau eure Aufgaben sein werden, denn von seinem Stützpunkt aus wird der ›Große Schlag‹ starten.«

Sie umarmte ihren Bruder und drückte Solus fest die Hand.

»Lasst euch nicht von den Grauen erwischen«, beschwor sie die beiden, bevor sie das Portal betrat und verschwand.

Yuro sah ihr geistesabwesend hinterher.

»Von ihr geht dieselbe innere Spannung aus wie von dir«, sagte Solus, als sie ein Stück weiter geritten waren. Von der Kuppe des niedrigen Hügels aus wirkte der Pagilari-Hof schon wie eine Spielzeugfarm, die unschuldig inmitten unendlicher Felder lag.

Die Worte rissen Yuro aus seinen Gedanken. »Sie ist meine Schwester. Es muss wohl in der Familie liegen«, erwiderte er.

»Das meinte ich nicht. Es ist die Art, wie ihr euch eure Mission zu Herzen nehmt, dieses ›Ganz oder gar nicht‹, über das wir schon einmal gesprochen haben.«

Yuro nickte nachdenklich. »Ich glaube, es gibt auch unter den Widerständlern nicht allzu viele, die sich der kompletten Tragweite dessen bewusst sind, was auf die Inari zukommt, wenn die Airin sich durchsetzen. Wie können sie auch. Die ursprüngliche Fassung des ›Buches des Schicksals‹ ist nur in dessen Anfangszeiten zum Einsatz gekommen und seit Jahrtausenden gar nicht mehr. Der Konvent ist nahezu der einzige Ort, an dem es noch Unterlagen aus der Zeit vor dem Umbruch gibt. Und sogar diese sind unvollständig, selbst wenn man wie ich die Möglichkeit hat, auch die der Verborgenen Abteilung einsehen zu können. Es liegt zu viel Zeit dazwischen – und gnädiges Vergessen. Das ist gut, auch wenn es manches erschwert.«

»Du sprichst in Rätseln«, kommentierte Solus die Äußerungen seines Freundes.

»Das wollte ich nicht«, entschuldigte sich Yuro. »Mir gehen nur gerade ein paar Überlegungen durch den Kopf, die allerdings noch zu verworren und unausgegoren sind, als dass ich sie schon in Worte fassen könnte. Ich will auch keine Behauptungen in die Welt setzen, die sich nachher als falsch herausstellen. Ich brauche erst Beweise, die meine Schlussfolgerungen untermauern.«

»Ich muss mich also weiterhin mit bruchstückhaften Informationen zufriedengeben«, seufzte Solus.

»Nur so lange, bis ich sicher bin«, besänftigte ihn Yuro.

Mit einem schiefen Grinsen bekundete sein Freund Akzeptanz. Schweigend ritten sie weiter. Die gesamte Situation ähnelte ein wenig der ihres Aufbruchs aus dem Kloster. »Du weißt, wohin wir uns wenden müssen?«, fragte Solus nach einiger Zeit, während der sie stumm nebeneinander her geritten waren.

»An der Weggabelung, an der wir uns damals getrennt haben, müssen wir diesmal die entgegengesetzte Richtung einschlagen, uns also schräg nach links orientieren. Die Besiedlungsdichte wird zunehmen, wie Lynnja berichtete, je näher wir der Stadt kommen. Wir werden nicht umhin kommen, gelegentlich durch Dörfer und kleinere Städte zu reiten, wenn wir nicht Umwege von mehreren Tagen in Kauf nehmen wollen. Ich bin mir noch nicht sicher, wie wir uns in diesem Punkt entscheiden sollten. Keiner von uns ist besonders stadterfahren, und ich denke nicht, dass die uns bekannten Bergdörfer mit den dortigen Metropolen auch nur im Entferntesten zu vergleichen sind. Wahrscheinlich werden wir auffallen wie bunte Humidori in den Eiswüsten um Zaiun, wenn wir mit den Kajolas dort auftauchen.«

»Wenn du auf meinen Rat etwas gibst, würde ich vorschlagen, wir meiden die größeren Ansiedlungen, solange es sich irgendwie machen lässt. Notfalls müssen wir die Tiere auf einem der Grenzhöfe zurücklassen und uns den Verkehrsmitteln der Airin anvertrauen.«

»Wahrscheinlich ist das die beste Strategie«, stimmte Yuro seinem Freund zu. »Es gib noch etwas, das wir gleich zu Anfang unserer Reise festlegen sollten«, fuhr er wenig später fort. »Wie verhalten wir uns, wenn die Häscher auftauchen, und wir es nicht rechtzeitig genug bemerken, um uns vor ihnen in Sicherheit bringen zu können?«

»Lass mich darüber nachdenken«, bat Solus, und Yuro gewährte es ihm nickend. »Erinnerst du dich noch an die Worte, die du damals aufschnapptest, als sie dich deinen Geschwistern wegnahmen?«

»Wie kommst du jetzt ausgerechnet darauf?«

»Na ja, wenn sie dich erneut in ihre Gewalt bekommen, verkürzt das unsere Reise womöglich ganz erheblich«, sinnierte Solus.

»Da magst du richtig liegen«, gab Yuro zu, »aber wer weiß, mit welchen Methoden sie dann versuchen werden, mich an einer neuerlichen Flucht zu hindern. Wenn sie mir irgendwelche Drogen verabreichen, die meine Fähigkeiten blockieren, nutzen mir all meine Begabungen nichts. Um ehrlich zu sein, davor habe ich mehr Angst als vor dem Tod«, bekannte er.

»Dann bleibt uns also nur die Flucht«, konstatierte Solus.

»Ja«, bestätigte Yuro, »und wir sollten uns trennen. Einer alleine ist schwerer zu verfolgen als zwei, die aufeinander Rücksicht nehmen.«

»Also doch Einzelkämpfer«, stellte Solus mit leicht verkniffenem Gesichtsausdruck fest.

»In diesem besonderen Fall, ja«, bekräftigte Yuro, bevor er abmildernd einlenkte, »aber ich vertraue darauf, dass du mich nicht im Stich lässt, wenn ich ihnen in die Hände fallen sollte.«

Wieder schwiegen sie.

»Was genau willst du eigentlich in Majakosch?«, wollte Solus irgendwann später von Yuro wissen. Dieser sah seinen Freund lange nachdenklich an.

»Ich glaube, dass ich nur von dort aus die Chance habe, alle Airin zu erreichen, die sich irgendwo auf Innis aufhalten«, eröffnete er ihm schließlich. »Und ich muss jeden einzelnen erreichen, um unser Volk vor der sinnlosen Ausrottung zu bewahren.«

»Du siehst ja wirklich sehr schwarz für die Zukunft der Inari«, unkte Solus.

»Um der Wahrheit die Ehre zu geben, das tu ich tatsächlich«, bestätigte Yuro leise.

»Dann lass uns zusehen, dass wir nach Manjana kommen«, erwiderte Solus.

Ihre erste Nacht verbrachten sie, wie einst, an einer sichtgeschützten Stelle im Unterholz des Waldes von Dominyé.

Da dieser noch zu einem großen Teil urwüchsig war und nur selten durchquert wurde, erforderte das Einhalten der Richtung während der folgenden Tage ihre gesamte Aufmerksamkeit. Die nur teilweise vorhandenen Pfade waren oftmals kaum erkennbar, und ebenso häufig derart überwuchert, dass sich größere Ausweichmanöver manchmal nicht vermeiden ließen. Nicht selten waren sie genötigt abzusitzen, um für sich und die Kajolas Durchgänge frei zu räumen.

Als sie nach einer Woche das Waldgebiet hinter sich ließen, hatte sich das Landschaftsbild verändert. Eine riesige Ebene breitete sich vor ihnen aus. Zwar konnte man von hier aus noch die den Talkessel umsäumenden Hügelketten erkennen, aber auch diese verloren sich in der Ferne. Flussadern unterschiedlicher Breiten und Tiefen durchzogen das Flachland, hier und da kündeten dunkle Flecken von Seen. Malerische Dörfchen sprenkelten die überwiegend grünen Flächen, und gut ausgebaute Wege zeugten davon, dass auch die Airin hier schon Fuß gefasst hatten.

Von nun an mussten sie wirklich vorsichtig sein. Obwohl alles unglaublich nah aussah wussten beide, dass sie bis zum Erreichen des Horizontes mindestens noch einmal so viele Tage benötigen würden, wie sie bereits unterwegs waren. Die hellen Abschnitte waren mittlerweile um einiges länger als die Nächte, die Temperaturen schwankten tagsüber zwischen angenehm warm im Schatten und unangenehm heiß bei direkter Sonneneinstrahlung.

Ihr Wasservorrat ging zur Neige, und auch die Nahrungsmittel waren nahezu aufgebraucht. Sie mussten sich also in der nächsten Ansiedlung, die sie erreichten, mit frischem Proviant versorgen. Erstaunlicherweise wimmelte es in dem kleinen Dorf nur so von Menschen unterschiedlichster Herkunft. Viele waren mit Wagen unterwegs, auf denen Waren verschiedenster Kategorien geladen waren, die auf dem Markt verkauft werden sollten.

Das war ein unschätzbarer Vorteil: Sie fielen zwischen den unzähligen Fremden, die durch den Ort strömten, überhaupt nicht auf. Sie entließen ihre Kajolas am Rand des Dorfes auf eine weite Grünfläche, deponierten ihre Sättel unter einem der vereinzelt wachsenden Bäume, schulterten die leeren Gepäcktaschen und stürzten sich ins Getümmel.

Die Vielfalt der angebotenen Handelsgegenstände war faszinierend, aber der Einfluss der Airin war unübersehbar. Ohne Tauschgüter bekam man hier gar nichts. Yuro und Solus hatten zwar davon gehört, dass nicht mehr überall Geben und Nehmen selbstverständlich war, jedoch war der Bruch von dem, was sie gewöhnt waren, zu dem, was ihnen nun widerfuhr, äußerst drastisch.

Schon nach kurzer Zeit war ihnen klar, dass sie sich hier nicht problemlos mit Vorräten eindecken konnten. Ein weiterer Punkt kam erschwerend hinzu: Ein Trupp Graugewandeter schob sich ihnen entgegen. Zwar waren sie mit dem Einschüchtern der Besucher durch strenge Blicke und drohende Gebärden offensichtlich ausreichend beschäftigt, trotzdem konnte Yuro sein aufsteigendes Unbehagen nicht verbergen. Er zog Solus in den Schatten eines Standes, wo sie so lange verweilten, bis die Gruppe außer Sichtweite war.

Während er noch »Lass uns hier verschwinden« zischte, schlug Solus bereits die Richtung zurück zur Grünfläche ein. Ein leiser Pfiff, ihre Reittiere hoben witternd die Köpfe und trabten dann gehorsam auf die beiden zu. Nachdem sie ihnen die Sättel wieder aufgelegt und die Packtaschen befestigt hatten, entfernten sie sich von dem geschäftigen Treiben.

Weitab von allem Trubel schlugen sie an einem kleinen See ihr Zelt auf. Dichtes Buschwerk, unterbrochen von nicht allzu großen Moos- oder Grasplatten, umsäumte die zunächst leicht abschüssigen Ufer, die weiter unten in vereinzelten Buchten mit teilweise seichten Sandstränden ausliefen. Schilf wuchs bis weit in den See hinein, was darauf hindeutete, dass dieser über eine weite Strecke hinweg flach war. Der Wind kräuselte die Wasseroberfläche, die langen Halme wiegten sich in der Brise. Das Wasser war klar und sauber, der sandige Grund noch in mehreren Meter Tiefe zu erkennen. Verschwitzt vom Tag genossen die beiden ein abendliches Bad, durchmaßen den Teich mit kräftigen Schwimmzügen.

Wie Gold ergossen sich die Strahlen des scheidenden Tagesgestirns über das Tal, und die sanften Wellen brannten wie flüssiges Feuer. Mit etwas Geduld gelang es Yuro, zwei ansehnliche Fische zu fangen.

Noch mit Wassertropfen auf der Haut vollzogen sie das allabendliche Bewegungsritual, das sie unabgesprochen schon am ersten Tag ihrer Reise wieder aufgenommen hatten. Die letzten Töne des Abschlussgesanges verwehten, als auch das Licht am Horizont verschwand und sich die samtene Decke der Nacht über das Land legte.

Während Solus das Feuer entfachte nahm Yuro die Fische aus, aber erst, als die Flammen niedergebrannt waren, brutzelten diese, auf Stöcken aufgespießt, über der schwelenden Glut. Es war ein Abend in harmonischem Zusammensein, aber wie schon die ganze Zeit wahrte Solus einen gewissen Abstand, wenig genug, um nicht abweisend zu sein, aber doch zu viel, um das vertraute Verhältnis, das Yuro einst gefühlt hatte, zur Gänze aufrechtzuerhalten. Irgendetwas bedrückte seinen Freund, aber er sprach nicht darüber, und trotz der Witzeleien, mit denen sie sich tagsüber oft gegenseitig bedachten, spürte Yuro eine wachsende Spannung, die nicht einmal die Albereien abzubauen in der Lage waren. So saßen sie einander gegenüber, aßen schweigend, als die Fische durchgebraten waren und gingen danach noch einige Schritte in Stille eingehüllt wie in einen Kokon.

EINGESTÄNDNISSE

Es war spät geworden. Yuro hatte sich gähnend in sein Bett geschleppt. Solus aber saß noch immer am langsam verlöschenden Feuer und starrte in die Glut. Er konnte nicht einschlafen. Zu viele Gedanken wirbelten durch seinen Kopf, machten es ihm unmöglich, sich zu entspannen. Unruhig stand er schließlich auf, ging leise zum See hinunter. In der Hoffnung, ihre Stille möge seinen aufgewühlten Geist ein wenig besänftigen, ließ er seinen Blick über die glatte Wasseroberfläche schweifen.

Auch Yuro schlief keineswegs so tief und fest, wie er es sich gewünscht hätte. Zusammenzuckend erwachte er. Hatte er geträumt? Er konnte sich nicht erinnern, aber irgendetwas musste ihn aufgeschreckt haben. Konzentriert lauschte er in die ihn umgebende Dunkelheit, aber außer dem leisen Knacken der schon fast ausgebrannten Glut vernahm er nichts. Wo war Solus? Vorsichtig schälte er sich aus seiner Decke, kroch auf den Zelteingang zu, schlug die Planen auseinander und blickte hinaus.

Ein überwältigender Anblick fesselte ihn. Wie eine in Marmor gemeißelte Statue stand sein Freund am Ufer des Weihers. Vor der silbernen Scheibe des in seiner ganzen Pracht strahlenden Mondes Ilar, dessen Abbild sich auch in der unbewegten Oberfläche des Teiches spiegelte, zeichneten sich deutlich die Konturen seines muskulösen Oberkörpers ab. Einzig das gleichmäßige Heben und Senken seines Brustkorbes zeugten von seiner Lebendigkeit.

Lange sah Yuro ihn einfach nur an. Sehnsucht und schmerzliches Verlangen tobten in seinen Eingeweiden. Seit Solus ihm unbeabsichtigt seine Seele geöffnet hatte, hielt er diese gewisse Distanz zu ihm, und bisher hatte auch Yuro sich nicht getraut, den bewusst eingehaltenen Abstand zu übertreten. Seit Wochen kämpfte er gegen seine Gefühle, rang sie nieder, um Solus, der so viel für ihn getan hatte, nicht zu verletzen. Nun aber zog es ihn wie magisch zu ihm hin.

Lautlos richtete Yuro sich auf, näherte sich langsam der einsamen, vom Mondlicht umglänzten Gestalt. Nur wenige Zentimeter hinter ihm blieb er stehen. Zögernd hob er seine Arme, und ließ schließlich seine Hände auf die Schultern des vor ihm stehenden Gefährten niedersinken.

Nur ein kaum wahrnehmbares Zucken durchlief dessen Körper, ansonsten veränderte sich seine Haltung nicht. Sanft strichen Yuros Hände über Solus' breite Schultern, über seine Arme, seinen Rücken, und er konnte ein leichtes Zittern kaum unterdrücken. Nichts ließ darauf schließen, ob dieser seine Berührungen ablehnte oder ihnen zustimmte außer …

die tiefer werdenden Atemzüge und die Tatsache, dass er sich ihnen nicht entzog.

Eine Gänsehaut überlief Yuros Kopfhaut. Behutsam setzte er seine Liebkosungen fort. Plötzlich drehte Solus sich zu ihm herum. Selbst in der Dunkelheit konnte Yuro erkennen, dass seine Augen glühten. Solus' Hände schnellten nach oben, legten sich an Yuros Wangen, zogen dessen Kopf näher und näher. Ihre Lippen berührten sich, und mit einem Hunger, der dem seinen so sehr glich, dass es ihn erschreckte, begann Solus, ihn zu küssen. Mitgerissen erwiderte er diesen Kuss, versank im Strudel der über ihn hinwegfegenden Leidenschaft.

Solus' Arme schoben sich unter Yuros Achseln hindurch, seine Finger krallten sich in die Schulterblätter seines Freundes, fuhren fast schmerzhaft über seinen Rücken, drückten dessen Körper an den Seinen. Er bebte, und auch Yuro durchliefen heiße Wellen. Seine Hände vergruben sich in Solus' Haaren, glitten über seinen Hals. Ihre Lippen lösten sich voneinander, und die Solus' fuhren heiß wie glühende Kohlen über Yuros Brustkorb, während dessen Hände in Solus' Locken verharrten, sie zausten, die Kopfhaut massierten.

Aufstöhnend ließ Yuro seinen Kopf nach hinten sinken und schloss die Augen. Das Blut in seinen Adern schien zu kochen und ihn von innen heraus zu verbrennen. Tief sog er die Luft ein, legte nun seinerseits die Hände an die Wangen seines Freundes, zog ihn sachte wieder in die Höhe. Es folgte ein weiterer Kuss, gierig und fordernd, eingebunden in eine schmerzhaft heftige Umarmung. Beider Atem flog, ihre Herzen hämmerten im Crescendo, ab und zu stöhnte einer von ihnen. Schweiß rann an ihren Körpern entlang, vermischte sich miteinander, tropfte zu Boden.

Lang unterdrückte Emotionen brachen sich machtvoll Bahn. Sie verschlangen Angst, Vorsicht, Unsicherheit, begruben alles unter sich, was nicht Leidenschaft und Hingabe war, rissen die beiden davon, ließen sie Vergangenheit und Zukunft vergessen. Tränen liefen über Solus' Gesicht, tropften auf Yuros Schulter, vermischten sich mit seinem Schweiß. Er vergrub sein Gesicht an dessen Hals, drückte sich an den Körper des Freundes. So verharrten sie, bis die sie durchtobenden Gefühlsregungen endlich abklangen. Noch immer hoben und senkten sich ihre Brustkörbe in kurzen Abständen, kämpften ihre Lungen um jeden Atemzug, und noch immer hielt Solus Yuro in enger Umarmung an sich gepresst.

Allmählich beruhigte sich ihr Herzschlag, zog sich die Hitze zurück, kehrten Verstand und Gedanken wieder. Bedächtig wandte sich Yuros Gesicht dem seines Freundes zu.

»Ich hab deine Nähe so sehr vermisst!«, hauchte er und strich die Spuren der Tränen aus dessen Gesicht.

Solus' Augen waren geschlossen, als er hart schluckte und schließlich, als müsse er sich jedes Wort erkämpfen, ebenso leise entgegnete: »Ich … es darf einfach nicht sein, … dachte ich.«

»Schhhhhh«, flüsterte Yuro und legte seine Finger auf Solus' zitternde Lippen. »Es ist in Ordnung.«

Noch einmal senkte sich sein Mund auf den seines Freundes herab. Diesmal jedoch war der Kuss sanft und zärtlich, rücksichtsvoll und voller Hingabe – ein aufrichtiges Versprechen.

Erneut strichen seine Finger über den noch unvertrauten, schweißnassen Körper seines Freundes. Zentimeter um Zentimeter schoben sie sich über dessen Haut, erkunden jede Erhebung, jede Einkerbung. Auch Solus' Hände begannen abermals zu wandern. Schweigend standen sie einander gegenüber, während sich ihre Hände vorsichtig über den Körper des jeweils anderen tasteten.

Schließlich hob sich Solus' rechte Hand zu Yuros Gesicht, legte sich auf dessen Augen, schloss sie sanft aber nachdrücklich. Wenig später spürte Yuro die Lippen seines Freundes über seinen Hals streichen, seinen warmen Atem seine Wange streifen. Es gab keine Gegenwehr. Erneut schoss Feuer durch seine Adern, durch seinen Geist. In hilfloser Ekstase krallten sich seine Finger in Solus' Schultern.

Abermals pressten sie sich aneinander, ihre Lippen fanden und trennten sich, ihre Hände flogen, streichelten, packten hart zu, wurden sanft und zärtlich. Ewigkeiten vergingen.

In sinnlichem Kampf rangen sie miteinander, maßen ihre Kräfte, gaben und nahmen, bis sie beide in einem durch den ganzen Körper laufenden Zucken Erlösung fanden. Erschöpft lagen sie danach beieinander, Yuros Kopf auf Solus' Schulter, sein Arm auf dessen Brust.

Die Sonne schob sich allmählich über den Horizont, tauchte die Landschaft in Rot und Gold, streifte mit ihren warmen Strahlen die ausgezehrten, aber friedlichen Gesichter der beiden Schlafenden, die es endlich gewagt hatten, sich zueinander zu bekennen, sich einzugestehen, dass sie einander liebten, die sich nicht mehr für das schämten, was sie waren und was sie fühlten.

Der fehlende Druck auf seinem Brustkorb weckte Solus. Yuro saß neben ihm, aber er sah ihn nicht an, sondern ließ seinen Blick über den noch immer still ruhenden See schweifen. Er wirkte geistesabwesend, jedoch ging keinerlei unangenehme Spannung von ihm aus. Langsam senkten sich seine Lider. Offensichtlich gab er sich nur einfach der Meditation hin – vielleicht, um die Geschehnisse der Nacht zu verarbeiten.

›Das sollte ich auch tun‹, dachte Solus, und sammelte sich ebenfalls. Er schloss wie Yuro die Augen, sein Atem wurde tief und ruhig, sein Herzschlag langsam und kräftig. Wie zwei Skulpturen verharrten sie nebeneinander, ihre Rippen dehnten sich im gleichen Rhythmus, sogar ihr Puls glich sich aneinander an.

Es war ein Bild der Harmonie, des Gleichklangs, und obwohl sie einander an keiner Stelle berührten, erweckte ihr Anblick das Gefühl vollkommener Einheit. Die Sonne streichelte ihre Haut, der Wind spielte mit ihren Haaren, die leichten Wellen des Teiches gurgelten leise, aber nichts störte den Frieden der beiden. Simultan glitten sie aus ihrer Trance zurück, öffneten ihre Lider. Yuro lächelte, als sich sein Kopf in

Solus' Richtung drehte. »Warum hast du es dir so schwer gemacht?«

»Du bist ein Mann!«

»Das weiß ich. Aber worin liegt das Problem? Niemand in unserer Gesellschaft nimmt Anstoß an gleichgeschlechtlichen Partnerschaften.«

Solus nahm einen weiteren tiefen Atemzug, ehe er fortfuhr. »Du bist ein Savant, Yuro. Du solltest deine Gene weitergeben, Nachkommen zeugen und dein Potential nicht ungenutzt an mich verschwenden.«

»Das ist ein ehrenwerter Grund«, stimmte Yuro ihm nach einer Weile zu. »Aber willst du ihm wirklich alles opfern? Glaubst du nicht, dass sich auch dafür zu gegebener Zeit eine Lösung finden lässt? Ich kann, will und werde nicht einfach so beginnen, meinen Samen in irgendwelche willigen Frauen zu pflanzen, nur um das Aussterben meines Erbmaterials zu verhindern, obwohl ich nicht sicher sagen kann, ob ich letztendlich das überlebe, was ich denke, tun zu müssen. Ich bin, was ich bin, ich fühle, was ich fühle, und ich kann nur alles geben, wenn ich sicher bin. Ich will mich nicht vor dir verstecken müssen, Solus. Das werde ich nicht durchhalten.«

Solus lachte verhalten. »Das war eine schöne Rede. Und ihr Wahrheitsgehalt ist hoch. Verstecken ist anstrengend, und es blockiert an vielen Stellen.«

»Du sprichst aus Erfahrung?«

Solus nickte.

»Dann lass uns damit aufhören.«

Sie reichten einander die Hände und besiegelten damit einen weiteren, stummen Schwur.

DIE ANDERE SICHTWEISE Es war wie Yuro es vermutet hatte. Die Ansiedlungen wurden zunehmend größer, der Einzug der Technik nahm unübersehbar zu, und die Tagesabläufe der Bewohner unterschieden sich gravierend von denen in den kleineren Dörfern. Auch das Verhalten gegenüber Fremden war hier anders. Man begegnete den beiden weitaus distanzierter als bisher, besonders, da sie beritten unterwegs waren. Wenn sie vermeiden wollten, dass sich schon jetzt die Aufmerksamkeit der Graugewandeten auf sie zu konzentrieren begann, kamen die nicht umhin, die Tiere zurückzulassen. Zugleich wurde es notwendig, sich das hiesige Tauschgut, nämlich Geld, zu erwirtschaften und ihre Reise anderweitig fortzusetzen.

So steuerten sie eines Abends, als sie sich abermals einer großen Ortschaft näherten, ein etwas abseits gelegenes Gut an, das offensichtlich von Inari bewirtschaftet wurde.

»Gerne könnt ihr eure Kajolas bei mir einstellen«, sagte Limar, der Besitzer des Hofes, als sie ihm ihr Anliegen vorgetragen hatten. »Aber ohne Geld geht hier gar nichts. Ihr könnt euch bei mir welches verdienen«, bot er ihnen an. »Die Scharinos müssen geschoren, die Wolle gewaschen und zum Trocknen ausgelegt werden, bevor ich sie bei der Spinnerei abgeben kann. Das ist Knochenarbeit, da kann ich jede helfende Hand gebrauchen.«

Yuro und Solus überlegten nicht lange. Im Konvent wurde Karu-Wolle verwendet. Da deren Fasern nur in den ersten drei Lebensjahren der Tiere eine verwertbare Konsistenz aufwiesen und auch stets nur, wenn die kalte Jahreszeit in die warme überging, wurden an den wenigen Tagen, die eine Schur zuließen, alle anderen Arbeiten hintenan gestellt. Jeder musste sich daran beteiligen sowie an allen damit einhergehenden Arbeiten. Große Unterschiede zur Scharinoschur gab es also nicht.

Limars Mitarbeiter wiesen die Neulinge mit gutmütigen Mitleidsbezeugungen in die Tätigkeiten ein. Anschließend arbeiteten sie wie die anderen auch von Sonnenaufgang bis in die späten Abendstunden, nur unterbrochen von den Mahlzeiten. Ellyn, Limars Frau, war eine begnadete Köchin, und sowohl sie als auch er vertraten die Meinung, dass nur, wer gut aß, auch gut arbeiten konnte.

Die Truppe bestand aus Männern und Frauen unterschiedlichen Alters. Sie alle waren fleißig, aber relativ wortkarg. Erst nach und nach erfuhren Yuro und Solus, dass sie sogenannte Wanderarbeiter waren. Sie wurden je nach Bedarf auf den Höfen oder auch in den Fabriken tätig und verbrachten ihr Leben schon lange auf jene Weise innerhalb der von den Airin dominierten Gebieten.

»Wisst ihr«, sagte Mikam, einer der weniger Schweigsamen, als sie am dritten Tag beim Mittagessen zusammensaßen, »auch bei uns gibt es nicht nur Schreibtischtäter. Im Grunde genommen unterscheiden wir uns gar nicht so sehr von euch, auch wenn wir mit vollkommen anderen Traditionen aufwachsen. Meine Familie wollte, als sie vor etwa dreihundert Jahren Airinn verließ, nur der mörderischen Enge entkommen, die das Leben auf diesem überbevölkerten Planeten schier unerträglich machte. Sie träumte von einer Welt mit grünen Tälern, klaren Strömen, hohen Bergen und dichten Wäldern. Alles etwas, das es auf Airinn schon seit Ewigkeiten nicht mehr gibt. Dank des unermesslichen Reichtums an Erzen, Fossilen Brennstoffen und Edelsteinen ist er ein Großhandelsplatz unvorstellbaren Ausmaßes, und der Expansionsdrang der davon profitierenden Gesellschaftsschichten ist enorm. Da aber fast ausschließlich sie sich die teuren Raumreisen leisten können, ist es kein Wunder, dass nur deren Lebensstil von Planet zu Planet weitergegeben wird. Sie bleiben meist unter sich. Weil sie es für unter ihrer Würde halten, versuchen sie meist gar nicht erst, Kontakte zu eventuellen Bewohnern der von ihnen ausgewählten Himmelskörper aufzunehmen. Stattdessen tun sie so, als seien sie die Alleinherrscher, deren Bedürfnissen sich alles und jeder unterzuordnen hat. Auswanderer mit anderen Vorstellungen sind wohl eher die seltene Ausnahme.«

»So also erklärt sich die bizarre Konstellation auf Innis«, murmelte Yuro.

»Ich weiß vieles auch nur aus den Tagebüchern meiner direkten Vorfahren«, fuhr Mikam fort. »Die weibliche Linie hatte offensichtlich eine Schwäche für derlei Aufzeichnungen. Meine Mutter nennt eine ganze Sammlung privater Dokumentationen ihr Eigen.«

»Ich hätte nicht gedacht, dass ihr Airin seid«, gab Solus zu. Nicht nur Mikam lachte, als er diese Worte vernahm.

»Wir gehen nicht unbedingt mit unserer Herkunft hausieren«, klärte ihn Fatira, eine der Frauen dieser Gruppe, schmunzelnd auf. »Einige von uns leben, wenn du es so willst, zwei vollkommen unterschiedliche Leben. Ich beispielsweise komme aus Celorion. Das ist nach Majakosch die zweitgrößte Stadt auf diesem Planeten. Einen großen Teil des Jahres verbringe ich dort, denn ich liebe das Stadtleben und auch einen gewissen Luxus. Aber um diese Jahreszeit zieht es mich immer hinaus in die Vororte, in die Natur. Dann werde ich eine andere, tausche meine Wohnung gegen ein einfaches Zimmer, die schicken Klamotten gegen Arbeiterkleidung, den Bürostuhl gegen körperliche Anstrengung. Wenn ich mich hier einbringe, sehe ich das Resultat meiner Bemühungen. Ich habe die Gewissheit, etwas Sinnvolles, etwas Nützliches zu tun. Das vermisse ich in meinem normalen Leben.«

Die anderen nickten.

»So sind wir im Laufe mehrerer Jahre aufeinandergestoßen. Seit etwa fünf treffen wir uns regelmäßig, sind gemeinsam unterwegs, haben auch inzwischen eine feste Route und eine nicht gerade kleine Anzahl von Betrieben und Gehöften, denen wir unsere Arbeitskraft zur Verfügung stellen. Manchmal nach Airin-Art gegen Bezahlung, oft auch so, wie es bei den Inari üblich ist – Unterstützung gegen Kost, Logis und Gesellschaft. Das sind sehr bereichernde Erfahrungen. Ich verstehe nicht, warum diese Weise des Zusammenlebens von unserer Obrigkeit so rigoros abgelehnt und, wo immer es ihr möglich ist, sogar unterbunden wird. Die Begründung, die sie dabei immer in den Vordergrund stellt, ist so lächerlich. Imperiumszugehörigkeit. Das Eingeständnis von Größenwahn wäre ehrlicher.«

»Was treibt euch eigentlich um?«, schaltete sich Jemai in die Unterhaltung ein, ein großer, stämmiger Bursche mit einer ausgeprägten Hakennase, die ihm ein raubvogelartiges Aussehen bescherte. »Ihr kommt auch nicht von hier!?«

Yuro schüttelte den Kopf. »Du würdest uns wahrscheinlich tiefste Hinterwäldler nennen, aber wir kommen tatsächlich fast von der anderen Seite dieses Himmelskörpers. Unser Ziel ist Majakosch.«

»Dann steht euch noch einiges bevor«, warnte er sie. »Diese Gegend hier ist noch relativ gemäßigt. Es gibt nur wenige Schwebewagen, und auch die Technik spielt eine verhältnismäßig untergeordnete Rolle. Das ändert sich, je weiter ihr in ›Airin-Gebiet‹ vordringt. Ihr solltet euch in der hiesigen Mediathek ein bisschen kundig machen, was auf euch zukommt, sonst seid ihr schneller unter die Räder gekommen, als euch das lieb ist.«

Darüber hatte Lynnja kein Wort verloren. Ob aus eigener Unwissenheit, Rücksichtnahme oder Angst, Yuro könnte sich weigern weiterzumachen, wenn sie ihm die auf ihn zukommenden Schwierigkeiten deutlicher benannte, würde er wohl nicht mehr erfahren.

»Ich kann euch ein paar Adressen geben, wo auch Inari zuvorkommend behandelt werden«, riss Mikam das Gespräch wieder an sich. »Es ist immer von Vorteil, wenn man weiß, wohin man sich wenden kann – und Referenzen hat. Die Leute kennen mich, ich verbringe seit Jahren immer um dieselbe Zeit zwei bis vier Tage dort. Ihr könnt euch auf mich berufen. Wer weiß, wie nötig es einmal sein wird.«

»Ihr habt viel von unserer Lebensweise übernommen«, stellte Yuro fest.

»Warum sollte man Gutes ignorieren?«, erwiderte Mikam. »Ich weiß ja nicht, was genau über uns Airin unter den Inari erzählt wird, aber wir sind genauso wenig alle gleich wie ihr.«

»Meine Bemerkung war nicht anzüglich gemeint«, beschwichtigte Yuro.

Mikam schlug ihm väterlich auf die Schulter. »So hab ich sie auch nicht aufgefasst, mein Junge. Ich wollte nur einfach eine offensichtlich gängige Meinung ein bisschen zurechtrücken.«

Limars Stimme durchdrang den Speiseraum. »So, ihr Lieben, es ist Zeit weiterzumachen!«

Bereitwillig erhoben sich alle, um ihre Arbeit fortzusetzen. Für Yuro und Solus war die vergangene Stunde eine sehr aufschlussreiche gewesen. Die Informationen, die sie erhalten hatten, würden sicherlich von großem Nutzen für sie sein.

Als sie am Abend des vierten Tages noch ein wenig zusammensaßen, gesellte sich auch Sabira zu ihnen, die sich bisher jeglicher Äußerungen enthalten hatte. Sie war eine kleine Frau mit schlohweißen Haaren und vielen Falten in ihrem vom Wetter gegerbten Gesicht. Ihre Stimme war leise, aber niemand überhörte sie, wenn sie doch einmal das Wort ergriff. Sie streichelte Yuro sachte über das noch vom Duschen feuchte Haar und lächelte ihn freundlich an.

»Du bist der, den das ›Buch des Schicksals‹ ankündigt, habe ich recht? Du und dein Freund habt schon einen weiten und gefährlichen Weg hinter euch, und noch einen ebensolchen vor euch.«

Yuro war nicht sonderlich überrascht, die alte Dame so reden zu hören. Ihm war bei aller Arbeit nicht verborgen geblieben, dass sie keine Airin war.

»Er ist das Licht!«

»Wie meinst du das?«, wollte Yuro von ihr wissen.

»Frag nicht mich, frag dich«, antwortete sie geheimnisvoll.

»Wie kommt es, dass du die einzige Inari innerhalb dieser Gruppe bist«, lenkte Yuro die Unterhaltung in eine vollkommen andere Richtung.

»Ich gehöre gar nicht zu ihnen«, lachte die Alte. »Ich bin Ellyns Urgroßtante. Ich helfe ihr jedes Jahr um diese Zeit beim Kochen, denn ich mag die Gesellschaft der Arbeiter. Man erfährt so viel Neues. Die Gruppe um Mikam begreift sich als eine Art Gegenpol zu den Graugewandeten. Ihnen liegt viel daran das Bild zu relativieren, dass diese von den Airin vermitteln. Zwar ziehen sie nicht so weit durch die Lande, dass sie überall wahrgenommen werden, aber zumindest hier, wo der Einflussbereich der Mächtigen zunehmend stärker wird, sind sie ein nicht mehr wegzudenkender Ausgleichsfaktor geworden. Sie sind der lebendige Beweis dafür, dass ein friedliches Miteinander möglich ist, und damit den

Grauen und deren Vorgesetzten ein fast ebensolcher Dorn im Auge wie die Widerstandsgruppen der Inari.« Sie gluckste leise vor sich hin. »Was ich dir damit sagen wollte: Du hast viele Verbündete, Yuro, auf beiden Seiten.« Nach einer kurzen Pause hob sie erneut zu sprechen an. »Bevor ihr weiterzieht, solltet ihr Mikams Ratschlag befolgen und euch ein genaueres Bild über das Leben in den Städten der Airin machen. Der Unterschied zwischen dem, das ihr kennt, und dem dortigen ist wirklich kolossal. Haltet euch an die Adressen, die er euch gegeben hat und kleidet euch den städtischen Gepflogenheiten entsprechend, wenn ihr nicht sofort auffallen wollt. All das solltet ihr in Angriff nehmen, ehe ihr diesen Hof verlasst. Noch habt ihr die Chance, in dieser Beziehung Hilfe zu bekommen. Lasst sie nicht ungenutzt verstreichen!« Mit dieser Ermahnung nickte sie beiden ein letztes Mal freundlich zu und entfernte sich dann.

Solus seufzte. Innerhalb einer Woche hatten sie eine vollkommen neue Sicht auf viele Dinge erhalten.

KULTURSCHOCK

Limar trieb die Kajolas vorwärts. Die offenen Wagen, vor die sie gespannt waren, quollen nahezu über vor seidig weiß glänzender Wolle, die sie zur Spinnerei bringen sollten. Der Himmel hatte sich zugezogen, das strahlende Blau der vergangenen drei Wochen war einem düsteren Grau gewichen. Der Wind hatte merklich aufgefrischt, und obwohl es noch immer warm war, lag spürbar Veränderung in der Luft.

Yuro, Solus, Mikam, Jemai, Lessjo und noch ein paar weitere Männer der Arbeitertruppe bewegten ihre Fuhrwerke in einem Konvoi auf die große Fabrikhalle zu. Die Wolle musste unter einem Dach sein, bevor der Regen einsetzte, sonst wäre die ganze Arbeit der vergangenen Tage umsonst. Ächzend rollten die Wagen über die gut ausgebaute Straße. Sie kamen zügig voran, und offensichtlich waren sie mit bei den Ersten, die die Scharino-Schur abgeschlossen und ihre Wolle verarbeitungsfähig aufbereitet hatten.

Einen kleinen Eindruck von dem, was Jemai mit »Kulturschock« gemeint hatte gewannen Yuro und Solus bereits an der Pforte des Spinnereiwerkes. Zwar nahm noch ein Pförtner die Ware in Augenschein und öffnete ihnen anschließend das große Tor – hinter diesem jedoch lief alles vollautomatisch. Riesige Eisenklauen hoben die Wolle aus den Karren und legten sie in viereckige Container, in denen sie gewogen wurde. Anschließend öffnete sich deren Boden. Die Wolle fiel auf ein Laufband, das sie in den Bauch einer langen, niedrigen Halle transportierte, wo sie den Blicken der Männer entschwand. Fasziniert sahen die beiden dem Schauspiel zu, welches die anderen schon als eine solche Selbstverständlichkeit betrachteten, dass sie ihm keinerlei Aufmerksamkeit mehr angedeihen ließen.

Nachdem das Prozedere abgeschlossen und die Wagen leer waren, erhielt Limar einen Ausdruck, auf dem Menge, Qualität, Art, Zeit und Tag der Wolllieferung vermerkt waren. Mit diesem ging er in eines der Nebengebäude und kam wenig später mit einer großen Tasche, von deren Inhalt Yuro und Solus nur eine vage Vorstellung hatten, wieder heraus. Zusammen mit den anderen traten sie den Heimweg an.

Als die Kajolas abgeschirrt und auf die Weide gebracht, die Karren in der Scheune verstaut und die abschließenden Aufräumarbeiten erledigt waren, trafen sich alle zum letzten gemeinsamen Abendessen. Im Anschluss daran zahlte Limar seine Helfer aus, und die beiden Freunde hielten zum ersten Mal in ihrem Leben Airin-Geld in ihren Händen.

Natürlich hatten sie im Hayuma-Kloster auch dazu Literatur vorgefunden, und Zelut hatte sie, unnachgiebig wie er in mancherlei Beziehung war, dazu genötigt, sich mit dieser Art Zahlungsmittel zu befassen. Jedoch war es etwas vollkommen anderes, von einer Sache ausschließlich theoretische Kenntnisse zu besitzen, als praktisch damit umgehen zu müssen. Die unterschiedlich großen, verschiedenfarbigen, rund gestanzten Metallplättchen klimperten leise, als sie sie durch ihre

Finger gleiten ließen. 150 Airo hatte jeder von ihnen erhalten, nur, welcher Tauschwert dieser Summe gegenüberstand, konnten die beiden beim besten Willen nicht erkennen.

»Euer erstes Geld?«, fragte Lessjo, der neben ihnen saß und ihre etwas ratlosen Gesichter bemerkte.

»Theoretisch, nein. Praktisch, ja«, antwortete Solus.

Lessjo grinste. »Könnte es sein, ihr bräuchtet jemanden, der euch bei euren ersten Einkäufen ein wenig an die Hand nimmt?«, feixte er amüsiert.

»Könnte es sein, dass du dich gerade als dieser Jemand angeboten hast?«, hakte Solus im gleichen Tonfall nach. Dann jedoch wurde er ernst. »Jemai hat uns geraten, wir sollten uns mit stadttauglicher Kleidung ausstatten. Auch wäre es sicherlich nicht von Vorteil, wenn wir mit unseren Gepäcktaschen über der Schulter herumliefen. Nur, wo bekommt man das, was wir brauchen, und was brauchen wir tatsächlich? Bisher haben wir in einem Zelt genächtigt, uns von den Früchten der Natur ernährt oder für unsere Verpflegung hier und da auf einem Gut gearbeitet. Das wird, wenn ich ihn richtig verstanden habe, nicht weiterhin so funktionieren.«

»Da muss ich Jemai recht geben«, bestätigte Lessjo. »Am besten seid ihr bedient, wenn ihr euch Rucksäcke zulegt. Die könnt ihr auf dem Rücken tragen, und je nach Größe passt auch allerhand hinein.«

Was Rucksäcke waren, wusste Solus, davon gab es im Kloster reichlich, denn die meisten Reisen wurden zu Fuß unternommen. Lessjo langte hinter seinen Stuhl und hangelte nach etwas.

»Das ist mein bevorzugtes Modell«, sagte er, und hielt einen großen, hellbraunen Leinenrucksack mit mehreren aufgesetzten Seitentaschen, einem Extrafach vorne und einem großen, an Riemen verstellbaren Überwurf in die Höhe. »Ich hab ihn in Rominjor gekauft, aber hier müsste es sie auch geben. Am besten, ihr fragt Limar. Er wohnt hier und weiß bestimmt, wo ihr was bekommt. Ich würde ja mit euch einkaufen gehen, aber Mikam zieht morgen in aller Frühe weiter, und unsere Richtung ist nicht die eure.« Lessjo stellte seinen Rucksack ab und kramte in der großen vorderen Außentasche. Nach einiger Zeit zerrte er ein schon reichlich mitgenommenes Exemplar eines Bekleidungskataloges ans Licht. »Komm mal hier rüber«, forderte er Yuro auf, der ihm und Solus gegenüber saß. »Sowas«, er deutete auf einige gut kombinierbare Einzelstücke, »solltet ihr euch zulegen. Das kann man immer wieder neu zusammenstellen, es ist pflegeleicht, langlebig, und ihr braucht nicht allzu viel davon. Ich komm mit drei Teilen jeder Sorte über die ganze warme Jahreszeit. Im Winter hingegen bin ich dann wieder ganz Airin und bleib in meinen vier Wänden«, schloss er lachend.

»So etwas geht?«, erkundigte sich Yuro skeptisch.

»Wartet nur ab, bis ihr näher an Majakosch herankommt. Dort geht so ziemlich alles«, erwiderte Lessjo unbestimmt. »Hier!« Er drückte ihm den Katalog in die Hand. »Den kannst du behalten. Ist vielleicht als Orientierungshilfe gar nicht so schlecht. Ich wünsch euch viel Glück, gute Nerven, und viel Erfolg, bei was auch immer ihr in Majakosch vorhabt.« Mit diesen Worten erhob er sich, reichte erst Yuro, dann Solus die Hand und verabschiedete sich.

»Es wird nicht einfacher«, murmelte Yuro, als er auf Lessjos Stuhl neben Solus Platz nahm.

»Nein«, stimmte dieser ihm zu. »Jetzt kommen Probleme vollkommen anderer Art auf uns zu, und es sind welche, die wir bisher kein bisschen einkalkuliert haben.«

»Woher hätten wir das auch wissen sollen? Keiner, mit dem wir bisher Kontakt hatten, ist je in den Städten der Airin gewesen, und Bücher ersetzen persönliche Erfahrungen nicht. Wir werden uns wohl oder übel durchbeißen müssen.«

»Wenn ihr euch bis Banabaru durchgeschlagen habt, kommt ihr schneller voran«, teilte Inett ihnen mit, die ihre Unterhaltung mit Lessjo unbeabsichtigt verfolgt hatte. »Ab dort könnt ihr die Schnellbahn benutzen. Sie verläuft unterirdisch und bringt euch, auch wenn sie mehrere Zwischenstopps macht, bis ins Zentrum von Majakosch.«

»Weißt du, ob die Bahn auch in Manjana anhält?«, erkundigte sich Yuro geistesgegenwärtig.

Inett zuckte mit den Schultern. »Das kann ich dir leider nicht sagen. Aber an den Kartenautomaten sind die Strecken, und die Haltepunkte abrufbar. Irgendwer wird euch sicherlich behilflich sein. Nicht alle Airin denken ausschließlich an sich.«

»So?«, entgegnete Solus augenzwinkernd.

Inett umarmte ihn. »Passt gut auf euch auf!« Als sie auch Yuro in ihre Arme schloss, raunte sie ihm ins Ohr: »Du hast wunderschöne Haare, aber du solltest sie kürzer tragen. So hebst du dich zu sehr von der Norm ab. Das ist nur ein Rat, Yuro. Überleg es dir.«

»Danke«, flüsterte er zurück, und löste sich von ihr.

Nach und nach leerte sich der Speisesaal, bis nur noch Solus und Yuro übrig waren. Alle hatten sich mit einem Händedruck und guten Wünschen von ihnen verabschiedet.

»Am sinnvollsten ist es wohl, wenn wir uns gleich noch einmal mit Limar unterhalten«, nahm Solus den Faden wieder auf.

»Ja«, stimmte Yuro ihm zu, »je zügiger wir alles Nötige erledigen, desto schneller können wir unseren Weg fortsetzen.«

Limar war nur wenig erstaunt, als die beiden mit ihrem Ansinnen an ihn herantraten. »Ich hätte euch längst in guter alter Inari-Manier entgegenkommen können«, bekannte er, »aber ich wollte nicht vorgreifen. Außerdem ist es wichtig, dass ihr lernt, derlei Dinge allein zu bewältigen, denn sie werden euch zunehmend häufiger begegnen. Ich werde euch nach Cellestri begleiten. Wenn ihr habt, was ihr braucht, steht es euch frei, diesen Hof zu verlassen. Unser Vertrag ist erfüllt, wir sind einander nichts mehr schuldig.«

Sie besiegelten die soeben getroffene Absprache mit einem Handschlag, bevor Yuro und Solus sich in ihr Zimmer zurückzogen.

Der nächste Tag wurde sehr anstrengend für die beiden. Der Lärm in den Straßen war mörderisch, die strengen, künstlichen Gerüche schier unerträglich, die Menschenmassen nervenaufreibend. Alles in dieser Stadt war grell, laut und unpersönlich. Fast alle, denen sie während ihrer Einkaufstour begegneten, wirkten gehetzt, trugen steinerne Mienen, waren nur mit sich selbst beschäftigt. Nicht einmal die Verkäufer in den Geschäften schienen wirklich daran interessiert zu sein, die beiden jungen Leute höflich sowie kompetent zu beraten, und es fiel ihnen schwer, nicht selbst in den gleichen gelangweilten, desinteressierten Tonfall zu gleiten, mit dem sie permanent konfrontiert wurden.

Limar hielt sich im Hintergrund. Er unterstützte sie lediglich bei der Auswahl der Geschäfte, gab ihnen Hinweise, woran sie gute oder weniger gute Kaufhäuser erkennen konnten und worauf sie vor dem Erwerb von Waren oder Kleidungsstücken achten sollten. Mit eiserner Disziplin kämpften sich Yuro und Solus durch überfüllte Straßenzüge, meisterten Einkäufe in verschiedenen Läden.

Als sie endlich alles erstanden hatten und den Rückweg antraten, waren ihre Kleider durchgeschwitzt, ihre Hälse trocken und ihre Augen brannten. Ihre Köpfe schwirrten. Wie hypnotisiert stolperten sie hinter Limar her, und ihr Zustand besserte sich erst, als sie ruhigere Gefilde erreichten. Auf seinem Hof angekommen, sanken die beiden in der kleinen Stube, in die Limar sie geleitete, auf zwei bereitstehende Sessel. Ellyn trat mit zwei bis zum Rand gefüllten Wasserkrügen auf sie zu, die sie in langsamen, langen Zügen leerten.

»Ihr seht ziemlich mitgenommen aus. Es war schlimm, nicht wahr?«, fragte sie teilnahmsvoll. »Kommt mit in die Küche. Lasst uns zusammen essen und noch einmal über das reden, was ihr heute erlebt habt.«

In der friedlichen Atmosphäre der vertrauten Umgebung beruhigte sich der überstrapazierte Geist der jungen Männer allmählich wieder. Limar gab ihnen Zeit, den Tag zu verarbeiten, bevor er ihn im Gespräch noch einmal heraufbeschwor.

»Du hast das mit voller Absicht gemacht«, begann Yuro, ehe dieser das Wort ergreifen konnte.

»So ist es«, gab Limar unumwunden zu. »Ich wollte euch nicht vollkommen arglos in euer Verderben laufen lassen. Früher oder später hättet ihr euch in genau jener Situation befunden, die ihr heute erfahren habt – und ihr hättet alleine dagestanden. Es war, zugegeben, eine harte Konfrontation, aber keine noch so detaillierte Erzählung kann einen halbwegs realistischen Einblick in die tatsächlichen Verhältnisse geben. Ich dachte, ihr solltet wissen, worauf ihr euch einlasst, wenn ihr weiter in den Herrschaftsbereich der Airin vordringt.«

»Bleibt bis übermorgen«, schlug Ellyn vor. »Ruht euch aus, sammelt noch einmal Kräfte.«

»Gern«, gab Solus zurück.

Sie saßen noch lange zusammen, ein entspannter Abend nach einem erbarmungslos anstrengenden Tag. Keiner der beiden schlief besonders gut in dieser Nacht, denn auch die Meditationstechniken beruhigten ihren Geist nur unzulänglich. Zu vieles war in den letzten Tagen auf sie eingestürmt, worauf sie nicht oder nur ungenügend vorbereitet waren. Die Vorstellung, die sie noch bis vor Kurzem von den Airin gehabt hatten, begann zu bröckeln. Das Schreckensbild von den Städten der Invasoren, das sich aufgrund der Darstellungen in den Büchern der Konvents-Bibliothek in ihrer Vorstellung festgesetzt hatte, wurde hingegen durch die grauenvolle Wirklichkeit, die sie erlebt hatten, noch weit überboten.

Wie naiv waren sie doch gewesen zu glauben, sie könnten einfach so in die Hauptstadt hineinmarschieren, und alles andere würde sich schon irgendwie ergeben.

DER WEG NACH MANJANA

Der Tag, an dem sie nichts weiter taten als sich der Erholung sowie den Bewegungsritualen aus der Zeit ihres Klosterlebens hinzugeben tat ihnen gut. Limar versorgte sie bei den Mahlzeiten mit einigen weiteren Informationen, jedoch ohne sie damit zu überfüttern. Die beiden jungen Männer waren ihm während der vergangenen drei Wochen ans Herz gewachsen. Es erfüllte ihn mit Wehmut zu wissen, dass dieser Tag der letzte war, den sie hier verbrachten, und dass der Morgen den unweigerlichen Abschied bedeutete. Immer öfter ertappte er sich bei dem Wunsch, sie begleiten zu wollen – aber er konnte den Hof nicht verlassen, jedenfalls nicht auf unbestimmte Zeit. So gab er ihnen mit, was er vermochte, und betete still, dass sie mit seiner Unterstützung ihr Ziel erreichen würden.

Yuro entging die Zuneigung des Älteren nicht, die stetig zugenommen hatte. Wieder einmal musste er einen Ort verlassen, an dem er sich wohl, ja, nahezu heimisch gefühlt hatte. Der immer wiederkehrende Aufbruch begann, ihn zu zermürben, und ein weiteres Mal stellte er sein Leben, und seine Mission infrage.

»Gib nicht auf, Yuro«, raunte Solus, den die Gedanken des Jüngeren ebenfalls erreicht hatten. »Ich bin an deiner Seite. Ich werde mit dir teilen, was immer ich mit dir teilen kann, und ich trage deine Lasten mit dir.«

»Diese Gewissheit ist die Quelle, die mir stets neue Kraft gibt, wenn ich dem Ende nahe bin«, flüsterte Yuro. »Ich brauche dich, mehr als du ahnst.«

Solus zog ihn an sich, und in inniger Verbundenheit schliefen sie schließlich zusammen ein.

In der Nacht hatte es zu regnen begonnen. Sprühnebelfeine Tropfen schwängerten die Luft, der warme Boden dampfte, Dunstschwaden begrenzten die Sicht auf wenige Meter.

»Ihr wollt bei diesem Wetter tatsächlich los?«, fragte Ellyn besorgt. »Das kann sich in diesem Talkessel bis zu zwei Wochen lang festsetzen und ist bekannt dafür, dass es reihenweise Kreislaufzusammenbrüche, Orientierungsausfälle und steigende Aggressivität auslöst.«

»Wir können nicht bleiben, das weißt du. Aber mit etwas Glück kommen wir zurück. Lasst uns in Frieden gehen, und bewahrt uns in euren Gedanken.«

Sie umarmten einander, und jeder fühlte die Trauer, wie sie eine Trennung innerhalb einer Familie mit sich bringt. Limar und seine Frau winkten den beiden nach, bis die weiße Wand sie verschluckte.

Nun waren sie wieder auf sich allein gestellt. Ausgerüstet mit nagelneuen Rucksäcken, einer Vielzahl ungewohnter Kleidungsstücke, zwei Paar Schuhen, reichlich Proviant, einigen neuen Stadtplänen und allerlei guten Ratschlägen wanderten Yuro und Solus der Umgehungsstraße entgegen. Diese würde sie an Korason vorbeiführen, dem Städtchen, an dessen Rand sie die letzten drei Wochen verbracht hatten, und über Cellestri in Richtung Banabaru. Nach Limars Angaben waren es bis dorthin etwa vier Tage Fußweg. Alternativ dazu ließe sich die Strecke jedoch auch in wenigen Stunden bewältigen, wenn sie sich den öffentlichen Personenbeförderungsmitteln anvertrauten. Allerdings, und das war der Nachteil, würden sie dafür bereits einen Großteil des mühsam verdienten Geldes opfern müssen. Dadurch wären sie gezwungen, für die weitaus längere Strecke bis Majakosch abermals eine Arbeit anzunehmen. Das würde sich sehr viel schwieriger gestalten als in den Randbezirken der entlegeneren Ortschaften, dahingehend war Limar ebenfalls ehrlich gewesen.

Somit war die Entscheidung der beiden schnell getroffen: Sie würden der Kraft und Ausdauer ihrer Körper vertrauen und den anstrengenderen, aber sicherlich für sie ungefährlicheren Weg nehmen und laufen. Schon nach kurzer Zeit waren sie bis auf die Haut durchnässt, stapften aber tapfer weiter. Wieder einmal erwies sich Yuros Orientierungssinn als wertvolle Hilfe, denn trotz der widrigen Sichtverhältnisse erreichten sie die Straße, auf der sie die nächsten Tage verbringen würden. Hier war der Verkehr noch gering, je näher sie aber Cellestri kamen, desto häufiger mussten sie Fahrzeugen unterschiedlichster Art ausweichen. Nachdem sie die Kleinstadt passiert hatten, waren sie allerdings gezwungen, die Straße zu verlassen, wenn sie nicht riskieren wollten, an- oder umgefahren zu werden.

Unter einem großen Baum mit weit ausladenden Ästen verweilten sie einen Moment, um sich anhand der mitgeführten Karten einen Überblick über mögliche Alternativen zu verschaffen. Das war nicht allzu einfach, denn aufgrund der geringen Sicht war ihr augenblicklicher Standort schwer auszumachen.

»Wenn mich nicht alles täuscht liegt Cellestri etwa zwei Kilometer hinter uns«, mutmaßte Yuro. »Demnach befinden wir uns ungefähr hier.« Er deutete mit dem Finger auf die Karte.

»Vorausgesetzt, du liegst nicht vollkommen daneben, haben wir also noch etwa mindestens genauso viele vor uns, bevor wir in den hier«, Solus zeigte auf einen Punkt, »eingezeichneten Wanderweg einbiegen können. Der macht zwar einen riesigen Bogen, bringt uns aber letztendlich auch bis Banabaru.«

»Auf ein bis zwei Tage mehr oder weniger wird es nicht ankommen«, meinte Yuro.

»Das denke ich auch. Wir werden noch lange genug mit den Gräueln der Städte zu tun haben, und ich muss zugeben, ich begrüße jede Möglichkeit, das noch ein wenig hinauszuzögern.«

»Und heute Nacht sagtest du noch zu mir, ich solle nicht aufgeben!«, unkte Yuro.

Solus grinste. »Irgendetwas musste ich doch sagen, um dich zu motivieren. Wenn ich dich aufgefordert hätte umzukehren, hättest du mir womöglich den Kopf abgerissen, weil es gar nicht das gewesen wäre, was du hören wolltest. Du brauchst jemanden, der dich an die Hand nimmt und immer schön ›komm, noch ein Stück, und noch ein Stück, so ist es gut, braver Junge‹ zu dir sagt.«

Yuros Unterkiefer klappte nach unten. »Du bist ja schlimmer als Deanan«, gab er schnaubend zurück. Deanan war im Stift einer ihrer Lehrer gewesen, und er hatte wenig Verständnis für Begriffsstutzigkeit gehabt. Wen er dabei erwischte, dass er eine Erklärung wegen mangelnder Aufmerksamkeit nicht verstanden hatte, den putzte er erbarmungslos vor der gesamten Schülerschar herunter. Das war den meisten derart peinlich, dass sie ihm lieber andächtig lauschten und intelligente Zwischenfragen stellten, als bei der nächsten Abfragung gnadenlos vorgeführt zu werden.

Solus brach in lautes Gelächter aus. »An genau den habe ich ebenfalls gerade gedacht«, gestand er. »Du erinnerst dich aber gewiss auch daran, was Zelut immer wieder gesagt hat.«

Yuro nickte. »Ja, dass mit ein bisschen Humor selbst die stärksten Qualen leichter zu ertragen sind.«

»So ist es. Also sollten wir versuchen, ab und zu ein wenig Humor an den Tag zu legen, und sei es nur für ein paar Minuten.«

»Für heute hättest du demnach seiner Instruktion genüge getan. Ich hoffe nur, du hast nicht deine gesamte Fröhlichkeit auf einmal verbraucht und dir auch für die kommenden Tage noch einige aufmunternde Worte für mich aufgespart.«

Mit diesen Worten und einem herausfordernden Grinsen faltete Yuro die Karte zusammen, drehte seinem Freund den Rücken zu und stolzierte mit demonstrativ erhobenem Haupt davon. Solus schüttelte belustigt den Kopf und schritt hinter ihm her.

Der sich nun anschließende Gewaltmarsch im Straßengraben ließ sie verstummen. Als sie endlich den Abzweig erreichten, waren ihre Beine schwer wie Blei, ihre Schultern wund vom Scheuern der Trageriemen und sie selbst schlammbespritzt bis zur Brust. Zwar gingen sie mit verkniffenen Mienen weiter, aber ein wenig bereuten sie ihre Entscheidung doch. Obwohl sie auch während ihrer Zeit im Kloster gelegentlich mit solcherart Übungen konfrontiert worden waren, um Durchhaltevermögen und Disziplin zu stärken, gereichte ihnen das Wissen, dass sie durchaus in der Lage waren, die Situation zu meistern, nicht unbedingt zur Erleichterung. Die Zeit verrann, derweil sie stoisch einen Fuß vor den anderen setzten. Keiner wollte vor dem anderen eine Schwäche zugeben. So trieben sie einander beharrlich weiter, bis die Dämmerung einsetzte.

»An der nächsten Rasthütte ist Schluss für heute«, bestimmte Yuro schließlich.

Solus blickte ihn dankbar an. »Du hast ja doch noch ein ganz klein wenig Gefühl in dir«, brummte er. »Ich dachte schon, du bist inzwischen so abgestumpft, dass du auch noch die Nacht durchwanderst.«

»Dasselbe könnte ich zu dir sagen«, wehrte sich Yuro verdrießlich. »Wenn ich nicht die Bremse gezogen hätte, würdest du womöglich weiterlaufen, bis du zusammenbrichst.«

»Sieh es positiv«, erwiderte Solus, »so sind wir wenigstens trotz aller Unannehmlichkeiten unserem Ziel ein ganzes Stück näher gekommen.«

»Du bist wirklich um keine Ausrede verlegen. Für mich ist trotzdem am nächsten Unterstand Feierabend.«

»Du denkst doch nicht ernsthaft, dass ich allein weiterlaufe, nur um dir irgendetwas zu beweisen, oder? Ich habe die Nase auch gestrichen voll. Eigentlich will ich nur noch die nassen Kleider ausziehen und schlafen.«

»Na dann, komm weiter. Da vorne ist ein dunkler Umriss. Vielleicht ist es genau das, wonach wir uns sehnen.«

Es war nur ein dichter Busch, aber etwa 500 Meter weiter stießen sie auf eine an drei Seiten geschlossene Holzhütte, die endlich ein trockenes Stückchen Erde und etwas Windschutz bot. Hier schlugen sie ihr Zelt auf, entledigten sich ihrer Kleider, legten diese auf die Außenplane, wo sie eventuell ein wenig trocknen würden und krochen unter ihre Decken. Zum Essen waren sie bereits zu müde.

Der folgende Tag begann, wie der vorherige geendet hatte: Diesig, regnerisch und mit böigem Wind. Die beiden jungen Männer stöhnten unterdrückt, als sie einen Blick durch den Zelteingang nach draußen warfen. Die Strapazen des vergangenen Tages steckten ihnen noch in den Knochen, und der heutige erweckte nicht den Eindruck, weniger anstrengend zu werden. Wenn Ellyn recht behalten sollte, und dieses Wetter tatsächlich länger als eine Woche anhielt, brachte ihnen auch ein Tag Abwarten nichts. Sie mussten wohl oder übel weiter.

Zuerst allerdings nahmen sie sich Zeit für ein ausgiebiges Frühstück. Einen kräftezehrenden Marsch, wie er ihnen offensichtlich bevorstand, wollten sie nicht mit leerem Magen beginnen. Wenn sie weiterhin mit einer einzigen Mahlzeit vorliebnähmen reichten ihre Vorräte womöglich aus, bis sie

Banabaru erreichten, vorausgesetzt, sie verirrten sich in dieser Nebelsuppe nicht.

Nur widerwillig schlüpften sie wieder in ihre noch immer klammen Kleider, verstauten Decken und Zelt, schulterten die Rucksäcke und traten hinaus in die dampfende Nässe. Wortkarg und konzentriert stapften sie nebeneinander her. Die Stoffe ihrer Gewänder klebten an ihren Körpern, das Gewicht der Rucksäcke drückte, ihre Muskeln schmerzten. Sie bissen die Zähne zusammen und dachten sich unendlich viele Belohnungen für ihre Mühen aus, um sich selbst zu motivieren. Endlos krochen die Stunden dahin. Nicht einmal das dunstige Grau veränderte sich. Irgendwann bewegten sie sich nur noch wie ferngesteuert vorwärts. Alle Empfindungen waren nahezu ausgeschaltet. Als die Dämmerung heraufzog, erreichten sie ein Waldstück. Die dichten Kronen der Bäume hatten die Nässe weitestgehend vom Boden ferngehalten, und so schlugen sie ihr Zelt nur unweit des Weges auf.

Wie schon am Vorabend legten sie ihre Kleider auf die Plane, wickelten sich in die Decken und schliefen ein, kaum dass ihre Köpfe den Zeltboden berührten. Die Tristesse des Wetters hielt an. Die Stereotypie der vergangenen zwei Tage setzte sich fort. Yuro und Solus redeten wenig miteinander, denn jegliches Quäntchen Energie wurde für das Vorwärtskommen gebraucht. Eine gewisse Lethargie hatte eingesetzt, ein Schutzmechanismus, der ihnen für den Moment das Leben erleichterte, jedoch die Gefahr in sich barg, bei zu langer Aufrechterhaltung dauerhafte Wahrnehmungsveränderungen zu hinterlassen.

Solus wurde sich dessen als erster bewusst, und so begann er leise zu singen, um die stille Eintönigkeit zu durchbrechen. Es dauerte lange, bis Yuro die Töne registrierte, dann aber legte sich ein feines Lächeln auf seine starren Züge. Er hatte die Absicht seines Freundes durchschaut. Eine warme Welle der Dankbarkeit durchströmte ihn. Sabiras Worte fielen ihm ein. Ja, Solus war sein Licht, und es war nicht das erste Mal, dass er ihn aus der Dunkelheit riss. Er griff nach dessen Hand und drückte sie. Dann nahm er die Melodie auf. So gingen sie weiterhin nebeneinander her, aber die gedrückte Stimmung, die sie vier Tage lang im Griff gehabt hatte, verflüchtigte sich, je weniger sie sich ihr hingaben.

Am Mittag des sechsten Tages hörte es endlich auf zu regnen, die Atmosphäre hingegen war noch immer feucht und schwer. Der Umweg hatte sie doch mehr Zeit gekostet als sie vorausgesehen hatten. Nun jedoch veränderte sich allmählich der Geruch der Luft. Er wurde deutlich unangenehmer. Sie näherten sich Banabaru. Je weniger Abstand sie zwischen sich und die Stadt brachten, desto mehr Menschen begegneten ihnen. Die Blicke, mit denen man sie bedachte, waren alles andere als freundlich, aber erst nach einer ganzen Weile ging ihnen auf, warum die Leute sich angewidert von ihnen abwandten.

»Wir sehen aus wie Landstreicher, und wahrscheinlich riechen wir auch so«, sagte Yuro mit einem resignierten Grinsen.

»Dabei müssten wir eigentlich blitzsauber sein von dem vielen Wasser, das über uns gelaufen ist«, entgegnete Solus. »Wir sollten nach einer öffentlichen Badeanstalt fragen, und nach einem Waschsalon. So«, er sah demonstrativ an sich hinunter, »werden sie uns als Ganoven in einen ihrer Verwahrungsbunker stecken und wahrscheinlich für lange Zeit nicht wieder hinauslassen.«

»Wen fragen wir?«, erkundigte sich Yuro.

»Den Stadtplan, den Limar uns gegeben hat. Solche wichtigen Standorte müssten auf ihm eingezeichnet sein.«

»Dein logischer Verstand hat augenscheinlich nicht gelitten«, feixte Yuro.

»Deiner schon«, gab sein Freund kaltschnäuzig zurück, »sonst wärst du von selbst auf diese Idee gekommen.«

Yuro boxte ihm gegen die Schulter. Beide lachten.

Zwar fanden sie auf dem Stadtplan das Gesuchte, der Weg dorthin allerdings gestaltete sich wie ein wahrer Spießrutenlauf. Glücklicherweise war es dem Eingangsmechanismus egal, wie die Besucher des Bades aussahen, solange sie in der Lage waren, den geforderten Eintrittspreis zu zahlen. Im Innern des Gebäudes wiesen verschiedene Schilder ihnen die einzuschlagende Richtung. Menschen trafen sie zunächst keine an, dafür jedoch einen Pfeil mit dem Aufdruck: »*Waschmaschinen*«.

Auf Limars Gut hatte es eine solche gegeben. Ellyn hatte darin ihre Arbeitskleidung gereinigt, denn nach spätestens zwei Tagen Scharino-Schur hatten sie alle gestunken wie eine ganze Herde dieser Tiere nach drei Wochen Stallaufenthalt. Nur, wie diese Dinger zu bedienen waren, das hatten sie nicht herausbekommen.

Etwas ratlos standen sie, nachdem sie die Rucksäcke geleert, deren Inhalt in die dafür vorgesehenen Schließfächer geräumt und sich entkleidet hatten, mit diesen und ihren Gewändern vor den Apparaten. Offensichtlich ging man hier davon aus, dass jeder um deren Handhabe wusste. Vorsichtig drückten sie einige Knöpfe, drehten an einem Rad, warteten. Nichts geschah.

Eine Frau, die sie offenbar schon eine Weile beobachtet hatte, sprach sie schließlich mit einem mitleidigen Lächeln an.

»Na, Jungs, hat Mama euch rausgeschmissen? Und jetzt wisst ihr nicht mal, wie ihr eure Klamotten wieder sauber kriegt? Tja, wer interessiert sich auch für den alltäglichen Kleinkram, wenn er immer alles hinterhergetragen bekommt. Aber irgendwann kommt für jeden der Tag, an dem er begreifen muss, dass das Leben nicht nur aus den Serviceleistungen von Hochglanzgeräten besteht. Vielleicht ist das Bedienen einer so simplen Maschine wie dieser die erste Lektion, die ihr lernen solltet. Hier oben kommt das Waschmittel rein.« Sie zog ein kleines Schubfach auf, griff unter einen Spender, der bereitwillig eine runde, weißliche Tablette freigab, welche sie anschließend in die aufgezogene Lade fallen ließ. »Dort«, sie deutete auf den Drehknopf, »stellt man das Waschprogramm ein, und hier«, nun zeigte ihr Finger auf einen der Druckknöpfe, »die Temperatur. Immerhin, die Ladeluke habt ihr ja selbst gefunden. Ihr seid also nicht total auf den Kopf gefallen. Nur, schließen müsst ihr sie schon, sonst könnt ihr warten, bis ihr schwarz werdet, ohne dass sich etwas tut.«

Solus drückte die runde Luke in die dahinterliegende Vertiefung, bis ein sattes »Klick« ihm signalisierte, dass der Verschlussmechanismus eingerastet war.

»Ach ja, und einen Airo solltet ihr noch hier oben einwerfen. Auch die Maschinen arbeiten nicht umsonst.« Mit einem ironischen Lachen entfernte sie sich.

»Sie muss uns für ziemlich bescheuert gehalten haben«, stellte Yuro fest.

»Wahrscheinlich«, bestätigte Solus, »aber sie war immerhin so freundlich, uns zu erklären, was wir tun müssen, um diesen Apparat zum Laufen zu bringen.«

»Ich glaube, diese Lektion werde ich nie mehr vergessen«, seufzte Yuro.

»Bestimmt nicht. Dazu war sie zu deprimierend. Aber jetzt sollten wir wirklich zusehen, dass wir wieder zu halbwegs akzeptablen Menschen werden.«

Gemeinsam folgten sie weiteren Hinweisschildern, und fanden schließlich eine Reihe Duschen, die ähnlich ausgestattet waren wie die, die sie vom Kloster her kannten, und vor denen auf kleinen Konsolen Seife und Handtücher bereitlagen. Obwohl beide immer zur Sparsamkeit angehalten worden waren, und ihnen das entsprechende Verhalten längst in Fleisch und Blut übergegangen war, standen sie heute sehr viel länger unter dem angenehm warmen Wasserstrahl, als es ansonsten üblich war. Erst als eine blecherne Stimme verkündete, die Duschzeit sei nun zu Ende, und das Nass automatisch versiegte, entstiegen sie den Kabinen, rubbelten sich trocken, und gingen zu den Waschmaschinen zurück.

Ein blinkendes Licht signalisierte »*Wäsche entnehmen*«, und die Luke sprang problemlos auf, als Solus den in gleicher Farbe blinkenden Knopf drückte. Warm und trocken waren sowohl die Rucksäcke wie auch die Kleider, und erstaunlicherweise blitzsauber.

»Ziehen wir die gerade wieder an«, schlug Yuro vor. »Es erspart uns eine Menge Kramerei.«

»Wohl wahr«, stimmte Solus ihm zu, »und außerdem habe ich gerade begonnen, mich an sie zu gewöhnen.«

Leise vor sich hin lachend kleideten sie sich wieder an. Yuro kämmte seine langen Haare, band sie, wie üblich, zu einem Zopf zusammen, wohingegen Solus die Seinen durch wildes Kopfschütteln auflockerte. Als die Rucksäcke wieder ordentlich eingeräumt waren, verließen sie die Badeanstalt und sahen sich nach einer Lokalität um, in der sie eine warme Mahlzeit zu sich nehmen konnten.

Das stellte sie vor kein allzu großes Problem, denn obwohl Banabaru schon wesentlich näher an Majakosch lag als Cellestri war diese Stadt doch kaum mehr technisiert, und ihr topografischer Aufbau unterschied sich auch nicht gravierend. Wenngleich Limar sie mit dem Besuch der Kleinstadt einem herben Kulturschock ausgesetzt hatte, so waren die Eindrücke, die sie erhielten und abspeicherten nun von unschätzbarem Wert, denn sie fanden sich einigermaßen zurecht.

In einer kleinen Gaststätte verzehrten sie ein wohlschmeckendes Mittagessen, und der Wirt, ein zwar grobschlächtiger aber freundlicher Kerl, behandelte sie nicht anders als seine anderen Gäste. Ihn fragten sie auch nach der Untergrundschnellbahn. Bereitwillig erklärte er ihnen, wo sie den unterirdisch gelegenen Bahnhof fanden und welche Kategorie Fahrkarten sie erwerben mussten. Sie bedankten sich höflich für die zuvorkommende Auskunft.

Der Mann lachte. »Ihr seid nicht die Ersten, und ihr werdet nicht die Letzten sein, die sich danach erkundigen. Immerhin ist Banabaru der erste angebundene Ort, wenn man von der anderen Seite des Talkessels kommt, und die Transportpreise wie auch die Abfahrtszeiten ändern sich mindestens dreimal pro Jahr.«

Gesättigt und guter Dinge verabschiedeten sie sich etwa eine Stunde später. Trotz der detaillierten Wegbeschreibung war es nicht ganz einfach, den Bahnhof zu finden. Sie mussten noch einige Male den Stadtplan zurate ziehen. Der Fahrkartenautomat war zu ihrem Erstaunen ein relativ komplikationsloser Apparat. Die Erklärungen waren einfach, eindeutig und leicht nachvollziehbar. Schon nach wenigen Minuten hielten beide ihre Legitimationen in den Händen und befanden sich auf dem weiter nach unten führenden Laufband, das sie zu ihrem Bahnsteig brachte.

Hier war es im Gegensatz zu oben relativ ruhig. Nur wenige Reisende saßen auf sterilen weißen Bänken oder lehnten offensichtlich auf den Zug wartend an den gekachelten Wänden. Solus und Yuro verweilten stehend. Schon das Erheben nach der Mahlzeit war ihnen schwergefallen. Wenn sie sich nun noch einmal niederließen bestand die Gefahr, dass sie des Aufstehens nicht mehr mächtig sein würden.

Sie mussten nicht lange warten, dann vernahmen sie ein leises Rauschen, das schnell näher kam und um einiges lauter wurde. Eine schlanke, ovale Röhre mit nahezu runden Fenstern und Türen mit abgerundeten Ecken, die sich bei Stillstand von allein öffneten, hielt fast unmittelbar vor ihnen.

Wie auch die anderen stiegen sie ein, suchten sich zwei nebeneinander liegende Sitze und nahmen Platz. Aufmerksam sahen sie um sich. In die Rücklehnen der Sitzreihe vor ihnen waren Bildschirme integriert, deren schnell wechselnde Bilderflut ihnen in den Augen schmerzte. Es gab verschiedene Regler, mit denen man alle möglichen Einstellungen vornehmen, und sogar einen Knopf, mit dem man diese lästigen Dinger abschalten konnte. Yuro seufzte erleichtert auf.

Eine durchdringende Stimme forderte alle Mitreisenden auf, ihre Fahrscheine zur Registrierung an die Monitore zu halten. Ein Lichtstrahl tastete diese ab, eine grün leuchtende Schrift bestätigte »*Registratur erfolgt*«, dann schlossen sich die Türen. Mit einem kaum spürbaren Ruck fuhr der Zug an.

Die Taschen zwischen den Beinen, die Köpfe zurückgelehnt schlossen die beiden jungen Männer die Augen. Etwa sechs Stunden dauerte die Fahrt bis Majakosch. Manjana war die letzte Station vor dem Hauptstadtzentrum, der Halt dort fand ungefähr eine Viertelstunde früher statt. Nun, da sie zur Ruhe kamen, bemerkten sie erst, wie sehr ihr Gewaltmarsch an ihren Kräften gezehrt hatte. Lange konnte man diesen Raubbau ignorieren, sich mit Konzentration, Disziplin und eisernem Willen aufrecht halten, aber irgendwann forderte der Körper seinen Tribut. Die schlagartig einsetzende Müdigkeit war das deutliche Signal, das dieser Zeitpunkt nun gekommen war.

Dieselbe blecherne Stimme, die sie zu Beginn der Fahrt angesprochen hatte, riss sie aus dem Schlaf: »Ihr Ziel ist erreicht. Bitte verlassen sie diesen Zug, oder zahlen sie die Differenz bis zur Endhaltestelle nach!«

Aufgeschreckt ergriffen sie ihre Rucksäcke, hasteten zur nächsten Tür und stolperten aus der Bahn.

Fahlweißes Licht blendete sie. Der Bahnsteig unterschied sich nur minimal von dem in Banabaru. Hier jedoch herrschte wesentlich mehr Betrieb. Aufzüge und Rollbänder führten nach oben. Überall drängten sich Menschen, die es eilig zu haben schienen. Yuro und Solus reihten sich in die den Ausgängen zustrebenden Massen ein, wurden mitgeschoben, bis sie letztendlich auf einem dichtbelebten Platz herauskamen, an dem sich Geschäft an Geschäft drängte. Essensgerüche vielfältiger Kochrichtungen wehten aus unzähligen Gaststätten heraus, Lichtreklamen flimmerten Aufmerksamkeit heischend über Häuserwände.

Laut war es hier. Musik dröhnte aus offenen Fenstern. Viele Leute schienen Monologe zu führen, denn sie redeten ungeniert vor sich hin, während sie zügig vorwärts schritten. Jeder schien mit sich selbst beschäftigt zu sein. Kaum einer achtete auf den anderen. Ja, die Menschen hier nahmen einander nicht einmal mehr wirklich wahr.

Es war, wie Mikam angedeutet hatte: »Je näher man der Hauptstadt kommt, desto weniger Inari trifft man an. Rund um Majakosch haben die Airin die Ureinwohner massiv zurückgedrängt und dem Planeten den Stempel ihrer Lebensweise aufgedrückt.« Weder Yuro noch Solus hatte sich das vorstellen können, aber wenige Augenblicke genügten, sie die Aussage eindeutig als Wahrheit erkennen zu lassen. Und in dieser Stadt sollte es tatsächlich einen Stützpunkt der Widerständler geben?

Solus zog Yuro in eine etwas stillere Seitenstraße. »Sieh zu, dass du die Herberge findest, die dir deine Schwester beschrieben hat«, überschrie er den Lärm.

In weiser Voraussicht hatte sich Yuro den Weg auf dem Stadtplan immer und immer wieder angesehen, wenn sie morgens ihr Frühstück zu sich nahmen. Obwohl er seinen Geist nicht besonders aufnahmefähig glaubte, hatte sich das Bild seinem Gedächtnis eingeprägt. Zielsicher steuerte er auf eine weitere Straße zu, die diejenige kreuzte, in welche Solus ihn gezerrt hatte. Sie entfernten sich vom Zentrum, kamen in ruhigere Gegenden. Die Helligkeit nahm sichtbar ab, und es wurde offenbar, dass es bereits Nacht war. Etwa eine halbe Stunde lang liefen sie durch breitere und schmälere Straßen, wichen Fahrzeugen und Fußgängern aus, wurden angerempelt und mit unfreundlichen Blicken bedacht. Dann endlich kamen sie vor einem großen Gebäude zum Stehen, über dessen großer hölzerner Pforte das einfache Wort »*Gasthof*« geschrieben stand.

Eine gedrehte Schnur rechts der Tür endete an einem Hebel, der eine Glocke zum Läuten brachte, wenn man daran zog. Solus tat es, und nur wenig später wurde von innen eine Klappe geöffnet. Ein paar dunkelblaue Augen sahen sie abschätzend an, eine angenehm warme Stimme fragte nach ihrem Begehr.

»Ich bin Yuro«, stellte dieser sich vor, »und das ist mein Partner, Solus. Meine Schwester Lynnja hat uns über die Gedankentransmitter ankündigen lassen.«

»Ihr werdet bereits erwartet«, entgegnete ihr nur teilweise sichtbares Gegenüber. Die kleine Luke wurde geschlossen, die Pforte gerade weit genug geöffnet, dass sie bequem hindurchtreten konnten.

»Ich bin Arakim«, stellte sich der dunkelhaarige Mann vor, als die Tür wieder verriegelt war. »Bitte folgt mir, ich werde euch euer Zimmer zeigen. Um alles andere kümmern wir uns morgen.«

Dankbar nickten die beiden und schlossen sich ihrem Führer an.

MELS GRUPPE Arakim führte sie durch einen verwinkelten Gebäudetrakt auf einen großen, ummauerten Hof hinaus. Mehrere einzelne Bauten waren innerhalb der Begrenzungswände errichtet, und der gesamte Aufbau ähnelte dem einer kleinen Festung. Es gab ein- und mehrstöckige Häuser mit leicht abgeschrägten Dächern, Terrassen, Grünflächen und ein oder zwei Springbrunnen, genau war das in der Dunkelheit nicht auszumachen.

Spärliche Beleuchtung, die nur bei Bewegung ansprang, sorgte für eine friedliche, entspannte Atmosphäre, gewährleistete Ruhe, Erholung und einen ungestörten Schlaf. Sogar der Lärm, den Yuro auch in diesem Teil der Stadt noch als nervenaufreibend empfand, wurde durch die hohen Mauern gedämpft.

Ein in sich geschlossener Komplex an der dem Eingang gegenüberliegenden Außenmauer war ihr Ziel. Hier gab es mehrere Einzel-, Doppel- und Mehrbettzimmer, einen großen Küchen- und Essbereich, einen Aufenthalts-, einen Tagungsraum sowie nach Geschlechtern getrennte Sanitärbereiche. In eines der Doppelbettzimmer wies Arakims Hand, nachdem er sie in die erste Etage des Hauses hinaufgebracht hatte. »Ich werde Mel Bescheid sagen, dass ihr angekommen seid. Ruht euch aus, hier läuft nichts weg. Unten in der Küche trefft ihr fast immer irgendwen an, der euch weiterhelfen kann. Allgemeine Vorstellung wird morgen Abend im Gemeinschaftsraum sein. Bis dahin steht euch eure Zeit zur freien Verfügung. Und jetzt, schlaft gut.«

»Gute Nacht, Arakim, und ... danke.«

Das Zimmer wirkte gemütlich und heimelig. Möbel aus gelaugtem Holz, das einen leicht harzigen Geruch verströmte, und Betten, deren Gestelle ebenfalls aus poliertem Holz bestanden, erinnerten sie ein wenig an ihren Aufenthalt auf dem Pagilari-Hof. Der freundliche Empfang und der vertraute Duft trugen das Ihre dazu bei, dass auf die anstrengenden Tage der Reise ein langer, tiefer Schlaf folgte.

Ein ungestümes Klopfen an der Zimmertür weckte die beiden, und eine sonore Stimme forderte sie auf, in die Küche hinunter zu kommen, wenn sie das Abendessen nicht verpassen wollten. Yuro und Solus sahen einander bestürzt an. Hatten sie tatsächlich wieder einmal einen ganzen Tag verschlafen? Eilig sprangen sie aus dem Betten, kleideten sich an, unterzogen sich im Gemeinschaftswaschraum einer hastigen Gesichtsreinigung, ließen ihren Haaren ein paar flüchtige Bürstenstriche zukommen und rannten dann die Treppe hinunter.

Eine junge Frau, Solus schätzte sie auf Mitte zwanzig, sah ihnen mit einem verschmitzten Grinsen entgegen. »Aha«, begrüßte sie sie unbekümmert, »die Sache mit dem Essen funktioniert ja doch immer. Besonders bei Männern.«

»Ich hatte dich gebeten, unsere Gäste höflich zu fragen, ob sie mit uns speisen möchten«, wies sie ein deutlich älterer Herr zurecht.

»Ach, komm, schnitz mich hier nicht vor allen rund, nur weil meine Wortwahl ein bisschen derber war als die von dir angeordnete. Ich hatte immerhin Erfolg, oder etwa nicht?«

Ein anderer lachte lauthals, und auf den Gesichtern der Übrigen spiegelte sich verhaltene Heiterkeit.

»Gute, alte Ferris, immer das Herz auf der Zunge«, äußerte sich eine weißhaarige Dame, deren Züge noch erstaunlich faltenfrei waren.

»Kommt ihr beiden, nehmt Platz«, forderte sie der Ältere, der schon einmal gesprochen hatte, höflich auf. »Willkommen in unserer Runde. Ich bin Mel, der Leiter dieses Gasthofes. Die junge Dame, die euch so überaus sanft aus den Betten geholt hat, heißt Ferris, wie ihr wohl bereits mitbekommen habt. Und wenn wir schon einmal dabei sind, mache ich euch auch gerade mit den anderen Mitgliedern unserer Gruppe bekannt. Da sie nun schon einmal alle zusammengekommen sind, müssen wir dafür ja nicht den Tagungsraum aufsuchen.«

Er stellte ihnen die anderen sieben Personen als Sian, Doraja, Illiris, Bekuro, Anea, May und Evan vor.

»Ihr seid Yuro und Solus, hat Arakim mich unterrichtet. Ich bin geneigt, das zu glauben«, fügte er verschmitzt hinzu, »denn du«, er deutete auf Yuro, »kannst deine Familienzugehörigkeit beim besten Willen nicht verleugnen. Auch dich«, nun wandte er sich Solus zu, »hat Lynnja sehr treffend beschrieben: rote Haare und goldene Augen. Keine besonders häufig anzutreffende Kombination. So, jetzt hab ich euch fürs Erste mit genug Gerede überschwemmt. Das nähere Kennenlernen überlasse ich euch selbst. Langt zu, es ist genug da, dass keiner hungern muss, und ein Schweigegebot während der Mahlzeiten gibt es bei uns auch nicht.«

Damit war die Tafel eröffnet und weiteren Gesprächen die Bahn bereitet. Während des Abendessens erfuhren die beiden, dass Illiris und Anea die Heilerinnen der Truppe waren, May und Evan die Techniker. Arakim und Sian waren in der Lage, die Körperfunktionen derjenigen zu überwachen und zu steuern, die in Trance irgendwelche geistigen Arbeiten verrichteten. Doraja, Bekuro und Arakim waren telepathisch begabt, ebenso wie Ferris und Mel, die mindestens gleichstark ausgeprägte empathische Fähigkeiten besaßen.

»Wie kommt es, dass ihr ausgerechnet hier, so nah an der Hauptstadt, euren Stützpunkt habt?«, wollte Solus von ihnen wissen.

»Das ist einfach zu erklären«, riss Bekuro das Wort an sich. »Nur in den Höhlen der Mirimutsu erfährst du wirklich etwas über das Leben der Mirimutsu. Man kann sich am besten auf einen Feind einstellen, wenn man seine Denkweise versteht, seine Verhaltensweisen, Gewohnheiten, Vorlieben, Aversionen kennt. Außerdem wird man weit weniger als ›Gegenspieler‹ wahrgenommen, je vertrauter man einander ist. Mels Gasthof ist eine gut eingeführte Institution, die es seit Ewigkeiten gibt. Sie wurde schon immer familiär geführt, es war also nicht besonders schwierig, hier ein Widerstandsnest direkt unter den Augen der Airin einzurichten. Wir müssen nur, wenn wir direkt aktiv werden, vorsichtig sein, denn man kennt uns hier. Es ist ja nicht so, dass wir uns hinter diesen Mauern verschanzen. Wir haben gute Kontakte, zu vielen.

Wir bewirtschaften diesen Hof. Jeder hat hier seine Aufgabe. Arakim ist der Haushofmeister. Er organisiert die Zimmerreservierungen, empfängt die Gäste und kümmert sich um den dazugehörigen Kleinkram. Doraja und Sian sind für die Speisen und Getränke zuständig, Ferris und ich für die Zimmer, Sanitäranlagen und Außenbezirke. Ihr habt es vielleicht noch nicht bemerkt, jedoch sind auch wir keineswegs um einen gewissen technischen Standard herumgekommen. Das ist Mays und Evans Aufgabenbereich. Aber nun zu euch. Lynnja hat mitgeteilt, ihr wolltet nach Majakosch. Warum, wenn ich das fragen darf?«

»Weil ich wie sie glaube, dass die Airin am besten über ihre eigenen Kommunikationskanäle, mittels ihrer eigenen Technik erreicht werden können, und weil dort offensichtlich alles zusammenläuft«, gab Yuro bereitwillig Auskunft. »Ich muss mehr über deren Handhabung, über ihre Funktionsweise wissen, und wenn ich sie beherrsche, werde ich ihre Kommunikationszentrale für meine Nachrichten an sie benutzen.«

»Das sind ziemlich klare Vorstellungen, die du da hast«, fiel Sian in die Unterhaltung ein.

»Da wirst du dich in den nächsten Wochen mächtig anstrengen und eine Menge Zeit investieren müssen, um deren Kommunikationstechnik verstehen und anwenden zu lernen«, feixte Evan. »Aber keine Sorge, wir haben ein paar Jungs an der Hand, die sich geradezu darum reißen werden, dich in die Geheimnisse der Datenübertragung à la Airin einzuweisen.«

May und er hatten in jahrelanger Arbeit ein mehr als freundschaftliches Verhältnis zu den Betreibern eines kleinen, aber zuverlässigen Ladens aufgebaut, die sich auf die Reparatur aller möglichen elektronischen und technischen Apparate spezialisiert hatten. Dorthin gedachte Evan den Neuankömmling zu bringen, denn in seinen Augen konnte diese Aufgabe niemand besser bewältigen als Eik und Kiran, denen das Geschäft gehörte.

»Damit wäre zumindest deine Beschäftigung für die nächste Zeit abgeklärt«, meinte Mel. »Was ist mit dir, Solus?«

Dieser zuckte mit den Schultern. »Da ihr hier schon zwei Techniker habt, ist es wohl unnötig, dass auch ich mich noch damit abplage. Und, zugegeben, es interessiert mich auch nicht besonders. Aber ich würde gerne die Lebensweise der hiesigen Airin näher kennenlernen. Möglicherweise können wir dann die Botschaft besser abstimmen. Wenn ich euch zusätzlich noch bei irgendetwas Unterstützung angedeihen lassen kann, müsst ihr es mich nur wissen lassen. Ich habe keinesfalls die Absicht, mich hier wie ein Parasit durchfüttern zu lassen.«

Ferris lachte laut auf. »Glaub mir, das passiert schon nicht. Mel kann es nämlich auch nicht leiden, wenn irgendwer nur dumm rumsteht. Du wirst dich schneller mit Arbeit eingedeckt sehen, als dir vielleicht lieb ist«, informierte sie ihn mit einem spitzbübischen Grinsen zum Leiter des Gasthofes hinüber.

Auch dieser lachte. »Ich sehe, wir verstehen uns«, gab er zurück.

Nachdem noch die ein oder andere Sache besprochen worden war, löste sich die kleine Versammlung auf. Yuro und Solus zogen sich in ihr Zimmer zurück. Ein wenig steckte ihnen ihre Reise noch immer in den Knochen, darum legten sie sich zeitig nieder, denn der nächste Tag versprach, ebenfalls anstrengend zu werden.

Die jahrelange Routine schlug nun, da sie abermals einem geregelten Tagesablauf entgegen sahen, schnell wieder durch. Pünktlich wie auch im Kloster erwachten Yuro und Solus zur vierten Stunde, die jetzt jedoch keineswegs mehr in der absoluten Dunkelheit lag. Zwar war der Sonnenaufgang nicht mit dem in den Bergen zu vergleichen, auch nicht mit denen, die sie während ihrer Reise nach Arimano erlebt hatten, aber sogar hier wirkte das morgendliche Dämmerlicht sanft und angenehm. Noch war es still im ganzen Haus.

»Kommst du mit?«, flüsterte Solus.

»Zur Morgengymnastik?«, flachste Yuro.

»Ein bisschen allumfassendes Fitnesstraining kann nie schaden«, feixte sein Freund.

»Sklaventreiber«, unkte Yuro.

»Aber du ...«, gab Solus zurück.

Sie grinsten einander an.

Nur mit kurzen Hosen bekleidet verließen sie das Zimmer, schlichen die Treppe hinab, betraten den Hof. Noch war die Morgenluft frisch, und erstaunlicherweise würzig. Solus nahm einen tiefen Atemzug. Yuro tat es ihm gleich, und gemeinsam begannen sie mit einer Serie ineinanderfließender, meditativer Übungen, die in ihrer Choreographie einem anmutigen Tanz ähnelten.

Ferris, die ebenfalls das frühe Aufstehen gewöhnt war, gewahrte die beiden, als sie wie jeden Morgen ihr Fenster öffnete, um frische Luft in ihr Zimmer zu lassen. Fasziniert sah sie ihnen zu. Das Spiel von Licht und Schatten mystifizierte ihre Bewegungen, machte die Übergänge von hell und dunkel zu einem poetischen Zusammenspiel von Erleuchtung und Geheimnis. Ferris sah mehr, aber sie behielt es für sich, wie so vieles. Sie erfreute sich an der Anmut der jungen Körper und wünschte nichts sehnlicher, als dass diese beiden tatsächlich das waren, wofür so viele Inari sie mittlerweile hielten.

Als der Abschlusston durch den Hof wehte, überlief sie ein Schauder. Sie sah das schwache Fluoreszieren, das vor den beiden in der Luft hing: Solus' sattes Rot, und Yuros Ultraviolett, die Farbe, die so selten durch einen Ton hervorgerufen wurde, dass sie es nur aus Erzählungen kannte. Schon Yuros Augen hatten in ihr etwas zum Schwingen gebracht, dieses Bild vervollständigte nun ihren ersten Eindruck: Dieser Junge war wirklich ein Savant, ein Multitalent – vielleicht der Retter des Planeten.

Beim Frühstück etwa eineinhalb Stunden später trafen alle wieder aufeinander. Der Tisch war bereits gedeckt, als Yuro und Solus die Küche betraten.

»Ihr seid früh«, begrüßte sie Sian. »Habt ihr's so eilig, loszulegen?«

»Macht der Gewohnheit«, gab Yuro freundlich zurück, »wenn du dein Leben lang immer um dieselbe Zeit geweckt wirst, kannst du irgendwann nicht mehr anders, vorausgesetzt, dein natürlicher Rhythmus ist nicht wegen permanenten Schlafmangels oder anderweitiger Überanstrengung völlig aus dem Takt. Wir hatten das in den letzten Wochen häufiger, aber allmählich scheint sich alles wieder zu normalisieren.«

»Wird auch langsam Zeit«, warf Solus ein. »Normalität ist etwas, woran ich mich kaum noch erinnern kann, seit du mich aus dem Hayuma-Konvent gezerrt hast.«

Sian sah Yuro fragend an. Yuro kämpfte mit einem Heiterkeitsausbruch. »Keine Angst«, klärte er sie schließlich auf, »er braucht diese kleinen Sticheleien hin und wieder, sonst erstickt er an seinen nicht ausgesprochenen Spitzfindigkeiten. Aber in seiner Seele ist er ein feiner Kerl.« Dann wurde er wieder ernst. »Er wäre nicht hier, wenn er mich nicht aus freiem Willen begleitete. Es war seine Entscheidung, und er kann sie jederzeit widerrufen.«

Nach und nach kamen auch die anderen, und wenige Minuten später waren alle Plätze besetzt. Nach dem Essen begleitete Solus Doraja ins Stadtzentrum. Yuro wurde von May zu Eik und Kiran gebracht, wo er in den nächsten Tagen so viel wie möglich über die Kommunikationstechnik er Airin lernen sollte. Die beiden waren nicht wenig überrascht, als May ihnen ihr Anliegen unterbreitete. »Ein Inari aus dem tiefsten Hinterland will die Technik der Airin erlernen. Das hatten wir auch noch nicht. Wie viele Vorkenntnisse bringst du denn mit?«

»Um bei der Wahrheit zu bleiben, keine«, gestand Yuro offen. »Aber ich bin sehr gelehrig. Ihr solltet zumindest einen Versuch wagen.«

Eik und Kiran lachten. »Du bist ja sehr von dir überzeugt«, feixte Kiran.

»Das muss ich sein, sonst bräuchte ich gar nicht erst anzufangen«, gab Yuro zurück. »Aber wenn es sich als hoffnungslos herausstellt, können wir das Ganze jederzeit beenden.«

»Ich sehe, ganz so überzogene Vorstellungen, wie ich zuerst annahm, hast du doch nicht. Also, komm rein, und dann schauen wir mal, was wir für dich tun können.«

Damit begann für Yuro eine Ausbildung vollkommen anderer Dimension. Es vergingen fünf Wochen, in denen er sich auf eine ihm völlig fremde Materie einlassen, sie verstehen und anwenden lernen musste. Er wurde mit Schaltkreisen, Widerständen, Watt, Volt, Ampere, Kabeln, Leitfähigkeit und vielem mehr konfrontiert, lernte Schrauben und Löten und war allabendlich nahezu erschlagen von allem, was er in kürzester Zeit aufnehmen und behalten musste. Aber er kämpfte sich durch, ließ die gutmütigen Frotzeleien der Brüder, mit denen er sich sofort gut verstand, mit stoischem Gleichmut über sich ergehen. Er bewies einmal mehr wozu er in der Lage war, wenn er etwas von ganzem Herzen wollte, und rang damit nicht nur diesen beiden höchsten Respekt ab.

Auch Solus hielt sich wacker. Täglich drang er ein bisschen weiter in die Lebensweise der Airin ein. Oft schloss er sich Sian oder Doraja an, wenn diese Lebensmittel besorgten, oder er ließ sich von Arakim mit den mannigfaltigen Erledigungen rund um die Gasthofführung vertraut machen. Da er sich keineswegs dumm anstellte, wurden ihm schon nach kurzer Zeit immer wieder kleinere Aufträge erteilt, die er alleine erfüllen konnte. So war er einerseits gezwungen, sich in die Gegebenheiten einzufügen, andererseits stellten diese Botengänge eine wunderbare Gelegenheit dar, die eine oder andere Sache selbst in Erfahrung zu bringen. So lernte er die nähere und weitere Umgebung kennen, freundete sich nach und nach sogar mit den Lufttaxis, den Schnellbahnen und den Leuchtreklamen an.

Nur der allgegenwärtige Lärmpegel löste bei ihm auch nach mehreren Wochen noch immer dröhnende Kopfschmerzen aus. Desweiteren litt er, so sehr er dagegen ankämpfte, zunehmend unter Verfolgungswahn. Er vermeinte, den Graugewandeten wiedergesehen zu haben, dessen Augen sich auf dem Pagilari-Hof einst so fest in die seinen gebohrt hatten, dass er bewusstlos wurde, und er war sicher, dass dieser ihn beobachten ließ.

Etwas, das er weder benennen noch sich selbst erklären konnte, ging in ihm vor. Manchmal hämmerte es in seinem Kopf, als würde sein Schädel von innen zertrümmert, ein andermal hatte er das Gefühl, dass irgendetwas sein Gehirn infiltrierte und versuchte, ihm sein Wissen zu entreißen. Diese Momente waren kurz, aber sie häuften sich – und sie ängstigten ihn.

Yuro, das merkte Solus wohl, blieb seine Veränderung trotz der vollgestopften Tage nicht verborgen, aber sein Partner war rücksichtsvoll genug, ihn nicht zum Reden zu zwingen. Ob den anderen sein inneres Ringen in irgendeiner Weise auffiel, wusste Solus nicht. Er verbarg es, so gut er konnte.

»Nicht mehr lange«, sagte er sich. »Wir nähern uns dem Ziel. Ich kann, darf und werde jetzt nicht schlapp machen!«

So schleppte er sich durch die Tage, bis Yuro eines Morgens mit der Bitte an ihn herantrat, ihn nach Majakosch zu begleiten.

»Kiran meint, ich hätte genug gelernt. Nun muss ich nur noch die Kommunikationszentrale finden.«

»Wieso musst du dazu nach Majakosch?«

»Weil der Weg von hieraus zu weit ist. Ich komme in einer halbwegs vertretbaren Zeit nicht einmal bis an die Grenzen des Sperrbezirks. Ebenso wenig ist es mir möglich in Erfahrung zu bringen, wie ich in ihn hineinkomme. Die Dunkelphasen sind dazu bereits zu kurz.«

»Du hast es wohl schon ausprobiert?«, hakte Solus nach.

Yuro nickte. »Mehrmals, aber erfolglos. Ich muss diesen Gasthof verlassen und irgendeinen Unterschlupf finden, der so nah an der Grenze liegt, dass ich keine unnötige Zeit mit der Bewältigung der Hin- und Rückwege vergeude.«

»Willst du dich dafür in irgendeine Häuserecke drücken und hoffen, dass dich niemand bemerkt?«

»Nein, das wäre viel zu riskant. Mel hat von Gasthäusern erzählt, die sich auf Reisende der Sternenschiffe spezialisiert haben. Sie müssen nah an der Sperrzone liegen. Dort unterzutauchen ist es, was mir vorschwebt.«

»Und dann versuchst du auf gut Glück, dich innerhalb des abgeriegelten Gebietes zurechtzufinden?« Solus' Stimme klang abweisend, fast, als wolle er Yuro dessen Plan wieder ausreden.

»Ganz so blauäugig habe ich nicht vor, mich ins Abenteuer zu stürzen. Hast du nicht mitbekommen, was Mel über Laros erzählt hat? Es existieren Skizzen des Geländes. Die werde ich mir ansehen. Sie werden mir als Orientierungshilfe dienen.«

»Du bist wirklich ein hoffnungsloser Optimist und ein bisschen größenwahnsinnig noch dazu. Nur weil du jetzt ein paar Wochen Nachhilfe in Sachen Technik hattest, glaubst du, alleine bewältigen zu können, wozu selbst die Airin hunderte hochqualifizierter Leute benötigen.«

»Ach ja, wie kommt es zu deinem plötzlichen Stimmungswechsel?«

»Verdammt, Yuro, während du in diesem Laden versackt bist, hab ich mich mit der Umgebung und dem Leben hier vertraut gemacht. Dein Plan ist irrsinnig!«

»Hast du einen besseren?«

Solus schwieg.

»Ich werde jetzt nicht aufgeben«, brummte Yuro trotzig. »Und es liegt an dir, ob du mich begleitest, oder ob ich das Ganze alleine durchziehe.«

AUF DER SUCHE Oman saß allein in dem kleinen Büro, das Farrell ihm nach langwierigen Verhandlungen überlassen hatte. Nach jener für ihn so bedeutsamen Zufallsbegegnung auf dem Pagilari-Hof in Arimano hatte er sich von Galikoms Truppe getrennt. Seine Gedanken waren Achterbahn gefahren, und die Unruhe, die in ihm rumorte, seit sich der seltsam sengende Blick dieses jungen Mannes mit dem seinen getroffen hatte, zwang ihm die Rückkehr nach Majakosch mit einer solchen Dringlichkeit auf, dass er sich nicht dagegen zu wehren vermochte.

Eine einzige Lampe erhellte den ansonsten in tiefer Dunkelheit liegenden Raum. Auf dem Schreibtisch vor ihm türmten sich alte Akten – die Dokumentationen der Versuchsreihe, die ihm zum Verhängnis geworden war. Mit zitternden Fingern legte er abermals ein Blatt nach dem anderen um. Bereits vor zwei Monaten hatte er sie penibel durchgesehen, sich die Frequenzen der verbliebenen 21 Kinder herausgesucht, um jene zu ermitteln, die den Chip dieses einen dahingehend aktivieren würde, dass er die in den Hirnzellen gespeicherten Daten kopierte und sendebereit aufarbeitete.

Für 1.000 Airo hatte sich ein Techniker der Abteilung planetenweiter Nachrichten bereit erklärt, die infrage kommenden acht Impulse unauffällig auf die Reise zu schicken. Seitdem konnte er nicht viel mehr tun als warten.

Unglücklicherweise wusste er bis heute nicht sicher, ob der Rothaarige überhaupt noch am Leben, oder den Misshandlungen erlegen war, die Galikoms Männer ihm beigebracht hatten. Möglicherweise waren all seine Bemühungen umsonst. Wenn er nicht damals so außerordentlich unbedacht und unkoordiniert reagiert hätte, könnte er diese unbezahlbare Informationsquelle längst in seinen Händen haben. Wie oft schon war er mit sich selbst deswegen hart ins Gericht gegangen. Aber er hatte sich nicht damit abgefunden zu denken, dass es bereits zu spät war. Im festen Glauben daran, dass dieser Junge noch irgendwo dort draußen herumlief, arbeitete er verbissen weiter. War er schon so sehr in seinen Fanatismus verstrickt, dass er halluzinierte? Oder hatten sich ihre Wege tatsächlich vor einigen Wochen an der Stadtgrenze abermals gekreuzt?

Wenngleich es sich nur um einen vagen Verdacht handelte, ließ er alle Grauen, die er hatte erreichen können, nach ihm Ausschau halten. Er musste irgendwie an die von ihm gesammelten Daten kommen. Dafür würde er alles in seiner Macht stehende tun.

Um sich ein wenig von den immer wiederkehrenden Gedanken abzulenken, durchforstete er weiter die alten Akten, deren Inhalte ihn nicht loslassen wollten. Das Ablenkungsmanöver gelang. Seine Aufmerksamkeit konzentrierte sich auf die Blätter, die durch seine Finger glitten. Plötzlich tat Omans Herz einen Sprung, begann, laut und schnell zu schlagen. Sein Atem flog. Eine fast vergessene Erinnerung hatte sich brachial aus der Versenkung in den Vordergrund katapultiert: Kolonnen von Zahlen, angeordnet unter dutzenden von Diagrammen. Uralte Dokumente, bei Aushebungsarbeiten für eines der Landefelder in mehreren hundert Metern Tiefe geborgen, hatten die Wissenschaftler der Airin erst die entscheidenden Lücken in der Genmanipulation zu schließen befähigt. Geniale Köpfe hatten die Geheimnisse der Erbanlagen bis ins nahezu kleinste Detail entschlüsselt, sie als Zeichnungen, Formeln und Gleichungen festgehalten. Verbindungs- und Schnittpunkte für Genaustauschmöglichkeiten waren benannt, Ergebnisse entsprechender Versuche dokumentiert. Nahezu fünf Planetenjahre hatten er und seine Mitarbeiter benötigt, die einzelnen Blätter zu sichten, zuzuordnen, zu katalogisieren. Auf ihnen schließlich hatte sich die Reihe aufgebaut, deren einziges überlebendes Individuum – davon war Oman nach wie vor überzeugt – jener rothaarige Junge war.

Diese Akten mussten hier ebenfalls irgendwo dazwischen sein. Er selbst hatte sie archiviert, in Konservierungsharz eingeschweißt, damit sie nicht aus Nachlässigkeit doch noch der Verrottung anheimfielen, nachdem sie offensichtlich Jahrtausende überdauert hatten.

Mit vor Aufregung zitternden Händen klappte er den Ordner zu, der vor ihm lag, stellte ihn an seinen Platz zurück. Sein gehetzter Blick fuhr über die riesige Menge des Archivmaterials, das er hier eingelagert hatte. Er musste diese Dokumente finden. Ordner für Ordner zog er aus den Regalen, stellte sie resigniert zurück. Seine Augen tränten bereits vor Überanstrengung, seine Nervosität jedoch steigerte sich, je mehr Hefter er aussortierte. Etwas, das ihn damals kein bisschen beunruhigt hatte, ja, ihm in seiner Euphorie nicht einmal aufgefallen war, brannte sich in seine Überlegungen. Er suchte einige ganz spezielle Seiten. Er musste sich Gewissheit verschaffen, sonst würde er wahnsinnig werden.

Sie hatten die Problematik ausführlich im gesamten Team besprochen. Die Meinungen waren unterschiedlich gewesen. Letztendlich aber waren sie übereingekommen: Yuro sollte es zumindest versuchen. Mit einem Alternativplan würde man sich befassen, wenn eindeutig klar war, was man bewältigen konnte und was nicht.

So waren die beiden vier Tage später am Nachmittag abermals in den Zug gestiegen, der sie ins Zentrum von Majakosch brachte. Mel hatte eines der Gasthäuser für sie herausgesucht, Arakim die Reservierung vorgenommen. Getarnt als Gäste der kleinen Pension nahe des Raumhafens, in der überwiegend durchreisende Airin ihre erzwungenen Aufenthalte auf Innis verbrachten, hatten sie sich in einem Doppelzimmer eingemietet.

Yuro war, trotz aller Mühe, es zu verbergen, hypernervös, denn endlich würde es ihm gelingen, nahe genug an den Sperrbezirk heranzukommen, um seiner Schattengestalt ein Eindringen zu ermöglichen.

Mel hatte aufgrund von Laros' damaligen Berichten und dem, was er und sein Team bereits herausgefunden hatten einige Skizzen angefertigt, die ihm die Orientierung innerhalb dieses Geländes erleichtern sollten, und er hatte sie sich gewissenhaft eingeprägt. Seine Aufgabe bestand nun darin, das Kommunikationszentrum zu finden. In der dortigen Schaltzentrale musste es möglich sein, eine Verbindung zu allen Endpunkten des Netzes herzustellen. Zu erkunden, wie das zu bewerkstelligen sein würde, war sein vordringlichstes Ziel. Er würde dazu weit mehr als diese eine Nacht brauchen, das war allen klar, aber zunächst musste er sich einen Gesamtüberblick verschaffen, dann konnte er sich den Details widmen.

Solus wachte an seiner Seite. Er würde ihn zurückholen, wenn Gefahr im Verzug war. Zwar sah sein Freund mittlerweile mehr wie ein ausgebrannter Schwerstarbeiter denn wie ein voll einsatzfähiger Widerständler aus, aber er wiegelte alle diesbezüglichen Fragen ab, wies jegliche Hilfe von sich, und Yuro war taktvoll genug, nicht gegen dessen Willen in seinen Gedanken herumzuschnüffeln. Solus war alt und erfahren genug, um zu wissen, was er sich zumuten konnte und was nicht. Jedenfalls hoffte Yuro das.

Ohne groß über die bevorstehende Aktion zu reden, hatten sie sich am Abend in ihre Betten gelegt, und für jeden uneingeweihten Beobachter musste es so aussehen, als schliefen sie beide. Yuros Astralkörper schlüpfte durch die Zimmertür, schlich die nur schwach durch ein Nachtlicht beleuchtete Treppe hinab und wartete, bis einer der in der Wirtsstube Zechenden die Tür öffnete, um seinem umnebelten Verstand ein bisschen frische Luft zuzuführen. So wenig er in diesem Zustand zu sehen war, so unmöglich war es ihm, einfach durch Wände oder geschlossene Tore zu gehen. Andererseits ermöglichte ihm genau dieses Manko, Gegenstände der realen Welt zu berühren.

So schnell ihn seine Beine trugen jagte er zu der riesigen Schallschutzmauer, die den gesamten Raumhafenbezirk einschließlich der Geheimdienstzentrale umgab. Die wenigen Durchgänge waren geschlossen, nur an einem betraten oder verließen Mitarbeiter den Sicherheitsbereich. Auch hier gab es Retina-Überprüfungen, einfach, aber effizient. Nur wer legitimiert war, konnte ohne strengste Individualkontrollen das hinter der Mauer liegende Territorium betreten.

Dies alles hatte Laros bereits herausgefunden. Hier hineinzukommen stellte sich glücklicherweise als nicht allzu schwierig dar. Yuro schlüpfte einfach hinter einer Frau, die das Überprüfungsgerät als autorisiert einstufte, durch die Passage. Er folgte ihr, als sie mit forschem Schritt auf eines der Gebäude zusteuerte, von dem die Skizze besagte, dass es die Zentralkantine beherberge. In dessen riesiger Eingangshalle wiesen eine Menge Schilder auf allerlei Abteilungen hin. Alles war sehr verwirrend. Gleichmäßige Helligkeit suggerierte Tageslicht, zusätzliche Lichter in verschiedenen Farben blendeten die Augen. Rollbänder, sich bewegende Treppen und Fußbodenmarkierungen, die seiner Meinung nach in ihrer Vielfalt für mehr Chaos sorgten, denn als Orientierungshilfe dienten, stellten ihn zunächst vor ein schier unlösbares Problem. Wohin sollte er sich in diesem Durcheinander wenden?

›Nur nicht den Kopf verlieren‹, ermahnte er sich. Mehrmals tief durchatmend sammelte er sich.

Zuerst war es wohl angebracht, die Schilder durchzulesen. Dabei fiel ihm auf, dass die Bodenmarkierungen in denselben Farben gehalten waren wie diese. Eigentlich eine clevere Lösung. Nur, eine Kantine befand sich offensichtlich nicht in diesem Trakt. Eine Weile starrte er durch die riesigen Fenster auf das Treiben außerhalb. Anscheinend kannten die Airin, die hier arbeiteten, keine Nacht, denn nicht nur hier drinnen, sondern auch draußen war es gleißend hell.

Yuro rief sich die Skizze ins Gedächtnis zurück. Entweder war bei der Beschriftung des Planes etwas durcheinander geraten, oder es musste mehrere baugleiche Gebäude geben, die direkt hinter einem der Durchgänge lagen, jedoch unterschiedliche Funktionen erfüllten, und Laros hatte seinerzeit einen anderen Eingang gewählt. Man konnte das Gelände trotz der Hochhäuser, die Majakosch in reichlicher Anzahl aufwies, nicht von oben überschauen, denn ein strahlender Schirm aus nebligem Licht hüllte das gesamte Areal wie in einen Kokon. Daher hatte auch sein Bruder vor der nicht ganz einfachen Aufgabe gestanden, anhand seiner eigenen Wahrnehmung einen Lageplan zu erstellen.

Wieder dachte Yuro angestrengt nach. Bei einem solch riesigen Komplex musste es einen Gesamtübersichtsplan geben. Diesen galt es zu finden.

Beim nächsten Öffnen der lautlos aufgleitenden Schiebetüren verließ er das Gebäude wieder, um noch eine Weile die Leute zu beobachten. Auch einige Graugewandete fielen ihm nach einiger Zeit auf. Intuitiv schloss er sich dieser Gruppe an. Die acht lachten und grölten, zogen in respektlosen Witzen über die Inari her, wobei sie zielstrebig vorwärts schritten.

Während Yuro ihnen lautlos und unsichtbar folgte, stellte er fest, dass in diesem Bezirk alles ausschließlich unter zweckdienlichen Aspekten erbaut worden war. Es gab keine verträumten Ecken, keine weichen Rundungen, nichts, was irgendwie ein wenig Gemütlichkeit oder Wohlbehagen aufkommen ließ. Alles war steril, blank, kantig und hart, kein Millimeter Platz vergeudet, und die Gesichter der Menschen, an denen er vorbei kam, wirkten ähnlich. Die meisten Mienen waren wie eingefroren, als hätten sie nie erfahren, was ein Lächeln oder Freude war.

Wenn Yuro schon der Unterschied zwischen dem stadtnahen Ort Manjana und der Weitläufigkeit der Landschaft, in der er aufgewachsen und durch die er gereist war, einen Schock versetzt hatte – was ihm hier begegnete, lähmte ihn regelrecht.

Wie konnten die Airin nur wünschen, den Planeten vollständig mit dieser Art gefühlskalter Rücksichtslosigkeit zu überziehen, in der alles von und durch die dominierende Technik bestimmt wurde? Merkten sie denn gar nicht, dass sie nur noch Marionetten ihrer eigenen Maschinen waren? Dass nicht mehr die Maschinen ihnen, sondern sie diesen dienten? Dass sie vollkommen abhängig von all ihren Geräten waren?

Die meisten, die ihnen entgegen kamen, trugen auf ihrer Brust ein kleines Kästchen, das unaufhörlich in verschiedenen Farben flimmerte und irgendwelche Töne von sich gab. Erst nach und nach verstand Yuro, dass diese kleinen Dinger Kommunikatoren waren, die auch als Navigationsgeräte eingesetzt wurden. Darum also steuerten alle so unbeeindruckt von dem farbenprächtigen Durcheinander unbeirrbar auf ihr Ziel zu. Die einzigen, die offensichtlich auch ohne diese Art Leitsystem zurechtkamen, waren die Graugewandeten.

Das ergab sogar für Yuro einen Sinn: An ihren Einsatzorten waren die Kommunikationsgeräte auf diese Weise nicht zu verwenden, darum hatte sich bei diesen Leuten der natürliche Orientierungssinn erhalten. Sie durchquerten mehrere Gebäudeschluchten, bogen mal hier, mal dort ab, hielten sich aber im Großen und Ganzen rechts.

Ein sechseckiger Komplex schob sich in Yuros Gesichtsfeld, und auf eben diesen hielten die Grauen zu. Die Schriftzeichen, die in regelmäßigen Abständen wohl die gesamte Außenwand umrundeten unterschieden sich nur wenig von denen, die er im Hayuma-Konvent gelernt hatte und es bereitete ihm keine Mühe, sie zu entziffern. Es waren nur drei Buchstaben und eine Ziffer, ihr Sinn jedoch erschloss sich ihm nicht.

Ohne den kleinsten erkennbaren Hinweis auf eine Pforte blieben die Graugewandeten mit einem Mal stehen. Einer trat vor, legte seine linke Hand auf eine der schwarz glänzenden Mauerplatten und starrte stur geradeaus auf die Wand.

Yuro nahm kurzwellige Vibrationen wahr. Ein Schirm aus Energie wuchs aus dem Boden, separierte den einzelnen von seinen Begleitern, umspannte diesen und einen etwa zwei Meter hohen sowie einen Meter breiten Bereich der Hauswand. Dieser glitt wie die Schiebeelemente einer Doppeltür auseinander und ermöglichten dem Mann den Durchtritt.

Einer der Zurückgebliebenen grinste. »Jedes Mal das gleiche Theater. Immer schön einer nach dem anderen, damit ja keiner diese heiligen Hallen betritt, der darin nichts zu suchen hat. Wie einfach es uns in dieser Hinsicht die Inari machen: Drück die Klinke und tritt ein!«

Die anderen lachten. Yuro wusste nicht so recht, wie er diese Worte bewerten sollte. Machten die Männer sich lustig über sein Volk, oder schwang in ihren Stimmen doch ein bisschen etwas mit, das man als Resignation deuten konnte?

Als der Durchgang sich wieder geschlossen hatte und der Energieschirm erloschen war, trat der zweite nach vorne. Das Prozedere wiederholte sich. Yuro wartete, bis der dritte an der Reihe war. Mit ihm zusammen betrat er eine kleine Vorhalle, von der aus über einen Aufzug die unterschiedlichen Etagen des Gebäudes zu erreichen waren. Innerhalb dieses Bauwerkes gab es weder Hinweisschilder noch Bodenmarkierungen. Wer hier hineinkam, wusste, wohin er sich wenden musste.

Die Zeit, die es dauerte, bis alle acht Grauen durch den Eingang geschleust waren, nutzte Yuro, sich gründlich umzusehen und so viel wie möglich einzuprägen. Den Aufzug zu benutzen stellte gar kein Problem dar. Einer der Männer betätigte den Rufknopf, und nur Augenblicke später öffneten sich die Schiebetüren einer geräumigen Kabine, in die bequem die doppelte Anzahl Leute hineingepasst hätte.

Die Männer wählten, sehr zu Yuros Bedauern, fünf unterschiedliche Etagen aus. Er musste sich schnell entscheiden, in welcher auch er den Aufzug verlassen wollte. Als der erste der Kabine entstieg, blickte Yuro diesem kurz hinterher und prägte sich ein, was er sah. Ebensolches tat er beim nächsten, übernächsten und vierten Halt. Erst im höchsten Obergeschoss verließ er die Aufzugkabine wie auch die letzten beiden Männer.

Der sich ihm hier bietende Anblick verschlug ihm geradezu den Atem. Er stand in einer lichtdurchfluteten Halle, durch deren gläserne Begrenzungswände er in einen offensichtlich die gesamte Gebäudefläche einnehmenden Labortrakt sehen konnte. Es gab mannigfache Abteilungen, die untereinander ebenfalls durch gläserne Wände gegliedert wurden, sowie große, dunkle Kästen, in denen wohl Maschinen untergebracht waren. Ihnen ordnete Yuro das unterschwellig zu vernehmende Ticken und Blubbern oder auch Scharren und Schnaufen zu, das in seiner Gleichmäßigkeit unmöglich von Lebewesen verursacht werden konnte. Er stand vor einem der modernsten und ausgeklügelten Forschungslabore, das die Airin je gebaut hatten.

Yuro schluckte. Er hatte schon viele Geschichten gehört, seit er sich Mels Gruppe angeschlossen hatte. Das jedoch überstieg seine kühnsten Fantasien. Die beiden Grauen, denen er hierher gefolgt war, hatte er vollkommen vergessen. Außerdem waren sie längst seinem Gesichtsfeld entschwunden. Überall eilten geschäftige, in weiße Kittel gehüllte Gestalten herum. Einige trugen einen Mundschutz, alle Handschuhe, manche seltsame Brillen oder Lichter auf der Stirn.

Ganz nah an der Wand, die Yuros Blicke eben passierten, standen zwei Männer, die höchst aufgeregt über irgendetwas diskutierten. Einer war wie alle anderen mit einem weißen Kittel bekleidet, der andere trug ein graues Hemd und eine graue Hose. Es war eindeutig Airin-Kleidung, aber die Farbe wies ihn wohl als ein Mitglied der Sondereinheit aus, denn der Weißgekleidete wirkte äußerst beflissen, ihm behilflich zu sein.

Der Graue bannte Yuros Aufmerksamkeit. Diesen einen kannte er. Er war ihm im Wald von Dominyé schon zweimal begegnet, und einmal hatte er sein Bild in Solus' Erinnerung gesehen, als dieser ihm von dem Zwischenfall auf dem Pagilari-Hof erzählte. Zu ihm schien sein Partner in einer ganz besonderen Verbindung zu stehen, wenngleich Solus das nach wie vor bestritt. So viel gehäufte Zufälle konnte es nicht geben.

Irgendwie musste es Yuro gelingen, sich diesem Individuum an die Fersen zu heften. So weit er es vermochte, folgte er den beiden, als diese sich wieder in Bewegung setzten, getrennt nur durch die gläserne Mauer. Sie verschwanden in einem der durch Sichtschutzwände abgetrennten Abteile, und lange Zeit sah Yuro weder den einen noch den anderen wieder daraus hervorkommen. So übte er sich in Geduld, was nicht gerade einfach war, da ihm die Zeit unter den Nägeln brannte. Wie viele Stunden waren bereits vergangen? Wann musste er den Rückzug antreten?

›Gar nicht‹, schoss es ihm durch den Kopf. ›Wenn Solus mich weckt, wird der Strudel mich automatisch zurückbringen.‹ Fast hätte er laut gelacht. So oft hatte er sich bemüht, vor dem Morgengrauen in seinem Körper zurück zu sein, dass er völlig vergessen hatte, dass allerspätestens das heraufziehende Tagesgestirn ihm die Entscheidung abnahm. Er konnte seinen Körper nur in der natürlichen Dunkelheit verlassen, und er konnte seinen materiellen Körper auch nur während der Dunkelheit an den Ort holen, an dem sich sein

Astralkörper befand. Noch fühlte er den Sog nicht, aber wenn er einsetzte, gab es keine Möglichkeit, sich ihm zu entziehen. Also würde er die ihm verbleibende Zeit bis zur letzten Sekunde ausnutzen.

Er lehnte sich an die Glaswand und wartete. Unterdessen ging er in Gedanken noch einmal die Aufzeichnungen durch, die er sich in Manjana verinnerlicht hatte. Er war so sehr mit der Verfolgung der Graugewandeten beschäftigt gewesen, dass er seinen Lageplan völlig außer Acht gelassen hatte – dabei war dieser sechseckige Bau eines der am deutlichsten hervorgehobenen Gebäude in Mels Skizze gewesen. Wo immer Laros das Gelände betreten hatte, er war ebenfalls hier gewesen.

Ob es irgendeinen Zusammenhang gab zwischen seiner damaligen Entdeckung, diesen Labors, Solus und diesem einen Grauen? Warum hatte ihn sein Instinkt ausgerechnet hierher geführt, wo er doch die Kommunikationszentrale suchte?

Ein plötzlich einsetzender Schwindel riss ihn sowohl aus seinen Gedanken als auch unerbittlich von diesem Ort weg. Wie einst aus der verborgenen Abteilung der Bibliothek des Klosters wirbelte er durch eine in allen Farben schillernde Spirale und fand sich neben Solus wieder. Schwaches Morgenrot kroch bereits über den staubig verschleierten Horizont.

Mit tränenden, brennenden Augen verließ Oman Stunden später das Projektbüro, in dem er mit Shaim, dem Mann, der seinen Posten übernommen hatte, nahezu drei Stunden lang ergebnislos diskutiert hatte. Der konnte oder wollte ihm nicht weiterhelfen. Wo noch konnten diese für ihn so wichtigen Unterlagen hingekommen sein?

Mit hängenden Schultern schleppte er sich in sein Büro zurück, aber arbeiten war, trotz aller Bemühungen, nicht mehr möglich. Sein Blick war getrübt, seine Lider sanken immer wieder nach unten, und sein Gehirn nahm von dem, was seine Augen nur noch mit größter Mühe entzifferten so gut wie nichts mehr auf. Sein Kopf sank auf die Schreibtischplatte, und gnädiger Schlaf entzog ihn jeglicher Selbstzerfleischung.

Yuro blinzelte. Dieser abrupte, unbeeinflussbare Ortswechsel stellte sein Gleichgewichtsempfinden noch immer jedes Mal auf eine harte Probe. Der Raum um ihn herum drehte sich wie die Spirale, die ihn unnachgiebig zurückgeschleudert hatte, und er rang mit Schwindelgefühlen und dem damit einhergehenden Brechreiz. So heftig hatte er diese Art des Rücktransportes nicht in Erinnerung.

›Die Entfernung war nie so weit‹, dämmerte ihm, als die Übelkeit abklang und er wieder klar denken konnte.

Ob er wohl auch zu Beginn der Dunkelheit durch diese Spirale an den Ort, von dem sie ihn geholt hatte zurückkehren konnte? Das würde ihm einiges an Zeitersparnis einbringen und ihm, wenn er denn die Kommunikationszentrale gefunden hatte, viel Mühe ersparen. Wieder einmal merkte Yuro, dass er noch längst nicht alle seine Fähigkeiten kannte oder in vollem Umfang zu nutzen verstand.

Solus neben ihm regte sich verhalten. Er war eingeschlafen und kehrte gerade ebenso aus dem Reich der Träume zurück wie Yuro selbst. Welch ein Glück, dass sie unbehelligt geblieben waren. Eigentlich hatte Yuro gute Gründe, Solus seiner Pflichtvergessenheit wegen zu maßregeln, aber er unterließ es. Wenn es darauf ankam war er bisher stets zuverlässig an seiner Seite gewesen.

Den Tag verbrachte Yuro meditierend in ihrem kleinen Zimmer. Solus war gegen Mittag aufgebrochen, um ein paar Lebensmittel und Wasservorräte zu besorgen, jedoch von seinem Besorgungsgang noch nicht zurückgekehrt, und allmählich begann Yuro, sich ernsthafte Sorgen um ihn zu machen. Zwar hatte er seine übliche Stadtkleidung getragen und seine Haare unter einer der bei den hiesigen Jugendlichen angesagten Käppis versteckt, aber vielleicht war genau das der Fehler gewesen. Wer trug bei den angenehm warmen Temperaturen, die hier herrschten, schon eine Kopfbedeckung? Die Sonneneinstrahlung war alles andere als intensiv bei der

Dunstwolke, die über der Stadt lag. Leise fluchte Yuro vor sich hin. Wenn die Häscher ihn aufgegriffen hatten, brachte das ihr gesamtes Vorhaben in Gefahr.

Die lichtspendende Scheibe näherte sich bereits wieder dem Horizont. In weniger als einer Stunde würde sich die Dunkelheit über Majakosch senken. Wohin sollte er sich dann wenden? Wo sollte er Solus suchen?

Tief durchatmend sank Yuro auf seine Bettstatt nieder. Wieder einmal war er an einem Punkt angelangt, an dem er seiner Intuition vertrauen musste, denn rationale Überlegungen halfen ihm nicht weiter. Konzentriert lauschte er in sich hinein, und so abwegig es ihm auch erschien, als die Sonne vollständig aus dem Sichtkreis der Stadt verschwunden war, stellte er sich mit aller ihm zu Verfügung stehenden Konzentration den Gang innerhalb des sechseckigen Gebäudes vor, dessen gläserne Wand ihn von den Labors getrennt hatte. Dort und nirgendwo anders musste er hin!

Das Bild wurde klarer und klarer, je länger er seine gesamte Aufmerksamkeit in die Visualisierung investierte. Wie durch eine lange Röhre glitt er darauf zu, wurden die Umrisse schärfer, erweiterte sich sein Gesichtsfeld. Plötzlich schob sich der Tunnel wie ein Teleskop ineinander. Er erhaschte noch einen kurzen Blick auf das Zimmer, in dem sein Körper reglos auf seinem Lager verweilte, dann verkleinerte sich der Bildausschnitt, verschwand, und er prallte unsanft auf den Boden.

Wie schon am Vorabend herrschte hier geschäftiges Treiben, nur erschien es Yuro heute von wesentlich mehr Aufregung durchdrungen zu sein. Immer wieder sah er die Forscher – oder wie sonst sie sich nannten – die Köpfe zusammenstecken und wild gestikulierend miteinander tuscheln. Häufig deuteten ihre ausgestreckten Zeigefinger in ein und dieselbe Richtung, was Yuros Interesse erregte.

Langsam ging er an der durchsichtigen Wand entlang, die, je länger er dies tat, eine leichte Krümmung aufwies, als folge sie der äußeren Struktur des Gebäudes. Auf der anderen Seite wand sich der Gang um einen säulenartigen Innenraum aus spiegelndem Material. Deshalb also war ihm nicht gleich aufgefallen, dass gar nicht zu beiden Seiten des Ganges ausschließlich Laborräume angeordnet waren. Die Täuschung war nahezu perfekt.

Endlich gelangte er zum Haupteingang dieses Traktes, der sich, als er ihn fast erreicht hatte, lautlos öffnete, und eben jenen Graugewandeten passieren ließ, den Yuro bewusst oder unbewusst suchte. Der andere, mit dem er am Vortag so heftig diskutiert hatte, begleitete ihn. Ein weiterer, der eine ungeheure Autorität ausstrahlte, schloss sich ihnen an.

›Ob das Farrell ist?‹, blitzte es in Yuros Gedanken auf. Was hatten Ray und Cahan damals zu hören bekommen? ›Farrell wird schon wissen, wie er das, was er wissen will, aus ihnen herausbekommt.‹

Dumpfe Angst beschlich ihn. Wenn sie Solus in ihrer Gewalt hatten ... »Dann ist es umso vordringlicher, dass ich meine Mission, vorerst hintenan stelle«, sagte er sich und hetzte den dreien, die ein ziemliches Tempo anschlugen, hinterher.

Er hätte sie keine Sekunde später erreichen dürfen, sonst wäre die kaum sichtbare Öffnung bereits zu eng gewesen, als dass auch er sie noch hätte passieren können. Gerade rechtzeitig gelang es ihm, sich ebenfalls durch den kleiner werdenden Spalt zu drücken, bevor die Tür sich schloss. Das hier vorherrschende Dämmerlicht offenbarte ein kleines, vollgepacktes Büro, in das man auch noch eine Liege hinein geschoben hatte. Auf dieser lag – fast wäre Yuros Lippen ein Schrei entwichen – Solus, gefesselt wie ein Verbrecher!

Seine Handgelenke wiesen Blutergüsse und Abschürfungen auf, als hätte er vergeblich versucht, sich zu befreien. Jetzt jedoch lag er vollkommen ruhig, unnatürlich ruhig. Wenn sich nicht sein Brustkorb regelmäßig höbe und senkte, hätte man ihn für tot halten können. Solus' Haut war wächsern und wie von einem Grauschleier überzogen.

›Ich muss ihn hier rausbringen! Wer weiß, was sie ihm noch antun werden‹, schoss es durch Yuros Kopf.

Daher bekam er nur mit halbem Ohr mit, wie der Graue die anderen beiden in seine Pläne einweihte. »Ich werde ihn dorthin zurückbringen lassen, wo er aufgegriffen wurde. Das Amnesikum wird dafür sorgen, dass er die letzten fünfzehn Stunden vergisst. Er wird glauben, er sei zusammengeschlagen und liegengelassen worden und genau dort weitermachen, wo er aufgehört hat. Oh, dieses Goldkind war ungeheuer mitteilsam«, Oman hatte ihm Blutproben entnommen, die seine lang gehegten Hoffnungen endgültig bestätigt hatten, »und wenn er erst sendet …! Endlich, endlich kommen wir nah genug an diese verdammten Inari heran, um ihre Schwächen in unsere Stärken verwandeln zu können.«

Yuro hatte, was Solus anging, vorerst genug gehört. Omans Äußerung hatte ihn wie ein Schlag in die Magengrube getroffen. Auf einmal ergab die Warnung im ›Buch des Schicksals‹ für ihn einen Sinn: »*Hütet euch vor dem Gold! Es wurde ausgesät, um das Verderben zu bringen!*«

Mit dem »Gold« waren Solus' Augen gemeint. Solus war einer der von Lynnja erwähnten Maulwürfe. Hatte Yuro tatsächlich die ganze Zeit über einen Verräter an seiner Seite gehabt? War ihre Freundschaft nichts weiter als eine geschickte Täuschung?

Wie betäubt blieb Yuro in der Ecke stehen, in der er sich positioniert hatte. In seinem Kopf pochte es. Nein, das eben Gehörte konnte, wollte er so nicht glauben. Er kannte Solus. Er würde nie …

Rigoros unterband er weitere Überlegungen. Er durfte Solus nicht verurteilen, bevor dieser nicht wenigstens eine Chance zur Verteidigung erhalten hatte, und zum jetzigen Zeitpunkt waren andere Dinge weitaus wichtiger. Was, beispielsweise, enthielten die Unterlagen, die der Graue den anderen beiden triumphierend entgegenstreckte? Leider gab es für Yuro keine Möglichkeit sich unbemerkt so zu postieren, dass er ebenfalls hätte Einblick in die Dokumente nehmen können, und nur kurze Zeit später verließen die drei den Raum wieder, die Schriftstücke mit sich führend.

Solus ließen sie zurück. Da Yuro nicht wusste, wie viel Zeit ihm bliebe, bevor irgendwer seinen Partner abholen und dahin zurückschaffen würde, wo sie ihn in ihre Fänge bekommen hatten, widmete er sich den Papieren, die auf dem Tisch liegen geblieben waren. Aussagekräftig waren sie für ihn nicht. Die meisten waren mit flüchtig dahin gekritzelten Formeln, Zahlen und Skizzen übersät. Unter all den losen Blättern, die er behutsam wieder so zusammenlegte, dass es niemandem auffallen würde, dass sie ein weiteres Mal durchgesehen worden waren, bemerkte er einige andere, deren Oberflächenstruktur sich deutlich von den übrigen unterschied.

Ein Zittern durchlief seinen Astralkörper, als er diese Seiten vorsichtig unter den anderen hervorzog. Mit einer Art Spange waren weitere ›normale‹ Papiere an diesen befestigt, alle mit Formeln und Skizzen versehen. Selbst für Yuro war offensichtlich, dass die eingeschweißten Dokumente alt, sogar uralt waren. Sie entsprachen in Aussehen und Aufbau jenen, die er in den Folianten der verborgenen Abteilung vorgefunden hatte.

Auch von Genetik verstand er, dank seiner Ausbildung im Konvent genug, um diesen Zeichnungen und Erklärungen eine Bedeutung zuordnen zu können. Wie hypnotisiert starrte er auf die Unterlagen in seinen Händen. Sie waren die Bestätigung dessen, was er seit langem vermutete! Wenn das an die Öffentlichkeit gelangte, machte es das Ansinnen der Airin überflüssig. Vielleicht war dies das Zünglein an der Waage, das zu ihren Gunsten ausschlug. Nur, offenbar war er nicht der einzige, dem diese Erkenntnis zuteil geworden war. Ob der Graue danach so fieberhaft gesucht hatte?

Ein leises »Klick« schreckte ihn auf. Hastig schob er die Dokumente wieder unter die losen Blätter zurück und zwängte sich anschließend unter den Tisch. Zwei der Graugewandeten, denen er am Vortag in dieses Gebäude hinein gefolgt war, betraten den Raum. Der eine schnallte Solus von der Liege los, warf ihn sich nachlässig über die Schulter, der andere blieb in der Tür stehen, um diese offen zu halten.

Yuro kroch aus seinem Versteck heraus und huschte, solange die Pforte aufgehalten wurde, noch vor den Grauen auf den Gang hinaus. Mit etwas Glück konnte er mit diesen zusammen bis zu der Stelle gelangen, an der sie Solus abzuladen gedachten. Die beiden schienen nicht sonderlich begeistert über ihren Auftrag und bestrebt, ihn möglichst schnell hinter sich zu bringen. Yuro musste sich außerordentlich anstrengen, an ihren Fersen zu bleiben und dabei jeglichen Körperkontakt mit Entgegenkommenden zu vermeiden.

Im Aufzug wäre es fast zu einem Zusammenstoß zwischen ihm und zwei weiteren gekommen, die von der anderen Seite hinzu stiegen. Als sie den sechseckigen Bau verließen, atmete er darum erleichtert auf. Hier draußen gestaltete sich alles etwas einfacher. Sie nahmen den gleichen Weg wie am Abend zuvor, nur in umgekehrter Richtung. In einer nur von schummrig buntem Licht dürftig ausgeleuchteten Gasse luden sie Solus ab, drehten sich um und verschwanden in der Menge.

Von Orten dieser Art hatte Arakim ihm an einem Abend während seiner ersten Woche in Manjana erzählt. Was Solus wohl ausgerechnet hier gewollt hatte? Er würde ihn fragen, sobald er wieder bei Bewusstsein war.

Yuros vordringlichstes Problem war nun allerdings, seinen Freund unauffällig und unbehelligt zum Gasthof zurückzubringen. Er musste eine ziemliche Weile warten, bis dieser sich stöhnend zu rühren begann.

Solus wand sich in Zuckungen. Flammende Nadeln stachen in seinen Schädel, glühende Wellen durchfluteten seinen Geist. Sein Gehirn brannte, als rinne Säure durch jede einzelne Zelle. Er schrie, und die Qual seiner eigenen Laute marterte seine Ohren. Er fühlte den Schweiß in seine Augen rinnen, seine Haare verkleben, seine Kleidung durchnässen. Seine Hände ballten sich in hilfloser Verzweiflung zu Fäusten, öffneten sich. Seine Finger krümmten sich zu Krallen, pressten sich in der wahnwitzigen Hoffnung, den Schmerz aus seinem Haupt heraus reißen zu können, in seine Kopfhaut. Blut lief aus den zerbissenen Lippen über sein Kinn, tropfte auf seine Kleidung, hinterließ eine absurde Spur seiner Pein. Mit fiebrig glänzenden Augen stierte er auf das Pflaster unter sich, bevor er sich würgend erbrach. Als er sich mühsam aufzurichten versuchte, knickten seine Beine mehrmals unter ihm ein.

Hilflos musste Yuro das Leid seines Partners mit ansehen. Neben den offensichtlichen Schmerzen schien er massive Koordinationsschwierigkeiten zu haben, denn er taumelte. Was sie ihm auch verabreicht haben mochten, zu einem Vorteil gereichte es seinem Freund nicht.

Vorsichtig glitt Yuro an Solus' Seite, schlang einen Arm um dessen Taille, zog einen von Solus' Armen über seine Schultern. Ein irres Grinsen überzog Solus' Gesicht. Er nuschelte irgendetwas, sackte in sich zusammen und ließ sich von Yuro mehr mitschleifen, als dass er selbst lief. Wie dankbar war Yuro um seinen nahezu untrüglichen Orientierungssinn, der es ihm ermöglichte, den kürzesten Weg zu ihrer Unterkunft einzuschlagen.

Auch als Astralgestalt war es kein Leichtes, Solus fast zwei Kilometer weit zu schleppen. Glücklicherweise war die Tür des Nebeneinganges noch unverschlossen. So gelangten sie ungesehen ins Haus und auch in ihr Zimmer.

Yuro ließ Solus behutsam auf seinem Bett nieder und kehrte dann in seinen Körper zurück. Sein Freund wirkte noch immer wie in einer Art Trance, als Yuro ihm die Schuhe auszog und ihm auch beim Entkleiden half.

Solus' Gedanken waren ein einziges Chaos, das wie Schläge auf Yuros Geist eindrosch, darum blockte er diese so schnell es ging vollständig ab. Noch konnte er von seinem Freund nichts erfahren. Eines jedoch wusste Yuro genau: Heute Nacht würde er dieses Zimmer nicht mehr verlassen!

Er legte sich an Solus' Seite, schlang einen Arm um dessen Brustkorb und hielt ihn, bis das unwillkürliche Zittern seiner Muskeln abnahm, schließlich aufhörte, der flache, gehetzt wirkende Atem allmählich ruhiger, tiefer wurde und er endlich einschlief.

AUSSPRACHE Als Yuro erwachte lag Solus mit offenen Augen neben ihm und starrte an die Decke. Seine Hände waren eiskalt und zu Fäusten geballt, sein Körper vibrierte vor Anspannung.

»Was ist los?«, flüsterte Yuro.

Solus zuckte zusammen. »Ich wünschte, du hättest mich sterben lassen«, erwiderte er, und die Trostlosigkeit, die diesem Satz innewohnte, erschreckte Yuro mehr als die Worte.

»Du hattest Recht mit deiner Annahme«, fuhr er stockend fort. »Zwischen mir und den Graugewandeten gibt es tatsächlich eine Verbindung. Ich bin einer von ihnen! Ich ... bin ein Kunstprodukt, ein Zuchtobjekt, einzig dazu erschaffen, unbemerkt Widerstandszellen zu infiltrieren, um diese, und die Fähigkeiten ihrer Mitglieder, auszukundschaften. Oman, das ist der Graue, von dem du schon die ganze Zeit vermutest, dass er zu mir in einer besonderen Beziehung steht, war der Projektleiter der damaligen Versuchsreihe. Er hat mich auf dem Pagilari-Hof an meinen Augen erkannt. Deshalb hat er alles daran gesetzt, mich in seine Hände zu bekommen. Ich wollte mich in der Paradiesgasse ein wenig umhören. Dort erfährt man mehr.«

Deshalb also war Solus in dieser Gegend gewesen.

»Sie waren zu dritt, haben mich mit irgendetwas betäubt, und ich bin erst in einem nur schwach beleuchteten Raum, angeschnallt auf einer Liege, wieder zu mir gekommen. Er saß an einem Tisch voller Papiere. Als er mitbekam, dass ich wach war, wandte er sich mir zu und sprach mit mir.« Solus schloss müde die Augen. »Ich weiß jetzt, was ich bin. Ich bin der Feind, Yuro! Mein ganzes bisheriges Leben war eine einzige Lüge. Meine Aufgabe ist es, alles, was ich über die Inari weiß, der geheimen Kommandozentrale zu übermitteln, um der Regierung meines Volkes anhand dieser Daten die Konstruktion von gezielt auf eure Fähigkeiten ausgerichteten Abwehrwaffen zu ermöglichen. Ich wurde nur aus diesem einen Grund in die Gemeinschaft der Mönche eingeschleust! Und als du dort auftauchtest, war das wie der Fund eines Diamanten unter Abermillionen Kieseln.« Solus verstummte einen

Moment, wie um Kraft für seine nächsten Worte zu sammeln. »In meinem Nacken sitzt ein Mikrochip. Auf ihm ist alles gespeichert, was ich seit meiner Geburt erfahren habe. Außerdem ist in ihm ein Hochleistungssender integriert. Oman muss ihn aktiviert haben, bevor sie mich zurück brachten. Vielleicht hat das die Krämpfe, und die Kopfschmerzen ausgelöst, unter denen ich litt, als du mich fandest.«

Solus sprach, wie auch Yuro so oft, mit der monotonen, emotionslosen Stimme eines Roboters. Yuro hörte ihm regungslos zu, ohne ihn auch nur einmal unterbrechen zu wollen. Das also war es, was Solus wieder hatte vergessen sollen. Eine glatte Bestätigung dessen, was Laros herausgefunden und das ›Buch‹ angedeutet hatte.

Wie eine Mauer fiel das Schweigen zwischen ihnen nieder. Die in der Nacht mühsam verdrängten Gedanken brachen sich abermals machtvoll Bahn, zogen Yuro beinahe den Boden unter den Füßen weg. Er presste die Hände an seine Schläfen, kniff die Augen zusammen. Das konnte, durfte alles nicht wahr sein. Solus' gequälter Gesichtsausdruck stand noch immer wie ein Flammenschild vor ihm.

Vorsichtig drang er in den Geist seines Gegenübers ein und fand seine Intuition bestätigt. Solus kämpfte! Seine Erfahrungen, seine Gefühle, all das, was er erlebt hatte, stemmte sich dem Auftrag entgegen, der in den Datenspeichern des Mikrochips hinterlegt war. Er befand sich in einem Zwiespalt, der ihm nahezu die Besinnung raubte. Momentan setzte er die gesamte Disziplin seiner Klosterausbildung gegen den Druck dieses kleinen technischen Wunderwerkes ein. Aber die Verbindung mit diesem ›Ding‹ war tief. Neuronale Netze waren fast untrennbar. Es sein denn, man nahm die Folgen, die Zerstörung großer Teile des gesamten Hirnareals, billigend in Kauf.

Yuro spürte Solus' Angst, seine Zerrissenheit – und in sich selbst, die tiefempfundene Liebe, die ihn mit seinem ›Feind‹ verband.

»Nein!«, raunte er, seine Worte sorgfältig artikulierend, »Du bist nicht der Feind, Solus! Du bist mein Freund! Du bist das

Licht, das das ›Buch des Schicksals‹ ›meinen Begleiter‹ nannte. Es wird einen Weg geben, auf dem wir gemeinsam diesem Planeten den Frieden bringen können!«

Wie ferngesteuert drehte Solus sich zu ihm herum, seine Gesichtszüge noch immer eine starre Maske. Nur seine Augen glänzten.

»Weißt du, ob du schon ›sendest‹?«

Solus schüttelte den Kopf. »Ich glaube nicht, aber der Druck, die gesammelten Informationen weiterzugeben, wird immer stärker. Ich weiß nicht, wie lange ich ihm noch standhalten kann.«

»Das heißt, wenn etwas zu unternehmen wäre, müsste es schnell geschehen.«

»Sehr schnell!«, bestätigte Solus.

»Wir müssen die anderen ins Vertrauen ziehen!«, stellte Yuro klar.

Solus zuckte zusammen. »Nein!«, wehrte er ab.

»Doch!«, widersprach Yuro. »Wenn es eine Möglichkeit gibt, deine Nervenbahnen von diesem Chip zu trennen, dann nur mit deren Hilfe.«

»Und du glaubst ernsthaft, dass sie mir, einem Spion der Airin, Unterstützung zukommen lassen werden?«

»Ja, das werden sie!«, war Yuro überzeugt. »Sie kennen dich. Sie wissen, auf welcher Seite du stehst. Und außerdem gehören wir ein und demselben Volk an. Die Airin sind Nachkommen jener Inari, die einst zu den Sternen aufbrachen. Ihr Genom und das unsere sind absolut identisch. Es bedurfte keiner Manipulation, um gemeinsame Nachkommen zu zeugen. Wir sind gleich, nur dass uns Lichtjahre voneinander trennen und wir uns in unterschiedliche Richtungen weiterentwickelt haben. Das ist die Botschaft, die ich weitergeben muss. Das ist der Grund, warum ich diese Kommunikationszentrale finden muss, denn dort laufen alle Informationsnetze zusammen, und von dort aus kann ich, hoffentlich, endlich den immer noch herrschenden Auseinandersetzungen ein Ende bereiten. Es gibt so viele, auf beiden Seiten, die dieser Kämpfe überdrüssig sind, die erkannt haben, dass ein

Zusammenleben so einfach und so bereichernd sein kann. All die verstreuten Widerstandsgruppen opfern seit Generationen ihr Leben für dieses Ziel, das friedliche Zusammenleben. Sie werden uns – *dich* – nicht im Stich lassen. Nicht, wenn ich ihnen diese Fakten unterbreite.«

Solus war noch immer skeptisch, aber was blieb ihm anderes übrig, als auf das Urteilsvermögen seines Partners zu vertrauen, so wie dieser ihm vertraute. »Dann lass uns zurückgehen«, drängte er. »Mir läuft die Zeit davon!«

Yuro vergeudete keine Minute. Hastig kleidete er sich an, und während Solus noch damit beschäftigt war, sich ebenfalls wieder anzuziehen, packte er bereits ihre wenigen Habseligkeiten zusammen. Mit der Ausrede, sie wären dringender Geschäfte wegen nach Laimé abgerufen worden gab Yuro die Zimmerschlüssel ab, zahlte, und sie verließen die Pension. Bis nach Manjana waren es etwa zwölf Kilometer, aber Yuro wollte es nicht riskieren, einen der Schwebewagen oder die Untergrundbahn zu nehmen. Zu leicht wäre ihr Weg nachvollziehbar gewesen. So schlugen sie einen Fußweg ein, der sie, ein wenig abseits der Hauptverkehrsadern, zu Mels Gasthof führte.

Solus bewegte sich wie ein Schlafwandler an Yuros Seite. Feine Schweißperlen standen auf seiner Stirn, während er mechanisch einen Fuß vor den anderen setzte. Drei Stunden später erreichten sie die Herberge. Über Solus' Gesicht rannen bereits kleine Schweißbäche.

Kaum, dass sie das versteckte Lager wieder betreten hatten, rief Yuro Sian, Mel, Arakim, Doraja, Illiris, Ferris und Bekuro im Versammlungsraum zusammen. In knappen Sätzen erklärte er ihnen, was Solus ihm eröffnet hatte, bevor er auch seine Erkenntnisse an sie weitergab.

»Er ist mein Partner!«, fuhr er anschließend fort. »Er hat mir unzählige Male das Leben gerettet. Er glaubt ebenso an unsere Mission wie wir. Er will uns nicht verraten, und diejenigen unter euch, die wie ich Gedanken sondieren können, werden seinen Kampf erkennen. Ich bitte euch um eure Hilfe! Wir müssen diesen Chip zerstören, oder ihn zumindest von Solus' Nervenbahnen trennen. Ich würde das gerne selbst tun, aber ich kann es nicht alleine. Illiris, du bist unsere erfahrenste Tiefenheilerin. Du könntest mich führen. Und ihr, Arakim und Sian, müsstet bei dieser Maßnahme unsere Körperfunktionen überwachen. Ihr anderen solltet den Raum abschirmen.«

Nach einem Augenblick der Stille entlud sich unter den Freunden die Anspannung in einem hitzigen Stimmengewirr. Yuro ließ sie einige Minuten gewähren, bevor er resolut Ruhe einforderte. »Wir haben jetzt nicht die Zeit, lange zu diskutieren. Ich brauche eure Entscheidung, und zwar schnell. Solus wird nicht mehr lange durchhalten, und was noch zu retten sein wird, wenn er seinen Widerstand aufgibt, kann auch ich nicht ermessen. Mit ihm jedoch haben wir einen unbezahlbaren Verbündeten, denn er ist möglicherweise im Besitz von Informationen, die für uns von enormem Wert sein könnten. Ich kann eure Unterstützung nicht fordern, denn das, was getan werden muss, wird nur gelingen, wenn wir einander vertrauen. Ich gebe euch fünf Minuten, in der jeder für sich eine Entscheidung treffen muss. Dann ...«

Er ließ den Satz offen und schirmte seine Gedanken ab. Niemand sollte durch mehr beeinflusst werden als den Worten, die er an sie gerichtet, und den Erfahrungen, die sie selbst mit Solus gemacht hatten.

Solus saß währenddessen bewegungslos in einer Ecke des Raumes, den Kopf an die Wand gelehnt, die Augen geschlossen, das Gesicht mittlerweile grau vor Anstrengung. Die eiskalten Hände lagen klauenartig geöffnet auf seinen Oberschenkeln, als versuche er, aus den vibrierenden Muskeln jedes Quäntchen Kraft herauszuziehen.

EINER FÜR ALLE – ALLE FÜR EINEN Die Blicke der Freunde wanderten verstohlen in seine Richtung. So etwas konnte keiner spielen. Doraja, die neben Sian stand, klappte aufstöhnend zusammen, auch Bekuro wurde leichenblass und taumelte. Das gab wohl den Ausschlag. Ferris trat als erste wieder zu Yuro.

»Ich werde euch helfen«, bekundete sie.

Illiris war bereits zu Solus getreten, um herauszufinden, wo genau der Chip mit seinen Nervenbahnen verbunden und ob eine Trennung überhaupt möglich war. Yuro standen Tränen in den Augen, als Mel, Doraja, Ferris und Bekuro sich entlang der vier Wände verteilten, während Arakim und Sian vier Stühle herbeiholten und diese neben Solus platzierten. Behutsam zog Yuro den, auf welchem sein Freund saß, so herum, dass dieser ihnen den Rücken zukehrte.

Illiris war schon vollkommen in sich versunken, und so drückte er sie nur mit äußerster Vorsicht auf den ihren nieder. Yuro selbst nahm neben ihr Platz, ergriff ihre freie Hand und senkte seine andere auf jene, die mittlerweile verlässlich genau über der Stelle lag, unter der sich der Mikrochip befand. Tief einatmend versenkte sich auch Yuro in Trance, während Sian hinter ihm, und Arakim hinter Illiris in den Stuhl sank. Ihre Hände legten sich auf die Schultern der vor ihnen Sitzenden – und dann nahm Yuro nichts weiter mehr wahr, als die sich zunehmend vergrößernden Gefäße, Blutbahnen und Nervenstränge seines geliebten Partners.

Behutsam tastete Illiris sich vorwärts. Bei dieser hohen Auflösung den Überblick zu behalten erforderte genaueste Kenntnisse, und Yuro überließ sich ganz der Führung der alten Heilerin. Siebzig Jahre praktische Erfahrung konnte er nicht überbieten.

Ein Schatten tauchte am Rand seines Gesichtsfeldes auf, riesig im Vergleich zu den Bahnen, an denen sie sich entlang bewegten. Illiris hatte den Fremdkörper gefunden. Sie umrundeten ihn, erkundeten seine Beschaffenheit, erforschten die Verbindungen der Schaltkreise mit Solus' Nervenbahnen. Mehrere Stränge der Rückenmarksnerven waren mit feinsten Drähten an die Platine geschweißt. Sie liefen durch den Chip hindurch, in dessen ›Deckel‹ sich sowohl der Datenspeicher wie auch der Sender befanden. Zwei separate Nerven waren mit einem Mechanismus verbunden, der den Sendevorgang auszulösen vermochte. In noch genauere Einzelheiten wollte Illiris sich nicht vertiefen. Wichtig war einzig und allein, wie sie Solus' Reizleitungsorgane, ohne diese zu verletzen oder gar zu zerstören, von der Platine lösen konnten. Somit überließ sie Yuro das weitere Vorgehen.

›Unter den Airin muss es hervorragende Mikrotechniker geben‹, durchfuhr es diesen, und fast hätte er der minimalen Ablenkung wegen den Kontakt zu Illiris verloren. Erschrocken riss er sich zusammen. Das durfte nicht noch einmal passieren, denn jetzt war es an ihm, seinen Partner von diesem Fremdkörper zu befreien, ohne ihm Schaden zuzufügen. Er wusste, dass manche Geistarbeiten nur mittels Visualisierung zu bewerkstelligen waren, denn genau so konnte er auch seinen stofflichen Körper dorthin holen, wo sich sein Astralkörper befand. Zu dieser Art Hilfsmittel griff er auch jetzt.

Achtsam löste er zuerst mit einem Trennmittel die Verklebungen, die die Platine mit der Deckplatte verbanden. Nun stellte er sich minimalste Schneidbrenner und mikroskopisch kleine Pinzetten vor, die die Drähte zerschnitten und die Empfindungsstränge freilegten. Yuro arbeitete mit der Konzentration eines Chirurgen und der Präzision einer Maschine, unterstützt von Illiris' ruhiger Assistenz. Umsichtig befreite er Nerv für Nerv, während sie die ›Abfälle‹ mit äußerster Sorgfalt in die Blutbahnen transportierte, wo sogleich die Zellen des Immunsystems über die ungebetenen Gäste herfielen.

Stunden schienen vergangen, bis Yuro endlich alle Bahnen freigelegt hatte. Wie aber sollten sie den Chip aus Solus' Körper herausbekommen? Diesmal ergriff Illiris die Initiative. Yuro sah das hauchfeine Skalpell, mit dem sie die Haut- und Muskelschichten über dem Speicherplättchen durchtrennte. Vorsichtig schob er zuerst die Deckplatte in den entstandenen Spalt. Irgendjemand musste sie ergriffen und herausgezogen haben, denn von einem Moment zum anderen war sie verschwunden.

Die Platine zu bewegen war weitaus schwieriger, denn sie war zwischen den Nervenbahnen gelagert. Jeweils ein hauchzarter Flügel schob sich über und unter die Platine. Sie drückten die dünnen Empfindungsstränge mit allergrößter Behutsamkeit auseinander.

Yuro schob ebenso vorsichtig, denn wenn er auch nur einen einzigen dieser winzigen Fäden zerriss, konnte seine gesamte bisher geleistete Arbeit umsonst gewesen sein. Weiter und weiter glitt das Metallplättchen, Mikrometer um Mikrometer näherte es sich der Schnittstelle – geschafft! Wieder entfernte ein äußerer Helfer den Fremdkörper, während Illiris bereits damit begann, die feinen Fasern wieder an ihrer ursprünglichen Stelle zu platzieren, sie einer letzten, abschließenden Inspektion unterzog, und den feinen Schnitt von innen verschloss. Nun betätigte sich Yuro als Assistent. Als ihr gemeinsames Werk vollendet war, kehrten sie in ihre Körper zurück.

Wie Yuro in seine Kammer, in sein Bett gekommen war, wusste er nicht. Auch nicht, was mit Solus passierte. Aber er musste lange geschlafen haben, denn als er erwachte, hatte er einen Bärenhunger. Rasch wechselte er seine Kleider und machte sich auf den Weg zur Küche, die gleichzeitig auch das Speisezimmer der Wohngemeinschaft bildete. Er war nicht der Erste. Mel, Ferris und Bekuro saßen bereits am großen Esstisch, auf dem schon die Platten eines sehr reichhaltigen Frühstücks standen. Yuro begrüßte die drei und setzte sich zu ihnen.

»Du hast dir aber Zeit gelassen!«, feixte Ferris. »Seit zwei Tagen schmoren wir vor uns hin, angefüllt mit tausenden von Fragen, und unser Oberboss glänzt durch Abwesenheit wegen Erschöpfungstiefschlaf. Hast du dich wenigstens anständig erholt?«

»Denke schon«, gab Yuro noch etwas zerstreut zurück. Die Stimmung war zu gelöst, als dass irgendetwas geschehen wäre, das ihm sofort seine volle Konzentration oder eine Entscheidung abverlangt hätte. Dennoch musste er zuerst in Erfahrung bringen, was mit seinem Partner geschehen war. »Wo ist Solus?«, war darum die erste Auskunft, um er die drei bat.

Bekuro grinste. »Um den kümmert sich Anea. Illiris war genauso erschlagen wie du, sie liegt noch im Koma und will von uns allen nicht das Geringste wissen. Ich schätze, auf sie müssen wir noch eine Weile verzichten. Solus hat sich, als ihr fertig wart, erst mal die Seele aus dem Leib gekotzt. Ihr müsst seinen Gleichgewichtssinn gehörig durcheinandergebracht haben. Auch daran, wo er sich hier befindet und wer wir sind, hatte er keinerlei Erinnerung, als er vor drei Stunden zu sich kam. Aber ansonsten scheint er den Eingriff gut überstanden zu haben.«

Spürbare Erleichterung machte sich in Yuro breit. Offensichtlich grollte ihm niemand wegen der Art und Weise, auf die er ihnen eine Entscheidung abgenötigt hatte, und ebenso offensichtlich schlossen sie sich seiner Beurteilung Solus' an. Beruhigt widmete er sich nun endlich dem Essen. Wenig später gesellten sich auch Sian, Arakim und Anea zu ihnen, die den immer noch etwas wackeligen Solus untergehakt hatten.

»Jetzt fehlen nur noch Illiris und Doraja, dann wäre das Operationsteam wieder vollständig«, verkündete Sian, als sie die anderen am Tisch sitzen sah.

Solus' Blick huschte zu Yuro, streifte kurz die Gesichter von Mel, Ferris und Bekuro, glitt zurück zu seinem Freund. »Danke«, murmelte er nur, während er sich auf den nächststehenden freien Stuhl fallen ließ.

»Na, Hochverräter, wieder fit?«, flachste Ferris, und boxte ihm gutgelaunt an die Schulter.

Solus zuckt zusammen.

»Das war ein Scherz, Mann«, entschuldigte sie sich rasch. »Komm, du weißt doch, dass ich manchmal ein ziemlich vorlautes Mundwerk habe. Aber wenn ich nicht überzeugt gewesen wäre, dass du es wert bist, hätte ich die ganze Sache nicht unterstützt.«

»Außerdem wissen wir alle, dass keiner als Feind eines anderen zur Welt kommt. Und niemand kann sich aussuchen, wie, wo oder als was er geboren wird. Jeder wird durch sein Umfeld und die Traditionen geprägt, mit denen er aufwächst.

Irgendwann kommt man in das Alter, in dem man beginnt, Dinge zu hinterfragen, seine eigenen Überlegungen zu vielem, was einem vermittelt wurde, anzustellen. Und man fängt an, seine eigenen Entscheidungen zu treffen, seinen individuellen Weg zu gehen. Es ist nur legitim einiges anders zumachen als andere, wenn man bezüglich mancher Vorgehensweisen eine konträre Meinung erlangt hat. Man lernt aus Erfahrungen und Herausforderungen, durch Versuch und Fehler – oder Erfolge. Und jede Handlung erfordert eine weitere, jede Entscheidung die Übernahme von Verantwortung. Letztendlich wirst du durch das, was du tust, zu dem, was du bist. Und du hast weit mehr als einmal bewiesen, dass du unsere Ziele unterstützt. Daher ist es vollkommen unerheblich, dass du ein Airin bist und dir ursprünglich eine gänzlich andere Aufgabe zugedacht war. Wenn Yuro recht hat, und die Airin tatsächlich Nachfahren jener Inari sind, die vor unendlichen Zeiten ins All aufbrachen, wir somit alle einer einzigen Rasse angehören, ist es umso sinnvoller, wenn diese Erkenntnis auch von Airin an Airin weitergegeben wird. Vielleicht lassen sie sich dadurch schneller überzeugen und es gelingt doch noch, diesem Planeten endlich wieder den Frieden zu bringen, der hier herrschte, bevor die Nachfahren unserer Vorfahren zurückkamen.«

Das war eine lange Rede für den ansonsten meist kurz angebundenen Mel, aber er hatte damit alles gesagt, was zu sagen war, um seine Entscheidung zu rechtfertigen. Wenngleich er sich nicht oft an den Diskussionen der anderen beteiligte, so war er doch ein geachteter Ratgeber, denn er besaß die besondere Gabe des aufmerksamen Zuhörens, des zwischen den Zeilen Lesens, und des präzisen Zusammenfassens aller zusammengetragenen Informationen. Mit seinen 63 Jahren war er das anerkannte Oberhaupt dieser Widerstandsgruppe. Obwohl Ferris Yuro flapsig »Oberboss« genannt hatte, so bezog sich das keinesfalls auf seinen generellen Status. Alle Anwesenden nickten zustimmend. Selbst wenn der eine oder andere noch Zweifel gehabt hätte, Mels

Darlegungen hatten sie ausgeräumt. Alles würde wie geplant weiterlaufen.

Gleich am nächsten Morgen machten sich May, Evan und Yuro auf zu Eik und Kiran.

»Wir brauchen eure Hilfe«, kamen sie unumwunden zur Sache und präsentierten ihnen den Mikrochip.

Die beiden lachten. »Den Grauen abgenommen?«, wollten sie wissen. May nickte. In gewisser Weise stimmte das ja tatsächlich.

»Glaubt ihr, dass es möglich ist, die Speicherdaten darauf zu sichern sowie den Sender so zu manipulieren, dass wir selbst ihn ein- und gegebenenfalls auch wieder abschalten könnten?«, fragte Evan.

»Wird schwierig werden. Die sind immer mit dem Besten vom Besten ausgestattet. Aber es stellt eine Herausforderung dar, der ich mich ungern verweigern möchte«, grinste Kiran.

Bei ihm und seinem Bruder waren die Elitetruppen ebenfalls nicht sonderlich beliebt. Zu oft schon hatten diese wegen angeblichen Spionageverdachts den gesamten Laden auseinander genommen, seit man auch in den Führungsebenen realisierte, dass selbst hier in der Hauptstadt längst nicht alle mit der Politik der Regierenden einverstanden waren. Über die Jahrhunderte hinweg hatten sich sogar in Majakosch Freundschaften entwickelt, fanden Erfahrungsaustausche statt, brachen die Grenzen zwischen den Eroberern und der Urbevölkerung mehr und mehr auf. Nicht wenige sympathisierten zumindest mit den unbeugsamen Inari, die ihre Lebensweise so verbissen verteidigten. Das hatte es Mels Gruppe anfangs um einiges einfacher gemacht, als sie ursprünglich geglaubt hatten.

»Wann willst du das Ding wiederhaben?«, fragte Eik.

»Zwei Wochen?«, antwortete Evan. »Wenn ihr merkt, dass ihm gar nicht beizukommen ist, meldet euch vorher, ja?«

»Geht klar«, bestätigten die Brüder, und die fünf verabschiedeten sich voneinander.

DER KAMPF Nachdem Yuro nun in Erfahrung gebracht hatte, dass es ihm von überall her möglich war, seinen Astralkörper an Orte zu bringen, die ihm bereits bekannt waren, startete er seine weiteren Erkundungsausflüge aus der sicheren Unterkunft in Mels Gasthof. Solus erholte sich zusehends, und während Yuro die Nächte damit verbrachte, das abgesperrte Gelände zu erkunden und den Ort zu finden, an dem alle Fäden zusammenliefen, unterstützte er weiterhin Mels Gruppe wo immer es möglich war. So vergingen die Tage, ohne dass sie nennenswerte Fortschritte machten.

Das Auf-der-Stelle-Treten setzte Yuro wohl von allen am meisten zu. War der Weg, den er eingeschlagen hatte, wirklich der richtige? Auch Zweifel, ob tatsächlich er derjenige war, auf den das ›Buch des Schicksals‹ anspielte, begannen erneut, an ihm zu nagen. Obschon er es für sich zu behalten trachtete, konnte er nicht verhindern, dass sein Gesichtsausdruck gelegentlich seine wachsende Unzufriedenheit widerspiegelte und seine Antworten auf an ihn gerichtete Fragen sporadisch wesentlich ruppiger ausfielen, als es angebracht war.

Man sah es ihm nach, denn diese Ausrutscher hielten sich in Grenzen. Meistens war Yuro durchaus höflich, wenn jemand sich an ihn wandte. In ihm jedoch breitete sich eine Frustration aus, gegen die anzukämpfen ihn mehr und mehr Energie kostete, und deren Auswüchse Solus immer häufiger in Form von Abweisung sowie unbegründeten Streitereien zu spüren bekam.

Auch an diesem Abend war Yuros zur Schau gestellter Elan, seine Zuversicht und sein Erfolgsglaube reine Heuchelei, als er sich abermals, kaum dass die Dunkelheit einsetzte, auf den Weg in den Sperrbezirk machte. Fast das gesamte Areal hatte er mittlerweile durchkämmt. Ohne allzu große Zuversicht schloss er sich auch in dieser Nacht einer Gruppe Graugewandeter an, die zielgerichtet und schnellen Schrittes auf ein kleines, unscheinbares, fast unsichtbares Gebäude zusteuerten, dem Yuro bisher ebenfalls keine Aufmerksamkeit geschenkt hatte. Aufgrund des komplizierten Eintrittsverfahrens indes wurde ihm sehr schnell klar, dass dies ein Fehler gewesen war. Hier drinnen war etwas verborgen, das ebenso aufwendig geschützt wurde wie alles, was in dem sechseckigen Labortrakt lag.

Atemlos blieb er ihnen dicht auf den Fersen. Sie traten durch zwei dick gepanzerte Schiebetüren und versammelten sich schließlich inmitten eines Ganges auf einer einzigen Bodenplatte, die sich in Yuros Augen kein bisschen von den anderen unterschied. Und doch, als alle ihren Platz gefunden hatten, glitt die Platte ansatzlos, ohne ein einziges Geräusch, langsam in die Tiefe. Yuro sprang – fast hätte er einen der sechs berührt – und sank zusammen mit ihnen nach unten.

Kaum dass der Größte den Bodenausschnitt passiert hatte, schob sich von der Seite eine neue Platte an deren Stelle, und Dunkelheit hüllte sie vollständig ein. Eine unbestimmbare Zeit verstrich, bis sich vor ihnen ein Spalt abzeichnete, der sich rasch verbreiterte. Kein Ruck, der ein Anhalten signalisiert hätte, war spürbar gewesen. Die Männer schritten ins Licht. Yuro tat es ihnen nach ... und erstarrte.

Endlich, endlich hatte er die Kommunikationszentrale gefunden! Im selben Augenblick jedoch musste er feststellen, dass sein Vorhaben undurchführbar war. Diese Zentrale war kein Raum, sie war ein Saal erschreckenden Ausmaßes, mit Schaltpulten, die zu bedienen er nie in der Lage sein würde. Und sie war nahezu vollständig besetzt, sogar um diese Zeit!

Wie ein Kartenhaus fielen Yuros Hoffnungen und sein mühsam aufrechterhaltener Glaube in sich zusammen. Alles wofür er sich aufgeopfert, ja, seit Wochen gelebt hatte, zerrann wie ein Bildnis aus Sand, dessen trockene Körner der Wind in alle Richtungen wehte.

Er taumelte. Das große Ziel, diesem Planeten nach einer so langen Zeit der Zerrissenheit Einheit und Frieden zurück zu bringen, rückte in unendliche Ferne. Der Schock dieser Erkenntnis war grausamer, härter und qualvoller als alles, was er bisher hatte durchstehen müssen. Alle Kraft, die er investiert, jedes Quäntchen Energie, das er mobilisiert hatte, um seinem Volk, Inari wie Airin, zu dienen, verpuffte mit einem Schlag, ließ ihn leer, ausgelaugt und verzweifelt zurück. Seine Glieder waren taub, sein Geist ein einziges schwarzes Loch, und vor seinen Augen flimmerte es.

Ein tosender Strudel verschlang ihn, und gepeinigt von einem Schrei, der durch alle Ebenen der Schattenwelt dringen musste, erwachte er in seinem Bett, heftig gerüttelt von Solus, der kreidebleich auf ihn hinab sah.

»Umsonst, es war alles umsonst«, würgte Yuro.

Die abgrundtiefe Resignation in seiner Stimme trieb einen eiskalten Schauder über Solus' Rücken. Was war geschehen, das seinen Freund, der so energiegeladen, so zuversichtlich aufgebrochen war, in diesen Zustand des totalen Zusammenbruchs versetzt hatte?

Yuros Augen glänzten fiebrig, seine Wangen glühten, sein Körper bebte. Er starrte Solus an, und doch schien er ihn nicht zu sehen. Im Gegenteil, was er zuletzt erblickt hatte, musste noch immer vor seinen Augen stehen, ihn martern, seinen Lebenswillen mehr und mehr unter sich begraben.

›Er stirbt‹, schoss es durch Solus' Gedanken. Er spürte, wie Yuro sich immer weiter von ihm entfernte. Die vertraute Nähe nahm von Sekunde zu Sekunde ab. Die Wärme, die er in seiner Gegenwart stets empfand, wich einer eisigen Kälte.

Wieder rüttelte er ihn.

»Yuro«, flüsterte er verzagt seinen Namen. Dann jedoch sammelte sich eine Wut in seinen Eingeweiden, wie er sie nie zuvor empfunden hatte. »Yuro!«, schrie er seinen Partner an. »Nur Versager und Feiglinge machen sich sang- und klanglos, ohne Abschied und ohne Erklärung aus dem Staub! Du hast kein Recht, einfach so abzuhauen! Verdammt! Du wirst hier gebraucht! Mach sofort kehrt und komm zurück! Du glaubst doch nicht, dass wir so vielen Widerwärtigkeiten getrotzt haben, um jetzt aufzugeben!« Wieder schüttelte er ihn. »Du Verräter!«, tobte er. »Du kannst nicht einfach alles hinwerfen! Hör auf, dich selbst zu bemitleiden! Ich prügel dich windelweich, wenn du uns jetzt hängen lässt!«

Solus' Augen schleuderten Blitze, und obwohl er aufhörte, Yuro körperlich zu taktieren, lagen seine Hände noch immer auf dessen Schultern. Oh ja, dieser kleine Mistkerl sollte seinen Zorn spüren, die pulsierende Hitze, die durch seine Adern trieb, und die flammende Helligkeit, die in seinem Geist loderte. Wie Ohrfeigen sollte ihn die Gewalt seiner Gefühle treffen, ihn seiner Todessehnsucht entreißen.

Unendlich tief und bodenlos öffnete sich der Abgrund vor Yuro. Er zog ihn an wie ein Magnet, wisperte verführerisch, umschmeichelte ihn mit seiner Stille. Er wollte allein sein, keine Verantwortung mehr tragen. Ein einziges Mal noch wandte er sich um. Ein feuriges Inferno wälzte sich auf ihn zu. Brodelndes Magma in grellen Orange-, Gelb- und Rottönen brannte sich durch das Dunkel. Die Luft um ihn herum waberte, Hitzewellen brandeten auf ihn zu, rollten über ihn hinweg, wogten in die Richtung zurück, aus der sie kamen. Sie rissen ihn mit sich, zerrten ihn weg von dem Schlund, der sich so verlockend vor ihm auftat.

Er wehrte sich, versuchte, der Helligkeit ebenso wie der Hitze zu entkommen – vergeblich. Das Licht verfolgte ihn, legte sich um ihn, hüllte ihn vollständig ein. Es stach in ihn wie tausend Nadeln, und der Schmerz durchbrach die Lethargie, die Betäubung, die ihn lähmte.

Wie Tropfen glühenden Gesteins sickerte Zorn in seinen Geist. Er begehrte auf. Niemand sollte seine Entscheidung infrage stellen, ihn an seinem Vorhaben hindern – und schon gar nicht dieses vermaledeite Licht! Licht ... Licht ...

Wann immer er in der Dunkelheit seinen Weg verlor war es da. Nur für ihn!

Solus! Die Schwingung dieses Namens tönte in seinem Kopf. Solus – Licht.

»... *und das Licht ist sein Begleiter* ...«

Aber Solus wollte ihn nicht in den Tod begleiten. Er wollte, dass er dem Abgrund den Rücken kehrte und zurückkam. Zurück. Es gab kein Zurück, nur ein vorwärts, ein vorwärts zurück.

Sein Körper wurde durchgeschüttelt, und als er die Augen aufschlug, sah er seinen Freund über sich gebeugt auf der Matratze kniend, den Blick sengend auf ihn gerichtet. Eben hob sich sein rechter Arm – unverkennbar das Ausholen zu einem Schlag. Yuros Linke schnellte nach oben. Schraubstockgleich legten sich seine Finger um Solus' Unterarm, setzten seinem Ansatz größtmöglichen Widerstand entgegen.

Aber Yuros Gegenwehr schien Solus' Wut erst richtig anzufachen. Solus fletschte die Zähne. Ein raubtierhaftes Fauchen entwich seiner Kehle. Oh nein, so schnell gab er nicht klein bei. Das Adrenalin tobte durch seine Adern. Angst und Zorn verliehen ihm ungeahnte Kräfte. Wenn Yuro glaubte, er brauche nur die Augen zu öffnen und alles sei wieder in Ordnung hatte er sich getäuscht. Hier und jetzt sollte er beweisen, dass er die in ihn gesetzten Hoffnungen wert war, dass er zu seiner einmal getroffenen Entscheidung stand. Dieser Wankelmut musste ein für allemal aufhören, und notfalls würde er diese Tatsache so lange in Yuro hinein prügeln, bis dieser das endgültig begriffen hatte.

Unter Aufbietung aller Kräfte befreite sich Solus aus dem Klammergriff seines Freundes. Zügellose Wut tobte in ihm. Ein Kampf entbrannte, wie sie ihn noch nie gegeneinander geführt hatten. Mit unglaublicher Geschwindigkeit und in bewusster Herausforderung ließ Solus seine Angriffe aufeinander folgen.

Obwohl Yuro lag, wehrte er sich verbissen. Sein Körper reagierte mit jahrelang antrainierten Reflexen, parierte die auf ihn einprasselnden Schläge. Die Tür zu ihrem Zimmer wurde aufgerissen. Mel, Arakim und Bekuro stürzten herein, stoppten. Die beiden Jüngeren wollten sich einmischen, die Streithähne auseinander bringen, Mel jedoch hielt sie zurück.

»Lasst sie«, zischte er. »Das war überfällig, und nun müssen sie es zu Ende bringen.«

So traten alle wieder zurück, starrten gebannt auf die Kämpfenden. Eine ganze Weile war nicht auszumachen, wer von ihnen der Stärkere und wer der Unterlegene war, aber allmählich wurden Yuros Bewegungen langsamer.

Ein Knie links, eines rechts neben dessen Körper presste Solus Yuros Arme mit seinem gesamten Gewicht auf die Matratze. Yuros Muskeln erschlafften, er gab sich geschlagen.

Beider Brustkörbe hoben und senkten sich in schnellen, kurzen Atemzügen, aber auch Solus setzte nicht zu weiteren Angriffen an. Es war vorbei.

Taktvoll zogen sich die drei Beobachter zurück, schlossen leise die Tür hinter sich. Solus und Yuro verharrten noch immer in der gleichen Stellung. Ihre Blicke bohrten sich ineinander.

»Mach ... sowas ... nie wieder!«, keuchte Solus.

»Was ...?« setzte Yuro zu einer Erwiderung an.

»Abhauen, aufgeben, ohne Erklärung verschwinden«, knurrte Solus. »Diese Launenhaftigkeit kannst du dir jetzt nicht mehr leisten. Auch dein Egoismus bringt uns keinen Schritt weiter. Wir sind ein Team! Vergiss das nie! Hörst du? Nie wieder!«

Yuro schwieg. Es gab keine Verteidigung. Beschämt senkte er die Lider.

»Sieh mich an«, flüsterte Solus heiser.

Nur zögernd kam Yuro dieser Aufforderung nach. Der Ausdruck in den Augen seines Partners hatte sich verändert.

»Ich liebe dich«, hauchte er, »und ich möchte dich nicht verlieren – nicht auf diese Weise. Stirb im Kampf, stirb bei deiner Mission, aber stirb nicht durch Selbstaufgabe.«

Sein Mund senkte sich auf den des unter ihm Liegenden herab. Es war ein leidenschaftlicher, inniger, fordernder Kuss, dem Yuro sich nicht verweigerte. Als ihre Lippen sich trennten, glitt Solus neben seinen Freund.

»Schlaf jetzt, Yuro. Ein neuer Tag wird kommen, und wir werden eine Lösung finden, wo das Problem auch liegen mag.«

Ein schwaches Nicken bekundete Zustimmung. Lange noch lag Yuro wortlos in Solus' Armen, bevor seine ruhige Atmung ihm signalisierte, dass er eingeschlummert war.

ERKENNTNISSE UND PLÄNE Am nächsten Tag nahm Mel Solus diskret zur Seite. »Wo ist Yuro?«, wollte er wissen.

»Oben«, antwortete Solus unbefangen.

»Zwischen euch ist alles in Ordnung?«, hakte Mel nach.

»Warum fragst du mich das?«, entgegnete Solus argwöhnisch.

»Arakim, Bekuro und ich haben heute Nacht euren Kampf mitbekommen«, eröffnete ihm Mel ohne Umschweife. »Es sah aus, als wolltest du ihn totprügeln.«

»Das Gegenteil war der Fall«, verteidigte sich Solus. »Ich habe versucht, all seine Sinne an das Hier und Jetzt zu binden. Irgendetwas muss geschehen sein, das ihm seinen Lebenswillen nahm. Es ging alles so schnell. Ich hab ihn gewaltsam zurückgeholt. Er hat dagegen angekämpft. Viel Zeit, eine sinnvolle Strategie zu entwickeln, blieb mir nicht. Und dann hat mich der Zorn überrollt.«

Mel nickte verstehend. »Ich will nicht in eure Privatsphäre eindringen, Solus, aber zum jetzigen Zeitpunkt können wir uns keine unterschwelligen Diskrepanzen leisten. Dass Yuro, auch wenn er es niemanden sehen lassen wollte, fast an seiner Grenze angekommen ist, weiß ich. Und dass du derjenige bist, der seine Stimmungsschwankungen ausbaden und ertragen muss, weiß ich auch. Wenn ihr Hilfe braucht, lasst es mich bitte wissen. Manchmal kann ein Außenstehender mehr bewirken als der beste Freund.« Er hielt einen Moment inne. »Ich werde Arakim und Bekuro informieren, wenn es dir recht ist. Allen anderen kannst du Yuros Fernbleiben erklären, wie du es für angemessen hältst.«

»Danke«, erwiderte Solus und drückte dem Älteren die Hand. Eine zentnerschwere Last war von ihm abgefallen.

Wie schon so oft, wenn er sich völlig verausgabt hatte, verschlief Yuro mindestens einen ganzen Tag und sah auch am darauffolgenden wie ein Schreckgespenst aus. Für Solus war das nichts Neues, auch die meisten Mitglieder der hiesigen Gruppe hatten es schon ansatzweise erlebt. Trotzdem erschraken sie, als er am Morgen des dritten in die Küche geschlichen kam.

So ausgemergelt, die Augen tief in den Höhlen eingesunken, die Lippen blutleer, die Gesichtshaut von wächsernem Grau, hatten sie ihn noch nie gesehen. Solus hatte sie vorgewarnt, ihnen aufgrund von Mels diskreter Anfrage den Sachverhalt erklärt – aber außer Anea und Illiris, den Heilerinnen, versetzte Yuros Zustand doch allen einen heftigen Schock.

»Wie geht's dir?«, erkundigte sich Sian vorsichtig.

Auf Yuros ausgezehrte Züge legte sich ein eigenwilliges Grinsen. »Wenn ich sage ›wie durch die Mangel gedreht‹ ist das noch geprahlt «, antwortete er heiser.

»So schlecht kannst du gar nicht drauf sein«, gab Ferris betont gelassen zurück, »immerhin zeigt deine Gesichtsmuskulatur Ansätze von hintergründiger Belustigung.«

»Alles Tarnung, um meinen wahren Gemütszustand zu verschleiern«, krächzte Yuro.

»Was dir fehlt, ist was Ordentliches zu essen. Also steh hier nicht rum und halt Volksreden. Setzt dich zu uns und iss.«

Das musste sie Yuro nicht zweimal sagen. Er hatte einen Mordshunger.

»Sag mal, was hast du eigentlich angestellt, dass du zwei Tage verschläfst und dann in diesem Zustand hier auftauchst?«, wandte sich Evan an ihn, als er fast aufgegessen hatte.

»Unser Vorhaben ist undurchführbar. Wir können die Airin nicht mit ihren eigenen Waffen schlagen«, sagte Yuro niedergeschlagen, als er den letzten Rest Brot hinuntergeschluckt und mit einem großen Schluck Wasser nachgespült hatte. »Ihre Technik ist zu komplex, und es sind viel zu viele Schaltkreise, in die wir uns einklinken müssten.«

Alle sahen ihn fragend an.

»Ich habe die Kommunikationszentrale gefunden«, klärte er sie auf. »Sie ist ... riesig ... und permanent besetzt. Es besteht nicht die geringste Chance, sie für unsere Zwecke zu nutzen. Wir sind wieder ganz am Anfang.« Sein letzter Satz war kaum noch zu verstehen, so leise sprach er ihn aus.

»Das sehe ich nicht so«, hielt Mel ihm entgegen. »Wir haben ein gut funktionierendes Netzwerk. Nicht nur zur Weitergabe von Informationen, sondern auch in die unterschiedlichsten Bereiche des Lebens der hiesigen Anwohner hinein. Die Gedankentransmitter sind relativ engmaschig ausgebaut, und dann ist da noch alles, was du selbst in Erfahrung gebracht hast. Bist du wirklich der Ansicht, dass wir trotz all dieser Errungenschaften nichts bewirken können?«

»Das ›Buch des Schicksals‹ schreibt deinen Weg nicht vor«, klinkte sich auch Doraja ein. »Es deutet weitreichende Veränderungen an, aber über das Wie gibt es keinerlei Aufschluss. Es erwähnt lediglich, dass »*sein Weg durch die Schattenwelt*« führe.«

»Ihr glaubt also nach wie vor, dass ich derjenige bin, den es benennt?«, hakte Yuro angespannt nach.

»Ja, mein Junge, an unserer Überzeugung hat sich nichts geändert!«, sprach Illiris für alle, und sämtliche Köpfe bekundeten durch einhelliges Senken Zustimmung.

»Denk noch einmal in Ruhe über alles nach, Yuro, und lass am besten die Technik der Airin vollkommen außen vor. Konzentriere dich auf uns – unsere Fähigkeiten, unsere Möglichkeiten. Und besinne dich darauf was du bist, was du kannst – und besonders darauf, was du willst!«, nahm Mel das Gespräch an der Stelle wieder auf, wo Doraja es unterbrochen hatte. »Niemand bedrängt dich. Es kommt nicht auf ein oder zwei Monate an. Rede mit uns, Yuro. Gemeinsame Überlegungen führen häufig zu besseren Lösungen als monatelanges, einsames Grübeln. Keiner verlangt, dass du alles alleine machst. Unser ganzes Volk steht zu deiner Unterstützung bereit. Ist dir das noch nicht bewusst geworden?«

»Ich habe es wohl bisher nicht glauben wollen«, gestand Yuro.

»Na ja, dann solltest du wenigstens endlich zur Kenntnis nehmen, dass wir hinter dir stehen!«, versetzte Ferris. »Und es wäre schön, wenn du das nicht wieder vergäßest.«

»Und wenn doch, wirst du es löffelweise erneut in mich hinein füttern«, feixte Yuro.

»Worauf du dich verlassen kannst!«, gab sie lächelnd zurück.

Nach diesem abschließenden Wortgeplänkel hoben sie die Tafel auf, und Yuro zog sich auf die Terrasse zurück, um in der friedlichen Umgebung des Innenhofes neue Kraft zu tanken.

»Sag mal, was ist eigentlich mit dir passiert?«, durchdrang eine leise Frage seinen Wachtraumzustand. Jemand hatte sich, ohne dass er es bemerkte, an seine Seite gesetzt. »Es muss etwas sehr Tiefgreifendes gewesen sein, denn es hat dich verändert, sehr verändert.«

Yuro kannte die Stimme, hatte sie so jedoch noch nie gehört. Er sah die Frau neben sich nicht an. Taktlos wie Ferris' Äußerungen gelegentlich anmuteten, entsprachen sie doch einer äußerst sensiblen Wahrnehmung der Befindlichkeiten der sie umgebenden Personen.

»Ich habe aufgegeben«, begann er stockend, »gänzlich! Als ich vor dieser Tür stand, und mein Blick auf die Kommunikationszentrale fiel, fanden alle Zweifel, die sich Stück für Stück in meinen Geist gegraben hatten, schlagartig Bestätigung. Übergangslos wurde mir klar, dass die Pläne, an die ich mich so verzweifelt geklammert hatte, nicht umsetzbar sind. Weißt du, alles, woran ich seit Wochen arbeite, woran meine Eltern, meine Geschwister glaubten, wofür sie starben, wo hinein ich mein Herzblut investierte und sämtliche Unsicherheiten immer wieder verdrängte, entpuppte sich von einer Sekunde zur anderen als umsonst. Ich habe mir selbst immer wieder eingeredet, dass dieser Weg der einzige, der richtige sei, sodass mich die Konfrontation mit dem Gegenteil völlig aus der Bahn warf. Ich ... war am Ende!«

Ferris verstand, was er damit sagen wollte. Mitfühlend legte sie ihren Arm um Yuros Schultern.

»Solus hat ...«

»... dich zurückgeholt«, vollendete sie seinen Satz.

Yuro nickte zögernd. Stille senkte sich auf die beiden nieder.

»Du musst dich verabschieden«, legte sie ihm nahe, nachdem sie einige Augenblicke geschwiegen hatten. »Ich meine damit nicht, dass du alles aus deinem Kopf verbannen, aus deinen Gedanken verdrängen sollst. Ich meine damit, dass du es hinter dir lassen musst, wie Orte, die du durchwandert hast, oder Menschen, denen du begegnet bist, und die du wieder verlassen musstest. Bewahre die Erinnerung in deinem Gedächtnis, aber halte sie nicht krampfhaft fest. Nur dann wirst du deinen Geist frei bekommen und offen für neue Ideen sein.«

»Warum brauche ich immer wieder jemanden, der mir sagt, was ich tun soll?«, flüsterte Yuro.

Ferris lachte leise. »Weil du so irrsinnig stark bist! Leute wie du neigen dazu, bis zur absoluten Erschöpfung alles mit sich selbst auszumachen und niemanden in ihre Entscheidungsfindung einzubeziehen. Das mag so lange gut gehen, wie die Konsequenzen ausschließlich dich selbst betreffen oder du erfolgreich bist. Bei Rückschlägen allerdings brennt es dich aus bis auf den Grund. Soweit sollte es eigentlich nicht kommen, aber offensichtlich gestattest du es dir erst, Hilfe anzunehmen, wenn du an diesem Punkt angekommen bist und gar nicht mehr weiter weißt.« Wieder schwieg sie, gab Yuro Zeit, ihre Worte zu überdenken.

»Du hältst mich für ziemlich egozentrisch, nicht wahr?«, fragte er dumpf.

»In mancher Beziehung schon, ja«, bestätigte sie. »Aber ich glaube, auch den Grund für dein Handeln zu kennen.«

Yuro wandte nun doch den Kopf in ihre Richtung und sah sie fragend an.

»Du warst schon sehr früh gezwungen, die Verantwortung für dich selbst zu übernehmen, zu handeln, ohne dass du vorher einen Rat einholen oder dich rückversichern konntest, habe ich recht? So etwas prägt. Es hat dich in gewisser Weise zu einem Einzelgänger gemacht, denn es fällt dir auf einigen Ebenen schwer, dich auf andere einzulassen.«

Sie hielt abermals einen Moment inne, um ihm die Möglichkeit zu geben, ihre Worte zu verarbeiten.

»Aber du bist nicht so alleine, wie du vielleicht glaubst. Du hast Freunde, die sich nicht scheuen, diese Blockaden zu durchbrechen, sich einzuschalten, und auch die entsprechenden Gegenreaktionen in Kauf zu nehmen«, fuhr sie fort. »Solus ist nicht der einzige, dem du wirklich am Herzen liegst, Yuro. Mach es uns doch nicht gar so schwer.«

»Ich werde versuchen, deine Worte zu beherzigen und etwas zugänglicher zu werden.«

»Das ist immerhin ein Anfang. Ich lass dich jetzt wieder allein. Ich weiß, dass man nichts übers Knie brechen kann und alles seine Zeit braucht.«

Mit einem sanften Kuss auf Yuros Stirn verabschiedete sie sich.

In den nun folgenden Wochen verbrachte Yuro viel Zeit damit, Ferris' Ratschlag umzusetzen. Er ließ sich die Haare schneiden, kleidete sich, wie die Städter es taten und schlenderte stundenlang durch den nahegelegenen Park. Manchmal suchte er das Gespräch mit völlig Unbekannten, ein andermal genoss er einfach nur die Schönheit der liebevoll arrangierten Pflanzenkompositionen.

Solus begleitete ihn oft. Er fürchtete nicht mehr, von den Patrouillen der Grauen belästigt zu werden, und auch Ferris schloss sich ihnen auf Yuros Bitte hin häufig an. Bisweilen gingen sie schweigend nebeneinander her, ein andermal saßen sie heftig diskutierend auf einer Wiese. Gelegentlich ließen sie ihren Launen freien Lauf und waren hemmungslos albern.

Dies waren Momente, die Yuro unsagbar gut taten, in denen er für Stunden der unbeschwerte Jugendliche sein konnte, der er seinem Alter entsprechend hätte sein sollen. Keine Verantwortung, nichts, was ihn in eine Rolle drängte, die eigentlich einem wesentlich älteren zukam.

Zum ersten Mal in seinem Leben war er wirklich frei. Niemand schrieb ihm vor, was er tun sollte, und auch er selbst setzte sich zunehmend weniger unter Druck, als er das seit Jahren tat. Mel hatte die Wahrheit gesagt. Es bedrängte ihn tatsächlich niemand, und so bekam er, wie Ferris es angedeutet hatte, nach und nach seinen Kopf frei.

Eine Leidenschaft, die Solus entwickelt hatte, seit Sian ihn erstmals in eines mitgenommen hatte, war der Besuch von Museen. Auch Yuro steckte er mit seiner Begeisterung an. So erschloss sich ihnen wie nebenbei vieles vom Leben und der Denkweise der Airin auf eine gänzlich unvorhergesehene, aber mitreißende und eindrucksvolle Weise.

Eines Nachmittags, nachdem die beiden zusammen mit Bekuro und Ferris in schweißtreibenden Stunden die Bepflanzungen des Innenhofes neu gestaltet hatten, geleiteten diese sie zum Ausklang des Tages in das bisher unbeachtete Freiluftschwimmbad, das sich an den Stadtpark anschloss. Das Medaillon, das Ferris schon während ihrer gemeinsamen Arbeit aufgefallen war, funkelte in der Sonne, als Yuro sich, nur noch mit einer Badehose bekleidet, genüsslich auf der mitgebrachten Decke räkelte und die Wärme seinen Körper umströmen ließ. Fasziniert betrachtete sie das Kleinod näher.

»Wo hast du dieses Schmuckstück her?«, fragte sie, ihre Augen noch immer auf den schimmernden Stein gerichtet.

Yuro setzte sich auf. »Das habe ich aus Valon mitgebracht«, gab er bereitwillig Auskunft. »Es war ein Abschiedsgeschenk Iruns, des langjährigen Oberhauptes der dortigen Lebensgemeinschaft.«

»Du warst in der Festung?«, hauchte sie.

»Ja«, bestätigte Yuro, »das ist jetzt ungefähr vier ... oder fünf Monate her.«

Ferris war plötzlich ganz aufgeregt. »Sie hat dir das nicht gegeben, damit du es dir nur einfach um den Hals hängst«, sprudelte es aus ihr heraus. »Dieses Juwel ist ur-uralt, und es hat Valon nie vorher verlassen.«

»Du kennst es?«, wurde Yuro hellhörig.

»Natürlich! Jeder Hüter kennt es. Der Legende nach sucht es sich seinen Träger aus, aber seit undenklichen Zeiten hat es das nicht mehr getan.«

»Du bist ein Hüter?« Yuro war perplex.

Das Gesicht der jungen Frau wurde scharlachrot. »Ich bin Garibalans Tochter«, murmelte sie. »Wie er bin auch ich in der Welt unterwegs, um die immer mehr abnehmende Verbindung der Inari zum ›Buch des Schicksals‹ durch meine Gegenwart aufrechtzuerhalten. Ich bin bei Mel geblieben, weil ich fühlte, dass ich hier wirklich gebraucht werde.«

»Du hast offensichtlich auf mich gewartet, um mir gehörig den Kopf zurechtzurücken«, brummte Yuro gutmütig.

»Du bist nicht bei der Sache«, fuhr sie ihn ungehalten an.

»Nein, nicht jetzt. Jetzt habe ich Auszeit. Ich werde mich deiner Eröffnung und dem Amulett später noch einmal widmen, aber in den nächsten beiden Stunden möchte ich ein junger Mann sein, der sich wie alle anderen auch, hier einfach nur vergnügt.«

Ferris starrte ihn an. Tränen traten in ihre Augen, die sie hastig fortblinzelte. »Du lernst«, flüsterte sie.

»Ich gebe mir zumindest große Mühe«, erwiderte Yuro, bevor er sie an der Hand nahm und mit sich zu einem der Becken zog.

An diesem Abend lag er lange wach. Solus' Atemzüge waren längst die eines Schlafenden, während Yuro noch einmal Ferris' Worte Revue passieren ließ. Im Schein einer einzelnen Kerze betrachtete er das Medaillon, das er in der Tat seit seinem Erhalt keines weiteren Blickes gewürdigt hatte.

»Nimm es«, hatte Irun ihn damals gebeten, »das Schmuckstück ist eine Brücke.« Sie hatte ihm nicht sagen können, wie er es benutzen musste, ihm aber versichert, dass er es zu gegebener Zeit wissen würde. Vielleicht war nun der Zeitpunkt gekommen, da es sein Geheimnis preisgäbe.

Der Stein glitzerte. Winzige Funken schienen in ihm zu tanzen. Yuros Blick wurde weich, seine Umgebung verschwamm, bis er nur noch das leuchtende Juwel vor sich sah, das schließlich sein gesamtes Gesichtsfeld ausfüllte.

Am darauffolgenden Morgen bemerkten nicht nur Ferris und Solus Yuros abermalige Veränderung. In seinen Augen brannte ein unbestimmbares Feuer, und in seiner Stimme schwang ein eigentümliches Timbre, als er alle bei Einbruch der Dunkelheit in den Gemeinschaftsraum bat.

»Zuerst einmal möchte ich euch danken«, begann er, als sie am Abend nach vollbrachtem Tagwerk beisammen saßen. »Meine Launen zu ertragen war gewiss nicht immer einfach, und mich nach meinem Zusammenbruch wieder aufzurichten mit Sicherheit auch nicht. Ihr habt mir eine lange Auszeit zugestanden, obwohl sich die Schlinge der Vernichtung unseres Volkes täglich ein weiteres Stück zuzieht. Ich glaube, ich habe mich nun lange genug meiner Pflicht entzogen.« Sein Blick glitt über die Versammelten. »Ich ... habe einen Plan«, fuhr Yuro vorsichtig fort. »Er ist nicht ganz ungefährlich, und wenn wir ihn tatsächlich umsetzen, wird unsere Botschaft nicht nur die Airin erreichen, sondern sie wird den gesamten Planeten überziehen. Das heißt, niemand wird von dem, was wir weitergeben, verschont bleiben.« Nach einem tiefen Atemzug sprach er erklärend weiter. »Ich habe das ›Buch des Schicksals‹ gelesen, das Original ...«, Ferris' unterdrückter Aufschrei unterbrach ihn für einen Moment, »... es enthält eine Anklage, welche an die damaligen Regierungen gerichtet war. Dieser Teil ist unterlegt mit Bildern und Emotionen. Im Hayuma-Konvent, in dem Solus und ich aufwuchsen, entdeckte ich uralte Schriftstücke. Bücher, die vor dem großen Umbruch und zu dessen Beginn verfasst wurden. Die damaligen Verhältnisse müssen denen, auf die wir jetzt zusteuern, zumindest teilweise sehr ähnlich gewesen sein. In meinem Gehirn ist all das wie eine Art Film gespeichert. Ich habe vor, es genau so wiederzugeben, wie ich es erfuhr – in aller Deutlichkeit, und mit allen dazugehörigen Gefühlen. Dieser Wirkung werden sich auch die hartgesottensten Airin nicht entziehen können. Es ist zu einem großen Teil unsere gemeinsame Geschichte. Nicht alle Errungenschaften der Airin sind schlecht, auch das wurde mir in der letzten Zeit zunehmend bewusst. Es ist deren Einstellung zum Umgang mit ihren Fortschritten, mit dem Wert, den sie uns und einander beimessen, der vielerorts einer dringenden Korrektur bedarf. Wenn ich Inari und Airin zu einem aufrichtigen, friedlichen

Miteinander bewegen will, kann ich nicht selektieren. Ich muss allen die gleichen Informationen zukommen lassen. Ich bin mir sicher, dass aufgrund dieser Erfahrungen ein Umdenken stattfinden wird – wenn alles gelingt.«

»Das hört sich ziemlich dramatisch an«, bemerkte Arakim.

»Das ist es auch«, bekannte Yuro.

»Was genau schwebt dir denn vor?«, wollte Illiris von ihm wissen.

Yuro holte abermals tief Atem, bevor er mit der Darlegung seines Planes begann. »Ganz Innis ist überzogen mit einer Art Netz, das das ›Buch des Schicksals‹ mit all seinen Abschriften verbindet. Wenn die Knotenpunkte dieses Geflechtes mit Telepathen besetzt sind, könnten wir das gesamte Knüpfwerk wieder aktivieren. Es wird sich wie ein Kokon um den Planeten legen, sämtliche Schutzschilde durchdringen, und damit jeden einzelnen Menschen erreichbar machen.«

»Und wie willst du das bewerkstelligen?«, fragte Mel pragmatisch.

»Wir müssen alle Inari, die wir erreichen können, über unser Vorhaben informieren. Das wird Schwerstarbeit für alle, die in den Gedankentransmittern arbeiten, darüber bin ich mir durchaus im Klaren. Ich selbst werde die Hüter und die Mitglieder der Klostergemeinschaft um ihre Mithilfe bitten. Eure Aufgabe wird die Instruktion sämtlicher Widerstandsgruppen sein. Je mehr Telepathen diesem Netz ihre Fähigkeiten und Energien zur Verfügung stellen, desto leistungsfähiger wird es sein. Wenn die Verbindungen stehen, werde ich meinen ›Gedankenfilm‹ hineinfließen lassen.«

»Das war eine sehr verständliche, aber auch grobe Übersicht«, stellte Mel fest.

»Viel detaillierter ist das Ganze auch noch nicht ausgefeilt«, gestand Yuro. »Es ist da, in meinem Kopf, aber es ist zu umfangreich, um es bereits als allumfassendes Konzept vorzustellen. Außerdem kann, und will ich das keinesfalls allein ausarbeiten.«

Nicht nur Ferris schmunzelte bei dieser Verlautbarung.

Bereits am nächsten Abend saßen sie abermals zusammen. Mel hatte aus seinem Büro ein Modell des Planeten mitgebracht, eine etwa 40 Zentimeter durchmessende Kugel, die von innen heraus zu leuchten begann, wenn man den richtigen Ton sang. »Ich dachte, das vereinfacht es dir vielleicht ein bisschen«, grinste er zu Yuro hinüber, dessen Augen sich mit einem Lächeln auf den Globus gerichtet hatten.

»Da hast du nicht unrecht«, gab dieser zurück, »das Ding ist besser als die Karten, die ich euch stattdessen unterbreitet hätte.« Dann wurde er wieder ernst. »Ich habe eine Liste der Orte erstellt, die die Knotenpunkte des Netzes darstellen, von dem ich gestern sprach«, fuhr er fort und deutete auf mehrere sauber beschriebene Blätter, die vor ihm auf dem Tisch lagen.

Arakim pfiff anerkennend durch die Zähne. »Ich werde sie auf deiner Kugel einzeichnen, wenn es dir recht ist«, wandte sich Yuro erneut an Mel.

Dieser nickte. »Keine schlechte Idee. Es wird uns die Orientierung erleichtern.«

»Woran erkennt man diese Punkte?«, wollte May wissen.

»Sie alle sind in die Landschaft integrierte Mosaike, die oft erst bei aufmerksamer Betrachtung auffallen, denn es wurden ausschließlich Materialien verwendet, die dort natürlicherweise anzutreffen sind. Ich will damit sagen, dass es in den Wüsten Sandmosaike gibt, auf weiten Grünflächen bestehen sie aus Gräsern, Moosen, Flechten, in den Bergen aus Steinen, in den Wäldern aus einer bestimmten Anordnung der Bäume. Die meisten sind durchaus bekannt, nur weiß kaum noch jemand, welchem Zweck sie dienen.«

»Und woher weißt du das auf einmal alles?«, hakte Sian interessiert nach.

»Sie wurden mir gezeigt, mehrmals, vor langer Zeit schon, in den Büchern des verborgenen Bibliothektrakts des Hayuma-Konvents. Damals wusste ich damit nichts anzufangen, aber etwas in mir hat die Informationen gespeichert, und vorletzte Nacht erschloss mir das Medaillon der Hüter ihre wahre Natur.«

»Du weißt nun, wie du es benutzen musst?«, flüsterte Ferris.

»Ja«, bestätigte Yuro. »Es ist eine Brücke, wie deine Urgroßmutter es gesagt hat. Es wird mir helfen, mich mit allen zu verbinden.«

»Hast du schon eine ungefähre Vorstellung davon, wann die Aktion stattfinden soll?«, klinkte sich nun auch Bekuro in das Gespräch ein.

»Ja, das habe ich«, antwortete Yuro. »Da sich meine Kräfte bei Dunkelheit am besten entfalten, muss es dort, wo ich agieren werde, Nacht sein«, eröffnete er seinen Zuhörern.

»Dann ist es in anderen Regionen Tag«, bemerkte Evan.

»Das ist richtig! Daher habe ich einen Zeitpunkt gewählt, dessen besonderes Merkmal von überall auf diesem Himmelskörper ausgemacht werden kann: Die Konstellation der drei Monde. Sie stehen nur dreimal pro Jahr vollständig gerundet in einer Reihe am Firmament. Die nächste Konjunktion ist in ziemlich genau vier Monaten. Man muss lediglich berechnen, welche Tageszeit an den einzelnen Standorten sein wird, wenn über Majakosch die Dunkelheit hereinbricht.«

Fragende Blicke richteten sich auf ihn.

»Einer der Knotenpunkte ist nicht weit von hier«, erläuterte er. »Den wollte ich übernehmen.«

»Bis hierher ist deine Planung schon ziemlich präzise und strukturiert«, lobte Illiris.

Yuro errötete. »Auch bezüglich der Besetzung einzelner Schnittpunkte habe ich bereits eine ziemlich genaue Vorstellung.« Er erhob sich, ging um den Tisch herum bis zu Mels Platz und zeigte auf eine bestimmte Stelle des Globus. »Hier sind wir«, erklärte er. »Besonders wichtig ist die Stabilität der horizontalen und vertikalen Verbindungslinien. Dort«, er deutete auf die entsprechenden Stellen, »hätte ich gerne meine Schwester, Irun und dich, Ferris.«

»Du hast dich lange nicht mehr bei Lynnja gemeldet«, erinnerte ihn Solus.

»Ich hatte sie, wenn ich ehrlich bin, seit unserer Trennung nahezu vollkommen vergessen«, gab Yuro zu. »Aber sie wird die Erste sein, die ich irgendwie zu erreichen versuche. Sie hat weitreichende Kontakte, ist in nahezu jedem Widerstandslager persönlich bekannt. Sie sagte, sie habe schon eine Reihe von Vorbereitungen getroffen. Ihre Mithilfe wird von unschätzbarem Wert sein.«

Doraja lächelte Yuro verschmitzt an. »Ich hoffe du bist mir nicht böse, dass ich schon mal eine Nachricht für sie durch die Transmitter gejagt habe«, feixte sie.

»Hast du schon eine Rückmeldung?«, hakte Yuro nach. Obwohl er sich nach außen hin unbeeindruckt gab, freute es ihn, dass von Mels Truppe ebenfalls Initiativen ergriffen wurden.

»Sie lässt dir ausrichten, sie erwarte dich in Ninimata. Und du sollst dir nicht gar so lange Zeit lassen.«

»Du stehst wohl in regelmäßigem Kontakt zu ihr?«, wollte er wissen.

»Wir sind seit langem befreundet. Sie hat mich bei Mel untergebracht, weil sie hier keinen Transmittertelepathen mehr hatten, nachdem Enon den Grauen zum Opfer fiel. Das ist jetzt ungefähr neun Jahre her. Ich habe sie darüber unterrichtet, dass ihr beiden wohlbehalten bei uns angekommen seid und, na ja, ab und an auch mal einen aktuellen Bericht durchgegeben.«

»Das heißt also, sie ist weitestgehend über alles im Bilde!«

»So könnte man es auch bezeichnen.«

»Dann sag ihr, ich käme morgen gegen Mitternacht.«

Doraja schluckte. »Bist du sicher, dass ich ihr genau das mitteilen soll?«, erwiderte sie perplex. »Eure Reise von Arimano nach hier hat Monate gedauert!«

Yuro lachte. »Stimmt. Aber damals wusste ich auch noch nicht, dass ich weder auf die Transportbahnen angewiesen bin noch mich mühselig über Land bewegen muss, um von einem Ort zum anderen zu gelangen. Ich werde durch die Schattenwelt reisen, wie ich es auch von hieraus ins Hochsicherheitsterritorium der Airin getan habe. Entfernungen spielen eine geringe Rolle. Ich werde nur einfach ein kleinwenig länger unterwegs sein. Auf dieselbe Weise gedenke ich, auch das Kloster und Valon aufzusuchen.«

»Und was bleibt uns noch zu tun?«, wollte Anea wissen.

»Ihr dürft den von mir genannten Orten die jeweiligen Koordinaten auf den Landkarten zuordnen, damit auch die versteckten Stellen gefunden werden können. Dann müssen die exakten Zeiten berechnet werden, wann sie zu besetzen sind. Dabei werden Eik und Kiran uns gewiss gerne unterstützen, denke ich. Irgendjemand sollte das, was ich euch lapidar erklärt habe, so in Worte fassen, dass es von denjenigen, die nicht so genau im Bilde sind wie ihr, ebenfalls verstanden wird. Auch muss der gesamte Plan über die Gedankentransmitter verbreitet werden. Je detaillierter und genauer die Anweisungen sind, desto weniger Rückfragen werden wir zu bearbeiten haben. Lynnja und ich werden die Telepathen auswählen, die hauptverantwortlich das Netzwerk erstellen sollen und sie ihren Bestimmungsorten zuteilen. Das wird vermutlich die meiste Zeit in Anspruch nehmen, aber es sollte innerhalb des gesteckten Zeitrahmens zu schaffen sein.«

»Warum gehst du dann nicht schon heute Nacht nach Ninimata?«, fragte Ferris.

»Weil ich vorher noch etwas ausprobieren will«, erwiderte Yuro.

Sie diskutierten noch lange an diesem Abend, machten Notizen, verteilten Aufgaben. Mel mahnte schließlich an, man solle es für heute genug sein lassen, letztendlich müsse ja nicht alles an einem Tag erledigt werden. »Außerdem fangen wir an, uns im Kreis zu drehen. Das ist immer ein Zeichen dafür, dass man eine Pause einlegen und dem Geist etwas Ruhe gönnen sollte.« So verabschiedeten sie sich voneinander, und die beiden jungen Männer zogen sich in ihr Zimmer zurück.

Hier endlich brach aus Solus heraus, was er die ganze Zeit mühsam zurückgehalten hatte. »Du willst sie tatsächlich diese ganzen Ausarbeitungen alleine machen lassen?« In seiner Stimme schwang unverhohlene Skepsis mit.

Yuro sah ihn lange an, bevor er antwortete. »Ich muss mit dir reden«, ging er zunächst gar nicht auf die Frage seines Freundes ein. »Du hast gehört, was ich beabsichtige.«

Solus nickte.

»Bei dem, was ich mit Lynnja zusammen zu erledigen gedenke, kannst du mir nicht helfen«, eröffnete er ihm.

»Etwas in dieser Richtung habe ich bereits vermutet«, gab Solus erbittert zurück.

»Ich brauche dich hier«, sprach Yuro weiter, als hätte er seinen Einwurf gar nicht gehört. »Es ist nicht so, dass ich den anderen nicht vertraue, aber du bist mein Partner. Du kennst mich länger und tiefgründiger als irgendwer sonst. Dir werden Unstimmigkeiten auffallen, die niemand sonst bemerken würde. Deshalb bitte ich dich, die Elaborate hier zu unterstützen. Ich werde mit dir in Kontakt bleiben.«

Solus' Unmut legte sich, als Yuro geendet hatte. »Was willst du ausprobieren?«, wechselte er abrupt das Thema.

»Etwas, das ich niemandem außer dir zuzumuten wage«, antwortete Yuro.

Solus seufzte. »Gefährlich, anstrengend, schmerzhaft und bisher lediglich ein Gespinst dubioser Überlegungen«, mutmaßte er.

»Teil eins deiner Vermutungen kann ich weder bestätigen noch dementieren. Teil zwei jedoch trifft ins Schwarze.«

Solus verdrehte die Augen. »Manchmal bist du mit deiner Geheimniskrämerei wirklich unerträglich«, brummte er. »Würdest du bitte ein bisschen konkreter werden?«

»Angst oder Ungeduld?«, stichelte Yuro.

»Bring mich nicht in Rage«, schoss Solus zurück, »sonst kannst du deinen Mist allein machen. Den anderen magst du mit deinen Präsentationen imponiert haben, mich blendest du damit nicht.«

»Ach, tu doch nicht so, als ließe dich das alles völlig kalt. Du warst doch genauso beeindruckt wie sie.«

»Komm endlich zur Sache, Yuro!«, forderte Solus, und übergangslos wurde sein Freund wieder ernst.

»Ich würde gerne herausfinden ob es möglich ist, jemanden durch diese Spirale mitzunehmen«, klärte er seinen Partner über sein Vorhaben auf.

Solus vollzog den Gedankensprung seines Freundes augenblicklich nach.

»Du weißt, ich kann meinen Körper dorthin nachholen, wo sich mein Astralleib befindet. So muss ich mich einst den Grauen entwunden haben, die mich meinen Geschwistern entrissen. Wenn nun aber ... du mich in deinen Armen hältst, glaubst du, du könntest mit mir kommen?«

»Warum ist es für dich so wichtig, das zu wissen?«, fragte Solus.

Yuro sah ihn eindringlich an. »Der Verbindungspunkt in unserer Nähe, den ich nur kurz erwähnte, liegt mitten im Sperrbezirk«, eröffnete er ihm nach einem tiefen Atemzug. »Ich kann ihn problemlos erreichen, jedoch wüsste ich keinen anderen Weg, auch dich dorthin zu bringen.«

»Und warum meinst du, mich dorthin bringen zu müssen?«, insistierte Solus.

»Ich möchte dich, wenn es ernst wird, an meiner Seite haben«, gestand Yuro.

»Deshalb also willst du noch eine Nacht hierbleiben. Um ein bisschen herum zu experimentieren«, stellte Solus nüchtern fest.

»Ich wollte es nicht ohne deine Zustimmung in Erfahrung zu bringen versuchen«, gab Yuro zu. »Immerhin habe auch ich keine Ahnung, ob es funktioniert, und wenn, mit welchen Auswirkungen.«

»Und da dachtest du, du überrollst mich kurz vor dem Schlafengehen mit deinem Ansinnen in der Hoffnung, ich sei bereits müde genug, um dir ohne weiter darüber nachzudenken meine Erlaubnis zu geben.«

»Du musst es nicht sofort entscheiden. Ich wollte nur wenigstens mit dir darüber gesprochen haben, denn es ist etwas, das mich sehr beschäftigt, und wovon möglicherweise der Erfolg des gesamten Unternehmens abhängig ist.« Solus erkannte an Yuros beinahe geflüsterten Worten, wie wichtig ihm dieses Thema war. »Weißt du, unabhängig davon, was das ›Buch des Schicksals‹ sagt, verbindet uns beide weit mehr als unsere Freundschaft und unsere sexuelle Neigung. Zwischen uns existiert eine Art Band, das uns selbst dann aneinander schweißt, wenn wir getrennte Wege gehen. Du bist mein Licht, Solus, und das nicht nur sinnbildlich. Mehrmals schon hast du mich aus der Dunkelheit herausgeführt. Ich bin mittlerweile überzeugt davon, dass wir nur gemeinsam die Kräfte kanalisieren können, die in dieser auf uns zukommenden Nacht entfesselt sein werden. Es wird für dieses große Ereignis keinen Probedurchlauf geben. Wir – und besonders ich – werden alles auf eine Karte setzen müssen. So einfach sich meine Darlegung anhörte, so ungewiss ist tatsächlich jedoch die Durchführbarkeit. Es gibt so viele unkontrollierbare Faktoren. Lynnja glaubt an mich, und ich weiß nicht, wie viele noch. Ich bemühe mich, stark zu sein, aber die Sicherheit, die ich nach außen hin zu vermitteln versuche, ist keineswegs so stabil, wie sie scheint. Ich habe höllische Angst davor zu versagen, aber ich werde nicht kneifen, Solus.« Yuro schluckte, und erst jetzt wurden Solus die angespannten Muskelstränge an seinem Hals bewusst. »Kannst du nun wenigstens ein bisschen nachvollziehen, wie wichtig es für mich ist, sicher sein zu können, dass du bei mir bist, wenn es um *alles* geht?«

Solus schwieg. Es kam nicht oft vor, dass Yuro ihn so tief in seine Seele blicken ließ. Noch immer wortlos zog er ihn an sich. »Ich werde bei dir sein, wann und wo immer du mich brauchst«, raunte er und küsste ihn zärtlich.

Es war schon weit nach Mitternacht, als die beiden endlich erschöpft einschliefen. Stunden inniger Hingabe und aufrichtiger Liebe lagen hinter ihnen. Das Band zwischen ihnen war neu geschmiedet, strahlender und fester als je zuvor. Yuros Kopf ruhte auf dem Brustkorb seines Partners, dessen Arme ihn noch immer sachte hielten. Er nahm die Entspannung als ein Geschenk an und ebenso als die Aufforderung, noch für ein paar Stunden Kraft zu sammeln.

Sein ursprüngliches Anliegen stand hinten an. Es gab für alles eine Zeit, und offensichtlich war jetzt nicht die richtige. Als er erwachte, färbte schon ein feiner Silberstreifen den Rand des Horizontes.

VORBEREITUNGEN Viel hatte Yuro an diesem letzten Tag nicht mehr getan. Er war bei Eik und Kiran gewesen, und die beiden hatten ein wenig geschmunzelt über seine handgefertigten Aufzeichnungen.

»Jetzt hast du Wochen damit zugebracht, dich mit unserer Technik vertraut zu machen, und dann benutzt du sie noch nicht einmal«, meinte Kiran kopfschüttelnd.

»Ich bin eben doch ein Hinterwäldler«, erklärte Yuro lachend. »Manche Gewohnheiten sind so tief verwurzelt, dass man sich gar nicht dagegen wehren kann, wenn sie wieder durchbrechen. Aber darüber zu diskutieren ist nicht der Grund meines Hierseins.«

»So«, feixte Eik, »dann hat dich wohl dein schlechtes Gewissen gequält, weil du seit gut einem Monat nicht mehr bei uns warst. Und da du ja ein anständiger Junge bist, hast du schweren Herzens deinen Prachtkörper zum längst fälligen Anstandsbesuch in unsere lauschige Baracke geschwungen.«

Auch Kiran grinste.

»Euch kann man nichts vormachen«, ging Yuro auf deren Ton ein. Dann jedoch bat er sie, für eine Weile das Geschäft zu schließen. Trotz einigem Erstaunen kamen die Brüder seinem Wunsch sofort nach. Wenig später saßen die drei vor dem großen Rechner zusammen, und Yuro erläuterte ihnen den wirklichen Grund seines Kommens.

»Wenn wir alles eingegeben haben, dürfte der Rest ein Kinderspiel sein«, meinte Eik, nachdem Yuro geendet hatte. »Aber wofür brauchst du die ganzen Daten?«

»Sie sind Teil der Friedensmission, für die nach wie vor viele Inari ihr Leben geben«, antwortete Yuro ernst.

»Und da suchst du ausgerechnet bei uns Unterstützung?«

»Ich vertraue euch. Und ich weiß, es gibt auch unter den Airin viele, die sich, wie wir, nichts sehnlicher wünschen, als dass Airin und Inari friedlich zusammen auf diesem Planeten leben. Warum also sollten wir euch nicht mit einbeziehen?«

»Gib zu, ihr könnt nur einfach die notwendigen Berechnungen nicht anstellen«, unkte Eik.

»Zugegeben, es würde wesentlich mehr Zeit in Anspruch nehmen«, war Yuro ehrlich.

Kiran schaute demonstrativ auf seine Uhr. »Seit geschlagenen 51 Minuten redest du nun schon um den heißen Brei herum. Willst du uns jetzt nicht endlich mal aufklären, was genau ihr vorhabt?«

Yuro errötete. »Ich werde versuchen, es euch so kurz und doch so verständlich wie möglich darzulegen«, erwiderte er. Nun, da er sich so weit vorgewagt hatte, wäre es, so jedenfalls empfand es Yuro, mehr als unfair, die Brüder außen vor zu lassen. Gebannt lauschten die beiden seinen Ausführungen.

»Na, dann wollen wir mal loslegen«, sagte Eik, nachdem sie alles nötige erfahren hatten. »Wem sollen wir die Ausarbeitungen zukommen lassen?«

»Könnt ihr sie nicht über ein sicheres Portal an den Computer des Gasthofes schicken?«, wollte Yuro wissen.

»Ein bisschen was von all dem, womit wir dich mühevoll gefüttert haben, ist ja doch hängen geblieben«, meinte Kiran jovial. »Ja, das dürfte machbar sein. Sehen wir uns noch mal, bevor das große Ereignis steigt?«

»Das kann ich nicht vorhersagen«, gestand Yuro. »Aber wir sehen uns wieder, ganz bestimmt!«

Herzlich umarmten die drei einander, bevor Yuro langsam zum Gasthof zurückging.

Nach der Abendmahlzeit verabschiedete er sich reihum von allen Mitgliedern der Gruppe.

»Wann wirst du wieder zu uns stoßen?«, fragte Mel.

Yuro zuckte mit den Schultern. »Das weiß ich nicht. Aber über die Gedankentransmitter wird unser Kontakt bestehen bleiben.«

»Pass gut auf dich auf«, murmelte Ferris, als sie ihn behutsam an sich drückte.

Jeder fand ein paar aufrichtige, freundschaftliche Worte, die Yuro wie Schätze in seinem Herzen verwahrte. Nur Solus sagte nichts. Stattdessen nahm er ihn an der Hand und begleitete ihn auf ihr gemeinsames Zimmer. Erst, als die Tür hinter ihnen ins Schloss fiel, zog auch er ihn in eine Umarmung. So standen sie, während die letzten Strahlen der Sonne sich hinter die Mauern zurückzogen und der Himmelsausschnitt, der von ihrem Zimmer aus sichtbar war, in flammendem Rot leuchtete. Schnell wurden die Schatten länger, und schon bald hüllte Dunkelheit die beiden ein. Behutsam lösten sie sich voneinander. Es war alles gesagt. Schweigsam legten sie sich nieder, wohlwissend, dass nur einer von ihnen am Morgen noch hier sein würde.

Obwohl Ninimata wesentlich weiter entfernt war als Majakosch, gelang es Yuro mühelos, zuerst seinen Astralkörper und danach seine fleischliche Gestalt in den Kellerraum des Hofes zu versetzen, in dem sich auch das Portal des Transportnetzes befand. Erian, die in einem Sessel dösend auf seine Ankunft wartete, schrie unterdrückt auf, als Yuro aus dem Nichts materialisierte. Ungläubig starrte sie ihn an, schüttelte benommen den Kopf, sah abermals zu ihm auf.

»Bist du es wirklich, Yuro?«, flüsterte sie.

Noch ehe er nicken oder ihre Frage anderweitig bestätigen konnte, stürmte sie auf ihn zu und schlang ihre Arme um ihn. Behutsam erwiderte Yuro ihre überschwängliche Begrüßung. Mit dieser Art Empfang hatte er nicht gerechnet.

Erian bebte, so sehr bemühte sie sich, die in ihr tobenden Emotionen im Zaum zu halten. Sie hatte oft an ihn gedacht, sein Gesicht vor sich gesehen, war in seine geheimnisvollen, smaragdgrünen Augen getaucht. Immer wieder hatte sie sich deswegen zur Ordnung gerufen, aber nun war er da, von einem Wimpernschlag zum nächsten, und sie konnte nichts von dem umsetzen, was sie sich vorgenommen hatte. Sie war weder ruhig noch besonnen oder zurückhaltend. Wie ein kleines Kind hatte sie sich an ihn geworfen, und er hielt sie! Einfach so. Nicht peinlich berührt, nicht verärgert. Ja, er schien nicht einmal überrascht zu sein.

Sie fühlte, wie seine sanften warmen Hände über ihr Haar, ihren Rücken strichen – zärtlich, aber keineswegs aufdringlich oder gar gierig. Er war freundlich und auf eine Weise distanziert, die ihr Tränen in die Augen trieb. Während ihr Herz raste, schlug das seine so langsam, als befände er sich in tiefster Entspannung. Und doch, das was sie fühlte war Nähe, war Verbundenheit. Seine Hände streichelten sie noch immer. So, wie sie ihre kleine Schwester streichelte, wenn diese nachts in ihr Bett gekrochen kam, weil sie einen Albtraum gehabt hatte und nicht alleine sein wollte. Allmählich klang ihre zittrige Erregung etwas ab. Was war nur über sie gekommen?

»Geht es wieder?«, vernahm sie seine leise Stimme ganz nah an ihrem Ohr. Sein Atem streifte ihren Hals, und obwohl sie sich dagegen zu wehren versuchte, überlief sie ein wohliger Schauder.

Nein, es ging noch nicht wieder, und es würde noch Ewigkeiten dauern, wenn es ihr nicht gelang, sich von ihm zu lösen. »Lass mich los, Yuro«, hauchte sie, während ihr Innerstes »Nein, halt mich fest« schrie. »Was machst du?«, wisperte sie, als er bedächtig auf ihren Sessel zusteuerte, sich darauf niedersinken ließ und sie auf seinen Schoß zog.

»Schhhhh«, murmelte er. »Du musst nicht dagegen ankämpfen. Ich werde es mit dir teilen, wenn du willst.«

Erians Kopf sank gegen Yuros Hals. Sie schluchzte, spürte seinen Körper, sein Haar, seine Finger, das gleichmäßige Heben und Senken seiner Brust. Ihre Gedanken rasten, und schließlich gab sie ihren Kampf auf. Sie konnte nicht mehr. Dieser Junge war ein Savant. Er hatte sowieso längst erkannt, was sie ihn eigentlich so nie hatte wissen lassen wollen.

Endlich befreit öffnete sie sich ihren Empfindungen. Er ließ sich auf sie ein, wies sie nicht zurück, verschloss sich nicht. Auf rein mentaler Ebene ergab er sich ganz ihren Sehnsüchten, verschmolz er mit ihr, wie Erian es seit Monaten immer und immer wieder in ihren Träumen erlebte. Irgendwann wich ihre Hitze, ging über in eine erschöpfte, aber angenehme und wohltuende Ruhe.

»Danke«, flüsterte sie, als sie endlich in der Lage war, ihren Kopf anzuheben.

Yuros grüne Augen lächelten, wenngleich seine Züge ernst wirkten.

»Du bist nicht mehr der Junge, der einst in der Dunkelheit dem Portal entstieg«, sprach Erian leise weiter. »Deine ... ganze Ausstrahlung ... ist eine andere.«

»Hab ich mich sehr verändert?«

»Du bist reifer geworden ... und erwachsen. Du musst einiges hinter dir haben.«

»Zu viel, um es in ein paar Sätzen zusammenzufassen. Ich werde auch meiner Schwester nur das Wichtigste erklären können.«

»Wird sie noch kommen?«

»Sie ist längst da!«

Erian errötete.

»Du musst dich nicht schämen. Ich bin sicher, sie hat erkannt, wie wichtig das war, was zwischen uns vorging, und sich bereits diskret nach oben begeben.«

»Dann sollten wir wohl auch endlich diesen Kellerraum verlassen. Besonders gemütlich ist er ja wahrlich nicht.«

Ohne einander ein weiteres Mal zu berühren, erstiegen sie nebeneinander die Treppe. Aus der Küche duftete es nach Gebratenem, und als die beiden eintragen, wurden sie freudig von Erians Familie und Lynnja begrüßt.

Bei Tisch erläuterte Yuro kurz und doch so detailliert wie möglich den Grund seines Hierseins und welcher Art die Unterstützung sein sollte, die er sich erbat. »Erian ist eine starke Telepathin, das weiß ich bereits. Darum hätte ich sie gerne auf einem der Knotenpunkte platziert, von denen ich gesprochen habe. Das heißt aber nicht, dass sie alleine dorthin kommen muss. Ihr alle könnt sie begleiten, wenn ihr das wollt. Das Netz wird umso stabiler sein, je mehr Mentalenergie hineinfließt. Wenn das Team in Manjana den genauen Zeitpunkt ausgearbeitet hat, wird er euch über die Transmitter zugehen.«

»Warum lässt du nicht die gesamte Organisation darüber laufen?«, wollte Erian wissen.

»Weil ich das Risiko einer zufälligen oder willkürlichen Besetzung der Knotenpunkte nicht eingehen kann. An allen wichtigen Schnittstellen brauche ich erfahrene Telepathen.

Lynnja ist diejenige, die sowohl über die Standorte der Widerständler als auch deren Fähigkeiten am besten orientiert ist. Daher war mein Gedanke, sie mit der Auswahl geeigneter Personen zu betrauen und ihnen ihre Aufgabe zu erklären. Lediglich um diese Verbindungsstellen«, Yuro umkreiste ein weiträumiges Gebirgsgebiet mit seinem Zeigefinger, »werde ich mich allein kümmern, denn ich möchte sie den Hütern und den Mönchen des Konvents überlassen.«

»Das heißt also, auch wir beide werden nicht zusammen unterwegs sein«, stellte Lynnja sachlich fest.

»Das ist richtig. Ich habe dich hierher gebeten, um dir einerseits mitzuteilen, wie ich mir den Ablauf der ›Operation Neuanfang‹ vorstelle, andererseits, um mich mit dir zu beraten. Und natürlich wollte ich dich wiedersehen. Das hätte ich vielleicht als ersten Grund nennen sollen.«

Seine Schwester grinste. »Keine Angst, ich erwarte nicht, dass du jetzt einen auf Familienbande machst, nur weil wir zufällig dieselben Eltern haben. Die genannte Reihenfolge war immerhin ehrlich.«

»Bleibt ihr wenigstens bis Morgen?«, erkundigte sich Hyron, Erians Vater.

»Ja«, stimmte Lynnja nach einem erneuten Blickwechsel mit ihrem Bruder dem Angebot zu.

»Wer weiß, wie oft wir in den nächsten Monaten Gelegenheit bekommen werden, irgendwo länger als ein paar Stunden zu verweilen.«

»In spätestens drei Tagen wird der genaue Ablauf sowie der Zeitpunkt der seit langem erwarteten Maßnahme über die Transmitter kommuniziert werden. Wenn der Anfang gemacht ist, wird sich die Weiterverbreitung wie eine Art Schneeballsystem fortsetzen«, prognostizierte Yuro. »Ich hoffe, dass diese Vorabinformationen unser weiteres Vorgehen etwas erleichtern. Es wird uns auch so noch genug Zeit und Kraft kosten, aber ich halte die persönliche Einweisung für äußerst wichtig. Dadurch wird bereits ein Band geknüpft, das die Koordination zumindest ein bisschen weniger schwierig macht.«

Nach dem Essen zogen sich die Geschwister zurück. Marjam, Erians Mutter, führte sie zu einem kleinen, aber gemütlichen Gästezimmer, dessen Bett notfalls auch zwei Personen Platz bot und in dem neben einem schmalen Schrank auch ein rundes Tischchen und drei Stühle standen.

»Sag mal, habe ich das vorhin richtig verstanden«, begann Lynnja, kaum das Marjams Schritte verklungen waren, »du willst ein Gedankennetz um den gesamten Planeten legen?«

Yuro nickte.

»Was ist mit den Datenüberträgern der Airin?«

»Wir können sie nicht für unsere Zwecke nutzen«, wich er einer exakten Erklärung aus, beschwor aber sowohl das Bild, das sich ihm geboten hatte, als auch seine damaligen Gefühle für einen Augenblick herauf.

»Verstehe«, murmelte seine Schwester.

»Ich weiß, der Plan klingt irrwitzig«, fuhr er fort, »das Zeitfenster, das ich kalkuliert habe ist eng, und wir haben keinerlei Möglichkeit, irgendetwas vorher auszuprobieren – aber tief in mir fühle ich die Gewissheit, es so und nicht anders machen zu müssen.«

»Und warum hast du es jetzt so verdammt eilig, nachdem wir bisher so lange warten mussten?«

Yuro schluckte. »Ich habe wahnsinnige Angst zu versagen, nicht stark genug zu sein, alle Hoffnungen zu enttäuschen. Je mehr Zeit ich zum Nachdenken habe, desto schlimmer wird es. Ich verspreche mir Ablenkung durch all die Einweisungen, die ich selbst vornehmen, und Stabilität durch die Bande, die ich dabei knüpfen werde. Ich mag ein Savant sein, Lynnja, aber ich bin kein Übermensch. Ich stehe seit Jahren unter Strom, ohne zu wissen warum. Je mehr ich über mich selbst herausfinde, desto sicherer bin ich, dass ich seit langem auf diesen einen Punkt zusteuere. Und nun habe ich ihn festgelegt. Ich habe Entscheidungen getroffen, andere in die Abläufe mit eingebunden, damit ich mich nicht mehr davonstehlen kann. Ich muss es durchziehen, so schnell wie möglich, sonst werde ich den Mut dazu nicht mehr aufbringen.«

Langsam senkte seine Schwester den Kopf. Ja, sie verstand ihn. Auch sie hatte einst an dieser Schwelle gestanden und mit sich gerungen. »Gut, dann sag mir, was ich tun soll.«

Die gesamte Nacht verbrachten die Geschwister damit, Personen für die jeweiligen Knotenpunkte zu benennen und festzulegen, wer von ihnen welche Bezirke besuchen würde.

»Erian soll mit Nira Kontakt aufnehmen«, sagte Lynnja, als sie soweit alles besprochen hatten. »Mohamiru und seine Leute müssen sich auf regen Verkehr in den Transportbahnen einstellen ... und auf dich«, fügte sie leutselig hinzu.

Yuro lachte leise. Nachdem das Unternehmen allmählich Form annahm, und die Last nicht mehr allein auf seinen Schultern lag, wirkten seine Nackenmuskeln nicht mehr ganz so angespannt wie noch vor einigen Stunden.

Lynnja legte ihre Hand unter das Kinn ihres Bruders, hob es sachte an und sah ihm in die Augen. »Ich glaube an dich, kleiner Bruder!«, versicherte sie ihm. Dann strich sie ihm, wie er es bei Erian getan hatte, sanft übers Haar.

Aus der Küche war ein leises Klappern zu hören. Obwohl außer dem Licht der Sterne noch kein bisschen Helligkeit ins Zimmer fiel war der Sonnenaufgang nicht mehr fern. Bald schon begänne auf Ninimata das Tagwerk.

»Komm«, bat Yuro seine Schwester, »vielleicht können wir noch bei irgendetwas helfen.«

Es war Erian, die zu so früher Stunde bereits auf den Beinen war und das Frühstück vorbereitete. Ihre Augen waren rot, als hätte auch sie zu wenig oder gar nicht geschlafen. Stumm drückte sie Lynnja einen Stapel Teller in die Hand und deutete dann auf ein Sortiment Tassen, die auf einem Regal standen. Schweigend deckten sie gemeinsam den Tisch.

Auch die anderen, die wenig später zu ihnen stießen sahen keineswegs so aus, als hätten sie eine erholsame Nacht hinter sich. Yuros Eröffnungen hatten offensichtlich alle derart beschäftigt, dass an Schlaf nicht zu denken gewesen war. Eine seltsame Spannung lag in der Luft. Es war jene Art von Nervosität, die einen ergreift, wenn man weiß, dass man unabwendbar auf ein großes Ereignis zusteuert, dessen Gelingen abhängig ist vom uneingeschränkten Einsatz jedes Einzelnen. Erst Hyron durchbrach sie mit seiner Aufforderung, kräftig zuzulangen.

Tatsächlich gelang es nach anfänglichen Schwierigkeiten, die Gedanken auch in andere Bahnen zu lenken. Allmählich wurden die Gespräche ungezwungener und die Stimmung lockerer. Nach dem Frühstück verabschiedete sich Lynnja von der Familie.

»Im Gegensatz zu ihm«, ihre Augen richteten sich auf ihren Bruder, »bin ich tagsüber stärker«, betonte sie lächelnd. »Daher sollte ich mich jetzt auf den Weg machen. Es liegt noch eine Menge Arbeit vor mir.«

Yuro umarmte sie.

»Auch wenn dies womöglich für lange Zeit unser letztes Zusammentreffen gewesen sein wird, bleiben wir in Kontakt«, flüsterte sie. »Versuch, dich noch ein bisschen auszuruhen. Auf ein paar Stunden kommt es gewiss nicht an, und das Transportbahnnetz macht keinen Unterschied zwischen den Tag- und Nachtphasen.«

Marjam begleitete sie in den Keller und erschien nur wenig später alleine wieder am Treppenaufgang. Auch Yuro schüttelte allen die Hand, bevor er sich abermals ins Gästezimmer zurückzog. »Ich werde mich nach Einbruch der Dunkelheit zum Hayuma-Konvent aufmachen«, informierte er die Verbliebenen. »Sucht nicht nach mir, auch wenn ihr mich nicht gehen seht. Vielleicht will es die Vorsehung, dass ich vor dem großen Ereignis noch einmal hierher zurückkehre, ich kann es jedoch nicht garantieren.«

»Pass gut auf dich auf«, wisperte Erian.

»Das werde ich!«, versprach er. »Immerhin ist das hier erst der Anfang.«

WEGE DURCHS SCHATTENREICH Diesmal wählte Yuro nicht die verborgene Abteilung der Bibliothek als Ankunftsort aus, sondern die Nische, die er einst selbst in den roten Stein gegraben hatte. Da Ortswechsel dieser Art für ihn mittlerweile nahezu selbstverständlich waren, bereiteten sie ihm keinerlei Schwierigkeiten mehr, vorausgesetzt, er kannte den Platz, den er aufzusuchen gedachte. Nur Blindsprünge gelangen ihm nach wie vor nicht. Auch das Nachholen seines Körpers klappte in der Regel problemlos, erforderte jedoch über weite Strecken einiges an Energie.

Die vertraute Umgebung, die neutralen bis freundlichen Schwingungen, die ihn umfingen, linderten sofort seine Anspannung. Diese Schlafstätte, die ihm fast sein gesamtes Leben lang Rückzugsort und Hort gewesen war, erfüllte ihn mit wohltuender Ruhe. Unwillkürlich lächelnd drehte er sein Gesicht der Wand zu, schloss die Augen, gab sich ganz der Empfindung des Zuhause-seins hin und glitt unmerklich in einen wunderschönen Traum.

Er wanderte über grüne Wiesen, erfreute sich an der bunten Pracht unzähliger Blüten, trank aus einem klaren Bach und legte schließlich unter dem Dach eines riesigen, schattenspendenden Baumes eine Rast ein. Insekten summten, zwei Vögel sangen abwechselnd flehende Liebesbekundungen. Der intensive Duft der Natur, den er während der Zeit, die er in Manjana verbrachte, so schmerzlich vermisst hatte, umschmeichelte ihn mit jeder sanften Windböe, und er inhalierte die würzige Luft in langen, tiefen Atemzügen. Frieden war das dominierende Gefühl, das alles andere in den Hintergrund drängte ...

... bis ein Schrei den harmonischen Schein durchbrach. Von einem Augenblick zum anderen war Yuro hellwach. So rief ihn nur einer. Und niemals würde er seinen Ruf überhören oder ignorieren. Helle Panik schwang in dem Ton, der durch die Schattenwelt den kilometerweiten Weg in sein Bewusstsein gefunden hatte.

Yuro sah Solus' weit aufgerissene, schreckensstarre Augen. Fast vermeinte er, das stechende Aroma des Tuches, das man diesem aufs Gesicht drückte, selbst zu riechen. Er spürte, wie Solus in sich zusammensackte, wie ihm die Sinne schwanden. Der letzte Eindruck, den Yuro erhaschte, bevor sein Partner endgültig im Dunkel der Bewusstlosigkeit versank, war das breite, nahezu hämische Grinsen Omans ... und diesem, das war Yuro ebenfalls sofort klar, durfte er seinen Freund auf keinen Fall überlassen.

Noch ehe er sich einen vernünftigen Rettungsplan zurechtlegen konnte, wirbelte er durch den teleskopartigen Tunnel, sah Solus' Rücken mit rasender Geschwindigkeit auf sich zukommen. Sein Partner hing wie ein nasser Sack zwischen zwei Grauen, die ihn nicht besonders zartfühlend hinter Oman herschleiften. Die drei näherten sich einem offensichtlich auf sie wartenden Schwebegleiter, dessen hintere Türen bereits offenstanden, um sie und ihre reglose Last aufzunehmen. Wenn sie erst einmal dort drinnen waren, käme er womöglich nicht mehr an Solus heran.

Unsichtbar wie er für normale Augen war, spurtete Yuro die wenigen Schritte nach vorn, die ihn noch von seinem Freund trennten. Zwar erschütterte der Aufprall, mit dem er seine Arme um Solus' Mitte warf und diesen an sich zog die gesamte Gruppe, aber das war Yuro egal. Irritiert blickten die beiden Männer um sich. Nichts, was sie wahrnahmen, erklärte den Stoß, der ihnen versetzt worden war.

Dann jedoch ertönte ein Brüllen, das Berge zum Einsturz hätte bringen können. Omans Kehle entwichen Laute, die es den beiden Grauen eiskalt über den Rücken rinnen ließ, während sie gleichzeitig machtlos mit ansehen mussten, wie die Arme des Rothaarigen ihrem Zugriff entglitten. Er war weg. Von einer Sekunde zur nächsten.

Yuro keuchte. Solus' Gewicht riss ihn schier von den Füßen, als er in ihrem gemeinsamen Zimmer in Mels Gasthof auftauchte. Dies war keine kontrollierte Maßnahme, sondern ein wahnwitziger Verzweiflungsakt gewesen, bei dem er alle Vorsicht außer Acht gelassen hatte. Taumelnd rang er um sein Gleichgewicht, um nicht mit Solus zusammen gegen die Wand zu krachen. Angestrengt schnaufend wuchtete er seinen Freund aufs Bett. Er merkte, wie auch ihm die Sinne zu schwinden drohten.

Zu wenig, ja, eigentlich gar keine Erfahrung hatte er mit solcherlei Aktionen, aber dass diese ihn unglaubliche Energie gekostet hatte, das spürte Yuro nur allzu deutlich. Selbst wenn es ihm gelänge, auch seinen Körper hierher zu holen, sich dann noch um Solus zu kümmern, überstieg schlicht und ergreifend seine Kräfte.

›Anea‹ Er würde Anea zu Hilfe rufen. Sich über ihn beugend bemühte er sich herauszufinden, ob Solus' Atem trotz der Betäubung kontinuierlich floss, und er ihn gefahrlos für kurze Zeit unbeaufsichtigt lassen konnte. Das Ergebnis der Untersuchung war keineswegs so, wie Yuro es sich erhoffte. Der Brustkorb seines Freundes hob und senkte sich arrhythmisch, auch seine Gesichtsfarbe gefiel ihm gar nicht. Yuro musste sich beeilen. Es war nur allzu offensichtlich, dass Solus eine Art Hilfe benötigte, die er selbst ihm momentan nicht zugutekommen lassen konnte.

Fluchtartig verließ Yuro den Raum, rannte zum Treppenaufgang, hetzte in das nächste Stockwerk hinauf und stürmte in Aneas nie verschlossenes Zimmer. Das Klappern der Tür schreckte die Heilerin auf. Lauschend spähte sie in die Dunkelheit, und während Yuro noch überlegte, wie er sich ihr bemerkbar machen sollte, schlich sich ein feines Lächeln auf die Züge der jungen Frau.

»Bist du das, Yuro?«, flüsterte sie fragend.

Erleichterung durchflutete ihn wie ein wärmender Sonnenstrahl. Behutsam ergriff er Aneas Hand, drückte sie sanft und zog sie ein wenig in seine Richtung. Viel hatten die beiden bisher nicht miteinander zu tun gehabt, aber jeder in Mels Gruppe wusste, dass Yuro ein Traumwanderer war, und so überraschte sie seine unsichtbare Berührung nicht sonderlich. Nickend erhob sie sich und folgte ihm, obwohl sie nur mit einem dünnen Schlafanzug bekleidet war. Zügig schritt sie mit ihm durch das nur schwach erhellte Haus.

Als sie Solus sah, erschrak sie. Sein Körper zuckte konvulsivisch, und er röchelte. Schaum stand vor seinem Mund.

»Ich kümmere mich um ihn«, murmelte sie, setzte sich auf die Bettkante, legte ihre Hände auf Solus' Brust und senkte die Lider.

Yuro sank, erschöpft, wie er war, neben sie und verharrte reglos. Auch wenn er selbst nichts weiter für seinen Partner tun konnte, so war es für ihn wichtig zu erfahren, wie dieser den Entführungsversuch und die unkonventionelle Rettungsaktion überstand.

Schon wenig später verringerten sich die Zuckungen, blieben schließlich ganz aus. Auch Solus' Atem normalisierte sich. Er schien nur noch tief und fest zu schlafen.

Anea erwachte aus ihrer Trance. »Es sah schlimmer aus als es war«, erklärte sie, da sie Yuros Gegenwart nach wie vor wahrnahm. »Er verträgt die Substanzen nicht, die dieses Anästhetikum enthält, aber wirklich geschadet hat es ihm nicht. Ich habe den Abbau des Mittels beschleunigt. In einigen Minuten wird nichts mehr davon durch seine Blutbahnen zirkulieren. Vielleicht brummt ihm morgen ein bisschen der Schädel, aber schlimmere Nachwirkungen dürfte er nicht haben. Du kannst beruhigt dorthin zurückkehren, woher du gekommen bist. Ich werde hier bei ihm bleiben.«

Yuro drückte abermals Aneas Hand, aber zum willentlichen Verlassen des Ortes sah er sich außerstande. Da jedoch sein Körper noch immer in der Schlafnische des Konvents lag, würde er bei Sonnenaufgang sowieso dorthin zurückkehren. Daher blieb er gerade dort sitzen, wo er niedergesunken war, verweilte mit den Blicken auf dem Gesicht seines Freundes und nutzte die Stille, auch selbst wieder ein wenig zu Kräften zu kommen.

Der Sog der Spirale ergriff ihn unvermittelt, und er fand sich, wie er es vorausgesehen hatte, in seiner Mulde im Kloster wieder, wo er sogleich in einen ohnmachtähnlichen Schlaf fiel.

OMAN Oman tobte. Die beiden Grauen, die sein Zorn traf, duckten sich unter der Wucht der auf sie einprasselnden Beschimpfungen wie unter Schlägen. So geduldig ihr Chef gewesen war, als es darum ging, ihnen die alte Experimentalreihe sowie die Wichtigkeit des erfolgreichen Zugriffsverlaufs zu erklären, so aufbrausend, ungehalten, ja, fast hysterisch gebärdete er sich nun, da das Objekt seiner Begierde, das er sicher im Griff gehabt zu haben glaubte, sich ungehindert seiner Kontrolle entzog. Dieser Rotschopf trieb ihn schier in den Wahnsinn. Eiskalte Wut, wie er sie das letzte Mal vor vielen Jahren empfunden hatte, raubte ihm nahezu den Verstand.

Er, der ehemals abgebrühte, distanzierte, emotionslose Leiter der Genforschungsabteilung, erbebte in grenzenlosem Zorn, der sich in sinnlosen Anschuldigungen und derben Zurechtweisungen hemmungslos Bahn brach. Hatte er sich Noron gegenüber noch mühsam zu beherrschen vermocht, ergoss sich nun die gesamte Fülle angestauter Aggressionen über seine Helfer, die schließlich, um sich ihm als willkommene Angriffsflächen zu entziehen, eilig das Weite suchten.

Keuchend und nach Luft japsend fiel Oman daraufhin auf die Rücksitze des noch immer an Ort und Stelle stehenden Schwebegleiters. Automatisch schlossen sich die Türen, grenzten den Lärm der Umgebung aus. Noch immer brodelte es in ihm.

Dass die Geistesgaben dieses Jungen ausgeprägter und vielfältiger waren, als er auch nur zu hoffen gewagt hatte, war nicht zu übersehen, dass er sich jedoch vollständig aus dem Netz, in das er ihn einst so sorgfältig eingewoben hatte, befreien konnte, erlebte er wie die Verhöhnung all seiner Mühen. Dieser Fakt war nicht nur ärgerlich, er war erschreckend, denn dadurch wurde Oman erstmals das tatsächliche Ausmaß der Fähigkeiten der Inari bewusst.

Gleichzeitig erkannte er, dass das Ziel der Airin, dieses Volk zu unterwandern und letztendlich mit ihren eigenen Mitteln zu bekämpfen, nicht zu realisieren war. Auch schlichen sich, seit er mit Galikoms Truppe unterwegs gewesen war und sich selbst ein Bild von der Lebens- und Verhaltensweise der Inari hatte machen können, zunehmend Zweifel an der Richtigkeit des Vorgehens ›seines Volkes‹ in seinen Geist. Es gelang ihm immer seltener, diese vollkommen zu ignorieren oder zu entkräften.

Wenn er sich, so wie jetzt – wofür er sich wiederum selbst verfluchte – erst einmal auf diese Art Gedankenspiele eingelassen hatte, eröffneten sich ihm mehr und mehr Argumente, die ihm den Widerstand des Urvolkes nachvollziehbar machten und ihn den von den Airin geführten Eroberungsfeldzug kritischer zu betrachten nötigten. Dieser Zwiespalt machte ihn fertig. Einerseits nämlich empfand er ausgeprägte Bewunderung für die Gaben der Ureinwohner und auch für die absolute Friedfertigkeit, mit der sie sie handhabten. Andererseits hingegen bemächtigte sich seiner eine unbändige Wut, wann immer er genau damit konfrontiert wurde.

Abermals entfloh seinen Lippen ein kehliger Laut. Nein! Er wollte, er durfte nicht abtrünnig werden! Krampfhaft rief er sich zur Ordnung, drängte die aufrührerischen Überlegungen beiseite, kämpfte die aufkeimenden Sympathien nieder. Es war, wie immer, ein zähes Ringen ... aber letztendlich triumphierte der ›alte Oman‹.

Noch war das Kind nicht in den Brunnen gefallen, wenngleich der Speicherchip zerstört, und der Datensammler ihm wiederum entwischt war. Aber so schnell gab er nicht auf. Das nächste Mal würde er selbst den Rotschopf in seine Gewalt bringen und ihn nie, nie wieder entkommen lassen!

BANDE Da alle Schlafnischen durch einen dichtgewebten Vorhang von den Korridoren getrennt waren, fiel Yuros Anwesenheit keinem auf. Somit verschlief er den Tag und erwachte erst, als die Sonne bereits den Horizont berührte. In der ihn umgebenden Stille nahm er Zeluts freudig-erstaunten Willkommensgruß wahr.

›Dem alten Prior entgeht aber auch nichts‹, dachte Yuro, erhob sich und machte sich auf den Weg zu dessen Kammer.

Die Zimmertür stand einladend offen, und so trat Yuro ohne anzuklopfen ein. Der Leiter des Konvents sah ihm lächelnd entgegen. »Es ist schön, dich wieder hier zu sehen«, empfing er ihn. »Wirst du diesmal etwas länger bleiben?«

Yuro drückte die ihm entgegengestreckte Hand des Älteren, bevor er antwortete. »Ich fürchte nein. Meine Schwester und ich sind unterwegs, um die wichtigsten Positionen für das seit langem erwartete Unternehmen ›Neuanfang‹ zu besetzen.«

»Setz dich und berichte«, forderte Zelut ihn auf.

Yuro erzählte ihm von seinem Plan und erklärte, welche Rolle er den Konventsmitgliedern zugedacht hatte. »Ihr kennt sie um vieles besser als ich, darum wollte ich Euch die Auswahl der Bestgeeigneten überlassen. Es war mir jedoch wichtig, Euch persönlich von alldem in Kenntnis zu setzen, anstatt es der Weitergabe durch die Transmitter zu überlassen. Auch war ich mir nicht sicher, wie gut das Kloster tatsächlich vernetzt ist. Außerdem tut es gut, in diese Mauern zurückzukehren, ebenso wie mit Euch zu reden.«

»Ja«, bestätigte der Prior, »es gibt Bande, die tiefgreifender und weitreichender als andere sind, ohne dass man es zu erklären vermag. Ich werde deinem Wunsch nachkommen, mein Sohn. Ich habe immer an dich geglaubt, und es ist mir eine Ehre, ebenfalls einen Beitrag zur Befriedung unseres Planeten leisten zu können. Du bist stark, Yuro! Dir wird gelingen, was das ›Buch des Schicksals‹ vorausgesagt hat.«

»Die Hüter sind ebenfalls dieser Überzeugung«, bestätigte Yuro.

»Du hast demnach ihre Festung gefunden?«

»Ja, und viele neue Freunde …«

»Ich will nicht in dich dringen, aber in Anbetracht der langen Zeit, die du unter meiner Obhut in diesem Stift verbracht hast, würde es mich freuen, wenn du mich auch an den Erfahrungen, die du seit deinem Weggang gemacht hast, ein wenig teilhaben ließest. Vielleicht kann ich dir noch auf andere Weise Unterstützung angedeihen lassen.«

Betreten senkte Yuro den Blick. Er war so sehr auf seine Mission konzentriert gewesen, dass ihm solche Überlegungen nicht einmal in den Sinn gekommen waren.

»Du musst dich deswegen nicht schämen«, lächelte Zelut, »aber auf deinen Schultern liegt große Verantwortung. Deshalb solltest du jede Erleichterung annehmen, die dir geboten wird.«

»Ihr wusstet mich immer gütig und sanft zu leiten, Prior«, entgegnete Yuro. »Ich empfand Eure Ratschläge nie als Bevormundung. Es wird in der Tat schwer genug werden. Ich bin dankbar für alles, das meine Last erleichtert.«

»Dann nimm dir die Zeit, mich in die Ereignisse der vergangenen Monate einzuweihen.«

Es wurde eine lange, informationsreiche Nacht, sowohl für Yuro als auch für Zelut. Erst kurz vor dem Ruf der Morgenglocke verabschiedeten sich die beiden voneinander, und Yuro wagte den Sprung nach Valon, wo er am Fuße des Burgfrieds sitzend die Sonne über die Gipfel der Berge emporsteigen sah.

Jannis, die immer früh auf war, entdeckte ihn als erste. »Yuro«, begrüßte sie ihn überrascht, »was verschlägt dich denn schon wieder in unsere Festung?«

»Die Bitte um Unterstützung, wie auch beim letzten Mal«, antwortete Yuro müde. »Ich würde gerne, mit Iruns oder Garibalans Zustimmung, heute nach der Morgenmahlzeit zu allen Versammelten sprechen. Und danach«, ein Gähnen unterbrach seinen Sprachfluss, »schlafen.«

Mitleidig blickte Jannis auf ihn hinunter. »Lass deine Erschöpfung nicht chronisch werden«, mahnte sie. »Auch die Kräfte eines Savanten sind nicht unbegrenzt. Du musst lernen, sie einzuteilen, sonst stehen sie dir, wenn du sie dringend benötigst, nicht mehr zur Verfügung.«

Yuro nickte ergeben. »Du bist nicht die Erste, die mir das sagt. Ich werde etwas kürzer treten, sobald ich das, was ich selbst erledigen muss, hinter mich gebracht habe.«

»Es geht in die Endphase, nicht wahr?«

Yuro sah Jannis fragend an.

»Ich weiß es von Ferris. Sie hat die Hüterverbindung genutzt und uns mitgeteilt, was sie selbst wusste. Auch, dass du sie nach Kaykuro beordert hast.«

»Und da hat sie nicht gesagt, dass ich selbst vorbeikommen würde?«

»Doch, schon. Aber wir haben nicht so schnell mit dir gerechnet.«

Ein schelmisches Grinsen erschien auf Yuros müdem Gesicht. »Sie hat also nicht alles erzählt, sonst hätte ich mir den Besuch wohl schenken können.«

»Es ist schön, dich wieder einmal bei uns zu haben. Außerdem hast du bereits selbst erkannt, dass persönliche Kontakte engere Verbindungen zustande bringen. Komm, lass uns ins Versammlungshaus gehen. Alenna freut sich gewiss über ein paar weitere unterstützende Hände.«

Sie zog Yuro auf die Füße, und er folgte ihr bereitwillig. Eine Weile lenkte ihn die Beschäftigung ab, als jedoch alles getan war und er sich abermals setzte, machte sich die Entkräftung erneut bemerkbar. Der Kopf sank ihm auf die Brust, und er war binnen Augenblicken eingeschlafen.

Anschwellendes Stimmengewirr sowie Gelächter schreckten ihn auf. Der Saal hatte sich zwischenzeitlich gefüllt, und er fand sich flankiert von Jannis und Denira wieder. Vor ihm auf dem Tisch standen ein mit allerlei Leckerem gefüllter Teller und eine Tasse mit warmer Karu-Milch.

Denira lächelte ihn an. »Iss, Friedensbringer«, forderte sie ihn leise auf, »sonst bist du, wenn die Dunkelheit einsetzt, nicht in der Lage, deinen Weg fortzusetzen.«

»Und deine Stimme wird zu schwach sein, den gesamten Raum zu durchdringen, wenn du zu uns sprechen willst«, fügte Jannis augenzwinkernd hinzu.

»Ihr seid wirklich rührend besorgt um mich«, erwiderte Yuro, »aber ganz so unmündig, wie ihr mich hinstellt, bin ich doch nicht. Ich weiß mittlerweile einigermaßen zuverlässig, was ich mir zumuten kann, und wann ich meine Grenzen erreicht habe.«

»Lass dich von uns nicht aus dem Konzept bringen«, beschwichtigte ihn Denira, »zuweilen meinen auch wir nicht alles ganz so ernst, wie es sich anhört.«

»Ich weiß! Ich bin Telepath!«, konterte Yuro und lachte.

In der Gesellschaft der beiden Frauen hatte er sich schon bei seinem ersten Besuch ausgesprochen wohlgefühlt. Ganz Valon war ein Ort, dessen Menschen er sehr mochte. Irun nickte ihm von ihrem Platz aus freundlich zu, ebenso der dunkelhaarige Mann an ihrer Seite, dessen Ähnlichkeit mit Ferris unübersehbar war.

Als alle ihr Mahl beendet hatten, erhob sich Garibalan von seinem Stuhl. Es wurde still im Raum. »Ein lieber Gast ist in unsere Festung zurückgekehrt«, eröffnete er seine Ansprache. »Ihr kennt Yuro, ich brauche ihn nicht erneut vorzustellen. Er ersucht unsere Hilfe in einer wichtigen Angelegenheit, darum übergebe ich das Wort gleich an ihn.«

Während der Oberste Hüter wieder Platz nahm, richtete Yuro sich auf, sah in die Runde, begrüßte die Anwesenden und begann, ihnen den Grund seiner diesmaligen Anwesenheit zu erläutern. »Ich werde meine gesamte Kraft für dieses Unternehmen zur Verfügung stellen, denn ich weiß nicht, ob ich bei einem Fehlschlag ein weiteres Mal dazu in der Lage bin. Ihr Hüter seid eine Kaste mit außergewöhnlichen, vielfältigen Gaben, und ich setze meine Hoffnung in eure Unterstützung«, schloss er.

Als Yuro sich wieder gesetzt hatte, nutzte Irun das noch anhaltende Schweigen, um ihrerseits ein paar Sätze zu anzubringen. »Ich bitte alle Erwachsenen zur sechsten Abendstunde zu einem Beratungsgespräch in den Turm. Yuro wird den Tag nutzten, um neue Energie zu sammeln, denn bei Dunkelheit führt seine Mission ihn weiter. Bis dahin sollten wir festgelegt haben, wer ihm wo und auf welche Weise zur Verfügung stehen kann.«

Zustimmendes Gemurmel setzte ein. Denira ergriff Yuros Arm. »Wenn du willst, kannst du dein altes Zimmer wieder haben.«

»Das hört sich gut an«, stimmte Yuro ihrem Vorschlag zu, »die Atmosphäre dort ist wunderbar entspannend!«

Gemeinsam mit den anderen verließen sie den Speisesaal, und nur wenig später lag Yuro schlafend auf dem bequemen Gästebett.

Denira weckte ihn etwa eine Stunde vor dem Abendessen. »Wir wollen uns ja nicht nachsagen lassen, unsere Gäste müssten darben«, feixte sie.

Als Yuro sich angekleidet hatte, führte sie ihn in den Turmsaal, in dem noch alle erwachsenen Hüter beisammensaßen. Irun winkte ihn an ihre Seite.

»Wir haben uns besprochen«, verkündete sie. »Es nähme zu viel Zeit in Anspruch, dir jeden einzelnen namentlich vorzustellen. Du könntest dir sowieso nicht alle merken. Berührungen jedoch schaffen ebenfalls starke Verkettungen. Trägst du das Medaillon bei dir?«

»Ich habe es nicht abgelegt, seit ich es aus Euren Händen empfing.«

Irun nickte anerkennend. »Wir sind zu dem Schluss gekommen, dass es sinnvoll ist, bereits jetzt eine enge Vernetzung zwischen uns, dir und diesem Artefakt herzustellen. Das wird es dir einfacher machen, sie aufzurufen, und bei Bedarf zu verstärken.«

Yuro nickte. Etwas in der Art hatte auch er sich vorgestellt, wenngleich er selbst es noch nicht konkretisiert hatte.

»Konzentriere dich«, riet ihm die Alte, »und nimm durch das Auflegen unserer Hände unsere energetischen Abdrücke in dich auf.«

Yuro entblößte seinen Oberkörper. Das Schmuckstück ruhte auf seiner Brust. Der Stein glomm sanft in der Farbe seiner Augen, die sich nun langsam schlossen, da er in den Trancezustand hinüberglitt.

Irun wartete. Dieses Ritual musste sorgfältig ausgeführt werden, wenn es nicht zu einer Farce verkommen sollte. Erst als der Atem des Jungen ruhig, gleichmäßig und seinem Zustand entsprechend flach war, legte sie ihm als erste ihre linke Hand auf die Stirn, die rechte auf das Medaillon. »Nimm was du brauchst, wann immer es nötig ist!«, murmelte sie.

Danach löste sie ihre Hände und trat zur Seite, um zuerst Garibalan, dann Jannis, Denira und nach ihnen alle anderen die rituelle Handlung vollziehen zu lassen. Schweigend formierte sich eine Prozession. Einer nach dem anderen stellte

Yuro seine Kraft zur Verfügung. Allmählich leerte sich der Saal. Als auch der letzte den Savanten passiert hatte, rief Irun ihn behutsam zurück.

Nebeneinander verließen sie ebenfalls den Raum, um die Abendmahlzeit einzunehmen. Anschließend begleiteten ihn Garibalan, Denira, Jannis und Irun zum Portal. Nachdem er jeden noch einmal herzlich umarmt hatte, vertraute sich Yuro den Transportbahnen an und verschwand.

Drei Monate lang durchreiste er sie, lernte viele persönlich kennen, mit denen zusammen er das planetenumspannende Netz aktivieren würde. Dann kehrte er nach Manjana zurück, kümmerte sich mit Mels Team um die letzten Kleinigkeiten. Er war froh, seinen Partner wieder in seiner Nähe zu haben, und dieser war es sichtlich auch. Wenngleich Solus von Yuros Rettungsaktion so gut wie nichts mitbekommen hatte, wusste er tief in seinem Innern, dass sein Freund ihm sogar vom anderen Ende der Welt zu Hilfe gekommen war. Allein diese Tatsache bestätigte ihm ein weiteres Mal, dass sie untrennbar zusammen gehörten und in Gefahrenmomenten stets füreinander da waren, ungeachtet der räumlichen Distanzen, die sie trennen mochten.

Einige der Nächte nutzten die beiden zur Erkundung der ›Mitnahmemöglichkeiten‹, die Yuro bereits vor seiner Reise hatte durchführen wollen. Nach etlichen Fehlversuchen, in deren Anschluss es nicht selten zu heftigen Diskussionen, gelegentlich sogar erbitterten Streitereien bezüglich der Ursachen kam, gelang es Yuro schließlich nach einem ausnehmend harmonisch verlaufenen Abend, sie beide auf Anhieb körperlich an einen anderen Ort zu versetzen.

»Was war diesmal anders?«, fragte Solus, der sich zu den vorangegangenen Versuchen keines Unterschiedes bewusst war.

»Wir waren entspannt und haben uns endlich vollständig aufeinander eingelassen«, antwortete Yuro.

Verständnislos blickte sein Freund ihn an.

»Irgendwo war bisher eine Blockade«, fuhr Yuro erläuternd fort. »Vielleicht war es Angst, oder Widerstreben, abschweifende Gedanken, irgendetwas, das ablenkte.«

Solus schnaubte. »Das war kein an dich gerichteter Vorwurf«, besänftigte ihn sein Partner. »Auch ich stehe fürchterlich unter Strom. Es gelingt mir ebenfalls nicht immer, mich ausschließlich auf eine Sache zu konzentrieren, wenn mein Kopf angefüllt ist mit tausenden von Gedanken. Ich ringe, seit Ewigkeiten wie mir scheint, um die dazu nötige Disziplin. Die Ausbildung des Klosters bietet eine nicht zu unterschätzende Grundlage, von einer Meisterschaft indessen bin ich noch weit entfernt. Die Zeit aber läuft unaufhaltsam weiter.«

Solus ergriff Yuros Hände mit den seinen und drückte sie. »Es wird gelingen!«, raunte er inbrünstig und voller Überzeugung.

Wie gerne wollte Yuro ihm glauben.

Unerbittlich schmolzen die Tage dahin. Die Spannung stieg. Immer wieder entfloh Yuro der sich zunehmend ausbreitenden Hektik, indem er Ruhe und Kraft in stundenlangen Meditationsübungen suchte. Und dann war er da: der Tag, an dem sich das weitere Schicksal des Planeten und seiner Bevölkerung entscheiden würde.

DIE LAUTLOSE INVASION Wie ein Fels stand Yuro auf der Aussichtsplattform des sechseckigen Gebäudes, in dem auch die Forschungsstationen untergebracht waren. Nichts mehr erinnerte an das zum Zerreißen angespannte Nervenbündel, das er in den letzten beiden Tagen gewesen war. Bis zum letzten Moment hatte er gehofft, es fände sich noch eine Möglichkeit, diesen einen Knotenpunkt irgendwie zu verschieben – vergeblich. Auch war es unvermeidlich, jemanden an dieser Stelle zu postieren, wenn nicht von vornherein die Instabilität des gesamten Netzes billigend in Kauf genommen werden sollte.

Yuro selbst hatte ihn von Anfang an als den seinen auserkoren, denn er mochte niemand anderen der Gefahr aussetzen, die es mit sich brachte, ausgerechnet dort in tiefer Trance zu verharren.

Wenige Stunden bevor sie aufgebrochen waren, hatte Yuro sich zurückgezogen. In der Stille ihres Zimmers hatte er meditiert, alle störenden Gedanken und Gefühle aus seinem Geist verbannt, mit eisernem Willen und drakonischer Disziplin seine Konzentration einzig auf das Vorhaben der kommenden Nacht fokussiert.

Als Solus bei Sonnenuntergang den Raum betrat, stand er entspannt, mit geschlossenen Augen, ruhig und langsam atmend inmitten der Kammer. Wie abgesprochen stellte Solus sich hinter ihn und legte seine Hände auf die Schultern seines Partners. Yuro fühlte, wie Solus' Finger sich sachte auf ihn niedersenkten. Seine Nähe hatte etwas Tröstendes, Beruhigendes, und die bedingungslose Hingabe, das leidenschaftliche zur Verfügung stellen seiner Kraft entfachte in Yuro das Feuer, welches nötig war, um seinen Auftrag auszuführen.

Auch Solus schloss seine Augen. Sein Atemrhythmus glich sich dem Yuros an. Als die Synchronizität erreicht war, musste er nicht mehr lange warten. Der Strudel, durch den er nun schon mehrere Male gezogen worden war, ergriff ihn, und leicht schwankend fand er sich hoch oben auf dem Dach des Hauses wieder, das sein Freund ihm beschrieben hatte.

Nach vollzogenem Ortswechsel kontrollierte Yuro mit einem letzten kurzen Blick, dass sie an der richtigen Stelle herausgekommen waren und vergewisserte sich des Wohlbefindens seines Partners. Dann schloss er erneut die Augen. So bildeten sie das erste Glied der Brücke, die den gesamten Planeten umspannen würde, wenn alles gelang. Ein voller, kaum hörbarer Ton entfloh seinen Lippen – erzeugt in den Tiefen seines Brustkorbes, modelliert in den Stimmbändern seiner Kehle, geformt in den Höhlen seines Mundes. Eine

Melodie schloss sich ihm an, so intensiv, überwältigend, ergreifend und mächtig, dass sie das gesamte Universum in Schwingungen versetzte. Ein Meer aus Farben und Klängen überzog den nachtschwarzen Himmel, breitete sich aus, verlor sich am fernen Horizont. Dies war der Ruf, das Signal an alle, die bereitstanden, ihn zu unterstützen.

Das Medaillon auf seiner Brust pulsierte, vage noch, aber je tiefer er sich in das strahlende Grün versenkte, desto deutlicher nahm er das rhythmische Pochen wahr. Tausende kleiner Lichtpunkte flimmerten in dem Kristall, leuchteten hell auf, wenn sich die Energien der auf den Netzknoten postierten Telepathen mit ihm verbanden.

Auf der anderen Seite des Planeten, Yuro genau gegenüber, glitt Lynnjas Geist in die Schattenwelt. Die linke Flanke bildete Irun, die rechte Ferris. Immer mehr Leuchtfeuer loderten auf, und Yuro fühlte unzählige Individuen zu einer Einheit verschmelzen. Er selbst stellte die Mitte, den Sammel- und Durchtrittspunkt dar.

Wie ein Baum verband er sich mit dem Boden unter seinen Füßen. Seine Wurzeln drangen tief ins Erdreich von Innis, und er wurde er ein Teil des Planeten. Seine Hände streckten sich dem Firmament entgegen. Sie bildeten die Krone der wundervollen Pflanze, die in der Dunkelheit gedieh und nach dem Licht der Sterne griff, um sich die ihnen innewohnenden Kräfte zu eigen zu machen.

Wie Schleier trieben die Gesichter derer, die er kannte und liebte an Yuros innerem Auge vorüber, und er lächelte.

Nur für den Bruchteil einer Sekunde nahm er ein irritierendes Flackern wahr, dann waren die Strukturen wieder stabil. Der Stein des Schmuckstücks begann zu glühen, tauchte das gesamte Dach in seinen smaragdenen Glanz. Die Zeit verlor an Bedeutung, während das Netz sich zusammenfügte, sich nach und nach um den gesamten Himmelskörper legte.

Yuro fühlte weder den Regen, der gegen Mitternacht einsetzte, noch den Wind, dessen Böen stetig über ihn hinweg strichen. Ein sanfter Ruck durchlief seinen Körper, als endlich alle vereint waren, er Anfang und Ende des energetischen

Geflechts war, das sämtliche Menschen dieses Planeten miteinander verband. Nun war der Moment gekommen, seine Botschaft in die Köpfe und Herzen jedes einzelnen Bewohners dieses Trabanten zu senden.

Unendlich oft hatte er es durchgespielt, sich die Szenen, die er zeigen wollte, vergegenwärtigt, sich den Gefühlsströmen, die sie begleiteten, ausgeliefert, um sie zu intensivieren, sie zu einer solchen Intensität reifen zu lassen, dass auch die abgestumpftesten Airin von ihnen überwältigt würden.

Zuerst visualisierte er ein Bild des Planeten, als ob man vom All aus auf ihn hinab sähe. »Dies ist Innis vor dem großen Umbruch«, erklärte Yuros sonore Stimme. Wie von der Aussichtsplattform eines sich ihm nähernden Raumschiffes betrachtet, ließ er ihn größer und größer werden, bis schließlich Einzelheiten erkennbar wurden. Man sah seine Oberfläche, überzogen von einer riesigen Dunstglocke, darunter schemenhaft riesige Industrieanlagen, Städte mit Wolkenkratzern, deren tiefe Straßenschluchten das Tageslicht kaum zu erleuchten vermochte. Nach einem leichten Schwenk zeigten sich protzige Bungalowanlagen, deren Bewohner sich an Pomp und Luxus gnadenlos gegenseitig zu überbieten trachteten, während an den Rändern der Metropolen Tausende von Menschen in Blechbaracken hausten. Diese wühlten in den Müllbergen, suchten verzweifelt nach sauberem Wasser und genießbarer Nahrung sowie halbwegs tragbarer Kleidung, um ihre Blöße zu bedecken.

Niedertracht und Profitgier regierten in den Wohlstandsgegenden, der Kampf ums nackte Überleben in den Armenvierteln. Mord und Todschlag prägten das Zusammenleben. Missgunst, Neid, Habsucht und Argwohn dominierten über Vertrauen, Freundschaft, Zusammengehörigkeitsempfinden.

Mit den Ressourcen des Planeten wurde derselbe Raubbau betrieben wie mit den Kräften der Arbeiter. Völlige körperliche und geistige Verausgabung wurde ebenso in Kauf genommen wie die zunehmend heftiger werdenden Erdbeben, Tsunamis, Orkane und Überschwemmungen, die vielerorts ganze Landstriche verwüsteten und Millionen von Menschen das Leben kosteten. Immer größere Sternenschiffe wurden gebaut, verbrannten bei ihren Starts den Boden bis in hunderte Meter Tiefe. Das einstmals klare Wasser der Meere wurde wegen überhand nehmender Verschmutzung zu einer schlammig grauen Brühe, in der Fische und Pflanzen qualvoll verendeten. Hungersnöte folgten, von denen einzig die Reichen nicht das Geringste mitbekamen. Rebellierende, die das Verhalten der Obrigkeiten anprangerten, wurden mit roher Gewalt zum Schweigen gebracht.

Die Bilder der Gegensätze waren so erbarmungslos deutlich, die sie begleitenden Emotionen so stark, dass eiskalte Schauder die Bewohner von Innis schüttelten. Niemand, weder Airin noch Inari, konnte sich dem von Yuro heraufbeschworenen Szenario entziehen. Reihenweise klappten die Beobachter zusammen, gepeinigt von der Ungeheuerlichkeit der auf sie einwirkenden Eröffnungen.

Nun stellte Yuro den hereinbrechenden Katastrophen die einstige Schönheit des Planeten gegenüber, wie es auch das ›Buch des Schicksals‹ in der Originalfassung tat. Seine Stimme, schneidend wie geschliffener Stahl, klar, durchdringend und mächtig wie grollender Gewitterdonner schallte schonungslos anklagend durch Raum und Zeit:

»Ihr verantwortungslosen Willkürherrscher! Seht euch an, was ihr in eurer grenzenlosen Profitgier, eurem unstillbaren Machthunger und eurer vermessenen Selbstsucht angerichtet habt!«

Gleißende Lichtkaskaden schossen aus dem Boden, schwarze Rauchwolken und brodelnde Lava tilgten unbarmherzig aus, was sich ihnen in den Weg stellte. Die einstmals hochtechnisierte Kultur versank im brennenden Brodem, wurde von schäumenden Fluten hinweg gespült, unter Schlammlawinen begraben und von Steinschlägen zermalmt. Die Oberfläche des Planeten erfuhr eine komplette Neugestaltung. Zurückkehrende Sternenschiffe drehten ab, und die Heimat der Raumfahrer, die nun kaum mehr als eine verseuchte, zerstörte Ruine war, versank allmählich in Vergessenheit. Die wenigen Überlebenden aber trotzten der verwüsteten Oberfläche Stück für Stück kleinere und größere Areale ab, auf denen sie um ihre Existenz kämpften.

»Airin«, erklang abermals Yuros Stimme, »dieser Planet ist unsere gemeinsame Heimat. Wir sind und waren schon immer ein Volk mit gemeinsamen Wurzeln. Die Inari, die dem Inferno nicht zu entfliehen vermochten, waren gezwungen, aus den Fehlern der Vergangenheit zu lernen, um zu überleben. Das Umdenken unserer Vorfahren und die neue Lebensweise machten Innis zu dem, was er jetzt ist. Sie haben geschworen dass das, was uns fast ausgerottet hätte, sich nicht wiederholen darf. Aus diesem Grund wurde das ›Buch des Schicksals‹ erschaffen, auf dessen Grundlage sich unsere Kultur entwickelte, die mit der untergegangenen kaum noch etwas gemeinsam hat. Über die Jahrtausende erholte sich die Natur, und die Menschen lebten mit ihr im Einklang. Die Inari wurden zu dem Volk, das die Airin bei ihrer ersten Landung auf Innis antrafen. Wir sind nicht eure Feinde, und ihr nicht die unseren! Wir werden jedoch nicht zulassen, dass unser Planet ein zweites Mal derselben Gründe wie beim ersten Mal wegen zerstört wird. Es ist nicht utopisch, in Frieden zusammenzuleben, wenn wir einander achten und respektieren, aber wir erwarten von euch, dass ihr euch unsere Weltanschauung zu eigen macht, solange ihr auf diesem Himmelskörper weilt.«

Yuro hatte lange überlegt, ob er diese Forderung an die Airin stellen sollte oder nicht. Letztendlich aber hatte er sich dafür entschieden, denn eigentlich war es ausschließlich das, was die Inari sich erhofften. Im Anschluss an seine Worte zeigte er Ausschnitte aus dem Zusammenleben der Inari, den Gesprächen, die sie mit Mikam, Jemai, Fatira, Lessjo und Inett geführt sowie den Erfahrungen, die er und Solus während ihrer Reise gemacht hatten.

»Es ist möglich, wenn alle sich darum bemühen!«, schloss er.

Es war vollbracht. Bedächtig, wie er die Gedankenfäden der Telepathen aufgenommen hatte, entließ er sie wieder. Er war nun nicht mehr der Baum, dessen Wurzeln den gesamten

Planeten durchzogen und dessen Krone ein schützendes Dach bildete. Er war nur noch ein junger Mann, der alles gegeben hatte, um Innis den langersehnten Frieden zurückzubringen. Der Glanz des Amulettes wurde schwächer, die einzelnen Lichtpünktchen erloschen eines nach dem anderen. Zurück blieb einzig ein schwaches Pulsieren.

Yuro merkte, wie er zu schwanken begann, seine Beine unter ihm nachgaben und er zusammensackte. Nun, da er getan, worauf er sich über Wochen hinweg gewissenhaft vorbereitet hatte, rann auch die mit äußerster Disziplin bis zum Ende aufrecht erhaltene Kraft wie der Sand einer Sanduhr aus ihm heraus.

Solus hinter ihm röchelte, sank ebenfalls in die Knie. Alarmiert riss Yuro die Augen auf, blickte verwirrt um sich. Neben ihm stand ein Mann, dessen Hände noch immer um Solus' Hals lagen, den sie offensichtlich zuzudrücken versucht hatten. Als die grünen Augen des Savanten sich auf ihn richteten, löste sich seine Starre. Die Finger seiner Hände erschlafften, seine Arme sanken nach unten. Tränen rannen über seine Wangen, tropften in Solus' roten Schopf. Das Gesicht seines Freundes wirkte rotblau verfärbt, und er kämpfte um jeden Milliliter Luft. Erschöpft wie Yuro war, zog er das letzte verbliebene bisschen Energie zusammen, um seinem Partner zu helfen, der ihn selbst im Todeskampf noch unterstützt hatte.

Mit aller Konzentration, zu der er noch fähig war, versenkte er sich abermals in die benötigte Trance. Wie schon so oft glitt sein Geist in den Mikrokosmos von Solus' Körper. Behutsam drückte er dessen zusammengepresste Luftröhrenwände wieder auseinander, verschaffte seinem Kehlkopf den nötigen Spielraum, inspizierte die Schlagadern. Als er sicher war, dass er alles in seiner Macht stehende getan hatte, zog er sich erneut zurück. Rasselnd holte Solus ein weiteres Mal Luft, hustete, wiederholte den Vorgang. Yuro ignorierte den anderen, hielt seinen Freund, bis dessen Atem sich normalisierte.

»Du hast ein katastrophales Timing«, krächzte Solus, als seine Lider sich endlich hoben und ihre Blicke sich trafen.

Zitternd umklammerten sie einander, als die geistigen Strapazen der vergangenen Nacht auch ihren körperlichen Tribut forderten. Erst jetzt wurden ihnen ihre durchnässte Kleidung und die Kälte ihrer Haut bewusst. Hinter der Schallschutzmauer stieg glutrot das Tagesgestirn empor, zeichnete lange Schatten und flammende Reflektionen auf die glänzenden Wände der sterilen, nach rein pragmatischen Gesichtspunkten gestalteten Bauwerke. Der sonst übliche Lärm hingegen fehlte vollkommen. Keine in hektischer Bewegung vorwärts stürmenden Menschenmassen, nicht einmal das leise Vibrieren der permanent laufenden Generatoren, die den Schirm über dem Sperrbezirk aufrechterhielten lag in der Luft.

Dunkle Wolkenfetzen malten ein bizarres Kunstwerk in den Himmel. Die Schleier, die während der Nacht nebelfeine Tropfen versprüht hatten, trieb der Wind wie hauchdünne Gaze vor sich her, die die Sonnenstrahlen in breite Lichtfinger auffächerten. Ein neuer Morgen zog herauf, und ein Tag, an dem nichts mehr so war wie zuvor, nahm seinen Anfang.

Als Oman wieder zu sich kam, sah er die beiden jungen Männer bebend zu seinen Füßen sitzen. Noch vor wenigen Augenblicken – oder war inzwischen bereits ein halbes Leben vergangen? – hatte er ihnen nichts weiter als den Tod bringen wollen. Er hatte sie entdeckt, als er für einen Moment an die Luft gehen wollte, um die unbändige Wut, die durch seine Adern tobte, ein wenig abzukühlen. Wochenlang hatte er auf die Daten, die der Chip des einzig überlebenden Goldchargenkindes ihm übermitteln sollte, gewartet. Vergeblich!

Wieder wies er die Grauen an, nach dem Rotschopf Ausschau zu halten, und die Berichte, die ihm zugegangen waren, hatten ihn nahezu in Raserei versetzt. Dieser Junge, in den er all seine Hoffnung setzte, auf dessen erfolgreiche Auftragsausführung seine Rehabilitation aufbaute, hatte sich seinem Zugriff irgendwie entwunden.

Spezialdetektoren schließlich hatten den Mikrochip in einem kleinen Elektroladen aufgespürt, aber bevor seine Truppe ihn in ihren Besitz hatte bringen können, war der Hammer eines der Geschäftsinhaber mit solcher Wucht auf die Platine niedergesaust, dass auch die besten Techniker sie nicht mehr hätten zusammensetzen können.

Zitternd vor mühsam im Zaum gehaltenem Zorn hatte er Noron zugehört, als dieser ihm seinen Misserfolg gestand. Seitdem wünschte Oman sich nichts sehnlicher, als diesen goldäugigen Kerl für die Schmach, die er ihm zugefügt hatte, büßen zu lassen. Tage-, ja, wochenlang hatte er sich alle nur erdenklichen Qualen für ihn ausgedacht, sich an der Vorstellung seines geschundenen Körpers ergötzt, sich an seiner brüchigen, um Gnade flehenden Stimme geweidet. Er hatte ihn beobachtet, verfolgt, günstige Momente abgepasst, um seiner habhaft zu werden. Und trotzdem war er ihm immer wieder entkommen wie ein Schatten, der mit der Dunkelheit verschmolz, wodurch er unsichtbar wurde.

Und dann hatte er auf einmal vor ihm gestanden, reglos, geistesabwesend, die Hände auf den Schultern dieses anderen, dessen Präsenz so allumfassend, so hypnotisch gewesen war, dass er fast vergessen hätte, weswegen er sich auf die beiden zubewegte. Omans Finger hatten sich um den Hals des Rothaarigen gelegt, und sein aufgestauter Hass war in den schraubzwingenartigen Druck geströmt, mit dem diese ihn fester und fester zusammenpressten.

Kein Laut war über die Lippen des Gewürgten gekommen, nicht eine winzige Abwehrbewegung hatte er ausgeführt – aber mit einem Mal war Oman in diese Flut von Bildern, Stimmen und Emotionen gezogen worden, die alles andere auslöschten. Wie in einem Albtraum gefangen tauchte er ein in die Geschichte seines Volkes. Er durchlitt Katastrophen, Verzweiflung, Hoffnungslosigkeit. In seinen Ohren klangen die Schreie der Sterbenden.

Obwohl niemand ihn persönlich angriff, dröhnte es »Du bist schuld! Du bist schuld!«, in seinem Kopf, und die Last der Verantwortung lag auf seinen Schultern wie zentnerschwere Gewichte, denn ganz tief in seinem Inneren wusste er, dass die Anklagen zutrafen. Er wurde sich der Skrupellosigkeit bewusst, mit der er menschliche Gene zu Spielbällen und Menschen zu Wegwerfware degradierte. Der Zynismus, mit dem er seine Rechtfertigungen vorgebracht hatte, überwog fast noch die Verbrechen, die er damit zu legitimieren trachtete. Auf einmal verstand er, warum sich die Eingeborenen so vehement gegen diese Art des Fortschritts wehrten. Die Erkenntnis, dass er kein Genie, sondern ein Verbrecher war, traf ihn wie ein Keulenschlag. Eine Erinnerung, so nachhaltig verdrängt, dass sie sich tatsächlich fast ins Nichts verflüchtigt hatte, flammte wie ein Blitz in ihm auf.

Es waren seine Spermien, die nach der Manipulation die weiblichen Eizellen befruchtet hatten. Weil er niemand anderem den Erfolg gegönnt hatte, weil er nicht anerkennen wollte, dass das Erbmaterial eines anderen eventuell hätte besser sein können als das Seine. Er hatte diese Kinder emotional nie als die Seinen betrachtet. Sie waren Zuchtobjekte, die einzig und allein dem Erreichen eines speziellen Zieles dienten.

Dann hatten die Szenen gewechselt. Er hatte die blühende Zivilisation, die sich aus den Trümmern ihrer Vorfahren entwickelte, gesehen, die einfache Herzlichkeit ihres vertrauensvollen Zusammenlebens ebenso kennengelernt wie die Selbstverständlichkeit, mit der sie einander halfen, füreinander da waren.

Sein Herz hatte sich vor Scham und Reue zusammengezogen, sein Brustkorb vor ungeweinten Tränen geschmerzt. Angewidert erkannte er den Menschen, der er war, der sich obendrein soeben anschickte, einen weiteren Mord zu begehen. Und nun stand er hier wie festgefroren und starrte auf die jungen Männer nieder, wovon einer sein Sohn war, dessen Leben er noch vor wenigen Stunden, ohne mit der Wimper zu zucken, rücksichtslos hatte beenden wollen. Wortlos wandte er sich um, ging schweren Schrittes dorthin zurück, woher er am Abend gekommen war. Alles war anders nach dieser Nacht!

Die Sonne näherte sich bereits dem Zenit, als auch Yuro und Solus sich aufmachten, um den Weg zurück zu Mels Gasthof anzutreten. Niemand hielt sie auf, als sie durch den Gang in Richtung Aufzug schritten. Überall begegneten ihnen erschöpfte Menschen mit verschleierten Blicken und nachdenklichen Gesichtern. Unbehelligt passierten sie das Tor, durch das Yuro beim ersten Mal dieses Territorium betreten hatte. Ein Schwebetaxi brachte sie nach Manjana. Auch hier waren die Nachwirkungen der vergangenen Nacht noch deutlich sicht- und spürbar.

Sich gegenseitig stützend stolperten die Freunde auf die große Pforte zu, die ein unverkennbar mitgenommener Arakim ihnen öffnete, nachdem sie geläutet hatten. Kaum noch Herr ihrer Sinne schleppten sie sich weiter, betraten den Trakt, den sie seit Monaten bewohnten, erklommen die Treppe in den ersten Stock, taumelten in ihr Zimmer, fielen auf ihre Betten – und bekamen bis zum nächsten Morgen nichts mehr von dem mit, was um sie herum geschah.

SECHS JAHRE SPÄTER Fröhliches Kinderlachen erfüllte die Luft. Shailynn, Lokan, die kleine Ainee und Siru, der Älteste, waren eifrig dabei, den Garten, der an die Rückseite ihres Elternhauses anschloss, mit neuen Pflanzen zu bestücken. Erian, die eben aus dem Küchenfenster sah, lächelte über die geröteten Wangen und strahlenden Augen der Kinder. Sie waren ihr Sonnenschein, und Yuro, der sich mit Solus zur Einsaat auf den Feldern befand, war trotz seiner Jugend ein treusorgender und verantwortungsbewusster Vater.

Dass er sie nie auf die gleiche Weise lieben würde wie seinen Partner hatte sie von Anfang an gewusst. Dennoch trieb es ihr manchmal Tränen in die Augen, wenn sie ihn und

Solus so ungezwungen, so selbstverständlich ihre Zusammengehörigkeit bekunden sah. Da er jedoch auch sie mit großer Zärtlichkeit und aufrichtiger Zuneigung behandelte, empfand sie sich nie wirklich als zurückgesetzt.

Nicht lange nach der ›Nacht des Neuanfangs‹ war Yuro nach Ninimata zurückgekehrt. Von dort aus hatte er, zusammen mit Lynnja und Solus, den Wiederaufbau seines Elternhauses in Angriff genommen.

Oft hatte sie abends mit ihnen zusammengesessen, über Vergangenheit und Zukunft gesprochen, Ansichten diskutiert, Pläne geschmiedet. Ihre Gefühle für den jungen Savanten waren zunehmend inniger geworden, und so hatten sie, Yuro und Solus nach einer Möglichkeit gesucht, die allen bestmöglich gerecht werden konnte. Zwar war die Beziehung, die sie nun führten, keineswegs alltäglich, aber sie war auch nicht einzigartig. Solus freute sich ebenso über ihren Nachwuchs wie Yuro, und auch er behandelte die Kinder, als wären es seine eigenen. Eifersucht war keine der Charaktereigenschaften, die ihre Verbindung belastete. Sie waren offen zueinander, und bis auf wenige Ausnahmen fühlte Erian sich sehr glücklich.

Vieles war geschehen seit jener schicksalsträchtigen Nacht – nicht in den Dörfern und Gehöften der Inari, sondern in den Städten, und besonders in den Köpfen der dort lebenden Airin. Niemand hatte sich Yuros Botschaft entziehen können. Bereits in den ersten, direkt darauf folgenden Tagen war eine deutliche Veränderung zu beobachten gewesen. Nachdenklichkeit lag auf den Zügen der Männer und Frauen, die vormals starr, emotionslos oder gehetzt dreingeschaut hatten. Es war, als sähen sie erstmals ihre Mitmenschen, röchen die sie umgebenden Düfte, ja, als nähmen sie die Welt zum ersten Mal wirklich wahr. Nahezu alle schienen sich der Sinnlosigkeit eines großen Teils ihrer bisherigen Daseinsform bewusst zu werden und sich zu fragen, mit welchem Ziel sie durch ihr Leben jagten. Sie realisierten, dass sie Befehlsempfänger gewesen waren, taub, blind und gefühlskalt, bar jeder eigenen Meinung, einzig auf die Erfüllung von Anweisungen ausgerichtet.

Sie hatten sich geweigert, die Lebensweise der Ureinwohner kennenzulernen, ihre Philosophie zu hinterfragen, die Vorteile ihrer Art des Zusammenlebens auch nur ansatzweise zu erfassen. Sie hatten sich aufgeführt wie die Herrscher der Welt, ihre augenscheinliche Überlegenheit wie einen Heiligenschein zur Schau getragen, in den Inari bestenfalls bedauernswerte Irre gesehen, als diese sich der Assimilation entgegenstemmten.

Angesichts der Informationen, die in der ›Drei-Monden-Nacht‹ in ihren Geist gepflanzt worden waren, hatten wie Oman auch andere begonnen, ihr bisheriges Tun aus einem völlig neuen Blickwinkel zu betrachten. Man suchte nach Erklärungen und deckte mit der Zeit Missstände auf, die nicht einmal hochstehende Führungspersönlichkeiten für möglich gehalten hatten. Nie zuvor war den Airin aufgefallen, dass es auf Innis nicht ansatzweise so etwas wie eine Regierung, oder eine Repräsentantengruppe ihres Volkes gab.

Alle Doktrinen, nach denen sie hier ihre Metropolen aufgebaut, ihre Kolonisationsvorbereitungen getroffen und ihr Verhalten gegenüber den Inari konzipiert hatten, gründeten auf den Überlieferungen der Datenspeicher, die in jedem Airin-Raumschiff installiert waren. Nur, wann hatte letztmalig eine Überprüfung stattgefunden? Wie lange war es her, dass tatsächlich ein Sternenschiff mit ›Aussiedlern‹ auf diesem Planeten gelandet war?

Natürlich, es fanden noch immer Starts und Landungen statt, aber Innis war weder ein Umschlagplatz für Güter irgendwelcher Art noch Reiseziel erholungsbedürftiger Spitzenmanager oder ähnlich bedeutender Persönlichkeiten.

Meist wurden lediglich Reparaturen durchgeführt und frische Nahrungsmittel an Bord genommen. Manchmal heuerten ein paar Ingenieure, Techniker, Funker oder Computerfachleute auf den durchreisenden Schiffen an, selten verirrte sich jemand in die Distrikte und blieb. Eigentlich, so gewann man mehr und mehr den Eindruck, war dieser Planet längst abgeschrieben. Die Beibehaltung der alten Prinzipien entbehrte jeglicher Grundlage.

Aufgrund dieser zunehmend zur Gewissheit werdenden Erkenntnisse fanden Schritt für Schritt ein Umdenken, und eine massive Verhaltensveränderung statt. Leute wie Mikam, Fatira, Lessjo, Jemai und Inett, oder auch Eik und Kiran, die seit langem gute Kontakte zu den Inari unterhielten, wurden immer häufiger um Erfahrungsberichte gebeten und um Rat gefragt.

Die Vision eines friedlichen Zusammenlebens wurde schneller Realität, als jeder es für möglich gehalten hatte.

Oman war einer der Ersten, der aktiv auf die Inari zugingen. Durch seine in der Vergangenheit durchgeführten Beobachtungen wusste er nur zu gut, wo er mit Sicherheit zumindest ein paar aktive Widerständler finden würde. So stand er, nur wenige Tage nach der ›Nacht der Umkehr‹ vor Mels Gasthof. Nie zuvor war ihm der Gedanke gekommen, dass ausgerechnet inmitten einer von Airin errichteten und dominierten Stadt eine der ältesten und geschäftigsten Zellen des Widerstandes ihren Sitz hatte. Dabei war es nicht so, dass hier keine Kontrollen stattgefunden hätten. Es war jedoch, selbst über die Jahrhunderte hinweg, nie zu irgendwelchen Auffälligkeiten gekommen.

So viele Dokumente Oman in dieser kurzen Zeit auch gesichtet hatte, stets wurde von friedlichen, wenn nicht passiven Protesten berichtet, von offenen Türen, Einladungen, Gesprächen. Er erinnerte sich, dass auch der Rothaarige jedes Mal versucht hatte, mit ihm zu reden, er sich in seiner Selbstherrlichkeit aber jeglicher Argumentation rigoros verschloss. Und nun stand er hier, ohne eine Vorstellung davon, was ihn erwartete, einzig der inneren Stimme nachgebend, die seit Heraufziehen der Morgenröte in ihm wisperte. Er musste diesen jungen Mann, der zwar ein Kunstprodukt, aber nichtsdestotrotz auch sein Sohn war, kennenlernen.

Vorsichtig zog er an der Glockenschnur. Augenblicke später öffnete sich eine kleine Luke innerhalb des Portals. Ein paar wachsame, dunkelblaue Augen musterten ihn, bevor sich die Klappe schloss und die schwere Holztür aufgezogen wurde. Der Dunkelhaarige, der ihn empfing, stellte sich kurz als Arakim vor. Er bat Oman, ihm zu folgen, und führte ihn durch einen wunderschön gestalteten Innenhof in ein Gebäude, das dem, durch das er das Anwesen betreten hatte, genau gegenüber lag. In einer großen Wohnküche saßen etwa zehn Personen zusammen. Eine vertraute Runde, wie er auf den ersten Blick feststellte. Und, sie hatten ihn erwartet! Das wurde ihm sofort bewusst, da aller Blicke bereits auf ihn gerichtet waren, bevor er in deren Sichtkreis trat.

Im Gesicht des Rotschopfs zuckte es, wenngleich auch er sich nicht abwandte. Der andere, dessen allumfassende Präsenz er schon einmal gespürt hatte, legte ihm beruhigend eine Hand auf die Schulter.

»Nehmen Sie Platz, Oman«, begrüßte ihn ein Autorität ausstrahlender, älterer Herr, indem er sich erhob und auf einen freien Stuhl deutete. »Ich bin Mel, der Leiter dieses Gasthofes«, stellte er sich im zweiten Satz vor. »Teilen Sie die Mahlzeit mit uns. Es redet sich besser, wenn die Atmosphäre ungezwungen ist.«

Oman konnte nicht anders, als diesem für ihn ungewöhnlichen Angebot nachzukommen. Eine Vorstellung seinerseits erübrigte sich wohl. Da Mel ihn bereits mit seinem Namen angesprochen hatte, ging er davon aus, dass er nicht nur diesen wusste. Schweigend ließ er sich auf dem freien Stuhl nieder.

»Bedienen Sie sich«, forderte ihn die sonore Stimme, die er sein Leben lang nicht mehr vergessen würde, höflich auf. »Ich bin Yuro, der Partner Ihres Sohnes.«

›Was weiß dieser Junge noch?‹, schoss es Oman durch den Kopf.

»Alles«, erwiderte dieser, als hätte er seine Frage laut ausgesprochen, und Oman glaubte ihm das.

Der Rothaarige grinste. »Mein Name ist Solus«, klärte er den verdutzten Airin auf. »Er und ich haben tagelang diskutiert, wie wir uns verhalten sollen, wenn Sie eines Tages hier auftauchen. Yuro hat es kommen sehen, seit Sie sich am Morgen nach der ›Umbruchsnacht‹ von uns entfernten. Ich könnte Sie mit Vorwürfen und Hasstiraden überhäufen, aber es änderte nichts an der Vergangenheit. Und es ist auch nicht mehr wichtig, denn es ist vorbei. Sie sind hier, um mit uns zusammen an der Gestaltung der Zukunft zu arbeiten. Wir führten unsere eigene Absicht ad absurdum, wenn wir uns ihrem Ansinnen verweigerten.«

Oman hatte sich hunderte von Szenarien ausgemalt, wie man ihn hier nach allem, was er verbrochen hatte, behandeln würde. Das, was soeben tatsächlich geschah war nicht einmal ansatzweise dabei gewesen.

»Für den Anfang lassen Sie es sich einfach schmecken. Doraja hat wie immer ein hervorragendes Mahl zusammengestellt und könnte es als Beleidigung auffassen, wenn Sie nicht wenigstens von allem kosteten. Im Anschluss daran stehen Yuro und ich Ihnen gerne für ein erstes konstruktives Gespräch zur Verfügung.«

Bekuro, Sian, May, Evan und die anderen, die über Omans bisherige Tätigkeiten nicht annähernd so genau im Bilde waren wie Yuro und Solus, stellten bereits während des Essens interessierte Fragen, die dieser auch ehrlich, teilweise mit schamrotem Gesicht beantwortete. Es war ihm klar, dass jede Lüge sowieso erkannt worden wäre und er sich damit selbst die Voraussetzungen für eine Zusammenarbeit entzöge.

»Ich liebte meine Arbeit«, gestand er, als er später allein den beiden jungen Männern im Garten gegenübersaß. »Als diese Versuchsreihe, deren letztes Überbleibsel Sie sind, sich als kompletter Fehlschlag erwies, war ich am Boden zerstört. Mich fasziniert das menschliche Erbgut, daran hat sich nichts geändert. Ich möchte wissen, welche Gene, welche Modifikationen für die Fähigkeiten der Inari verantwortlich zeichnen, warum Aggressivität, Gewalt, Hass, Gier, Neid, Missgunst und Ablehnung in eurem Volk nahezu ausgerottet sind. Ich will herausfinden, wie die Entwicklung ein und derselben Rasse in solch absolut unterschiedliche Richtungen möglich war.« Omans Augen glühten, als er Yuro und Solus von seiner Leidenschaft berichtete.

»Solange Sie nicht wieder auf die Idee kommen, menschliche Prototypen züchten zu müssen, sehe ich keine Probleme darin, Sie ihre Forschungen weiter betreiben zu lassen. Ich kann Ihr Interesse nachvollziehen. Auch mich haben die Aufzeichnungen in Ihrem Büro gefesselt.«

Perplex sah Oman Yuro an.

»Ich bin einer der wenigen, die man ›Savant‹ nennt. Ich vereine alle in unserem Volk vorhandenen Geistesfähigkeiten, und ich kann sie auch anwenden. Ich war im Distrikt, als Sie Solus das erste Mal entführt, und auf einer Liege gefesselt in Ihrem Arbeitsraum untergebracht hatten. Seitdem weiß ich, wer und was Sie sind. Ich könnte Ihnen ein paar meiner Zellen für Ihre Forschungszwecke zur Verfügung stellen, wenn Sie mich gelegentlich an Ihren Ausarbeitungen teilhaben ließen.«

Solus sah seinen Freund entgeistert an.

»Ich habe mich immer für Vererbungslehre interessiert. Die wenigen Exemplare der Klosterbibliothek, die dieser Thematik gewidmet sind, habe ich nahezu verschlungen. Bisher gab es leider keine weitere Gelegenheit, meinen diesbezüglichen Wissensdurst zu stillen, aber ich würde wahnsinnig gerne mehr erfahren.«

»Darüber hast du nie gesprochen.«

»Ich habe über so einiges nie gesprochen. Es gab zu viele andere Dinge, die weit wichtiger waren als meine persönlichen Wünsche. Aber diese Zeiten sind nun vorbei. Ich bin nicht mehr an den Auftrag vom ›Buch des Schicksals‹ gebunden. Er ist erfüllt. Ich kann endlich beginnen, mein eigenes Leben zu leben.«

»Und wie sieht das aus? Ist darin noch Platz für mich?«, fragte Solus zynisch.

»Ich werde keine 180-Grad-Wende hinlegen, wenn du das meinst. Ich werde nur einfach ein bisschen weniger im Sinne der Allgemeinheit agieren und öfter einmal an mich denken. Ist das denn so verwerflich?«

»Ich sehe dich schon monatelang in seinem Labor verschwinden«, unkte Solus.

»Oh, nein«, lachte Yuro, »so versessen, dass ich nur noch über Formeln und Zahlen brüte oder mit Pipetten, Zuchtschalen und Nährflüssigkeiten hantiere, bin ich nun doch nicht. Mir geht es mehr um den generellen Austausch von Wissen, als um die mikroskopischen Details. Außerdem will ich mich nicht an Majakosch binden. Hier fühle ich mich nicht zuhause.«

»Du willst ins Kloster zurück?«, hakte sein Partner argwöhnisch nach.

»Zu Besuch, ja, aber nicht, um für den Rest meines Lebens dort zu bleiben.«

»Soll das heißen, du weißt noch nicht genau, wo du eigentlich hin willst?«

»Arimano«, erwiderte Yuro leise. »Ich glaube, ich muss nach Arimano.«

»Ausgangs- und Endpunkt, nicht wahr?«, spekulierte Solus.

»Heimat«, entfuhr es Yuros Lippen.

»In dieser Region hatten auch wir unsere erste Begegnung«, klinkte Oman sich wieder in das Gespräch ein.

»Ja, auf dem Pagilari-Hof, als Ihre Begleiter mich fast totprügelten.«

»Diese Vorgehensweise habe ich nie als richtig erachtet. Ich weiß, auch ich war nicht gerade zimperlich, wenn es um das Erreichen meiner Ziele ging, aber sinnlose Brutalität habe ich immer abgelehnt. Galikom sah das anders. Nur so, meinte er, könne man den halsstarrigen Inari die Überlegenheit und Stärke der Airin demonstrieren. Ich war jedoch zu gleichgültig, um gegen ihn aufzubegehren. Im Prinzip war es mir egal, wie er mit den Ureinwohnern umsprang. Bis zu jenem Tag. Wobei ich zugeben muss, es ging mir dabei nicht um Sie, sondern nur um das, was Sie im Zuge meiner Laufbahn darstellten.«

»Wenigstens versuchen Sie nicht, irgendetwas zu beschönigen«, zischte Solus, der die Zusammentreffen der Vergangenheit doch nicht so einfach hinter sich lassen konnte, wie er gedacht hatte.

»Ich erwarte nicht, dass Sie mich nach allem, was ich Ihnen angetan habe, vorbehaltlos und mit offenen Armen aufnehmen«, erwiderte Oman. »Ich würde mich dennoch gerne mit Ihnen aussöhnen. Dies war die ursprüngliche Intention meines Besuches. Ich werde jetzt wieder gehen. Auch ich habe über vieles nachzudenken. Vielleicht kreuzen sich unsere Wege noch einmal unter günstigeren Voraussetzungen.« Oman erhob sich.

Yuro begleitete ihn zur Pforte. Hier drückte ihm Oman einen Zettel in die Hand. »Nur für den Fall, dass es Ihnen ernst ist«, murmelte er, bevor er ins Freie hinaustrat und die Tür sich hinter ihm schloss.

»Er hat es aufrichtig gemeint«, informierte Yuro seinen Freund, als er in den Garten zurückkehrte. »Und waren wir uns nicht darüber einig, ihm wegen der Vergangenheit keine Vorhaltungen zu machen?«

»Himmel noch mal, ja, das waren wir«, antwortete Solus barsch. »Ich hab's vermasselt, ich weiß. Ach, sieh mich nicht so an«, schnaubte er, als er Yuros Blick auf sich spürte. »Ja, es gelingt mir nicht, den Mordversuch und den Missbrauch, den er mit mir getrieben hat, so mir nichts dir nichts ad acta zu legen. Aber das kannst du mir nicht zum Vorwurf machen. Erinnere dich, wie lange du gebraucht hast, den Rückschlag mit der Kommunikationszentrale zu verarbeiten. Niemand kann von mir verlangen, dass ich mich ihm in überbordender Freude an den Hals werfe, auch wenn er auf zellulärer Ebene mein Vater ist!«

Besänftigend legte Yuro ihm die Hand auf die Schulter. »Ich verurteile dich doch gar nicht«, sagte er ruhig. »Vielleicht solltest auch du zunächst ein bisschen Abstand gewinnen, etwas machen, das dir guttut, irgendwohin zurückkehren, wo du dich wohlgefühlt hast – mit mir oder ohne mich.«

»Ein wenig vermisse ich Corani und die Kinder«, murmelte Solus.

»Dann komm mit mir nach Arimano! Ich habe Erian ein Wiedersehen versprochen. Ninimata und Pagilari sind nicht so weit voneinander entfernt. Außerdem sind die Höfe durch Transportbahnen verbunden, und wenn ich nicht einer totalen Fehleinschätzung erlegen bin, ist auch mein Elternhaus an das Netz angeschlossen.«

»Du willst es wieder aufbauen?«

»Der Gedanke beschäftigt mich, ja«, gab Yuro zu. »Wie so vieles ...«

»Du hast nicht vor, mich einzuweihen?«

»Bitte, Solus, gib auch du mir etwas Zeit. Es bringt nichts, wenn ich dir all meine Überlegungen unstrukturiert und wirr an den Kopf werfe. Ich muss ebenso wie du selbst erst mal wieder zu mir finden.«

Solus zog ihn an sich. »Fang nicht an, dich abermals vor mir zu verschließen, Yuro. Lass uns offen streiten, wenn es sein muss, aber zieh dich nicht wieder in dich selbst zurück. Ich kann es nicht leiden, wenn du mich vor vollendete Tatsachen stellst, ohne wenigstens im Vorfeld in deine Entscheidungsfindung mit einbezogen worden zu sein. Wir haben zu hart an unserer Verbindung, unserer Partnerschaft gearbeitet, um sie nun auseinanderbrechen zu lassen, da der ›Große Auftrag‹ erledigt ist.«

Yuro nickte. »Die wirkliche Prüfung liegt noch vor uns«, stimmte er zu. »Nun erst wird es sich zeigen, ob unsere Beziehung alltagstauglich ist.«

Eine Woche später verließen sie Manjana. Yuro brachte Solus zum Pagilari-Hof, den er selbst drei Tage später wieder verließ, um nach Ninimata weiterzureisen. Dort wollte er sich erneut mit seiner Schwester treffen, das hatte er ihr noch von Mels Gasthof aus per Transmitter mitgeteilt. Lynnja hatte ebenfalls dringend eine Auszeit nötig, und auch sie trug sich seit einiger Zeit mit dem Gedanken, ihr Elternhaus wieder bewohnbar zu machen, obwohl sie sich keineswegs sicher war, ob sie es nach allem, was sich dort und in der näheren

Umgebung abgespielt hatte, auf Dauer an diesem Ort aushalten würde.

»Weißt du, ich glaube, ich bin nicht der Typ für ein sesshaftes Leben«, vertraute sie ihrem Bruder während eines ihrer abendlichen Gespräche an.

»Ich bin beinahe mein ganzes Leben lang herumgereist. Wenn ich mich irgendwo längere Zeit aufhalte, werde ich unruhig. Dann treibt es mich fort, selten mit einem bestimmten Ziel, nur einfach weg. Daher fiel es mir nicht schwer, als Kontaktperson zwischen den einzelnen Widerstandszellen zu fungieren, persönlich dort vorstellig zu sein, Probleme vor Ort zu klären, anstatt endlose Diskussionen über die Gedankentransmitter zu führen. Laros war da anders veranlagt, eher wie du, denke ich. Er hatte oft Heimweh, wenn er es auch nie zugab. Das war der Grund, warum wir uns schließlich trennten. Er brauchte einen Ort, den er sein Zuhause nennen konnte.«

»Hast du niemals Sehnsucht nach einem Partner?«, wollte Yuro von ihr wissen.

»Du meinst, nach einer Bindung, wie du und Solus sie eingegangen seid?«

»Ja, oder nach einer Art Zusammenleben, wie unsere Eltern es führten und viele andere auch.«

Lynnja schüttelte bedächtig den Kopf.

»Bisher nicht«, gestand sie. »Ich habe meine Freiheit immer geliebt. So bin ich niemandem Rechenschaft schuldig für mein Tun, muss mich mit keinem abstimmen, keine Rücksicht auf eventuelle Gefühlsverletzungen nehmen. Ich bin niemandem verpflichtet, egal auf welche Weise. Ich hatte noch nicht das Bedürfnis, diesen Zustand zu ändern. Ich habe eine Menge Freunde, zu denen ich jederzeit kommen kann, in deren Nähe ich mich wohlfühle, die um meine Getriebenheit wissen und mir keine Vorwürfe machen, wenn ich eines Tages scheinbar grundlos wieder verschwinde.«

»Mich hat das permanente Abschied nehmen während des letzten Jahres regelrecht krank gemacht«, murmelte Yuro. »Solange Solus und ich durch Gegenden reisten, in denen

Kontakte eher spärlich waren, machte mir das Umherziehen wenig aus, aber sobald wir uns irgendwo länger aufhielten, Beziehungen entstanden, fiel es mir mit jedem Mal schwerer, wegzugehen.«

»Du hast fast dein ganzes bisheriges Leben an ein und demselben Ort verbracht, dem Hayuma-Konvent in den Bergen. Jeder deiner Tage war durchstrukturiert, alles, was du zu tun hattest, über Jahre hinweg festgelegt. Es verwundert mich sowieso, wie schnell du in der Lage warst, dich vollkommen umzustellen. Von einem Augenblick zum anderen warst du auf dich allein gestellt, mit nichts weiter als verworrenen Visionen, die dich leiteten. Das alles muss unglaublich schwer gewesen sein. Vielleicht sehnte sich dein Unterbewusstsein nach Regelmäßigkeit, nach Stabilität ... nach allem, was du zurückgelassen hast.«

»Ich hatte Solus an meiner Seite!«

»Möglicherweise war genau das deine Rettung«, mutmaßte Lynnja.

Ihr Bruder nickte. »Wir sind wie gefalteter Stahl, auf unzähligen Ebenen miteinander verwoben, auseinandergeschlagen, abermals vereint, letztendlich untrennbar verschmolzen.«

»Das hast du sehr philosophisch ausgedrückt«, lächelte sie.

»Ich kann es nicht anders erklären. Was uns verbindet ist unbeschreiblich. Ohne Bilder vermag ich es nicht in Worte zu fassen.«

»Und trotzdem bist du hier, während Solus auf dem Pagilari-Hof geblieben ist.«

»Wir müssen nicht aneinander kleben wie Blütenpollen am Stempel«, klärte Yuro seine Schwester auf. »Wir brauchen gelegentlich Abstand voneinander. Wenn wir zu lange zu eng beieinander sind, werden wir unerträglich – füreinander und für andere. Er ist da, wenn ich ihn brauche, und umgekehrt ist es genauso. So war es schon immer. Unser Band reicht durch die Schattenwelt. Wir werden wieder zueinander stoßen, wenn die Zeit dafür reif ist.«

»Und bis dahin ...?«

» ... werde ich dir und Erian auf die Nerven gehen, anfangen, das Gestrüpp von den Überresten unseres Elternhauses zu reißen, zusehen, wo ich Baumaterial sowie ein paar Helfer herbekomme und das Domizil wieder zu dem machen, was es ursprünglich einmal war. Wahrscheinlich bin ich allabendlich platt wie ein Ascheneimer, schlafe wie ein Stein und bin so gesprächig wie eine Wand. Sind das nicht wundervolle Aussichten?«

Lynnja sah ihren Bruder entgeistert an, bevor sie hemmungslos zu lachen begann. »Und ich hielt dich für schwermütig«, prustete sie.

»Dieser Eindruck drängt sich einem mitunter auf, nicht wahr? Wenn mein Kopf zu viel zu bewältigen hat, versinke ich in der Tat in Melancholie. Ferris hat mich deswegen ganz fürchterlich zusammengestaucht. Ich kapselte mich zu sehr ab, machte zu viel mit mir selbst aus. Daher hat sie mir mehr Geselligkeit und Frohsinn verordnet. Eine Therapie, die ich mir sehr zu Herzen genommen habe. Solus' Heilbehandlung bestand immer aus schonungsloser Konfrontation. Wie oft hat er mich mit seinen Sticheleien in Rage gebracht, aber wenn wir uns dann wie die Kesselflicker gestritten hatten, ging es mir meistens besser, und danach konnte ich stets mit ihm über alles reden. Wenn mich jedoch nicht gerade wirklich schwerwiegende Probleme beschäftigen, bin ich eigentlich ein ganz zugänglicher Zeitgenosse. Und ich besitze durchaus Humor!«

»Oh, ja, das tust du«, schnaufte Lynnja. »Ich merke schon, ich hab dich vollkommen falsch eingeschätzt. Du bist eine ganz durchtriebene Kanaille, und es wird Zeit, dass dir jemand mal gehörig den Kopf zurechtrückt!«

»Du kannst dich ja als große Schwester in den nächsten Tagen an dieser Arbeit versuchen«, meinte Yuro jovial. »Vielleicht gibt es den einen oder anderen, der es dir dankt.«

Die beiden grinsten einander an. Täglich lernten sie sich ein wenig besser kennen. Eine Bereicherung, wie sie einstimmig feststellten.

Auch Erian lernte Yuro nach und nach besser kennen. Obwohl sie auf dem Hof gebraucht wurde, und daher keine Möglichkeit hatte, ihn und Lynnja bei den Vorbereitungen zur Sanierung ihres Elternhauses zu unterstützen, nutzte sie doch häufig die Abendstunden, um dem jungen Mann, an den sie ihr Herz verloren hatte, nahe zu sein.

Da Yuro dies bereits wusste, brauchte sie sich weder zu verstellen noch ihre Gefühle zu unterdrücken. Auch dass sie vier Jahre älter war als er, spielte keine Rolle. Er ging sehr rücksichtsvoll mit ihr um, und je mehr Zeit sie miteinander verbrachten, desto mehr gemeinsame Interessen traten zutage.

Wie er selbst war Erian kein Freund großer Worte, was nicht überraschte, da sie ebenfalls Telepath war. Sie liebte, wie er, die Natur, hielt sich gerne im Freien auf. Sie war heimatverbunden, brauchte einen Ort, an den sie zurückkommen konnte, der ihr Zuhause war. Sie missgönnte Yuro seine enge Bindung an Solus nicht, wollte sich auch in diese Beziehung weder hineindrängen noch sie einander abspenstig machen.

»Ich könnte mir vorstellen, die Mutter deiner Kinder zu werden, wenn du denn Kinder möchtest«, flüsterte sie eines Abends, als sie noch alleine vor dem langsam verglimmenden Kaminfeuer saßen.

Draußen fiel kalter Regen, und die nächtlichen Temperaturen kündeten vom nahenden Wintereinbruch. Viel konnten er und Lynnja nun nicht mehr an ihrem Elternhaus arbeiten, daher hatte sie Ninimata verlassen.

»Genieße die Zeit, in der ich nicht hinter dir stehe und dich kontrolliere«, hatte sie schmunzelnd gesagt, als sie ihn zum Abschied herzlich umarmte.

»Wovon du ausgehen kannst«, antwortete Yuro augenzwinkernd, bevor Lynnja auf das Portal trat und verschwand.

Und er tat, wozu sie ihn aufgefordert hatte. Zusammen mit Erian nistete er sich häufig auf dem Pagilari-Hof ein, denn auch dort hatte er Freundschaften geknüpft, die er nicht ins Leere laufen lassen wollte.

Solus grinste, als die beiden erstmals an der Pforte klopften.

»Fast hätte ich dich gefragt, ob du einsam bist«, feixte er, »aber das ist ganz offenkundig nicht der Grund deines Hierseins.«

»Ich wollte meiner Freundin gerne meinen Freund vorstellen«, gab Yuro gutgelaunt zurück. »Vom Erzählen kennt ihr einander, persönlich seid ihr euch bisher jedoch nicht begegnet. Erian, dieser nette, gutaussehende, überaus charmante und zuvorkommende junge Mann ist mein Partner Solus.«

Solus streckte ihr die Hand entgegen. »Freut mich, dich kennenzulernen.« Danach zog er Yuro an sich. »Schön, dass du da bist! Kommt rein. Zumindest du wirst schon sehnsüchtig erwartet.«

Gemeinsam traten sie durch das Tor. Sima, Torino und Kaya kamen ihnen entgegen gerannt, Corani, Batis, Terik, Rorin, Djann, Kari und Any folgten etwas gemäßigter. Schnell war auch Erian in ihren Kreis aufgenommen.

Erian lächelte, als sie an diese Zeit zurückdachte. Eine hauchzarte Bewegung in ihrem Bauch bestätigte ihr, was sie und Yuro längst wussten: In fünf Monaten würde sie abermals Zwillingen das Leben schenken. Erneut schweiften ihre Gedanken ab ...

Es war ein schöner, aber auch arbeitsreicher Winter gewesen. Die Jungen hatten Bäume gefällt, die Äste zu Brennholz verarbeitet, die Stämme für den Bau vorbereitet. Wagenladungen voller Steine hatten sie aus dem Steinbruch geholt, mit dem Packschlitten das Material hierher gebracht. Sie, Corani, Kari, Sima und Any hatten gesponnen, gewebt, genäht oder gestrickt, sich Geschichten aus ihrem Leben erzählt, zusammen gesungen. Manchen Abend hatten sie mit Gemeinschaftsspielen, einige wenige mit Tänzen verbracht.

Gelegentlich war Yuro nach Manjana, Majakosch, zu Limar oder in den Hayuma-Konvent verschwunden, nicht selten in Solus' Begleitung.

»Es ist wichtig, die Kontakte zu pflegen«, waren die beiden sich einig.

Valon hingegen entwickelte sich zu einem Ort, an dem Yuro häufig allein verweilte, gelegentlich auch für längere Zeit. Schon bei seinem ersten Besuch suchte er Irun in ihrem Privatgemach auf und gab ihr das Medaillon zurück. »In unserer Zeit hat es seinen Zweck erfüllt«, teilte er ihr mit. »Womöglich wird es in ferner Zukunft abermals benötigt, dann sollte es dort sein, wo man um seine besonderen Eigenschaften weiß und wo es nicht verloren geht.«

Die alte Frau nickte. »Ein Teil von dir wird auf immer mit ihm verbunden sein.«

»Und durch mich mit allen«, ergänzte Yuro. »Werdet ihr neue Exemplare vom ›Buch des Schicksals‹ erstellen?«, wollte er von ihr wissen.

Ein Lächeln überzog Iruns Gesicht. »Oh ja, das werden wir. Die neuen Versionen werden mit deiner Stimme unterlegt sein.«

»Wie das?«, fragte Yuro erstaunt.

»Das Original hat sie in der ›Drei-Monden-Nacht‹ aufgenommen. So werden du und dein Werk auf ewig im Gedächtnis der Bewohner dieses Planeten bleiben.«

»Das ist zu viel der Ehre«, murmelte Yuro überfahren. »Ich hätte das alles nie ohne die Hilfe aller Beteiligten bewerkstelligen können.«

»Das ist wohl wahr«, stimmte Irun ihm zu. »Du hast es jedoch initiiert. Du warst der Kanal, durch dich liefen die Ströme. Du warst bereit, dein Leben zu geben, deine Mission über alles andere zu stellen. Daher ist es nur gerecht, dem Anerkennung zu zollen. Außerdem wäre es eine maßlose Arbeit, deinen Abdruck aus dem Buch heraus zu lösen und etwas vollkommen Neues hinein zu lancieren.«

»Unter diesen Voraussetzungen wäre es wohl tatsächlich nicht angebracht, wenn ich dagegen Einspruch erhöbe«, gab Yuro nach.

»Wir würden ihn zurückweisen«, grinste Irun.

Damit war dieses Thema beendet, und gemeinsam gingen

sie hinunter in den Hof, um die letzten Strahlen der hinter dichter werdenden Wolken immer wieder verschwindenden Sonne zu genießen.

Auch Ferris war vorübergehend in die Festung zurückgekehrt. Mit vor Freude strahlenden Augen fiel sie Yuro um den Hals, als er durch den Eingang des Burgfrieds nach draußen trat. Irun strich sanft über das Haar ihrer Großenkelin.

»Hallo Ferris«, begrüßte sie sie. »So viel Überschwang für ihn, und so wenig Aufmerksamkeit für mich?«

»Ach, Uri«, seufzte die junge Frau, »du weißt doch, erst das Herz, dann der Anstand.«

Sie schlang einen Arm um die alte Dame und küsste behutsam ihre Wangen.

»Du hast dich kein bisschen verändert«, schmunzelte Irun.

»Es besteht keine Notwendigkeit«, erwiderte Ferris lachend, »ich komm mit dieser Masche doch überall durch.«

»Sie ist wunderbar, so, wie sie ist«, kam Yuro ihr zu Hilfe.

»Und er muss es schließlich wissen«, fügte Ferris belustigt hinzu.

»Wir sind abgemeldet«, ertönte in diesem Moment eine resigniert klingende Stimme, die Yuro ebenfalls sehr bekannt vorkam. Jannis und Denira näherten sich den dreien. Auch sie umarmten Yuro herzlich. Taktvoll zog Irun sich zurück, als die jungen Leute in aufgeregten Gesprächen versanken.

Solus' Hauptanlaufziel war Manjana. Hier fühlte er sich allen verbunden, denn er hatte weit mehr Zeit als sein Partner mit den Mitgliedern der Widerstandsgruppe verbracht. Von hier aus setzte er sich mit Oman in Verbindung, und über die langen Wochen der Winterzeit hinweg gelang es ihm sogar, sich mit ihm auszusöhnen.

Viele intensive Gespräche und innere Kämpfe begleiteten diese Phase, was Yuros Geduld und Einfühlungsvermögen nicht selten bis an die Grenzen des Erträglichen strapazierte. In dieser Zeit distanzierten sich die beiden oft von den andern, denn häufig war ihre Stimmung in Anbetracht dessen derart aufgeheizt, dass sie sie niemand anderem zumuten wollten. Letztendlich jedoch brachte Solus es fertig, Omans aufrichtige Entschuldigung anzunehmen, und ganz allmählich sogar eine respektvolle, wenn nicht freundschaftliche Beziehung zu ihm aufzubauen.

Im Frühjahr standen mit einem Mal Mikam und seine Truppe vor den Toren des Pagilari-Hofes. Für sie war es der erste Ausflug, der sie so weit aus dem Airin-Bezirk hinausführte. Limar hatte sie durch die Transportbahnen geschickt. Seit Mohamiru und seine Mitarbeiter nach umfangreichen Prüfungen auch die bislang gesperrten Abschnitte des Netzes wieder komplett freigegeben sowie die Legitimationsnotwendigkeit aufgehoben hatten, erfreuten sich diese Verbindungen zunehmend regerer Benutzung – auch durch die Airin. Viele Kontakte, die in der Vergangenheit nur heimlich gepflegt worden waren, konnten nun offen und angstfrei stattfinden.

Lessjo, Jemai und Mikam selbst blieben mehrere Monate, halfen bei der Neuerrichtung von Yuros Elternhaus. Inett und Fatira begleiteten Erian nach Ninimata, denn auch hier wurde jede helfende Hand gebraucht.

Als die Sonnenwende kurz bevorstand war sicher, dass Erian Nachwuchs erwartete. »Unser Kind kann hier, oder in Elorinamru aufwachsen.« Diesen Namen hatte Yuro seinem Domizil im Andenken an seine Eltern gegeben. Yuro überließ Erian die Entscheidung. So richteten sie wenige Wochen vor der Niederkunft mit Feuereifer sein Elternhaus als ihr zukünftiges Heim ein.

Solus beteiligte sich mit dem gleichen Enthusiasmus wie sein Partner. Sowohl er wie Yuro waren bei Sirus Geburt dabei, und Solus liebte den Jungen wie sein eigen Fleisch und Blut. Sogar Oman kam, als der Kleine einige Wochen alt war, um den dreien mit feuchten Augen zu gratulieren.

»Du wirst ihn nicht zu deinem Forschungsobjekt machen!«, ermahnte ihn Solus.

»Nein, ganz bestimmt nicht«, schwor dieser. »Aber es wird mir eine Freude sein, ihn heranwachsen zu sehen. Ich würde auch deinen Kindern gerne ein liebevoller Großvater sein«, fügte er leise hinzu.

Solus sah ihn lange an, sagte jedoch nichts dazu. Dass er jemals Nachkommen haben würde, war äußerst unwahrscheinlich.

Als die Sonne am Horizont versank, das leuchtende Rot verblasste und die ersten Abendnebel heraufzogen, kehrten die beiden nach Hause zurück. Nach einer schnellen Körperreinigung schlüpften sie, wie so oft, noch einmal ins Kinderzimmer, um den Kleinen ebenfalls »Gute Nacht« zu sagen.

Am gedeckten Küchentisch saß neben Erian eine weitere Person, die binnen der letzten Minuten eingetroffen sein musste. Simas veilchenblaue Augen glänzten, als sie Yuro und Solus begrüßte. Zwischen ihm und ihr war in den vergangenen Jahren eine Freundschaft gewachsen, die der Yuros und Erians fast gleich kam.

»Nehmt Platz, ihr zwei«, forderte Erian die beiden auf. »Ihr müsst hungrig sein, und der Braten ist mir heute besonders gut gelungen.«

So rückte Solus an Simas Seite und küsste sie zart auf die Stirn, während ihre Hand sich sanft auf seinen Oberschenkel legte und dort verharrte. Redend und essend verstrichen die Stunden. Erst kurz vor Mitternacht zogen sie sich in ihre Schlafräume zurück.

Während Sima und Erian schnell ins Reich der Träume hinüberglitten, lagen sowohl Yuro als auch Solus noch lange wach. Schließlich schlichen sie auf Zehenspitzen, um die Frauen nicht aufzuwecken, hinauf in die Dachstube, den einzigen Raum im Haus, der ausschließlich ihnen gehörte. Als Solus die Tür mit einem leisen »Klick« zugezogen und den Riegel vorgeschoben hatte, zog er Yuro heftig in seine Arme. Er bebte, seine Wangen glühten und seine goldenen Augen sprühten Funken.

»Yuro, ich werde Vater«, hauchte er, bevor seine überschäumenden Gefühle sie beide hinwegrissen.

Danksagung:

An Magdalena und Gudrun, sowohl für ihr Probelesen als auch für ihre Fehlersuche, ihre Korrekturen und ihre konstruktive Kritik.

An Nicole, die mit großer Sorgfalt das gesamte Werk überarbeitete und der Geschichte durch ihre Vorschläge zur Verbesserung von Ausdruck und Stil eine noch größere Tiefe verlieh.

An meine Schwiegereltern sowie meine Eltern, die ebenfalls Probelesen mussten und mit Kritik und Motivation viel zum Gelingen des Werkes beitrugen.

An Sabrina, die schon nach wenigen Seiten begeistert war und mir dadurch gezeigt hat, dass dieses Buch auch Jugendliche anspricht.

An Tanja Saharkhiz, die das Manuskript veröffentlichungswürdig fand und der ich dadurch die Annahme und Veröffentlichung durch den Titus-Verlag verdanke.

An Sascha Ehlert, für die wunderbare Zusammenarbeit.

Weitere Hinweise:

Da das »Licht« in diesem Roman eine große Rolle spielt, hat die Autorin es in verschiedenen Sprachen immer wieder einfließen lassen:

Solus → Gälisch
Cahaya → Indonesisch
Valo(n) → Finnisch

ISBN 978-3-942277-26-6
285 Seiten
Taschenbuch
€ 10,90 (D)

Roman

Solifera
von Susanne Esch

In jungen Jahren bemerkt Antalia, sie ist anders. Sie verändert sich, und es zeigt sich bald, dass sie ganz besonders ist. Dann tritt Darieno in ihr Leben, ein Abgesandter des ›Meeresvolkes‹. Mit seiner Hilfe kommt sie ihrem wahren Wesen auf die Spur. Sie muss ihrem Schicksal folgen und eine Mission antreten, welche sie an die Schwelle zwischen Leben und Tod treibt.

Mit einem beeindruckenden Einfühlungsvermögen beschreibt die Autorin Susanne Esch diese phantasievolle Geschichte zwischen Meer und Land, zwischen Liebe und Hoffnung.

ISBN 978-3-942277-34-1
494 Seiten
Taschenbuch
€ 11,90 (D)

Roman
Staub von den Sternen
von Lily Konrad

Wenn Silvia an diesen Mann dachte, überkamen sie stets gemischte Gefühle. Sie wusste, dass er jede Frau haben konnte, und dennoch erlag sie lange seinem Einfluss. Robin war ein gutaussehender und wohlhabender Mann, der seine Chancen nutzte, wie sie ihm geboten wurden. Kalt und gefühllos stieß er aber letztlich jede Frau von sich, die mehr von ihm verlangte. Nur konnte das nicht immer so weitergehen. Robins Vater erwartete mehr von einem Nachfolger der eigenen Firma ...

In mehreren Handlungssträngen erzählt die Autorin Lily Konrad mit ihrem frischen Humor die Geschichte um Liebe, Sehnsucht, Sex und Existenzängste. Geschickt führt sie die Epi-soden der Protagonisten immer wieder zusammen und lässt so einen spannenden Roman entstehen.

ISBN 978-3-942277-49-5
300 Seiten
Taschenbuch
€ 10,90 (D)

Roman
Fadimes Hof
von Manuel Negwer

Einen großen Traum will Mario endlich in die Tat umsetzen: die Errichtung eines Kulturzentrums in Berlin-Kreuzberg, in dessen Programm Einflüsse aus der ganzen Welt aufgenommen werden sollen. Augerechnet zu dieser Zeit öffnet sich die sozialistische DDR, und Marios Vater stirbt. Mario Mestre hat Geldsorgen. Seine Mutter wendet sich von ihm ab, und sein Bruder Samuel taucht nach Jahren vollkommen verändert wieder auf. Der ›Hof‹ ist in Gefahr. Dann trifft er auf Fadime, eine talentierte türkische Sängerin aus dem Kiez. Sie ist die neue große Hoffnung in Marios Leben.

Mit jedem Kapitel aus ›Fadimes Hof‹ werden die Kenntnisse aus dem Erfahrungsschatz des Autors Manuel Negwer deutlicher. Sowohl kulturelle, politische als auch musische Eindrücke werden mit einem beeindruckenden Wissen und Wortschatz beschrieben.

Ein besonderer Roman für genussfreudige Leser.

Roman
Am Anfang war die Mail
von Tanja Nasir

Joshua ist Mitte Zwanzig, gutaussehend und Schlagzeuger einer erfolgreichen Rockband. Getreu seinem Motto ›Warum sich auf eine Frau festlegen, wenn man täglich eine andere haben kann?‹ ist die Liste seiner Eroberungen lang und herzlos. Zusammen mit seinen Bandkollegen wohnt Josh in einer Altbauwohnung in Köln und steckt mitten in den Vorbereitungen für die kommende Deutschlandtour. Sein Leben ist scheinbar perfekt.

In dieser Phase wird er praktisch gegen seinen Willen per E-Mail von Nadia verzaubert. Doch als Joshua herausfindet, dass hinter den Mails von Nadia eigentlich Sofie steckt, ist sein Liebeschaos perfekt.

Sind Nadia und Sofie ein und dieselbe Person? Oder handelt es sich um zwei ganz unterschiedliche Frauen? Kann ein Fan die große Liebe sein? Als ihn seine genervten Bandkollegen vor die Wahl stellen, muss Jo eine Entscheidung treffen …

Ein Roman, der mit viel Humor gespickt eine Geschichte erzählt, die sowohl die jüngere als auch die jungebliebene Generation anspricht. Mit Spannung und überraschenden Wendungen hat die Autorin Tanja Nasir einen überaus unterhaltsames Buch geschaffen.

ISBN 978-3-942277-23-5 | 160 Seiten
Taschenbuch | € 8,90 (D)

Kriminalroman
Mord im Lichthof
von Andreas Kimmelmann

Ein Vorfall in der Ludwig-Maximilians-Universität in München wird zum ersten Fall des Junganwalts Alwin Eichhorn. Ein Student ist zu Tode gekommen. Es gibt zahlreiche Zeugen und ein Geständnis - allerdings soll es kein Mord gewesen sein. Von Anfang an bildet sich ein Schleier vor dem Auge des Rechtsanwaltes, und er vermutet mehr dahinter, als sich ihm offenbart.

»Mord im Lichthof« ist ein beeindruckender Roman des Autors Andreas Kimmelmann, der dem Leser einige Rätsel aufgibt und ihn mit viel Spannung durch die überraschenden Wendungen der Geschichte führt.

ISBN 978-3-942277-27-3 | 288 Seiten
Taschenbuch | € 10,90 (D)

Thriller

Das dunkle Zimmer
von Bernd Kissero

Die Ermittler Stefan Wedding und Paul Keller stehen sich einem geheimnisvollen und brutalen Mordfall gegenüber. Ein Paar wurde in der eigenen Wohnung getötet - aber war da noch ein Kind? Bald bekommen die Berliner Polizisten Hinweise aus einer ungeahnten Richtung: ein Video einer Geiselnahme taucht auf.
Zudem schiebt sich Julia Braun, die Schwester der Toten ins Geschehen. Ihre militärische Ausbildung unterstützt sie bei der Suche des Mörders auf eine Faust. Wedding und Keller sind von Julia Brauns Einsatz jedoch alles andere als begeistert.

Ein actiongeladener Thriller mit zahlreichen Wendungen, der mit der spannenden Erwartung des Lesers spielt.

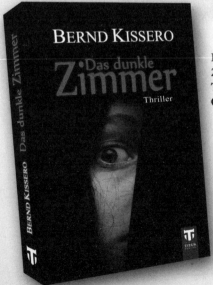

ISBN 978-3-942277-52-5
286 Seiten
Taschenbuch
€ 10,90 (D)

Thriller

Die siebte Gemeinde
von Stefan Link

Finde das verlorene Buch,
von dem man sagt, es sei ein Fluch.

Ein geheimes Dokument scheint der Grund
für den Tod Robert Seydels zu sein. Sein Sohn
und Emma machen sich auf die Suche nach
dem mysteriösen Buch und dem gefährlichen
Mörder.

800 Jahre zuvor ist Arusch auf der Flucht vor
Kreuzrittern im mittelalterlichen Konstantinopel.
Heute wie damals beginnt das Grabtuch Jesu
Christi, in den Mittelpunkt zu rücken.

Ein Thriller der besonderen Art.

ISBN 978-3-942277-24-2
348 Seiten
Taschenbuch
€ 10,90 (D)

Thriller
Jackie
von Sascha Ehlert

Spannend und zuweilen beklemmend wird die Geschichte um die Kostümbildnerin ›Jacqueline‹ erzählt. Der Traum vom großen Ruhm am Theater und die herben Enttäuschungen treiben die junge Frau zum Äußersten. Sie strebt danach, ihre ganz eigene perfekte Welt zu gestalten – mit allen Mitteln.

In ihrem Wahn verstrickt sich Jacqueline schnell in einem Szenario aus psychischen Abgründen, Gewalt und Allmachtsphantasien – dabei wollte sie doch nur von ihren Kollegen und den Theater-besuchern geliebt werden. Schon als Kind musste sie Erfahrungen machen, die sie zu jener Frau werden ließen, die sie heute ist ...

Es wird eine Altersempfehlung für das Buch ab 18 Jahre ausgesprochen.

ISBN 978-3-942277-32-7
152 Seiten
Taschenbuch
€ 8,90 (D)

Thriller-Trilogie
Darkside Park
von Ivar Leon Menger

Manche Menschen verschwinden spurlos. Andere kommen völlig verändert zurück. Entdecken Sie das dunkle Geheimnis von Porterville, der scheinbar friedlichen Stadt an der Ostküste Amerikas ...

18 Geschichten, drei Bücher, sechs Autoren und ein düsteres Geheimnis, das alles umschließt – mit diesem ungewöhnlichen und bereits mehrfach preisgekrönten Konzept beschreitet Ivar Leon Menger einmal mehr neue Pfade. Gemeinsam mit den Autoren Hendrik Buchna, John Beckmann, Christoph Zachariae, Raimon Weber und Simon X. Rost entwirft er das vielschichtige Panorama einer Stadt, die ganz im Bann einer alles entscheidenden Frage steht: »Kennen Sie den Darkside Park?«

Erstes Buch - Ankunft in Porterville   ISBN 978-3-942277-08-2 | 196 Seiten | Taschenbuch
Zweites Buch - Wege in die Dunkelheit   ISBN 978-3-942277-09-9 | 236 Seiten | Taschenbuch
Drittes Buch - Das letzte Geheimnis   ISBN 978-3-942277-10-5 | 256 Seiten | Taschenbuch
je € 9,90 (D)

Roman
131 Briefe
von Michael Schröder

In einem kleinen Dorf finden sich zwei junge Menschen, die sich nie gesucht haben. Ronny und Iris erleben ihre erste große Liebe im Zeitgeist der 80er Jahre. Zwischen lieb gewonnener Provinz und der Sehnsucht nach grenzenloser Freiheit erleben die beiden ihre kleinen Wunder und Abenteuer auf dem Weg ins Erwachsenwerden.

Erst 30 Jahre später drängen Ronny die Erinnerungen an die Zeit seiner ersten Liebe zurück in das Dorf seiner Kindheit. Als Zeugen der Vergangenheit sind die Briefe geblieben, die Ronny vollkommen aus seinem normalen Leben reißen

ISBN 978-3-942277-17-4 | 400 Seiten | Taschenbuch | € 11,90 (D)

Kriminalroman
Milchshake für Blasius
von Sascha Ehlert

In einem kleinen Dorf im Taunus führt Blasius ein Leben, geprägt vom Alltag. Als er auf Pit trifft, rutscht er plötzlich in das für ihn unbekannte Frankfurter Milieu. Blasius gerät an den gefährlichen Barkley und damit in ein Abenteuer um Leben, Tod, Geld und Sex. Über allem steht zudem bedrohlich die Ankunft des Killers, dem "Schönen Marcello".

Wird Blasius es schaffen, sich aus den Fängen des Milieus zu lösen?

ISBN 978-3-942277-01-3 | 236 Seiten | Taschenbuch | € 9,90 (D)